鲜花十字架

Елена Колядина

Цветочный крест

[俄罗斯] 叶莲娜·科利亚金娜 著

赵桂莲 译

译林出版社

图书在版编目 (CIP) 数据

鲜花十字架 /（俄罗斯）叶莲娜 · 科利亚金娜著；
赵桂莲译．—南京：译林出版社，2017.4
ISBN 978-7-5447-6808-5

Ⅰ. ①鲜… Ⅱ. ①叶… ②赵… Ⅲ. ①长篇小说-俄
罗斯-现代 Ⅳ. ① I512.85

中国版本图书馆 CIP 数据核字（2016）第 297478 号

著作权合同登记号　图字：10-2011-460 号

鲜花十字架 ［俄罗斯］叶莲娜 · 科利亚金娜 / 著　赵桂莲 / 译

责任编辑　冯一兵
装帧设计　胡　苨
责任校对　张　萍
责任印制　颜　亮

原文出版　ООО «Издательство АСТ», Москва, 2011г.
出版发行　凤凰出版传媒股份有限公司
　　　　　译林出版社
出版社地址　南京市湖南路1号A楼，邮编：210009
电子邮箱　yilin@yilin.com
出版社网址　http://www.yilin.com
经　　销　凤凰出版传媒股份有限公司
排　　版　南京展望文化发展有限公司
印　　刷　江苏凤凰通达印刷有限公司
开　　本　880毫米×1230毫米 1/32
印　　张　11.125
插　　页　2页
字　　数　267千
版　　次　2017年4月第1版　2017年4月第1次印刷
书　　号　ISBN 978-7-5447-6808-5
定　　价　39.00元

订购热线：025-86633278　质量热线：025-83658316

目 录

第一章　罗金神父的巫蛊篇 1

第二章　血海月信篇 23

第三章　游方艺人篇 37

第四章　无处不盐篇 57

第五章　生产篇 75

第六章　爱欲篇 85

第七章　迎归篇 101

第八章　传说篇 113

第九章　拷问篇 125

第十章　狼之篇 139

第十一章　流光篇 149

第十二章　行刑篇 161

第十三章　婚礼篇 173

第十四章　工艺篇　185
第十五章　辩论篇　199
第十六章　温顺篇　215
第十七章　考验篇　225
第十八章　圣愚篇　235
第十九章　幸福的傻子篇　245
第二十章　烟之篇　257
第二十一章　地下篇　267
第二十二章　死之篇　279
第二十三章　不朽篇　291
第二十四章　神圣鲜花篇　303
第二十五章　侦查篇　315
第二十六章　羁押篇　325
第二十七章　诀别篇　337
尾声　345

第一章　罗金神父的巫蛊篇

“没让走魄门吧？……”

出乎意料地脱口提出这个问题之后，罗金神父感到窘然。他为什么要问到魄门呢？！不过二十一岁的罗金神父太喜欢这个词了，它让他与愚昧的教民那么不同，他们压根儿就不知道对于表达沟子、腚沟子、腚、屁股和肛门来说存在一种有学问的、美好的、崇高的说法——魄门。上帝的智慧就在于，对于男女、牲口和禽鸟的每一个身体部位，甚至是最为罪孽的部位，他都得空创造出了与魔鬼的称谓对立的神的称谓。腚来自魔鬼。源于上帝的——是魄门！罗金神父必须并且想尽可能多地使用古语“魄门”，其音调美得让他联想到希腊圣山阿陀斯[①]。他一边煞费苦心地背熟预先造好的句子“没用魄门行淫吧？”“没用魄门作孽吧？”一边盘算着如何依据神学思想的最新成就完成自己平生的第一场忏悔礼。

① “魄门”（афедрон）和“阿陀斯”（Афон）的俄语发音接近。

罗金神父昨天，7182年（遗憾的是，某些神职人员按照错误的、可憎的西历把它定为1674年）12月7日，才带着给大司祭尼封特的荐举函来到托奇马的举荣圣架教堂供职，热切地期待着与教民的第一次见面。瞧瞧，劈头就给你来一个“晦门”！

这时他想起来了，来教堂的路上他偶遇了一个担着空桶的婆娘。“你这个傻瓜——主啊，宽恕我这个罪孽深重的人吧——担着空水筲在大街上晃荡！”罗金神父一脚踏进雪堆，沮丧不已。“难道没有小胡同或是其他什么暗道让这种愚蠢透顶的婆娘走吗？你还会担着水筲晃荡到神圣的教堂去吧！主啊，宽恕我吧，我联想到这一点真是没来头。哦，不妥……对了，可别忘了问问教民，他们是否迷信偶遇、空桶、爬虫、野兽、鸟鸣，此乃污秽的多神教巫蛊啊。谁要是迷信，那就裁定这个渎神的罪人素斋四十日。”

哎呀，该诅咒的婆娘！罗金神父为了在第一次礼拜的前夜避免罪恶的交媾，晚上与妻子奥列吉娅分床睡了。他狂热地祈祷，以免自己在睡梦中作了魔鬼的牺牲品，如果那家伙存心诱惑，就会让他犯下遗精到裤子上的罪孽。早晨他清洗了胯间的私处。罗金神父身体清爽了，内心因为即将在托奇马的沃土上开始繁重的工作而洋溢着欢喜，伊甸园的鸟儿在他心中嘹亮地歌唱，芬芳的花朵在盛开！……可正是魔鬼遣来了那个担桶的婆娘。他，就是他，臭气熏天的恶灵，在给罗金神父使绊子！“假如是主来试炼我，那他就会用一个圣洁的词汇来检验我！”罗金神父庄严地想，“可是我却不合时宜地想到了魔鬼的洞眼。啊，鬼！”

因为揣测到了自己突如其来脱离有关忏悔的教规的真正原因，罗金神父的精神振奋起来。他喜欢战斗。“你出来，狡诈的鬼！”罗金神父在心里暗暗地、热烈地大叫了一声。然后他怨毒地问无处不在的恶魔：“问询忏悔的人难道该是从那处开始的吗？这个妇人应该对我说：忏悔的是我，罪孽深重的妇人某某某……该跟她一起祷告一会儿，同时唱唱赞美诗。祷告结束后，把帡幪从她头上揭开，然后无比温顺、悄声细语地问询……”

罗金神父响亮地清了清喉咙，摆出一副严厉却如父亲一般的神情，瞥了一眼年轻妇人被烛火照亮的侧影，准备恢复圣礼符合教规的程序……可群魔却不想善罢甘休！……

“谁，神父？”妇人问，她感受到了神父落在自己身上的目光。

“什么谁？”罗金神父满腹狐疑，问道。

“让……谁？”

“难不成他们有好几个？”忏悔神父恼怒地问，“难不成你让走魄门的不是丈夫？！”

忏悔礼违背罗金神父的意志又转向了魄门这个主题，这让他窘迫不已，不过他最终聪明地认定，从最深重的罪孽开始不是罪。

“不是，不是丈夫，我的神父大人。”

“双重罪孽！”牧师飞快地转着脑筋，“与别人的丈夫行淫和魄门行淫。”

“究竟是谁？”

“父亲，兄弟，侄子，外甥……”

每说出一个亲属，罗金神父都哆嗦一下。

“……女伴。”妇人列数着。

“女伴？！”罗金神父不信，“这桩罪孽你是怎么跟女伴做的？用杵棍不成？”

“有豆子的时候，就会用杵棍。”妇人认可。

“难不成用器皿？”神父不依不饶。

“要是倒醉人的甜酒，那就会用器皿，用长颈大酒瓶子。”

“就是说，还醉了？”

“是啊，那可是出远门啊，神父。出门、上路怎么能不润润嘴唇呢？我认罪。”

“那么远行之前你还用什么走魄门了？”

“油煎馅儿饼……”

“呸，真是肮脏！”

“这有多淫荡？三重还是五重罪？”罗金神父狂乱地计算着。“哦，主啊，在天的圣洁力量啊，神圣的使徒啊，先知和蒙难的人啊，还有圣徒，还有守信的人啊……”他喃喃自语了很久，呼唤全部的天兵天将帮助他与这种超级淫荡的疯狂之举战斗。

“怎么，神父，”等到罗金神父不再窘迫地直喘粗气以后，妇人怯生生地问道，“难不成上路的时候不能呈上豆沙馅儿饼？可我母亲总是念叨：‘豆沙馅饼，上路很好。’”

“现在我问的不是上路的事，”罗金神父厉声断喝，“而是违背自然的行淫：用父亲、兄弟、侄子的私处，用器皿，还有杵棍，摆出牲口的姿势来进行肛门行淫。”

“啊！……啊！……”妇人惊恐地双掌捂脸，“你说什么，我的神父大人，难道我犯下了如此渎神的罪了吗？！噢！……如此大罪我连想想都害怕，更别说做了！”

“愚蠢的妇人，”罗金神父大为光火，“你为什么为没有的事忏悔？使我，圣洁的神父，陷入窘境。你在圣殿撒谎了吗？我可明白无误地问你：让走魄门了吗？让谁？如何做的？”

“让走魄门了，这个我不否认，可走……主啊，宽恕我！”

“那在你看来‘魄门’这个词是什么意思？”

“神父使用这个高深莫测的词是在说出远门吗？”

“啊，愚昧呀……啊，无知呀……”罗金神父伤心起来。

妇人扑闪着眼睛。

“是屁股啊，你，菲奥多西娅，难道不知道吗？”凑巧出现在旁边的烤圣饼的女人，或者如哲学思想的信徒罗金神父更喜欢称呼的——“圣餐女”，阿芙多季娅语速飞快地悄声解释着，她又谦恭地喃喃说道：“宽恕我吧，神父大人，我干预忏悔圣礼是罪过。”

“你第一次犯这宗罪我放过，不惩罚。”罗金神父慈悲为怀；让他高兴的是，借助上帝的帮助，群魔引起的误会被解释清楚了。显然，施以援手的正是上帝：首先是因为并肩奋战的女战士的名号——“圣餐女”阿芙多季娅，按照古语说法是祭女，这是一个具有神职名号的人，而不是什么担着空水筲的婆娘；其次，阿芙多季娅是一个品德高尚的孀居女人，出手援助女姊妹的不是她还能是谁；最后，这一点是最有寓意的标志，主认为配得上对忏悔神父施以援手的不是敲钟人或者唱诗人，而是阿芙多季娅，她恰恰是烤制忏悔礼毕时所用圣餐饼的人！“三位一体！”罗金神父满脸放光，“三一！”在组织得如此有学问的进攻之下魔鬼退避三舍了。接下来的忏悔礼进行得就顺风顺水了。

“就是说，你叫菲奥多西娅？”

“正是在下。”

“那么你，菲奥多西娅，是否犯下了邪恶的、凡夫俗子的罪，比如贪财，酗酒，贪食，吝啬，污言秽语，淫思，通奸……”

罗金神父换了一口气。

“……骂街，愤怒，暴躁，忧伤，沮丧……沮丧……”

神父十指呈扇形张开，然后挨个儿把它们弯向掌心——他没在什么时候把哪宗罪数错了吧？

“……沮丧，诬陷，绝望，抱怨，嚼舌根，自以为是，顶嘴，说废话……”

“等等，神父大人，”菲奥多西娅浑身一震，“我忏悔，我说过废话。前不久猫在里屋戏耍，把小柜橱碰翻了。‘哎呀，你啊，’我对它说了废话，‘你这个大尾巴傻瓜！’我有罪！……”

“‘傻瓜’不是废话，”罗金神父纠正她，“‘傻瓜’乃污言秽语。因为这宗罪我罚你连续三天，每天行半身礼一百次，跪拜礼一百次。”

“礼，神父，我会行礼的，只不过‘傻瓜’不是污言秽语啊，怎么会是呢！”菲奥多西娅又挺了挺身子，“××，主宽恕我，或者×，这是污言秽语。‘傻瓜’算啥？有时会说一个愚蠢的婆娘是十足的傻瓜！”

“这是当然。”罗金神父表示同意，神情傲慢，他想起了早晨那个担着空水筲的托奇马女人。“但不全对！就你挑起争端并且在教会的圣殿里提及××，亦即男根，以及×，亦即阴户，我罚你素斋七日。嗯……说废话，不睦，试探，漫不经心，不公，懒惰，忤逆，偷盗，说谎，诽谤，抢劫，蛊惑人心，虚荣……”

“等等，我的神父大人，”菲奥多西娅有了精神头儿，“上个礼拜我嫂子诽谤我，说我把她的纺锤弄到床下了。”

“那是她的罪，不是你的。”罗金神父纠正她。“她的罪让她来忏悔。”

神父语速飞快、口不出声地从头列数了一遍各种罪，想起了他刚才是在哪宗罪上停下的，然后又重新开口说道：

“……傲慢，自视清高，求全责备……你责备嫂子诽谤了吗？没有？好……谴责，魅惑，抱怨，谩骂，以恶报恶。”

“没有，神父大人，都没有。”

罗金神父换了口气，从《忏悔人戒条》开始了。

“跟小叔子行淫了吗？”

“我呀，神父，没小叔子，不能跟他行淫。”菲奥多西娅说。

“跟亲兄弟作孽了吗？”

“跟佐杰依卡吗？”

“要是他叫这个名，那就是跟佐杰依[①]吧。”

“哎呀，神父，你说的哪里话？我们家的佐杰依卡还是个刚断母乳的娃，奶娘正为他哺乳呢。”

“那你怎么说废话呢？没罪，那就回答没罪；有罪，那你就忏悔……”罗金神父开始失去耐心了。“爬到女伴身上过吗？”

菲奥多西娅若有所思。

“上草垛的时候，爬到女伴身上过，草垛太高了呀。”

---

① “佐杰依”是本名，“佐杰依卡”是其爱称。

“就是说，爬了，但没作孽？”

“没作孽，神父。”

“醉酒或是清醒的时候爬到丈夫身上过吗？”

“一次也没有！”菲奥多西娅肯定地说，语气激烈。

“跟上了年纪的男人，或是鳏夫，或是单身时候的丈夫好过吗？”

“一次也没有！”

“跟教子呢？跟神父或是修士呢？”

“这样的事我连想都不会想——跟修士……”

“这样好，因为邪念是同样的罪。嗯……在床上的时候你自己用手戳过吗？或是手指塞进过……”

“没有。”菲奥多西娅惊恐地小声说道。

“真的？”

“如果我说假话就让我就地消失！让蝮蛇咬我，让夜猫子啄我，让林妖拖了去！”

“因为你用渎神的、多神教的方式起誓，罚你从教堂回家后立刻行四十个礼。要用圣言起誓：愿上帝惩罚我！而不是用蛇、猫头鹰还有偶像。”

“什么偶像？”菲奥多西娅好奇地问。

“神话里的偶像，亦即寓言杜撰的偶像。”

“这哪是什么寓言啊。”菲奥多西娅瞪大眼睛，“在你们的澡堂里，你，神父，是住在沃尔恰诺夫大街吧？……去年夏天你们澡堂的堂仙把一个奶娃娃、母亲刚断奶的孩子给淹死了。他母亲安菲斯卡赤身裸体从澡堂里窜出来，嚎得整条街的人都听得见：‘澡堂仙把我的瓦修特卡淹死在木桶里了！’虽说她的瓦修特卡是个私生子，但还是让人心疼啊！尼封特神父第二天讲道的时候说：‘惩罚安菲斯卡和瓦修特卡是因为邪淫受孕和邪淫出生这类罪孽，惩罚最可怕的地方就在于惩罚者不是上帝，而是妖。’”

“呸！”罗金神父啐了口吐沫，“尼封特神父不可能说出如此渎神的话来。施惩罚的唯有上帝，偶像没有如此威力！”

“可就是这样说的……我没亲耳听见，因为那天没去教堂，不过母亲确实把这些都说给我听了。菲奥多西娅，你瞧啊，她说，要是你因罪受孕，那林妖就会把孩子淹死，或是闷死，或是让你无法分娩，你会怀孕三十三年又三年。”

罗金神父边思考边鼓着腮帮子，咂巴着嘴唇，长吸了一口气，然后呼出来。“多神教的邪恶在托奇马势力强大。”他很快就得出了这样一个沉重的结论，接着说道：

“用草药或是巫术让你身体里或是姊妹身体里的孩子流产过吗？”

“没有，神父，”菲奥多西娅语气热烈地保证，“怎么可以呢？”

“是否有人与你在两股间行淫，直到射出污秽的精子？”

“没有，神父，这样的事一次都没有。”菲奥多西娅画着十字保证道。沉默片刻之后她问：“神父，为什么男人的精子是肮脏的呢？美好的孩子因为有它才会出生。来自魔鬼才肮脏，可孩子难道是来自小鬼而不是来自上帝吗？”

罗金神父神经质地挠了挠前襟，又画了个十字，他凝神看了一眼菲奥多西娅。

一双湛蓝、明亮的大眼睛，如同罗金神父对上帝的爱，在菲奥多西娅雪一样白的脸上熠熠生辉，让人想起春天的小溪温柔地发出潺潺流水声，荡起蓬松的晶莹雪花，每一滴溪水中都闪烁着神秘莫测的光芒，映射出苍穹和日光。

“天庭的蓝宝石啊。”这种美让罗金神父不自在。

教堂全部的甜美气息都无法遮蔽从菲奥多西娅身上，从她蘸着圣油梳起的发辫、贵重的锦缎头巾、绣花细呢面狐皮大衣上散发出的芬芳。不知何故罗金神父清楚，皮大衣的前襟散发着猫崽味道。嘴唇是薄荷味。耳朵和耳后是柠檬香草味。乳房散发着妇人们整夜夹在私处，用以魅惑男人的苹果的馨香。

“你芳香的气息……”罗金神父气若游丝，喃喃自语。然后他打起精神，犹豫不定地问：“你是否喝了果酒：柠檬草、金丝桃，还有其他什……”

罗金神父的声音戛然而止，如裂帛一般。

菲奥多西娅咬了一下嘴唇，忍不住发出悦耳的细碎笑声。

“你的笑如河中的珍珠。”罗金神父几乎昏过去了，他在含糊不清地窃窃私语。

“没有，神父，没喝果酒。”菲奥多西娅说。

魔鬼已经向罗金神父逼近了。群鬼屈身跳着踢腿舞，引诱圣洁的神父堕落。不过救世主又来帮助他年轻的战士了。

“怎么着，神父，今天敲几口钟？”“救世主”声音低沉地问。

“啊？”罗金神父打了个哆嗦。

他甩了甩头。面前站着的是穿着毡靴、两脚捯来捯去的敲钟人季洪。

“等会儿，等会儿……你没看见我在行忏悔礼吗？”罗金神父讷讷地说。

随后他想起自己受到了蛊惑。

“啊，不！全部都敲！”

“乖乖……这个……”季洪疑惑不已，“为啥全敲？”

“为上帝的荣耀！”罗金神父两手甩了一下，“为战胜魔鬼，他竟然企图在圣殿中诱惑男人！”

季洪画了个十字，气壮起来。

“去吧，去吧，”罗金神父下了令，“你要按规定敲钟，晚祷开始之前。”

上帝重新接受了他的儿子罗金！上帝的声音在头顶响起，驱走了诱人去行淫荡的群魔。

“需要立刻诵读合适的祭祷歌！”

由于激动，需要的祭祷歌从罗金神父的脑子里飞走了。“我来一一列数神圣的天兵天将：神的侍者，圣徒……”罗金神父决定这样做，“这一向管用。”振奋地念叨完整串名单、简短地忏悔过后，罗金神父挺起胸膛，目光灼灼地看了一眼菲奥多西娅。

“你，上帝的仆人，问的什么？”他语气坚定地问。

“男人污秽的精子来自上帝还是魔鬼？”菲奥多西娅又说了一遍，“这个我弄不明白。如果来自魔鬼，那为什么孩子来自上帝？如果男人的精子来自上帝，那为什么说它是秽物，而不说它是种子？”

罗金神父的眼里冒出火来了。他太喜欢辩论了！不过罗金神父更喜欢诲人不倦。

“此复杂案例乃魔鬼本人为难你！”罗金神父兴奋地强调，一边咂摸着高效的阐释带来的甜美滋味，“任何果实以及任何精子都来自上帝。不过鬼有可能控制它！那样的话这果实以及这精子就都由魔鬼得来。”

这段论证的完美和言简意赅让他孤芳自赏了片刻，然后他瞥了一眼菲奥多西娅。

“你明白了？”

“明白了。”菲奥多西娅肯定地说，“那么，神父，如何猜得到，比如说，我手里的苹果是来自上帝还是来自魔鬼呢？”

“这要视由谁把它交托于你而定：如果是主，那就来自上帝；而如果是鬼，那就来自魔鬼。懂了？”

“懂了，神父。那如何得知是他们中的哪一个把果子交托于我的呢？如果，比如说，是库兹马在集市上给我的呢？”

罗金神父用鼻子吸了口气，鼻腔发出一声轻微的好似唿哨的声音。

“如果你是因罪得到此果，则交托它的是鬼；而如果果子是拜善举所赐，那就是我们的主降它于你。”罗金神父说，他提高了音量，不过没有丧失自控力。“明白了？”

他感到惊奇不已，刚刚他竟然还会被这样一个糊涂的妇人迷住！

"明白了，神父。"菲奥多西娅发自内心地满意。"还从未有人把所有的事都对我解释得如此明了！"

罗金神父的态度缓和下来了。

"好……如果你对什么产生疑问，总要咨询你的忏悔神父才好。嗯……"

"神父开言，列数罪孽，轻声问话。"罗金神父提醒自己，然后又开始为神的仆人菲奥多西娅行忏悔礼。

"你是否找过术士、巫师、神汉、方士、药师或巫医？"

"我有罪，神父，找过一次。可不是出自我的本意，是嫂子央求的。从药师那儿拿过草药，给嫂子治疗身体的疾病。"

"此乃罪也！疾病，不管是精神的还是身体的，都该通过圣言或用神圣的香膏来治疗。"

"可是神父，难道把香膏敷到普……魄……肛门上不是罪过吗？林妖在嫂子的肛门里鼓起了一个疖子！"

"你又提多神教的林妖！惩罚者，就是说降病者，乃上帝也！"

"可我是这样想的，如果疖子长在鼻子里或是小腹上，那是上帝的惩罚，而如果在屁眼里，就是魔鬼的阴谋。"

"这个案例不简单，"罗金神父难过地深吸一口气，"香膏恐怕确实不合适用在这个地方。不过，就此该向苦行圣徒约翰讨教。"

"那皇上的御医是用什么来治疗我们的父亲大人阿列克谢·米哈伊洛维奇的呢？"菲奥多西娅的双眼闪动着好奇，"难道不用草药？"

罗金神父干咳了一声。

"嗯……咳……我们的皇上，英明的阿列克谢·米哈伊洛维奇，是上帝在尘世的使者，因此，医治他自然是由上帝之手完成。毋庸置疑，并非所有的药草都是巫蛊之草。"

这个想法让神父精神抖擞。

"桂树、葡萄树即伊甸园的神木。因为求见巫医我罚你三个礼拜磕头四十。嗯……醉得人事不省过吗？”

“没有，我的神父大人。”

“不洁之身去过教堂吗？”

“一次都没有。”

“污秽月事的时候与丈夫行过房吗？”

“没有，神父。”

“好……不管是谁，与月事期间的妻子行房并孕育孩子，其则必长脓疮，父母还要受罚三年。”

“长脓疮的是哪一个？”菲奥多西娅不安地刨根问底。

“孩子。”

“娃娃有什么错呢？这一点我不明白。”

“孩子因为父母的罪在上帝面前承担责任，这个难道你不清楚吗？”

“可是孩子不知道他是因罪受孕的呀？要是知道了，也许，他就不会出生了。”

“异端邪说！鬼话连篇！宽恕我，主啊……再者，礼拜五、礼拜六或是礼拜天跟丈夫行过房吗？”

“没有。”

罗金神父想了想，该提醒神的仆人菲奥多西娅在一礼拜中的这些日子交合分别会怀上什么，可是他担心会引出新的挠头话题。最终教导的义务占了上风。

“如果在这些天有了孩子，那他要么是强盗，要么是窃贼，要么是登徒子。”神父语速飞快地说，希望避免麻烦。

可菲奥多西娅对于这样的信息不可能不动脑筋。

“那哪一天孕育刺儿头呢？”

“好打架的人？这个与此无关。”罗金神父莫测高深地回答。

“那为什么礼拜五就是强盗呢？为什么不是叛逆？看来是为了让亲爱的上帝不要弄混……”

“是否在圣斋期间行过污秽之事？”他继续问她道，对于菲奥多西娅的种种猜想他装作没听见。

“没有。”

“有过笑到眼泪都流出来的情形吗？”

“我有罪，神父大人……这宗罪是接生婆玛特廖娜造成的。她讲过非洲的事。玛特廖娜讲的笑话那么可笑，怎么可能不笑！你不会相信，神父，非洲生活着黑人……”

“好了，好了，以后再说……”

“不行，你啊，神父，听我说……他们的一切都是黑的：身体啊，私处啊。妇人乳房里挤出的乳汁也是黑色的。”

“黑色的乳汁？听说过奇闻，但有过这样的吗？……”罗金神父震惊了，急切地问，“怎么样呢？”

“如果乳房是黑色的，那乳汁该是什么颜色的呢？不该是白色的吧？”

“是这个逻辑……”罗金神父点了点头。

“玛特廖娜还说，非洲的人全都光溜溜的！赤身裸体，只是鼻子里插根羽毛！神父啊，你能想象赤身裸体的行政长官满大街走吗？行政长官的鼻孔里插着一根鸡毛……或是税官来收犁头税：他光溜溜的，私处也无遮无拦！哎呀，我们那个笑啊！眼泪都出来了……难不成非洲的敲钟人上钟楼的时候只穿一双毡靴，×蛋也是黑色的？……噢，我受不了了！”

罗金神父望了一眼远处的敲钟人季洪，也笑得脑袋轻颤。菲奥多西娅又洒下一阵圆润的咯咯笑声。

“神父，这样的趣闻怎么能不让人笑呢？”

“这不是趣闻。”罗金神父摆出一副严肃的表情，画了个十字，得出了结论：“那些黑人生出黑孩子是上帝在惩罚他们。因为他们是多神教徒。只有属鬼的多神教徒才会赤身裸体上钟楼！”

“敞胸露怀，神父！”菲奥多西娅火上浇油。

“不过你不该笑，你该为拯救非洲人的灵魂祷告。今天晚上你就为他们祷告。我也祷告。因为说笑话和大笑我罚你素斋三日。”

“该罚，我的神父大人。”菲奥多西娅谦卑地说，“不过《圣经》里说了，颓丧是罪。就是说，上帝要我们快乐吧？可哪有快乐而不笑的呢？”

“喝醉酒后伴着古斯里琴狂舞以及因为游方艺人的笑话而大笑，那不是快乐，心怀喜悦、眼含快乐检视一天中所行的所有善举，那才是快乐。”

“醉酒是罪，”菲奥多西娅认可，“可是我们的救主基督当时为什么把水变成酒而不是克瓦斯呢？也许，他本想施法把水变成奶羹或是蜜水，可魔鬼做了手脚，结果水成了醉人的酒？”

“我们的救主基督不施法，”罗金神父大为光火，“他可不是你的什么接生婆玛特廖娜。救主创造奇迹的目的是拯救。”

罗金神父就此打住了，因为他实在不清楚基督变水为酒而没有变水为克瓦斯的意义何在。他热切地连说了三次：“主啊，助我！”“援手”瞬间就来了。

“救主变水为酒是为了在忏悔过后有东西用来行圣餐礼！”他兴奋地高声说道，“不该用克瓦斯行圣餐礼吧？蜜水不是救主的血吧？！”

“啊！”菲奥多西娅说，“真是这样！你今天启示了我多少真理啊，我的神父大人。”

这句美言解除了罗金神父的警惕性，于是他宽厚地让菲奥多西娅对她的头脑还搞不明白的事情提出问题。

“酒是救主的血，这个我明白。可圣餐饼是什么，他的身体？我在这里有这样一些疑问……如果我摊上的是救主的手指，或是脸颊，或是肚脐，这还好说。可是，如果是救主的私处呢？把私处放进嘴里不是罪吗？”

罗金神父眼睛瞪大了。

“救主的私处？！”

“他有阳具吧？要知道，是寻常的母亲把他生为人的吧？”

“救主的身体是无实体的，”罗金神父语气严厉，“他的私处也是无实体的。他的精子是纯洁的。因此吃它不污秽。圣餐实际上只是身体的形象。嗯……是隐喻！……”

“那为什么脑子里只是想到阳具就已经是犯罪了呢？”

“呸！宽恕我吧，救主！因为罪孽始于念头。先是有了偷盗的念头，然后就偷盗了。假如没有念头，难道会偷盗吗？”

“对啊，”菲奥多西娅把一根手指贴到下嘴唇上，“人做任何事都是先有念头。可如果……”

“别说了，我的女儿。因为忏悔礼还在进行呢。”

菲奥多西娅打住了话头。

“有过所多玛的淫荡[①]吗？”

“绝对没有。”

“谩骂过神父吗？把乞丐从家里赶出去过吗？”

“如果从屋里赶到院子里，那是罪吗？有过一个浑身虱子的游方乞丐。头上蛆虫乱爬，臭气熏天。”

“没赶出院子？”

“没有，他在廊檐下跟家奴睡在一起，给了他面包。”

“那就不是大罪。”

“可是从另一个方面看，”菲奥多西娅若有所思，“这有可能是我们的救主化身为乞丐在尘世行走吧？”

“确实如此！”罗金神父首肯，“目的是检验我们，看我们对邻人是否有足够的爱。”

“要是这样，那把游方乞丐赶到院子里就是罪了吧？”

“那样的话是罪。”

---

①“所多玛的淫荡”指同性性交或与动物交媾。

"哦,我想起来了。那个乞丐后来在集市偷了钱包,把钱都买酒喝光了。人们把他的肚脐挖出来挂到树上了。就是说,那不是救主。看来,我没作孽吧?"

"嗯,看来没作孽。"罗金神父肯定了她的话,他有些疲倦。

"感谢上帝!"

"是否有过因为纵欲或是纵酒没去教堂做礼拜?是否有过因为懒惰或是贪睡去教堂做礼拜的时候迟到了?是否说过脏话?是否放过高利贷?是否对谁心怀怒气?"

"我有罪,神父,有过怒气。"

"嗯,心怀怒气多久,就斋戒多久。"

"就是说,斋戒一个钟头?"

罗金神父吹了一下额头上的汗。

"一个钟头。"他最终作出了决定。"究竟对谁心怀过怒气?不过,你不用说了……不说上帝也看得见。"

"神父,救主难道连猫也关注?"

"他关注一切生灵……你是否纵火烧过房子或是谷仓?是否扼杀过生灵?"

"拉里昂诺夫家的儿子尤达前不久说过:'唉,菲奥多西娅,你扼杀了我的灵魂!'"

"这个不算。这是神的仆人尤达隐喻的说法。"

"'隐喻'的意思是说我在撒谎?"

"是漂亮话。"

"是这样啊!"

"你是否与尤达行淫过?"

"绝对没有!"

"是否跟奴仆或是家奴交合过?"

"我的上帝,没有!有时候我可怜奴仆。阿库丽娅的丈夫把她和孩子们以及房子都一起卖给了我爹，难道阿库尔卡[1]有过错吗？她丈夫在一个礼拜还是两个礼拜之内就把钱全都在酒馆买酒喝光了！”

“一些人做另一些人的仆人，这是上帝决定的。难道我们自己不是吾皇阿列克谢·米哈伊洛维奇永远的仆人吗？我们是我们明君的奴仆并为此倍感欢欣。君主阿列克谢·米哈伊洛维奇也是仆人，我们救主的仆人。并且他顺从地接受做这样的仆人。”

“也许，有些地界没有奴仆吧？”菲奥多西娅问。

“这不可能。那样的话谁来完成奴仆的工作呢？如果有谁摊上了无比繁重的奴仆的工作，那是上帝对他的试炼。上帝给予最沉重试炼的是他最爱并且希望其好的孩子。救主深爱阿库丽娜，试炼了她，同样的道理，不管上帝赐给她的丈夫遭受怎样的困苦，她都应该支持他。丈夫打阿库尔卡吗？”

“打。”菲奥多西娅叹了口气。

“你告诉她，你就说，丈夫打一边脸，那就呈上另一边脸。妻子被赐予丈夫就是这个原因，而不是相反……你是否拿过谁的东西？是否胡乱起过誓？偷的东西是否没还回去？是否在教堂里大笑过？”

“我有罪，神父。刚刚与你，我的神父大人，大笑过非洲。”

“嗯……咳……我忏悔，主啊！……你是否诽谤过谁？没做完教堂的礼拜是否有过？是否迷信梦境？是否解过梦？”

“梦，神父，没解过，老天爷！也不迷信它。不过它还是成真过！……”

“你，斋戒一日。玩过不洁的游戏吗？”

“我有罪，神父。圣诞节期有一次光着身子和女伴跑到雪地上——为了占卜未来的夫君。”

“做这样的游戏鬼会成为你的夫君！鬼会蹿进你的身体，然后群鬼会用钩子把你夫君从里面掏出来！为此罚你白水配白菜八日。”

---

① “阿库尔卡”是“阿库丽娅”的爱称，“阿库丽娜”是本名。

“是，神父。”

“是否着过男装？”

“我有罪，穿过兄弟的靴子，跑去仓房找母亲。”

“是否心怀邪念盯着圣像看过？”

“从未有过！”

“是否频繁到澡堂洗过澡？”

“我有罪，神父。礼拜六在澡堂洗过澡，还没到十天，一个亲戚来了，我就又跟她在澡堂洗了澡。”

“频繁在澡堂洗澡就如同贪食一样属于过度。我们肮脏的不是身体，而是灵魂！要更多思考的是灵魂的洁净，而非不必要地擦身洗怀。神的傻子，圣愚，在腐臭的粪堆上安睡，不洗脓疮，可他们让救主欢愉！有的妇人身体散发甜美的香味儿，”罗金神父耸了耸鼻子，“散发芬芳，如果她正是以此诱惑男人犯罪，那这又有何意义？基督下水只是为了完成洗礼，漫漫长途过后他洗的是脚。可我们的妇人们却平白无故地一盆又一盆地泼水！平白无故地担着空水桶晃来晃去！……你要在复活节前夜洗净身体，踏上彼岸的时辰来临时你要让身体洁净，婚礼之前清洗不是罪过。可我们的妇人们呢，不管什么时候，澡堂里都是一片嘈杂！”

“实情，神父。”菲奥多西娅谦卑地回答。

“而一切都始于澡堂……罗马帝国曾经多么强大，可他们的后裔时兴在澡堂里，用他们的说法是‘楼阁’，在那里解决公务。而哪里有澡堂，哪里显然就有淫荡，有邪恶之城所多玛的荒淫无度。于是帝国坍塌了！”

“哦，神父大人！是由于澡堂？！难不成是基桩腐朽了？”

“彻头彻尾全都腐朽了！”

“救主保佑……”

“你，菲奥多西娅，从现在起你要是去澡堂，那就要想到罗马帝国。”

“一定会，神父，我会记住他们这些罪人。”

“你是否趴到地上过？”

“只有一次，”菲奥多西娅承认，“想看老鼠洞来着。我好奇得要命，老鼠在那里建造地下殿堂了吗？大概有仓房吧，还有卧房吧？”

“看清了吗？”罗金神父真的好奇。

“没有，洞里黑得很。”

“没有心怀邪念，那就不是罪过。”罗金神父宽慰她说，“对别人说过他私处的话吗？”

“前不久对嫂子说过：‘哎呀，玛丽亚，你屁股都撑爆了！’发脾气的时候对父亲说过，我说，‘管家管家，不是甩甩卵蛋。[①]’”

“那他怎么样了？”罗金神父饶有兴趣地问道。

“他用劈柴柈子把我后背抽得冒火。”

“做得对！……你是否在澡堂偷看过别人的私处，或是暗地里，或是在梦里，或是偷看过孤儿们的？”

“没偷看过，神父。”

“骂过新郎倌儿或是新娘子吗？”

“骂过新郎倌儿。我哥哥结婚了，就在婚宴之前他说：‘要是新娘子的×像丈母娘的就好了，宽宽大大。’宽恕我，主啊！为如此不知羞耻的话我骂过哥哥。”

“嗯，那不是罪过。是否骂过瘸子、拐子或是瞎子？是否盗过尸？”

“哦，神父，我怕他们，死人……”

“死不该怕，因为我们的灵魂不朽。”

“可我们那儿有一个在托奇马到处游荡……死了，但后来却在夜里总是来看，看妻子是否与铁匠鬼混。我主保佑！”

“好了好了，你真是话多。”

罗金神父又想了想还有什么问题向忏悔的人提，但却什么都想不起

---

① 这是俄国谚语，意思是某件事做起来不容易，不能轻率从事。

来了。他换了口气，谦恭地吩咐道：

“你行鞠躬礼吧，孩子，为所有的罪，有意的和无意的罪，同时忏悔吧。”

“我的神父大人，”菲奥多西娅忏悔过后欢喜地说，“如今我的心中是如此美好！仿佛夏天的霞光照彻我的身心……我还从未如此欢愉地忏悔过……神父啊，你是多么有学问，多么能言善辩……我忏悔过无数次，而这是最透亮的一次。尼封特神父从未提出许多问题让我的灵魂如此洁净。”

“无比可敬的尼封特神父都问你什么了？”罗金神父好奇地问，因为心满意足他容光焕发。

“他通常会问：‘怎么样，菲奥多西娅？没破了身子吧？’然后就让我走了。”

罗金神父响亮地吞了一口口水。

“难道说你不是人妇，而是没破身的姑娘？”

“是啊，神父。”

“没跟男人好过？”

“你说什么啊，神父？！”

“那你多大了？”

“十五。”

“那你为什么啊？……你为什么回答我提出的为妇人准备的问题？”

“因为我第一次与这么有学问的神父谈话。这么聪明的问题怎么能不回答呢？我今天深深爱上了我们的救主，就像爱小弟弟、甜美的孩子佐杰依卡一样。救主为我们有罪孽的人准备好了多少问题啊！我们的每一宗罪他都关心到了！为每一个私处都创造了有学问的词。而你，神父，所有的词都记住了？”

“背诵圣言不是负担，”罗金神父谦虚地回答，“采蜜并且用嘴喝它艰难吗？上帝的词语就是那蜂蜜。除了神学等学问我还懂得很多：词汇学、希腊语、宇宙学……不过圣言是我最感兴趣的。”

“神父啊，你对上帝的爱多么强烈……”菲奥多西娅感叹道。

“我爱！”罗金神父肯定地说，语气热烈。

“但愿我也如此深爱他！”

菲奥多西娅躬身行了礼，眼睛湿润，她退到一边，等着领圣餐。

……罗金神父冲出教堂，如春天里一只精神抖擞的麻雀。他兴奋地环顾了一下四周，深深吸入一口冬天清新的空气。覆盖着白雪的举荣圣架教堂在日光下熠熠生辉，如同着节日僧袍的修士大司祭。远处新建的圆木钟楼就像一颗小小的蛋泛着黄色的光。如白糖一般的雪堆高耸着。空气中散发着松脂、面包和香炉的芬芳。

罗金神父喜悦和感动地想起了红黄两色蜡烛的小火苗，它们如神的蜜蜂在圣坛前闪耀着金光，想起了接受过无数祷告的圣徒们的圣容，他们似乎赞赏地聆听了他、一个神父的礼拜。他振奋地画了个十字，高呼：

“多么谐和，主啊！”

神职生涯的幸福开端，以及木屋、楼宇、教堂和市集错落有致地分布其中的托奇马（它亮丽如女子用的绣花枕垫），最重要的是，对神的仆人菲奥多西娅行的忏悔礼、她精神的洁净以及她如霞光般迸发出的对上帝的迷醉——所有这一切在罗金神父欢喜的心灵中汇成一个美好的、当代的词汇：和谐！

“似乎我能把菲奥多西娅塑造成真正的神的仆人。只谈了一次话，她就已经深深地爱上了神，如同她深爱刚断母乳的孩子、弟弟佐杰依卡一样。如果对于她来说我成为这样一个善于开导的牧师，那么出于对救主的爱，她是否会脱离虚空的尘世、遁入精神的殿堂？我的胜利将尤其辉煌，因为神的仆人菲奥多西娅是为实现造物主造女意图而生的美妙绝伦的少女……”

罗金神父的脑海中充斥着这些虚荣的念头，他脚步飞快地走向位于沃尔恰诺夫大街的居所。有了这些臆想的罗金神父“窥见”自己成了托奇马、整个诺夫哥罗德主教区，乃至莫斯科国最受尊敬的神父。就连明君阿列克谢·米哈伊洛维奇本人都召唤罗金神父到克里姆林宫里去，向他讨教最新的神学研究成就。走到斜街的时候，罗金神父已经下定决心思考并亲手书写一部新的教规，他已然看到了一群群圣像画师和文士，他们将描画由他——借助神力！——撰写的书籍。来自全世界的宗教使者趋之若鹜来求这些书，甚至连愚昧的非洲多神教徒也将加入基督教信仰的行列。因为罗金神父才华横溢，博学多才，这可不是他的错，这是上帝的恩赐啊！

这些计划在最不恰当的时刻被担着水桶的婆娘打断了。

“祝福我吧，神父大人。”她叫了罗金神父一声，躬身行了个礼，扁担继续担着。两只桶晃了晃，水里闪烁着映下来的苍穹的圆片和树梢。

罗金神父不满地瞥了一眼婆娘。

“瞧瞧你壮得像颗大头菜。”他在心里说，“托奇马的妇人能生养，可脑袋里全是糨糊。要是你看到走路的是一个正在思考的神职人员，就不要打断……”不过他随即就责备了自己的怨怼，给了妇人神父的祝福。

为托奇马女人画十字的同时，罗金神父发现她的眉毛用锅底灰画过了。罗金神父本不想从重要的思考中分心去训诲锅底灰的事——锅底灰是魔鬼从他地狱的炉子中掏出来偷塞给蠢妇人的——但他说教的热情还是占了上风。

“姊妹，是不是用地狱里的锅底灰画过眉毛了？”罗金神父刻薄地问。

随之他想起了菲奥多西娅的眉毛……

婆娘嘟囔了一句什么，又躬身行了个礼。

“好吧，好吧，你这就好生去吧，回去悔罪的时候，你要记得锅底灰的事，接受惩罚。”

“你的笑声如河里的珍珠，”罗金神父呻吟了一声，“发辫散发着圣油香，耳后飘出蜂蜜的甜香。这枚天庭的蓝宝石将会是我呈上圣坛的最珍贵的礼物。”

第二章　血海月信篇

“怎么着啊，菲奥多西尤什卡[①]，群鬼还没把油泥从你的罪穴里赶出来吗？”心满意足地打了个饱嗝、起身离开桌子之后，接生婆玛特廖娜故意用一种吓人的语气问道。

玛特廖娜是菲奥多西娅家的远房亲戚，在托奇马及其周边地区经管着只有婆娘才能干的活计——接生婴儿。借助上帝的手，这个活儿她干得顺风顺水：婚生的孩子生出来时喊声嘹亮，不哭，结实，而非婚生的、放浪所得的孩子生下来后就会安静地死去，来不及打上个喷嚏或是吱哼一声。高超的手艺保证玛特廖娜有广泛的女性客源。品行端正的妇人们临产前会叫玛特廖娜住进豪宅，而那些不幸的放荡姑娘临产前，会派车拉她去修道院，在一切征兆都表明生产时魔鬼会图谋不轨，在特别艰难的情形下，人们会恭请她出马。在最后的那些情形里，为托奇马官衙书

① “菲奥多西娅”的昵称。

吏的妻子接生一事尤其让玛特廖娜扬名立万。魔鬼在生产时刻伴随左右这一点，玛特廖娜从走进院子的那一刻起就看明白了：街上卷起了暴风雪，它无疑表明，鬼迎亲来了；巫婆在炕炉的烟道里嚎叫起来了，再说还有使女——大嘴巴女奴——在门槛上绊了一跤。书吏虔诚的妻子对玛特廖娜坦白了，说她是因罪受的孕——骑在丈夫上面，因此魔鬼肯定企图控制婴儿的灵魂。唉，情形也真是如此：聚拢来的妇人们借着照明棒的光看到了，肚子里显露出来的是一个长角的婴儿！响起的尖叫声真厉害呀！

“你瞅瞅，老爷，你因罪干的好事！”玛特廖娜责备了惊恐地跑到门外的书吏。

不过，玛特廖娜采取了紧急措施，直接在产妇的肚子里就把魔鬼的孽子换成了上帝的孩子。玛特廖娜把鬼都骗过去了，一边说“把你邪恶的孩子给你，把我们的好孩子交给我们”，一边把一只用布包裹的猫崽扔到门廊里。魔鬼没发现掉包，把猫崽拖走了，裹布丢在了大门边。此时一个男娃映着火光、脚朝下出了娘胎——他的两只角已变成了两条腿。

与接生婆惯有的情形一样，玛特廖娜也是个品行端正的寡妇。

“啊，吃饱了喝足了！”寡妇心情愉快，“屁眼都要撑爆了。招待得美呀，千恩万谢！”

实际上，让玛特廖娜心情愉悦的不是腌蘑菇馅儿饼，不是加了牛奶和越橘酱的燕麦羹，而是醉人的蜜酒。虽说大斋节喝它是罪过，不过玛特廖娜婶婶一路上冻坏了，她赶着来见菲奥多西娅的哥哥普季拉的妻子玛丽亚，帮她应对头胎孩子的降生。

“婆娘放臭屁，岁月不饶人。”菲奥多西娅的母亲瓦西里萨接过话茬。

“屁股者，主公也，想要干啥就干啥。”玛特廖娜呱呱叫着。“宽恕我这个罪人吧，主啊！”

笑够了，精神振奋地画了十字，婆娘又想起了菲奥多西娅。

“群鬼还没把油泥从胯间赶出来吗？”

菲奥多西娅疑惑不解地看着接生婆。

“什么意思啊，玛特廖娜婶婶？”她问。

“你竟不知道群鬼很快就要在你的洞穴里埋锅生火了？！要么是母亲没跟你说过？”

玛特廖娜转向因喝酒而面红耳赤的瓦西里萨。

“干吗早早地吓唬丫头？”瓦西里萨甩了甩手，“时辰一到，她自己会知道。”

玛特廖娜眯起一只色眯眯的眼睛。

“听我说，菲奥多西尤什卡，听我说，我的宝贝孩子……是这样……上帝创造了人，亚当，然后就因为别的事离开了。可就在这时，魔鬼从油煎火燎的地狱里钻了出来，开始发飙，恶毒嘲讽上帝的造物。他对人啐口水，吐浓痰，呕吐黏液，撒尿……”

“哎呀，别说了，玛特廖娜婶婶，不然的话我就要吐了。”玛丽亚捧着肚子尖叫。

“你听着都恶心，那亚当该当如何呢？！是这样……亲爱的上帝回来了，看到的是一幅臭气熏天的画面：他的造物被毁了！主这不有时间了嘛，应该接着创造。瞧，他一下子就把败坏的人里外翻了个个儿。所以现如今我们里面的肠子是臭的，气味是酸的，胆汁是苦的，那是魔鬼的唾液——所有的东西都在肚子里。妇人们的肚子里还有诱人犯罪的魔鬼的锅。

“少女一旦到了作孽的年龄，群鬼就会烧旺这口锅。开始在你的肚子里，菲奥多西尤什卡，点火、烘烤，会让你隐痛、痉挛，把你丢进热气里、火里，然后你就会流出魔鬼的油泥。它的气味恶臭，你，菲奥多西尤什卡，会变得很不洁净，你就会被禁止靠近神圣的教堂！如果那油泥有一滴落到穿堂里或是教堂前的台阶上，最要命的是在举行圣餐仪式的时候滴落，那你就到地狱里受苦去吧！你的魔鬼的秽物无比渎神，你从十字架旁边走过都不行，用手捧圣水或圣油也不行。”

菲奥多西娅扶住柜子，瑟瑟地抖着。

玛特廖娜亢奋起来：

“曾经有一个妇人，叫作奥丽加莉娅的，身子正是不洁的时候，这个肮脏的妇人本该待在家里，可是她不，她在村子里乱晃荡。到了栅栏后面，突然有一丛荚蒾灌木在她面前摇摆起来。妇人本该回家，可是她不！她继续往前走。一片裹着雷雨的乌云猛然间扑面而来，然后她的身体里就冒出了一根可怕的火柱……”

听故事的女人们“啊”地叫了一声，都画了个十字。

玛特廖娜做了个戏剧化的停顿，给自己倒了些蜜酒。女人们屏息静气，等着她继续讲。

“……是雷箭！啊呀，粗壮的闪电啊，就像主教的法杖！这雷电当场就击中了那个妇人！唉……村里的人赶来了，往妇人脚上埋了些土，想让火从她身子里面出来，转到湿润的大地母亲怀里，他们自己却惊讶着呢：一个礼拜都是大晴天，一朵云彩都没有，哪里来的雷电交加呀？！这时一个很老很老、为了给修道院化缘而经过村子的女修士想起来了，曾经有一个虔诚的修士就安葬在这个地方。‘你们看看妇人的衬裤，’女修士说，‘她是否不洁？’婆娘们看了——确实如此。这时不洁的妇人呻吟起来，开始忏悔。‘圣徒啊，’她说，‘先知啊，殉难的圣人啊，宽恕我这个罪孽的傻瓜吧，我身子血污，在上帝洁净的世间晃荡，还冲撞了修士的坟墓……’这时乌云突然间裂成了两半，阳光从高空投射下来，妇人的手脚像原先一样好使了。村里的人把湿润大地上的那块地方围了起来，妇人出钱在修士的坟上立起了一个石头十字架。它的名称就是这样来的：血立十字架。你瞧，菲奥多西尤什卡，你那女人的不洁多厉害！”

玛特廖娜目光老道地打量了一眼菲奥多西娅的身体，注意到了她额头上的一颗痘，她预言：

“用不了多久了。瓦西里萨，再给我倒上一小杯……”

“玛特廖娜婶婶，”菲奥多西娅嗓音颤抖、满怀希望地问，“可以恳求亲爱的上帝不要让群鬼从我身体里赶出油泥吗？”

“这不可能。没有无罪的婆娘。没有无渣的面包！没有不落毛的汤！造那个出来，可不是用来撒谷筛糠的！”

菲奥多西娅嘴里发干，唾液在嘴巴四周圈出一条白线，粘住了嘴角，喉咙里仿佛堵着一团乱麻……

“我走了……”菲奥多西娅的声音勉强听得到，她走出门，来到穿堂。

铸铁烛台里的照明棒劈啪响了一声，掉进水里，滋滋作响。

菲奥多西尤什卡身体僵硬得如同一尊石头偶像，她登上橡木楼梯，往闺房走去。

她僵硬的两只小脚被过道上的地毯绊了一下，身体便歪倒在呢面儿起了毛的长凳上。就在这一刹那菲奥多西娅的肚子里开始烧灼、拉扯，仿佛是魔鬼在用钩子翻转肠子。

菲奥多西娅抬起头来，目光在圣像间穿梭，她几乎神志不清地念叨着：“主啊，发发慈悲吧！”

五脏六腑被牵扯着，如同群魔要拼命把它们掏出来。

菲奥多西娅爬到床上，掀起羽绒被子，钻到里面，惊恐地用天鹅绒面被头蒙住脑袋，希望躲开邪恶势力。

整夜她都被火热的旋风裹挟着。整夜她都闻到硫黄的味道。

刚一醒来，她就把一只手贴到小腹上。肚子发胀，滚烫。

菲奥多西娅泪流满面，脚步踉跄地走到窗前，推开画满花朵的沉重的橡木窗板……黯淡的冬日曙光穿过云母格窗透了进来。

菲奥多西娅回到床边。

褥垫上有一块暗红色的、干了的硫黄的斑点……

菲奥多西娅叫了起来，夺门而出。

家奴清晨搬进穿堂的一桶萝卜，盛着脏水的木盆，上冻的、泛着酸气的羊皮——一切都让菲奥多西娅觉得像地狱一样恶心。

“啊——啊！”菲奥多西娅哀嚎着，“娘——啊！”

玛特廖娜、瓦西里萨和嫂子玛丽亚从女眷屋里跑出来。

“娘——啊，群鬼夜里来了，赶出油泥来——啦！”

玛特廖娜一步蹿到菲奥多西娅身边，掀开她的衬衫。衬裤上有块暗红的斑点。接生婆对瓦西里萨眨了眨眼。

母亲本要冲出去拿笤帚。

“打可别用扫帚来，郎君全都会打飞！”玛特廖娜正儿八经地提醒她，“给，用树皮！”

瓦西里萨抓起一条树皮绳，扑向菲奥多西娅。

“你到底对自己干了什么？！说，下流东西！”瓦西里萨一边用树皮抽打女儿，一边声音夸张地嘶吼着。

“屁股，打屁股。”玛特廖娜小声提示，“屁股不是瓦罐，不会四分五裂。”

树皮鞋到了她们手里，菲奥多西娅也就挨了树皮鞋的打。

玛特廖娜从箱子上抓起一块旧地毯，用沉甸甸的地毯又抽了菲奥多西娅后背一下。

“用什么在肚子里掏摸了？！还是跟什么人作了孽？！”她们齐声嘶吼，“你怎么就流了血了？”

“我什么都没干，老天爷啊！”菲奥多西娅痛哭失声，赌咒发誓。

嫂子也摆出一副威严的表情，不过她狡狯的眼珠不时转来转去，一只手掌遮着笑嘻嘻的嘴。终于她忍不住了，寻了个机会，兴高采烈中藏着幸灾乐祸，用拧紧的毛巾打了菲奥多西娅一下。

期待从母亲和亲人那里得到同情而绝非抽打的菲奥多西娅被逼到墙角，一边抽泣，一边呼哧呼哧地喘着粗气。

女人们出乎意料的攻击让她忘了夜里的噩梦。脏水盆已经没有硫黄的臭味儿了。木桶散发的也是萝卜而非油泥的味儿了。可衬衫上有血。

“就是说，这是我的血？”菲奥多西娅问，语气变得轻松了。

玛特廖娜又对瓦西里萨眨了眨眼，说，这下可妥了，丫头的魂儿这下可安稳了。打可是好事儿呀。对谁都没害处。

菲奥多西娅软塌塌地倚靠到墙上，脑袋里响起一片欢悦声。

血，只不过是血而已！当然了，虽说这个也吓人，但终归不是硫黄，终归不是油泥！

玛特廖娜立马叫来一个家奴，吩咐她端温水来给年轻的公爵小姐洗洗。（接生婆一直都把商人和官差的女儿唤作年轻的公爵小姐：她玛特廖娜的舌头不会因此短了去，女子们可高兴着呢！）

这时菲奥多西娅洗好了，换了身内衣，为了不让血弄脏菲奥多西娅崭新的蓝色软皮靴子，衣摆掖到腰带底下了。菲奥多西娅的头发沾着圣油梳理过了，耳环整理好了，腰上扎了一条绣着金丝的毛皮腰带。

几个女奴把早餐摆上桌子。尽管如痛哭过后常有的情形一样，菲奥多西娅面孔肿胀，但她还是感觉内心轻松、敞亮。被树皮鞋和树皮绳抽打过后留下的伤口让她的脸和双手火烧火燎，这加剧了肚子里的隐痛。菲奥多西娅几乎是幸福的，她天真地相信不适再也不会重复出现。平起平坐地参与女人的谈话让菲奥多西娅半是窘迫，半是满意，满意是因为连她也有了通常像嫂子这样的人才有的这种不洁（只是到了现在她才明白这些词的涵义）。玛特廖娜是通晓人体结构的行家里手，立刻就吸引了大家的注意力。

“这里，”玛特廖娜把叉着一块油焖萝卜的叉子指向庞大的胸脯，“通过的是人的肺管，人经由它呼吸。这里是心管。发怒、暴躁就在心里。所以把它叫作心，是因为人由它动气。”

“这可是千真万确啊！”菲奥多西娅因为这样的发现兴致勃勃，“通常动气的时候，胸口跳得那叫一个厉害！”

“偷懒的家奴惹人发火的时候，简直就像有把锤子在心里面敲。”瓦西里萨肯定地说。

“接下来是食管，”玛特廖娜的学识让人吃惊，“有血管。还有脉管，力气经由它们传给肌肉。尿有它自己的管道。整个人浑身上下都是管子。”

“要是一个恶妇见天儿地讨好丈夫，人们就会说，她把管子全都扯出来了。”嫂子插了一嘴，这是要让人明白，她可不是这样的恶妇。

在丈夫亲戚的圈子里玛丽亚又一次尽力讨好。娶她时她带来了不菲的嫁妆，不过不是钱，是二十车咸鱼和冻鱼，这些鱼需要她年轻的丈夫、菲奥多西娅的哥哥普季拉运到莫斯科卖掉。卖掉了没有、价格怎样，普季拉一直没传来消息，因此，陪嫁是否很值钱还不得而知。在知道之前玛丽亚都殷勤有加。就连打奴才也打得轻，只是要他引以为戒就行。

“而这里，菲奥多西尤什卡，是脐下管，”玛特廖娜接着说道，“棒小伙儿有脊柱管。”

菲奥多西娅尴尬、声音短促地笑了起来，好像是小燕子在用嘴敲击着闺房的小窗户。女人们的谈话在菲奥多西娅听来通常都罪孽深重，对单纯、羞涩的心是一种侮辱，让她如同看到一个倒在酒馆边烂醉如泥的醉妇一样窘迫、难过。女眷们的话开始意指双关的时候，菲奥多西娅最常做的就是离开屋子。可是今天，她不知道该怎么做才好：也许现在，在发生了那一切之后，她也该进行女性之间没羞没臊的谈话？与此同时她觉得，玛特廖娜的色欲故事激荡着她，她虽不习惯，但感到愉悦。而且她陷于惊慌失措：这是不是罪孽呢？

“你啊，菲奥多西尤什卡，别笑，”玛特廖娜干了一杯蜜酒，以教训的口吻说道，“××也是受洗的躯体。肉得自××，而血得自女人的肚子。一旦它们——妇人的血和男人的秽物——结合在一起，孩子也就坐胎了。而如果妇人与男人行房时精子不是射进肚子，而是射到地上或是内衣上，那血和肉就不可能结合。那样的话就会从胯间流出血来，这是让上帝看到，这个妇人没有孕育孩子。主用不洁的‘月信’惩罚不孕。你看，玛丽亚如今肚子里有孩子，所以没有不洁的血。是吧，玛丽亚？”

“千真万确！”嫂子肯定地说。

“那么，难道只有妇人受惩罚吗？男人不受？”菲奥多西娅问。

嫂子居高临下地笑了起来。

“男人不受……”玛特廖娜以权威的口吻宣称。

“那这样的惩罚终究是因为什么？”菲奥多西娅为妇人们抱屈。

“因为一切！因为一切的罪孽！因为好奇和欺骗。作为惩罚，上帝下令妇人们每个月受不洁的苦。”

“玛特廖娜婶婶，”菲奥多西娅惊呼，“难道说如今我每个月都会有这玩意儿？”

“你以为呢？！”

“我以为这就会过去，然后就没事了……”

妇人们哈哈笑了起来。

“不，丫头，每个月。等你成了人妇，血就不会总有了，只有在你违背自然地与丈夫苟且时才有。”玛特廖娜解释说。

“怎么，我现在流出的是孩子？”菲奥多西娅惊恐万状。

“千真万确，”玛特廖娜画了个十字，“所以这些血水不能泼到楼房或木屋的墙上，不然的话，这个家里的婴儿就会生病。也不能用水筲或木盆把这种水泼到路上，不然的话，经过这条路的母牛、母羊、母马就都怀不上崽了。”

“那需要泼哪儿呀？”

“悄没声儿地泼到湿润的大地母亲怀里。我们全都从她那里来，也全都到她那里去。不然你就会像我知道的一个愚顽的婆娘那样……”

“她怎么了？”玛丽亚两眼放光，声音短促地叫了一声，她喜欢听别人遭罪的事。

“这个婆娘二话不说就把她在澡堂里流的污血块儿丢到墙角了……”

玛特廖娜抓起一块胡萝卜馅饼，故意拖延月信戏剧的高潮。

妇人们张大嘴巴，匆匆忙忙地画十字，预先享受地品咂着将要听到的恐怖故事的美味。

玛特廖娜嚼完了馅儿饼，打了个嗝。

“灵魂跟上帝说了会儿话。[1]”玛丽亚讨好地嘟囔了一句。

“就是说，她把血块儿丢了。她的一个亲戚紧随其后来到澡堂。那个亲戚是个下三滥，孽障！他开始邪恶地自己跟自己行淫，就是说，手淫。污秽的精液也流到了墙角，正好流到血污上。肉和血融合起来了。澡堂里嚎声、低鸣声一片，黑影乱蹿……夜半时分里面出来了一个……”

妇人们打了个哆嗦，从玛特廖娜身边跳开。

“……少女！……脸长得像那个愚顽的婆娘和她的孽障亲戚。到了早上人们一看：什么东西？一个少女在村子里面走，她可不是个活人哪！眼睛像是浴皂，皮肤如同炉灰，身体就像在碱水里浸泡过，代替头发的是搓澡麻……”

“主宽恕啊！”妇人们哀叹。

“是啊，长得像愚顽的婆娘和她的亲戚！”玛特廖娜又说了一遍，让人明白，戏剧故事才刚刚开始。“有人通报了那个渎神婆娘的丈夫。他看了看。千真万确：少女脸长得像这两个罪人。他当时就抓起一把匕首，刺进妻子的胸膛。把亲戚的脐下管挖了出来，钉到了大门上！人们报告了市行政长官和教堂住持。杀人凶手被叫到法院。‘你根据哪门子的法律杀掉自己的妻子、挖出亲戚的脐下管？！’行政长官和住持问他。‘我杀掉的不是自己的妻子，不是亲戚，根据俄罗斯古时候的法律杀掉的是渎神的奸夫淫妇！’行政长官和住持认可他说的话，把他放了。”

“那血巫呢？”玛丽亚扭动了一下。

“手握棍棒的庄稼汉把她围了起来，还叫来了神父。神父把圣水撣向女巫，用圣香熏她，口念圣言拯救她。终于，借了基督的帮助，男人们把杨木楔子插入那个女巫所有的管子里了。”

---

① 这是俄罗斯百姓表示“打嗝”的戏谑说法。

“感谢你，主啊！”听故事的女人们画了个十字。

“往往就是这样，”玛特廖娜摇了摇头，一副教训的口吻，“上帝就是这样惩罚随便乱泼污血的那些妇人。”

“那可以泼炉子里吗？”菲奥多西娅满怀希望地问。

“你说什么！你说什么！”玛特廖娜身子往后一仰，“滔天大罪啊！你听我说……曾经有一个年轻的新婚妇人，叫安尼察。你，瓦西里萨，也许记得，安尼察在狗钱村住过。”

“到底是哪一个呀？”瓦西里萨若有所思。

“就是家里母牛产下了狼崽子的那个！清早人们来到牛棚，牛犊没有，墙角卧着一头狼！”

“主啊，当然了，我记得！”瓦西里萨一下变得兴高采烈。让她高兴的是，她，瓦西里萨，本人认识安尼察，是她罪行的旁观者（从玛特廖娜热烈的开场白中就显而易见，狗钱村的新媳妇将要作孽）。“安尼察怎么着了？”

“她和丈夫结了婚，开始过日子。过了一个月，安尼察的不洁来了。需要把衬衫洗了。可正是阴雨季节，白天夜里雨下个不停，再说还冷得很。安尼察也懒得到僻静的小河沟里搓洗内衣。她把血衣用碱水煮了，水就直接泼进了炉子，火里……”

“火里？”瓦西里萨长出了一口气，随后乐颠颠地说，“她干什么？傻透了！难道可以往火里泼？要是由着这种傻瓜的性子，她们都能把脏水泼到圣洁的十字架上！”

大家全都一起摇头谴责。嫂子咬了一下嘴唇。

“然后怎么样了，玛特廖娜婶婶？”菲奥多西娅问，她等不及了。

女人们提早为自己画了十字。

“安尼察把水泼进火里，”玛特廖娜恨恨地开口了，“眨眼间炉子里响起了轰鸣声，她感觉儿子从火苗中出现了，应该是从那些血里生出来的。真是个威武、壮实、蓝眼睛的小子呀。简直是个小天使！……‘你呀，亲爱的妈妈，都干了些什么？’小儿子哭了起来，‘你把你肚子里结的果子泼进火焰中了！’他的鬈发燃烧起来，小衬衫烧着了，小男孩儿边哭边说，最后燃成灰烬了。安尼察呆住了，叫喊着瘫倒在火炉边。婆娘们赶来了，她们什么都搞不懂。安尼察一个字都没说，只是撞着炉膛，指着炉火。晚上婆婆开始掏炉灰，从炉子里拽出了一块小孩子的骨头。她什么都明白了，举着火钩子扑向儿媳妇。‘坦白交代，’她说，‘下流东西，你都干了些什么？’于是儿媳妇忏悔了。‘宽恕啊，’她说，‘亲爱的母亲大人，宽恕你万恶的儿媳妇吧。’婆婆对她说：‘现在你祷告吧，该死的孽障，恳求上帝宽恕，不然他会让你一辈子没孩子。’安尼察祷告了一年，每天磕一百个头，直到救主发了慈悲，宽恕了她的罪，还给肚子里送来了孩子。不过生的不是小子，是丫头。就这样生了七个丫头，小子是一个都没有啊。这就是上帝对安尼察的惩罚。”

“哦，但愿我生的是男孩儿……”玛丽亚叹了口气。

“给我儿子普季拉生个小子，别生丫头。”瓦西里萨下了命令。“而且是个白里透红的小子！”

“别用纺锤或是纺车碰肚子，只能用弯锥、锤子或是男人用的其他工具来碰。”玛特廖娜开始说教：“这样就会是个小子。”

“玛特廖娜婶婶，”菲奥多西娅打断她的话，“看来，不洁的血只能带来邪恶？可以往好处使用它们吗？”

“那还用说！上帝造物，是让他的任何一个造物，哪怕是最污秽的，都可以有好处的。只不过需要伴以祷告。”

“不洁的血有助于丰产。栽苗时拿着不洁的衬衫扫过垄沟有好处……”

“正是这样。”瓦西里萨满意地点了一下头。

“很能生养的婆姨的衬衫尤为好。”玛特廖娜确切地说。接生婆不喜欢有人懂得比她多。“播种前穿着脏衬衫在湿润的大地母亲怀里跑跑不孬。血色特别浓重的衬衫会助推甜菜的长势。不过内衣一定不能是干瘦奴才的，它该是身材丰满的妇人的。还有什么呢？……要是把血水浇到苹果树下，就会长出又红又多汁的苹果来。”

“不洁的妇人不能骑马。”玛丽亚想起来并提醒道。

“天哪！”接生婆甩了一下手，“马有过这样的遭遇，但愿救主别让你落到那匹马待的地方……”

听故事的女人们都笑了起来。

“有一个品行端庄的妇人骑马去牧场。半路上她的月经来了，她却没发现。要是发现了，她必定会下马步行，因为那个妇人谦恭、敬神。唉……经血落到马儿的脊背上。突然，它，就是马，驮着妇人前蹄腾空，它的鼻孔里冒出火来，然后是黑烟！……公马把妇人抛到地上，一溜烟儿穿过牧场。婆娘们一看：怎么回事？她们跑到路上，那里卧着……救主保佑！卧着一只灰头土脸的黑猫！肚子被马蹄踏裂了，肠子外露……”

“哎呀，玛特廖娜婶婶，我要吐了。”玛丽亚的声音带着哭腔。

可是，在这种教导人的时刻，就算是鬼亲自来，也不能阻止接生婆讲故事。

“旁边摊着衬衫，”她接着讲，“腰带也在那儿，有帽子，全都是女装。婆娘们从帽子上的绣花猜出来了，路上的猫是什么！……傍晚的时候马回到院落。人们看到……老天爷！整个马背全都脱落了，肚子上脓血一片。主人没让这匹马进院子，请来了神父。神父就在大门外给无辜的牲口行了圣礼，掸圣水，就是说，让污血之罪不要过给其他牲口。祷告勉强使这家人得到免罪。夜里马咽了气，不过病魔再没动这家的任何人……但是你，菲奥多西尤什卡，最要敬畏的，是月事在身不能到教堂去。刚一察觉到点什么，就要赶紧跑出教堂！”

“如果赶上圣诞节的守夜礼呢？难不成要错过这样的大礼？”菲奥多西娅感到沮丧。

“跑出教堂，我对你说过了！不然你就会变成女巫。之后还得对教堂重新行祝圣礼。”

“玛特廖娜婶婶，到那时候老少爷们儿不就猜出我是怎么回事了？……”

“真是要了命了！否则他们就不知道了不成！不洁的妇人不能揉发面，不能端面包，不能碰面粉。圣饼，上帝保佑，可不能碰啊！不洁的妇人与丈夫睡到一张床上是滔天大罪。如果你来血时有了孩子，那就会生一个血污大盗。”

“真是要命啊！……”菲奥多西娅懊丧地拍了一下手。“今天我该怎么着，爬到堂箱上呆坐着？可以做什么呀，玛特廖娜婶婶？”

接生婆咂咂嘴唇。

“纺线——悉听尊便。红色的手工尤其可以做。用红线做绣工活，或是用红绸布缝制衣裳。嗯，什么都不干躺躺也不是罪过。多多祷告，磕头，所有这一切都允许身子不洁的年轻公爵小姐做。”

玛特廖娜笑着说最后这几句话的同时，妇人们都一起画了十字，从桌边站起身来。玛丽亚去躺躺了（不过她跟婆婆说，她要去把给夫君普季拉的荷包做完：玛丽亚给公牛尿泡制成的皮荷包绣花边已经绣了一个多月了）。瓦西里萨骂奴才去了，如果没有什么不妥，那就随便骂骂，引以为戒。玛特廖娜开始翻弄小箱子里那些接生所需要的零碎儿。而菲奥多西娅去了自己的闺房。她本来躺下了……可想到发生的事，尤其是想到从玛特廖娜那儿听到的事，有关这些事的想法便如同决堤的春水把菲奥多西娅的身心涨满了。她心潮起伏，在屋子里走了一圈。坐到板凳上。坐不住，跳了起来。在柜橱边坐了一会儿，揪扯着台布。可两只小脚不由得抬了起来，带着她走，让她离开柜橱。到了窗边，菲奥多西娅瞥了一眼纺车。“玛特廖娜说了，经期用红线绣花好。”菲奥多西娅想起来了。她从雕花箱子里掏出一把小巧的铜剪刀、针、浇铸成红色的纤细的金属丝、金丝线、深蓝的布。她上下左右打量了一下布料，脑海里思量着海洋波涛的画面，摇了摇头。明亮的日光刺得她的眼睛眯了一会儿。她欣赏了一会儿水晶一样的陆地。主啊，菲奥多西娅思量出的这是什么？或者说经血怎么对她产生了如此作用？不画上三次十字就把这说出口该多可怕！因为菲奥多西娅打定主意，要绣一张陆地和天庭的地图。

第三章　游方艺人篇

“所有人的脸上都戴着面具！还是那么流里流气的面具！是木头刻的，又画了颜色？鬼才知道呢。一个上面的鼻子翘出一里地去，像根××！哎哟，救主宽恕……另一个的上面都笑死人的面容，做梦都梦不到！……”

从早饭的时候起玛丽亚就倚着门框偷偷站在菲奥多西娅闺房的门槛边。她时不时把铸铁门闩拨开，悄悄扫一眼楼梯，然后重新把门掩上，语气热烈地接着讲有关阿库尔卡的新闻。阿库尔卡刚去了趟郊外的慈恩院。因为阿库尔卡的母亲去世了，家人通过一个女亲戚转告她，说是她母亲的安魂弥撒做完了，现如今可以到慈恩院跟她告别，全托奇马的死者开春前都被送去那里了。倒也不是全部，而是穷人、奴仆和底层百姓。凌汛之前把他们像柴火一样垛起来，待到化冻了就把他们葬了。阿库尔卡没寻到母亲，她上面堆了些其他死人：狗钱村遭了火灾，新运来的死人超过了三十个。

“阿库尔卡的母亲老吗?”菲奥多西娅同情地问。

“三十五岁吧? ……”

“没多老啊……”

“人若想死,棒棒也撑不住。”玛丽亚飞快地说,她急不可耐地要转而说说新闻最吸引人的部分。

回来的路上阿库尔卡看到君王草场的宿营地有雪橇、两轮马车、板车,以及里面冒出青烟的奇妙帐篷。看来,是游方艺人到托奇马来了。于是该死的阿库尔卡(为此真该用劈柴梓子抽她一顿!)溜到了集市上,去看游方艺人的“荤戏”! 这件事玛丽亚是偶然知道的,她听到了下人房里的狂笑和笑话。阿库尔卡见到少主人突然闯进来,便扑到她脚下,为了分散她的注意力,躲开她的劈柴梓子,就浓墨重彩地描绘出荤戏的场面。

“真想看看。”玛丽亚转着眼珠,压低声音对菲奥多西娅说,并且还抓住了她的袖子。但随后就正经八百地补了一句:“哎呀,不,大罪呀!你,自由自在的姑娘,去瞅瞅游方艺人倒还可以,可我,一个嫁作人妇的人,连想想都是罪过。”

“什么话!”菲奥多西娅没被吓住,“如今可不是从前了! 哼,我们不是活在伊万雷帝的时代,妇人和姑娘们门都不出。怎么,会把我们像皇家国库一样严防死守?! 我们今儿个就去集市!”

“哎呀,不行,菲奥多西尤什卡,”玛丽亚故意推托,心里想着,如果事情败露就把罪责推到年轻的小姑子身上,“我不去,你也别劝我。我最好去给夫君普季拉绣荷包。”

“可游方艺人也许过后十年都不会来我们这儿啦!”

“那我们怎么出去?”玛丽亚装模作样地叹了口气。

“偷偷地。”

“不行,就是不能偷偷地。你最好去跟母亲大人说,说我们午祷不想在我们的教堂做,要去大教堂。”玛丽亚的建议条理清晰,去看滑稽戏的计划在昨儿个晚上就制订好了。

“没家奴跟着我们她是不会放我们去的。”

“该死的家奴我们给他们几个钱，到晚上他们都出不了酒馆。我们就跟母亲大人说，说傻瓜们喝得烂醉，在托奇马城里就把我们撇下了……母亲大人会让人抽他们一顿，就万事大吉了！”

计划成了，就好像是魔鬼亲自帮了菲奥多西娅和玛丽亚！

姑嫂俩很快吃完上路的热蜂蜜烤饼——外面天寒地冻——然后由武装了木棒的家奴季莫什卡和瓦西卡陪着出发了，去主显大教堂做午祷。为了讨好少主人，季莫什卡和瓦西卡一路上不时用木棒把灌木丛和树上云集的红腹灰雀和五彩斑斓的燕雀轰起来。一对小松鼠从路上跑过去，菲奥多西娅为此兴奋不已。菲奥多西娅洒下一片笑声，冲过去拦挡，想要给小动物点瓜子，可玛丽亚把她拽开了。不久就听到了不寻常的喧闹声……

集市在托奇马市中心，正对着官衙和税务所。这儿都认不出来了！就好像一个快乐的婆娘在洁净、晶莹的白雪中间突然拢起了一堆谢肉节的火，开始摊各种煎饼，还在上面放了喷香、肥美、用油炒熟的下水。这煎饼让托奇马人的嘴巴、腮帮子、手指全都变得油汪汪的！远处哗啦啦响的铃鼓，咚咚敲的大鼓，呜哩哇啦吹的喇叭、笛子、号角，叮叮咚咚弹的古斯里琴，唱着没羞没臊的酸曲儿的艺人，撕心裂肺嚎叫的酒鬼，闹哄哄的已经三五成群跳起舞来的人们，发出这些声音震聋了菲奥多西娅和玛丽亚的耳朵，似乎一不留神，群鬼就要与托奇马人混为一团，屈腿跳起舞来啦！打发了季莫什卡和瓦西卡，姑嫂两人挤过人群。

“你看哪，菲奥多西娅，舞娘！”玛丽亚啪地拍了一下手。“脸上抹了粉，脸蛋儿红扑扑的，看嘴，嘴！涂了深红的口红！呸，真像妓院里的妓女！肚脐也露着！哎呀，不要脸！”

玛丽亚嘴里骂着舞娘，暗地里却把她嘴上的口红、脸上的白粉和用来描画眉毛的烟油都比量了一番。

不过，尽管围在四周踢踢踏踏的不仅有站在地上的糙老爷们儿，还有骑在马上的大人，但穿着东方灯笼裤的黑发舞娘还不是最让人稀奇的。

托奇马人狂热地围着杂耍场挤成一团：脚蹬软底皮凉鞋、身穿缀满一块块鲜艳布料的斑斓衬衫的小伙子们把同伴抛到空中，使其钻过轮圈，落到对面小伙子们的肩上，然后跳下，落到铺在雪地上的破旧的黑毯子上。

"这里演的有穷汉，他就是个傻小子，还有性无能的淫棍阔佬！"背后传来快乐的尖叫。"近一点儿，瞅瞅游方艺人的木偶戏！"

玛丽亚和菲奥多西娅迎着叫嚷声跑向木偶剧场。剧场中央竖着一张幕布，幕布用绳子和钉进雪地中的楔子绷着。木偶在幕布上方表演，它们被涂了油彩，穿着真人式样的衣裳，只不过是袖珍的小衣裳而已，一个木偶的脚上甚至套着树皮鞋！

玛丽亚和菲奥多西娅挤到幕布跟前，见到两个木刻玩偶：一个是贫穷的农民，显然就是那个傻小子，另一个是衣着华丽的王公，他们分坐在一块小木板的两头。看不见的游方木偶艺人一起操纵着木杆儿。就在这时，淫棍的豹纹衣摆底下微微抖动着翘起一根纤细、苍白的××，紧跟着他就瘫倒下去。而从傻小子农夫的羊皮袄下面钻出的是巨大的××，表面刻得毛糙，用甜菜涂成浓浓的暗红色，如井边的打水吊杆一般坚挺。

"××没用，富人丧气！ ××藏不住，穷人哭不停！"站在幕布前的一个游方艺人高声说道，声音洪亮，浑厚。

观众笑翻了。

"嘿嘿嘿！"男人们抹掉笑出来的眼泪。

"我的妈呀！"婆娘们相互戳着腰眼，"好家伙！能试试这样的家伙多好。"

玛丽亚也哈哈大笑。

菲奥多西娅尴尬地用帽耳的一角掩着脸，不过随后就又偷偷地瞥了一眼木偶傻小子强壮的××。

待到托奇马人看够了傻小子的威猛以后，木偶被收下去了。

“我叫伊斯托马，”主持演出的游方艺人用演戏的腔调热情地高声说道，“亲爱的托奇马人，我要让你们看的是你们在家里看不到的东西！”

观众在家里看不到的原来是长着一对巨乳的木头村妇，那些操纵的木杆儿在幕布上方调动巨乳耸动。

“这是卡捷琳娜！她爬上××，好像熊顶住矛枪！”伊斯托马快活、声音洪亮地高叫，语调抑扬顿挫。“卡捷琳娜不拉皮条，她亲自征战猎杀！卡捷琳娜是个待嫁的丫头！扫帚和银圆是她的陪嫁，还有磨坊两座，一座是风磨，一座是水磨，一座绒毛飘飞，一座有精灵游荡！卡捷琳娜奶子大，每个都重一普特[①]……”

玛丽亚笑得前仰后合。菲奥多西娅却不知该怎么办。笑话是好笑，但却太不要脸了……不过，接下来的故事让菲奥多西娅也笑了起来，那笑声似乎是从身体内部、从肚子里面发出来的。伊斯托马在古斯里琴的伴奏下肆意唱出的关于贞洁小修女的歌儿怎么能不让人捧腹大笑呢！小修女认定，一个小鬼在她的私处安营扎寨了：两腿间像被胳肢一样奇痒难忍。贞洁的小修女向神父告状。可那位却说，需要检查检查！于是他们把小鬼往外赶呀赶呀，直到神父一命呜呼。人们一边夸赞着一边把他安葬了，他们说，圣洁的神父在与群鬼的勇敢战斗中接纳了死神。

菲奥多西娅眼睛瞟着伊斯托马。伊斯托马的眼睛湛蓝，就像菲奥多西娅用金丝线在上面绣世界地图的绸子。他的眼珠闪耀，如同湛蓝中撒入了颗颗金粒儿，又像春天的冰凌在他的瞳仁中碎裂，还像片片水晶放射出多彩的火星。伊斯托马胡子的色泽如荞麦蜜，像啤酒花一样一圈一圈卷起。如坚韧的绵羊毛一般的鬈发挣脱压低的帽子，散发着——菲奥多西娅暗想——姜汁甜羹的气味。

---

① 俄国古代的重量单位。1普特约合16.38千克。

哎呀呀！菲奥多西娅！你为什么盯着伊斯托马看？他的眼睛里不是春天的冰在碎裂，他的头发散发的也不是姜汁甜羹的气味。浸透他皮袍的，是燃烧村庄的臭气熏天的火的味道。装饰着他裸露脖颈的巨大十字架也在燃烧着距离托奇马一千多俄里的那条大河上的烈火，托奇马的商客都是漂过白湖抵达那条大河的。三百六十条河流汇入白湖，而流出的只有一条，舍克斯纳河。成群的白北鲑垂青的舍克斯纳河就流入那条波澜壮阔的大河，游方艺人伊斯托马在那里猎取了他贵重的皮袍。他的嘴唇因魔鬼的烟草散发着苦味。他邪恶的躯体满是伤痕。他的心上也是伤痕累累。

盯着游方艺人的时候，菲奥多西娅看见了，伊斯托马一边朗诵笑话、高唱杂耍歌谣，一边目光锐利地越过人群扫视前方。突然，他的瞳孔中闪过怒气。菲奥多西娅回头张望。人群朝两边闪开，让骑在马上的行政长官和他的奴仆通过。行政长官奥列法·瓦西里耶维奇敦敦实实，浮肿的脸埋在浓密的大胡子里，手里挥舞着五彩皮条拧成的鞭子。就算没有鞭子，托奇马人也已经全都低下了头，尽量不跟奥列法·瓦西里耶维奇的目光相遇。只有几个商人才胆敢在行礼时偷偷瞥上一眼，然而那目光不是瞥向行政长官的脸，只是瞥向他的马头。不过，已经因为淫秽、放肆的表演而身心堕落的托奇马人更因为埋在人群里，而感到自己胆子更大，行礼也似乎并非心甘情愿。

行政长官在同时弯下身来行礼的菲奥多西娅和玛丽亚身边停下。国君在苏亨纳地面上忠诚的全权代理人奥列法·瓦西里耶维奇认出了托奇马最大制盐主的女儿。

“怎么，菲奥多西娅，你哥哥普季拉还没带着大车队回来吗？”奥列法·瓦西里耶维奇摘下一只绣花毛皮手套，友好地问。

“还没呢。”少女回答，头没有抬起来。

行政长官那靴尖和靴跟包着银布面的一只红色羊皮软靴在她眼前闪耀。

"我夫君普季拉说了，一旦回来，他家都不回，第一件事就是带着莫斯科的商品去拜见您。"玛丽亚巧舌如簧。

"嗯，嗯……"行政长官很是受用，"你转告丈夫，让他先赏妻子，随她要什么，哈哈哈，然后再来拜见我。"

这个玩笑让随行的人都笑了起来。

玛丽亚脸红了。

伊斯托马的眼睛从帽子下面闪射出仇恨的光芒。不过随后他就快活地高声说道：

"现在要演的是胆小鬼波兰老爷！"

木偶艺人们灵活地在幕布上方举起样子夸张、演绎波兰佬的木偶，打算表演极具爱国主义精神的闹剧。托奇马人全都认出这个老爷就是伪皇德米特里[①]，预先就品尝到了他丢脸时场面的可笑。

"上阵你可别炫耀，谝也要等从战场回——回！"伊斯托马用演戏的腔调高喊，狡狯地对观众们挤了挤眼。

"从战场回——放臭屁[②]！我的妈呀！"大家全都哈哈大笑。

表现胆小鬼老爷的其他情景也同样具有双关意义，充满鄙视，让托奇马人心里很是受用。

"捡去吧，豌豆小丑[③]。"行政长官往游方艺人的脚下撒了一把铜钱。官吏们拼命伸长脖子，想要看清楚奥列法赏了多少。

一个演员一边哈腰致谢、逗乐的笑话说个不停，一边从泥污的雪地上把钱捡起来。伊斯托马眯起眼睛，免得内心的狂怒从瞳孔中流泻出来，他把目光投向行政长官那绕着三指宽斑斓宝石串的公牛一样的

---

① 即16世纪末至17世纪初俄国"混乱时期"自称为皇的伪德米特里一世，后来他被抓住，并被装入炮膛给轰了出去，全俄国的教堂都诅咒了他。

② 词组"从战场回"与动词"放屁"的命令式同音，伊斯托马拉长声音说出这个词正是突出了它的双关意义。

③ 这是对"小丑"的形象说法。欧洲中世纪的剧院里出现小丑这个角色时，他们最重要的道具就是专门制作的里面装着豌豆的大豌豆荚，同时它也是俄国的游方艺人必不可少的表演道具。

脖子。

“人家的堆儿你别瞪眼，自家拢你自家的堆儿，闪到一旁你看仔细！”伊斯托马对官衙的书吏们说，语气放肆，语调抑扬顿挫。

菲奥多西娅的心都快停跳了。

行政长官居高临下地望着，表情没有变化，唯有眼睛开始发黄。

昨天就有人向行政长官通报，说是来了游方艺人，在君主草场扎了营。那群游方艺人的数量不少于五十个。他们那里有拴着链子的熊、攻击人的猛犬，还有像是土耳其姑娘或波斯姑娘的淫荡的妞儿，漂亮得很哪！……行政长官的一个包打听下人甚至通报说，那些妞儿的奶子黝黑，奶头儿是棕色的，为了更显淫荡，上面还涂了香甜的油。那些妞儿很会用她们光滑的黑辫子缠绕，世人那是连见都没见过啊……忠心耿耿的下人们还听说，游方艺人们好像在偷偷地卖魔鬼的烟草，暗地里把它叫作干苹果叶子，或是甜菜头烟卷儿。可没抓住就不是贼！不管是卖烟草的还是买烟草的都没逮住。所以呢，烟草的事也许是下人们瞎说。

书吏们惊恐地转过脸去，不看行政长官，他们明白游方艺人的暗示。不过他们马上就摆脱了困境：一会儿用一根手指指向木偶老爷，一会儿指向奔跑的托奇马傻瓜万卡，爆出轰隆隆的笑声，装出自认为“玩笑”与这傻瓜有关的样子。

行政长官黑血上涌，握紧鞭子……可戏的力量就在这里。“隐喻！”有学问的罗金神父会这样说。你没法儿用鞭子抽打隐喻，没法儿对它当众杖刑，没法儿让它四脚朝天。讽刺挖苦的话是说出来了，可是你去弄弄清楚：说的是行政长官还是傻瓜万卡？奥列法·瓦西里耶维奇从齿缝中哼出一声冷笑，扫了一眼观众。所有的人都张着嘴巴，望着木偶的方向。

“奥列法·瓦西里耶维奇大人，”一个随从弯腰行了个礼，“您看呀，那边的舞娘舞跳得多棒！……”

看到舞娘裸露的肚脐眼儿和描画过的眉毛，行政长官打马往一边去了。

伊斯托马又开始表演一个逗人的笑话。这玩意儿莫斯科全城的人都知道，但还没传到北部边疆，所以不明就里的托奇马人感到新鲜，把它当真了。这玩笑太让人开心了！一个托儿、自家的游方艺人跑到伊斯托马身边，哀嚎着说钱包被偷了。

“偷光了，好心的人们哪！一贫如洗了！”

“荷包里银子多吗？”伊斯托马用演戏的腔调高喊。

听到无人知晓的“三只手”得手的钱数，托奇马人全都羡慕地高叫了一声。

“小偷的帽子着火了！”突然，伊斯托马拼尽全力猛地嘶吼了一声，就像着了火似的。

眨眼间，一个观众抓住了自己头上的高筒皮帽子。

“抓住小偷！”托奇马人闹腾起来。

要是伊斯托马没有哈哈笑着承认这是个玩笑，不幸的人就会被挖掉肚脐眼儿了。本来那家伙是要挨点儿打的，可是他逃脱了：说是有只跳蚤蹦到头上了，跳蚤显然是从傻瓜万卡那儿来的，所以他才一把抓住了帽子。

待到大家的激昂情绪缓和下来，一个耍杂技的小伙子拿着顶破旧的高筒帽绕公众转了一圈，铜钱和甜点飞进了他的帽子。随后新戏开演了。幕布上方升起了涂画得五彩缤纷的耶路撒冷的布景。伊斯托马剧团的节目单中准备了最为戏剧化的演出：基督受难。还在摇篮里就清楚圣山事件的托奇马人依旧像孩子一样全神贯注地观看。从木偶基督身上剥掉棉布衣裳、往其脑袋上套荆冠的时候，婆娘们的鼻子嗡动起来。基督的两肋被涂成棕色，因此他的瘦削看起来更让人揪心。他的头发下面突然间流出血来的时候，人群“啊”地叫了一声。所有的人都开始画十字。有几个人扑通一声双膝跪地。有个小男孩扯着嗓子大哭起来。菲奥多西娅张大嘴巴，吸入一口凛冽的空气。脑袋里嗡嗡作响，斑斑血点在瞳仁前滑过……好像有一把纺锤刺入了心脏，菲奥多西娅既不能叹气，也无法呼叫。她张开双臂，寻找支撑……

钉着耶稣的十字架开始缓缓地在幕布上方升起。

就在这时，菲奥多西娅一把推开玛丽亚，扑向戏台。她从裘皮大衣的长袖子里伸出戴着戒指的双手，把救主的躯体从十字架上扯了下来！脱落的木钉四散飞去……帘子上方冒出两颗红胡子乱糟糟、头发毛蓬蓬的脑袋。假如没有被推向后脑勺、久经风霜的帽子，那两颗脑袋会被看成是两饭盆豌豆羹，里面不知怎么掉进了稻草。那是木偶艺人在抻着脑袋，他们疑惑不解的是：受难的圣子从他们手里跑到什么地方去了？菲奥多西娅把基督搂在胸前，转向观众。托奇马人全都松了一口气。因为事发突然，伊斯托马不知所措，但眨眼间他就清醒过来，把木偶耶稣和菲奥多西娅一起抱住了。菲奥多西娅蓝宝石一般的湛蓝眼睛正对着伊斯托马的脸，他吸入一口散发出油饼和圣油味道的耳根的气息。

“放手，大胆狂徒。”菲奥多西娅说，但他温暖的呼吸笼罩了她。

伊斯托马松开怀抱。菲奥多西娅面红耳赤，挣脱游方艺人的手臂，冲向人群。观众们醒过神来，兴奋地嚷成一片。菲奥多西娅忘了伊斯托马，把救主举过头顶，眼角瞥见耶稣的绑带下面没什么私处，然后把“他”传到一个人的手里。耶稣在人群上方“漂移”，血溅到托奇马人身上。

伊斯托马惊讶、贪婪地盯着菲奥多西娅。

就像一百年前喀山人焚烧托奇马的时候一样，集市里一片惶恐。

“救了！借上帝的手救了基督！”幸福的托奇马人喊叫着，“没让流他圣洁的血！”

“菲奥多西娅从十字架上救下了基督！”傻瓜万卡吼叫着，“没让他受难！基督活着！活着！”

“复活了！”一个提苇编口袋的婆娘接过话茬，“他这就会惩罚吸血鬼！”

行政长官奥列法·瓦西里耶维奇在马鞍上扭过身来，瞟了一眼人群。

赤裸的救主在人群上方“漂移”。为了感受到自己是参与拯救的一分子，每个人都蹿过去触碰木偶，哪怕指尖碰到也好啊。

突然，大家全都屏息静气了。一声尖细、痛苦的哀嚎从人群上方掠过。托奇马人伸长脖子，向两边闪开。泥泞的雪地中央站着罗金神父。他目光如炬。平常拢在耳后的长发披散下来。羊皮袄敞开了怀，露出了胸前的十字架。罗金神父挥舞了一下手杖，从一个人的手里夺过木头人像……可接下来……接下来牧师不知道该怎么办！处在神学的两难境地，以防万一，罗金神父还是在人群的头顶上叫嚷了一句随口想起的祷告词，与此同时脑子里急速思谋着该如何解决这个难题。一方面，木刻的人像是偶像，该顶在膝盖上一折两半才对！可这个偶像又是基督的像，顶在膝盖上折断大概也不妥当。唉，与苦行圣徒约翰商量商量该多好啊！可是，总不能为了在书中搜寻答案而用腋窝夹着救主、踏着雪堆跑回沃尔恰诺夫街的避风港吧？！罗金神父继续哆嗦着攥紧花里胡哨的人像，气恼地嚎叫着：

“你们把殉难者变成了可耻的木偶？！跪下！”

人群同时扑通跪下了，他们热切地相信，必须翻倒在雪地里才是对神恭敬，就像刚刚热切地相信在头顶传递耶稣是敬神一样。

让罗金神父无比兴奋的是，成功找到的词汇“木偶”推动了他的思绪，怒火冲天的教诲从神父嘴里热烈、优雅地喷涌而出。目光扫过托奇马人的时候，罗金神父发现了菲奥多西娅。她的在场让神职人员更加雄辩。观众们听到了对“不可为自己造偶像”这条戒律本质是什么的解释，听到了针对渎神偶像的狂怒说辞，听到了热烈的祷告词，听到了圣徒们的名字，这些圣徒对偶像崇拜有透彻的批判。忘乎所以的时候，神父的手杖甚至打到了两个托奇马人的脊背上。罗金神父一会儿恶毒地大笑，一会儿哭着祈祷，他害怕中断演说，因为演说过后不可避免地要解决问题：该拿人像怎么办？！假如伊斯托马没有走近罗金神父，没有一边说“木偶给我吧，神父，干吗紧握不放”，一边抓过道具，那就不知道这场意料之外的午祷仪式会持续多久。

“你必受火刑的煎熬！……”为了保持应有的体面，不管怎样，罗金神父还是说了这么一句。不过，伊斯托马已经走向头发蓬乱的红胡子同伙了，他们嘴巴大张的脑袋依然戳在幕布上方。

人们开始七嘴八舌地议论，站起身来，四散而去。

菲奥多西娅呆若木鸡地站着。她的不知所措源于两个念头：她救了主，使他免受十字架上的苦刑——这难道不是敬神的壮举吗？！可是，她救了的实际上是多神教的木偶。但如果是圣像呢？那就是另一回事了？就是说，圣像中的基督形象是敬神的，而偶像上的就是渎神的？菲奥多西娅本想问问玛丽亚，可惊恐的玛丽亚把小姑子拽开了，口都不让她开。她们穿过集市，拐进一条狭窄的小巷，一声不吭地溜过路面，不时摆动一下手臂，免得摔进雪堆。玛丽亚恼怒地喘着粗气。菲多西卡[①]拖上个可笑的木偶可真是有种！现如今了，有关这件事的消息传到婆婆或是公公耳朵里可怎么办？！玛丽亚开始思量，如果事情败露，该对家人说什么。菲奥多西娅这会儿不说话有她自己的原因：思绪如一团乱麻，从没有私处的木刻基督跳向游方艺人的笑剧；从罗金神父热烈的演说跳向伊斯托马身上散发出的啤酒花的苦味；从露肚脐的舞娘跳向游方艺人放肆的搂抱……

蓦地，一个花里胡哨的健壮身躯越过雪堆：伊斯托马站到狭窄的小路上，挡住姑嫂两人的路。

“哎呀！”玛丽亚尖叫了一声，一把捧住肚子，“呸，鬼东西！”

不过，她立马收回了手。她丰腴、高挑，恰到好处，何况还穿着宽松的坎肩和松鼠皮的呢面大衣，看出她是怀孕的妇人不容易，前门稀松[②]的

① “菲奥多西娅”的小称。
② “前门稀松”“前门软弱”是俄语俗语，意思是“放浪”“淫荡”。

玛丽亚也毫不迟疑，利用了这一点。

“干吗竖着？”玛丽亚大胆地问伊斯托马。

“谁的？我的？”游方艺人的话信手拈来，不过他马上友善地看了一眼菲奥多西娅，放声大笑，让她明白，放肆的话只是玩笑，没有侮辱两个尊贵妇人的意图。

玛丽亚冷笑一声，话匣子打开了。菲奥多西娅会说他们这样的话题丢人，而有学问的罗金神父会称之为犬儒主义。

“让我们过去！”玛丽亚的口吻是命令式的。

“停一停，大美人，别着忙，还有空地等你忙。”伊斯托马这样回应她的放肆，但他还是给“年轻的公爵小姐们”让出了路，不过是并肩前行。

“你的空地不成？”玛丽亚双手叉腰，“你汤喝少了！[①]”

“少了。”伊斯托马肯定她的话，“我饥饿难耐，不知多少才能肚饱。你的汤能否盛满我的汤勺？”

“去你的，别贪吃别人家的汤盆！”

“我的汤勺巨大无比，一勺下去，汤盆见底！”

说这些话的同时伊斯托马撩开皮袍一边的衣摆，展示挂在腰胯上的刀、勺子和牛角。

“别用卵蛋吓唬丫头，××她都见识过了。”玛丽亚尖声大笑，“你要牛角干啥用？挖鼻屎？”

“清洁脑浆。”

“谁的？”

“任何把我的小牛角放进嘴里的人。”

“呸，鬼东西！”

菲奥多西娅踏着碎步，眼睛没抬，伊斯托马不知羞耻的打油诗和嫂子放荡的言语时不时地让她面红耳热。伊斯托马对玛丽亚玩笑话不断，

---

① 俄国谚语“多喝汤，少说话”，是用来教训废话多的人的。“汤喝少了”即“话说多了”。

可眼睛却一直盯着她菲奥多西娅。

“你为啥如此饥饿？老婆不常喂你？你，游方艺人，婚配了没有？”玛丽亚好奇地问。

“别人家的老婆睡在身侧，结婚又是为了哪般？”

“这种别人家的老婆多还是不多？”

“数倒是没数，可口袋放了豆子，一百只口袋，全都已撑破。”伊斯托马不假思索，张口就来，然后真的展示了一下皮袍衣摆下的一个洞。

“哈哈哈！”玛丽亚爆出一阵大笑。

“你别想歪了，年轻的公爵小姐，只为你们高兴，我才这样说笑。”伊斯托马又动情地对菲奥多西娅说。“白茫茫世界，我光棍儿一条。”

“那舞娘又当如何？难不成她拒绝你这样的帅哥？”玛丽亚逼问，她醋意大发。

“不上她的，只有懒汉，”伊斯托马装出伤感的样子，“可我想要的却是纯洁、让人满心欢喜的爱情。”

“谁不想要它，满心欢喜的爱情？”玛丽亚同意他的说法，“就算是我，也不会拒绝。”

“若是有心甘，咱找得到情愿。”伊斯托马紧跟着给了一个讥讽的回答。

“情愿的人难不成是你？来者不拒，边沿疼痛！”玛丽亚没有尴尬，满嘴俏皮话，让菲奥多西娅脸颊赤红，她没料到嫂子如此不知羞耻，巧舌如簧。

菲奥多西尤什卡已经偷偷拽了几次嫂子的衣摆和袖口，可玛丽亚要么假装没有察觉地甩开，要么大声问菲奥多西尤什卡想干啥，没给留下丝毫解释的余地。实际上，尽管游方艺人一语双关的玩笑让单纯的菲奥多西娅感到压抑，但对他擅于如此机灵地答话——一直用诗句和俏皮话回答！——她还是惊叹不已。

“美丽绝伦的公爵小姐，你为何一直闭口不言？”伊斯托马悄悄问菲奥多西娅，声音浑厚，颤抖。

可玛丽亚因为吃醋，不愿意让游方艺人和小姑子之间有话可谈，她两臂甩了一下，好像在路上滑了一跤。

“哎呀，脚走累了。”她对游方艺人抱怨。

“骑到我身上，驮你回家园。”伊斯托马飞快地应了一句，还是那种惯用的方式：用表面的戏谑掩盖放肆的词句。

“骑就骑了，可我害怕断裂。”玛丽亚火上浇油。“壮还是不壮？”

“有的放矢，无坚不摧。”伊斯托马回答玛丽亚，不过他满脑子都是菲奥多西娅，是被她的躯体暖热的裘皮大衣的怀抱，是散发出圣油和蜂蜜气息的耳根，是火热的……

“你的？啊？”玛丽亚继续扯闲篇儿，“冲你吹口气，再吐一口口水，你就活不成。你瞅瞅，瘦成了什么样儿。难不成群鬼用你驮了水，弄得如此干巴？”

“好公鸡从来都不肥。”伊斯托马说，眼睛望着菲奥多西娅。“役使我的不是群鬼，是小鬼儿……像你这般精力充沛。”

“哈哈！”玛丽亚狂笑，心里美滋滋的。

先把鄙视的表情摆好，玛丽亚开始向伊斯托马打听舞娘的事儿。她又是画十字，又是叹气，又是惊呼，对于渎神的淫荡装出害怕的样子。而流浪的女演员们却着实引起了菲奥多西娅的兴趣。

“要是能像她们一样流浪该有多好……”菲奥多西娅心驰神往地说。

“你脑子坏了？！”玛丽亚大声谴责小姑子，“只有浪徒才在世间浪荡。”

“那基督呢？”菲奥多西娅的问题言之成理，“他可是在世间行走过呀！”

“基督的确如此！”玛丽亚言之凿凿，以防万一，她画了个十字。

两个女人停下脚步。

伊斯托马惊讶地瞥了她们一眼。随后，他猜到了，目光锐利地扫了一眼街道。街道尽头有富丽堂皇的坚固木楼，外面围着高高的栅栏。“就是说，我的菲奥多西娅住在这里。”游方艺人心想，然后天真地问：

“你们干吗停下了，年轻的公爵小姐？”

“我们家的亲戚住在这条街上，我们顺便来看看他们。”担心被夫家人从窗口看见的玛丽亚捅了一下菲奥多西娅的腰，有了主意。

“那你们自己住在哪儿？”伊斯托马故意装作无所谓，眼睛瞟着菲奥多西娅。

菲奥多西尤什卡飞快地扫了一眼木楼屋檐下的一间屋子，紧跟着就把眼睛移开了。

“就是说，闺房在屋顶下面。”游方艺人心中暗想，他天真无邪的目光在雪堆之间游弋。

“我们住在托奇马城的另一头。”玛丽亚信誓旦旦。“家奴过后会来接我们，把我们送到母亲和父亲的家。”

“我要是来你们屋里会怎么样？给我蜜水喝？给我馅饼吃？”

“吃馅饼？”玛丽亚笑得前仰后合，“但愿我丈夫不会用棍棒招待你吃个够！”

“那你是嫁了人的媳妇？”伊斯托马假装遗憾地问了一句，粗重地叹了口气。

“那你以为呢？”玛丽亚骄傲地回答。

“我以为你是贞洁的姑娘。”伊斯托马不再笑闹，两眼迷离地看着菲奥多西娅。

她看到了他调皮的眼神，明白他是在嘲笑嫂子，他需要的人不是玛丽亚，而是她，菲奥多西娅，他说笑话、讲荤段子都是为了她。

“难道姑娘更好？”玛丽亚含着醋意，“可婆娘更甜……”

“那倒是真的……只不过跟别人家的婆娘捣鼓是罪过，跟姑娘却是没罪。因为妻子属于丈夫，而姑娘还不归任何人，就是说，想要跟谁就跟谁。”

菲奥多西娅火了：

“你放肆！满嘴下流话！你让我讨厌！”

“我们家的菲奥多西娅还没破处，所以她生气。”玛丽亚笑了起来。

“那就是说，只有你把柠檬黄换成空心红[①]了？”伊斯托马开了个玩笑。

他故意喋喋不休，就是想让菲奥多西娅在他这个游方艺人身边多待上哪怕一瞬间……她说“讨厌！”，啊，伊斯托马太喜欢不好征服的女子了！他厌倦了那些俯首帖耳的女人，管她们是出于害怕还是因为淫荡才俯首帖耳的。

“怎么着，你们不说住在哪儿吗？”伊斯托马问。

“不！”玛丽亚决然地摊开一只手。

“唉，没办法，”伊斯托马叹了口气，“该回营了，我的舞娘们大概还在那边等着我吃晚饭呢。别了，年轻的公爵小姐。可惜啊，我们再也见不了面了。”

伊斯托马最后在玛丽亚腰上掐了一把，转过身去，沿着街道头也不回、大步流星地走了，稀罕的长袍扫着雪地。

“被个傻瓜缠上了。”嫂子说，勉强掩饰住内心的愉悦。“色鬼。踏足规矩的妇人，一步都别想！可惜啊，普季鲁什卡[②]不在，不然的话我要向他告状，该死的游方艺人这就会被挖了私处，吊在那里！……”

菲奥多西娅心不在焉地听着，点着头，思绪却追着伊斯托马飞去。伊斯托马在她们这条街上迈着浪荡子灵活的步子大步流星地走着，确信两个女人正贪婪地盯着他的背影。菲奥多西娅回想着他如啤酒花一般一圈一圈卷起的胡子、颜色如野蜂蜜的头发、里面有颗颗金粒儿的蓝眼

① “柠檬黄换成空心红”为俄国谚语，指女子嫁人了。
② “普季拉”的昵称。

睛、低低压在额头上的帽子、强壮的手臂、躯体的气味……她心潮起伏。可一个污言秽语、胆大妄为的人使她神魂颠倒，这样的罪责让她的理智承受着折磨。与通常时候人们的做法一样，菲奥多西娅把罪责推到了嫂子身上："伊斯托马是个好爷们儿，是玛丽亚在诱惑他，是她的错！"

"你干吗说那些下流话？"菲奥多西娅皱起眉头，"真是可耻！不管说什么，都……宽恕吧，主啊！"

"你怎么回事，菲奥多西尤什卡？"玛丽亚拽了一下她的袖子，"我这是故意的！难不成你不明白？就是不让游方艺人以为我们怕他这个歹人。我故意对他说粗话，让他别对我们作恶。谁知道他是个什么样的人？也许，是个强悍的贼人或是强盗呢？要是我们流露出恐惧，他真的会宰了我们。看到他腰上挎了把什么样的刀了吧？啊，主啊！要不然咱俩这会儿就躺在大路上，肠子喂了野狗了。救主保佑！……菲奥多西尤什卡，贴心的朋友啊，别跟母亲和父亲说游方艺人的事，好吗？"

"好吧。"菲奥多西娅同意了，随后就高兴地笑了起来。"我们今天去大教堂的情况好吧？"

"啊，好！日祷棒极了……"玛丽亚对小姑子挤了挤眼。"只是下流奴才瓦西卡和季莫什卡纵酒，把日祷给毁了。嗯，没什么，父亲大人会像模像样地抽他们一顿，这两个歹人！"

她们已经站在院子里了，没感觉到寒气。她们也不想离开，而是想借助一些东拉西扯、没有意义的话一遍又一遍地回忆胆大妄为的游方艺人。

"丢了的东西在老爷子的裤衩里冒出来了！[1]"突然，瓦西里萨的吼叫声传了过来，"瞧她们在哪儿！你们站在烘干房旁边干啥？脑子坏了不成？瓦西卡和季莫什卡在哪儿？进屋！"

---

① 俄国北方的俗语，指失踪的物品或人出现了，常用的完整形式是："老婆子丢的东西在老爷子的裤衩里找到了。"

玛丽亚立马摆出一副正经的表情，一手捧着肚子，一手扶着腰，有气无力地发起了牢骚：

“哎呀，日祷时累坏了！后来又费劲儿地挤过集市，乌泱泱的全都是人哪，在等什么游方艺人。费了大劲儿才回到家……”

到了楼梯前面，瓦西里萨在菲奥多西娅的背上推了一把：

“快走，你父亲吃晌饭的时候就在等你，他想宣布未婚夫的事。”

“什——什么未婚夫？”菲奥多西娅结结巴巴地问。

“你的，自然不是我的！”

第四章　无处不盐篇

“……你开始一点一点地捣……一点一点，不过要捣实……就这样！”尤达把一只握紧的拳头砸向另一只手的手掌。“你感觉顿住了。这时你就把杨木棍往外抽，不过不全抽出来，然后重新大力地捣……”

“每个生灵都喜欢捣。”接生婆玛特廖娜睁开眼皮，嘟囔了一句。

“……捣过去抽回来，捣过去抽回来……”尤达精神振奋地念叨着，“直到把盐弄出来为止……”

这已经实实在在的两个钟头了，拉里昂家的尤达（假如他是个王公，那就会被尊称为尤达·拉里昂诺维奇[①]）一直都在努力吸引菲奥多西娅家女人们的注意力，想要在托奇马的盐矿主、伊兹瓦拉·伊万的儿

① 拉里昂是尤达的父亲，拉里昂诺维奇乃父称的形式，意思是“父亲叫拉里昂”或“拉里昂的儿子”。俄国人的全名是名字+父称+姓氏，名字+父称的使用形式表示尊敬。下面说到菲奥多西娅父亲的时候父称使用“伊万的儿子”，可谓是父称的过渡用法。据史料记载，18世纪初彼得一世登基后以“维奇”结尾的父称不仅普遍开始使用，而且是登记注册时姓名的必需的组成部分，而在此之前只有各公国的王公和波雅尔大贵族才有权使用这样的父称，这是一种特权阶层和身份高贵的标志。

子·斯特罗甘诺夫家里哪怕能再待上这么久，欣赏欣赏他的女儿菲奥多西娅。尤达很想赢得菲奥多西娅的好感，但是，通常一个笨蛋把姑娘吸引到自己身边所做的，就像把蜜蜂吸引到成熟的梨上面那样，这样的事他可一件都不擅长。而且尤达的外表也不是可以让少女们为之柔肠寸断的那种。她们这些傻透了的娘们儿不愿拒绝的是眼神迷离的眼睛、一卷一卷的头发，一张嘴全是花言巧语。尤达的样子倒也不丑，嗯，他一点儿都不丑：身子圆溜溜，松弛得甚至让人赏心悦目，脖子白生生，胡子灰蓝，手上有雀斑，长着红汗毛。至于说脸嘛……尤达的脸倒不是不漂亮，但也说不上很漂亮。当你望着尤达的时候，对着的就仿佛是一盆燕麦糊。唱歌不是他的强项，弹琴拉曲儿他也不会。跟姑娘说起话来，他的手不会轻盈地摆动，也不会发动柔情脉脉的拥抱，而是两只手掌挥舞，简直就和盐场里转动尤达崇敬的铸铁钻头的风车一个样儿。有女人在的场合尤达也不大会说话。上天没赐给尤达一张巧嘴儿！唯一能让他像变了个人似的东西是制盐工艺。可姑娘们一听到钻井和图纸，不知为什么，全都打哈欠。只有菲奥多西娅对钻探陆地感兴趣。

“制作钻管该用山杨。山杨的‘躯干’……”尤达热情洋溢，为了更有说服力，他在桌子上方竖起一把木勺。

“躯干摞躯干，好事一大桩。”玛特廖娜眼睛没睁，嘟囔了一句。

接生婆和瓦西里萨早就相互靠着歪在堂箱上打盹儿了。玛丽亚的眼皮也闭上了。只有菲奥多西娅精神头儿十足，听着尤达讲。

“钻井规章是怎么说的？不用橡木，不用松木，就用杨木！随便哪个木工都知道：松木不会腐烂，不管是什么野蔷薇木，树干也都不会腐烂。而山杨到了成熟的年龄……”

“成熟，唉，成熟！四十有二，× 如浆果。”玛特廖娜在堂箱上含糊不清地说。

“……树干的中央部分，换句话说，芯儿，会腐烂。腐烂物柔软，轻而易举就掏出来了。”

“腐烂物，有什么用啊？”玛特廖娜咂巴着嘴唇，“送死人去拉屎？”

坐在门口的箱子上、瞪着眼珠的下女手掌捂着嘴嘻嘻笑了一声。

尤达皱了皱眉，浅白的眉毛动了动。不过他的话没停，说起了用什么工具掏杨木烂芯儿的事。

听着尤达说这些，说神奇的工具——托奇马的制铁工匠制造的铁钻头——菲奥多西娅瞪大眼睛，嘴巴惊讶地噘了起来。没二话，托奇马的铁匠手艺精。他们的铁匠铺喷着火，顶上覆盖着泥土，泥土上长着青苔，为了避免火灾都建在城郊。铁匠们自己也搞不清楚，坚硬的铁到了火里，怎么就鬼使神差地像被打服的老婆一样变得服服帖帖，因此他们干活的时候与其说是依赖工艺技术，不如说是仰仗咒语。不管怎样吧，托奇马的制铁工匠铸造出了小巧的、做手工用的剪刀，巨大的钟，铮铮铁针，禁欲圣人用的铁腰带，敬神的十字架，精巧得惊天地泣鬼神的钻头。托奇马的制盐人就是用钻头去掉了杨木腐烂的芯儿。这样钻过之后剩下的就是有菲奥多西娅一个半手掌粗的木管。把这根杨木棍烘干，干的时候它会变得像君王说的话一样坚硬。哪是杨木啊，简直就是打火石！不管是木匠的斧子还是丈母娘的牙，都不能把这样硬邦邦的管子拿下。只有托奇马的匠师，或者按照有学问的罗金神父的说法，工程师，才有本事让它屈服。拉里昂的尤达就是这样的人。

“加工它十分困难，”尤达自顾自地说着，“可加工是必需的！第一根钻管要用靠近根部的树干。我们跟木匠和工人一起沿着根部的边缘从里面剥下一条，让边缘变锋利。把这个下面的边缘，也就是下摆，用铁包上。包的这个边应当像刀一样锋利！”

菲奥多西娅想起了挂在伊斯托马胯上的刀，她的眼神开始变得迷离……

“开始无聊了。”尤达懊恼地发现了。而他能做的只是声音更大、更详细地继续向菲奥多西娅解释钻管的作用原理。

“这把刀在地下贴着钻井的边缘平稳地切割井壁。”尤达舞动两只强壮、长着雀斑的手，表示这是在切割井壁。“钻杆在它自身重量的作用下自如地下行……”

菲奥多西娅眼神迷离。

“……土落进管子的空心里。为了把它弄出来我们取来第二根管子，用包着铁头的木头做的，或者干脆就用铁管。用绳子从上面把这第二根管子绑到绞盘上……”

“骂不伤筋骨[①]……”玛特廖娜眼睛半睁半闭，口齿含混。

“……对，绞盘上……或者滑轮上。这第二根棍子不大……”

“××上的瘊子不大[②]，×的享受锦上添花。”玛特廖娜睡意蒙眬地又冒出一句。

“玛特廖娜婶婶！”菲奥多西娅气坏了，“你污言秽语是要干吗？没头没脑的！”

倒不是说菲奥多西娅家里没人爆粗口。粗话在托奇马乃至莫斯科全国都甚为流行。尽管神职人员谴责说脏话，可没有粗话罗斯有哪件事能起步向前？！可菲奥多西娅厌恶污言秽语。

“怎么了，菲奥多西尤什卡？”接生婆打了个激灵，“我身子乏了，小睡了一会儿，梦里说了啥不该说的话了？”

“你做梦的时候魔鬼揪了你的舌头，玛特廖娜婶婶！”菲奥多西娅气哼哼的。

“唉，会的，会的……”接生婆打起了哈欠，画了个十字。然后脸上堆出担心的表情。“年轻的公爵没欺负你吧，菲奥多西尤什卡？”

“没有，没有！”菲奥多西娅懊恼地甩了甩手，“我们说话呢。”

“好啊。说吧，说吧，我的鸽子们。”接生婆一边打哈欠一边嘟囔着，紧跟着就睡着了。

---

① 这是一句俄国谚语，意思是：骂可以忍受，不像打那样伤人筋骨。这句谚语中几个词的直译是“骂不会挂在绞盘上”。玛特廖娜睡意蒙眬中听到“绞盘”这个词，随口说出了这句谚语。

② 俄语中的“木头棍子、棒子”和这里表示男性生殖器的俗称是同一个词。

玛丽亚的鼻子发出嘭哨声。坐在炉边箱子上的下女逮住机会，打起了呼噜。除此之外，打破寂静的只有隔壁小弟弟佐杰依卡微弱的哭声和奶妈子阿加什卡幽怨的哀鸣：她一边为佐杰依卡哺乳，一边拖长声音哼着摇篮曲。

菲奥多西娅心慌意乱。更准确地说，她想让自己感觉到，她在十字路口也不知道该怎么办……是望着离去的伊斯托马的背影，沿着熟悉的小路回家，一边为游方艺人叹息，一边仍旧接受上帝和父亲的安排与祝福去迎合拉里昂的儿子尤达？还是跑上另外的一条什么路？朗朗乾坤，道路很多，像公鸡尾巴一样散开。菲奥多西娅没有向自己承认的，即她害怕承认的是，她内心的混乱早已经留在了身后，她菲奥多西娅正跟在那伙游方艺人后面跑，她期待着，一转过这个弯，就能看到她梦寐以求的、裹在稀罕长皮袍里的身影。到那时，菲奥多西娅就要让整个世界都能听到她高喊一声："伊斯托姆什卡！"伊斯托马会转过身来，开怀大笑，迎面扑过来，紧紧、紧紧地搂住她，然后摘下她的帽子，开始吻她的脸颊和脖颈……哦，主啊，宽恕我的疯狂吧！

"什么？"尤达问，他听到了菲奥多西娅轻轻的叹息。

对他自己渴慕的菲奥多西娅他想说的完全不是这样的话！"什么样的热望在折磨你，我的太阳？"尤达想说，"你告诉我，让我们一起叹息。等你与我结成连理，我要用温柔的摇摆和结实的亲吻抚平你的痛苦。"

这就是尤达想说的。可他没说这个，而是阴沉地说出：

"什么？"

并且为了不默默无语地呆坐着，他还更加投入地说起了制盐业的工艺细节。

菲奥多西娅感到窘迫："我为什么听着尤达喋喋不休，给他希望？他会把我对谈话的兴趣当成为他感伤吧？刚跟他见过一面，他就说出，只一眼我就扼杀了他的灵魂。承认我爱另一个人不是更诚实吗？可他对图纸的描述让人产生好奇。我要是也把陆地地图的事让他知道会如何？我要是也成为匠师会如何？！难道只有男人才可以吗？罗金神父说过，希腊有过女匠师，那是亚历山德里亚的季帕吉娅。要是我是季帕吉娅，我就跟伊斯托马那伙人走，为我们画出星星上的道路图……”

“你有画图用的套件儿吗？”菲奥多西娅忽然问。

“有一套阿拉伯绘图仪器。”尤达惊讶地回答，“你要干什么用？”

“随便问问……”菲奥多西娅叹了口气。

“真是懊恼啊！”她想，“是该听尤达讲讲绘图仪器、燃起他的热望呢，还是马上坦白？我的坦白会有用吗？他会把我对伊斯托马的渴慕报告给父亲，父亲就会把我关进小屋锁起来……唉，可谈谈学问多有意思啊！什么时候还能跟这么有学问的匠师谈谈话呢？”

“喂，尤达，托奇马的铁匠能不能给我铸造一架通到月亮上的铁梯子？”

“干吗通到月亮？”尤达问，他怀疑这里有圈套。

可菲奥多西娅的神态一本正经。

“真想在上面溜达溜达呀，看一看陆地，瞅一瞅海洋。有一次我爬上了我们家的房顶，简直都看见天边了！……”

“月亮小小的，”尤达不屑地冷笑了一声，“一片指甲就可以把它遮住。怎么在那儿溜达？而且它还空荡荡的。上面什么都没有，只有黄色的石头。盐那里肯定是没有的！如果是这样，人在月亮上就没什么可干的。”

“可或许月亮不是石头的？或许也不是空荡荡的？从远处看，森林也好像死气沉沉，可你一旦近了，小松鼠啊，兔子啊，狼啊，熊啊，里面都有。”

“小松鼠……”尤达柔情蜜意地重复了一遍。忽然他鼓起了勇气，温柔地许诺：“等我们结了婚，为这样的念头我要每天揍你。揍了爱，爱了揍……”

菲奥多西娅感到尴尬，她低下头，把眼睛藏了起来。她无论如何没有料到，尤达会突然说到爱！

“揍，那就揍吧，可每天都爱为了哪般？”

尤达瞟了一眼睡着的几个女人，一只手隔着桌子伸了过来，把他和菲奥多西娅隔开的只有一盆腌渍苹果。

“你不要瞎想，我不是什么十恶不赦的大色狼，”尤达压低声音，“可没有结了婚却不爱的。”

“老婆害羞，孩子何求。”玛特廖娜嘟囔了一句。

“就是！……为了有孩子需要这个。等你怀了孩子，我就会爱惜你，不会揍了！”尤达发誓。“只是偶尔揍揍，为了规矩嘛。”

“主啊，尤达到底为什么这样爱我？……”菲奥多西娅想，这个想法让她害怕。“必须说伊斯托马的事。”

“拉里昂家的尤达，我得向你坦白……”

从菲奥多西娅的叹息中尤达觉察到了，他根本没有迷住未婚妻，她对他没有产生渴慕。可尤达想都没想过菲奥多西娅可能为另一个人烦恼！他不知道，要是他让她把话说完就好了！要是他和她父亲了解到真相就好了！要是把伊斯托马的肚脐挖掉事情就了结了！可尤达没让菲奥多西娅把话说出来。

“住口，不必了……”尤达语气温柔地要求道。

菲奥多西娅顿住了。

“你说，你在手工制作一幅什么好玩的图画？”尤达迅速转移了话题。

菲奥多西娅沉默了一会儿。“不让说……好吧，全都是上帝的旨意。”

“我在绣陆地和天空的图。你想我拿来给你看吗？”

“也许，我们去你闺房？”

“不行。男人进姑娘的房间无论如何都不行。”

“我贞洁的人啊！”尤达动情地想，他克服那盆腌苹果的阻碍，隔着桌子把手伸得更长。

菲奥多西娅把他的手拨开，飞快地从桌子旁边跳了起来：

"我这就把手工拿来。"

吱呀的声响让玛特廖娜睁开一只昏黄的眼睛，她掂量出情况良好之后又陷入梦乡，不过却保持着警惕。

菲奥多西娅如同家神一般轻捷，宝蓝色的家常软靴无声地滑过地毯。她跳过一级又一级楼梯，一闪身进了自己的闺房。拿起正绣着的花绷子，眼睛盯着云母窗格，心沉了下来。

"伊斯托姆什卡！……你在哪儿呀？"

菲奥多西娅的血管突突地跳，就在这一刹那脐下管悸动起来，子宫开始沸腾，像是钻满了鱼的渔网。这感觉是新鲜的，奇异的。

"这是什么？"菲奥多西娅惊讶不已。

"色欲！"一个像是罗金神父发出的声音愤愤地回答。

……当菲奥多西娅听到"父亲想对你宣布未婚夫的事"[①]这句话的时候，傻乎乎的她第一个念头甚至认定，父亲已经知道了游方艺人的事，他这就要说出为父之人的话：把心爱的女儿许配给伊斯托马！可她立马就抛掉了这个根本不可能成立的想法。

"谁？"她对母亲只能幽怨地说出这个字。

"你想要谁啊？黑尾巴贵族？去吧去吧，父亲什么话都会亲口说的。"瓦西里萨推了女儿后背一下。"父亲不会让自己的孩子不好。"

菲奥多西娅落下了一颗泪滴。

瓦西里萨认为女儿嫁人前害怕才会哭，她心软了：

"你不是第一个，也不是最后一个。那没什么可怕的。你这就去问问嫂子。你忙着纺线的时候，她忙着 × × ！这样不好吗？"

玛丽亚委屈地咬紧嘴唇。

"母亲大人，那您是要别人家的淫妇摆弄我的普季拉吗？像普季鲁

---

① 这句话及后面的一些话与第三章结尾处的一些话在字词上没有一一对应，原文如此。

什卡这样的爷们儿，你只要丢下他一刻不管，骚货们眨眼间就会薅光他的卷毛儿！”

“这倒是真的。”瓦西里萨同意。随后就把菲奥多西娅推进了父亲吃晚饭的暖阁。

“上个礼拜你母亲说了，你到了成人的年龄。”伊兹瓦拉说，眼睛没看女儿，“所以呢，趁着还没有哪个混蛋破了你的贞操，我决定把你许配个人家。你要嫁给拉里昂的尤达什卡①。”

菲奥多西娅站在桌子旁边，目光死死盯着火钩子。透过苦涩的泪水，火钩子已经开始重影、颤抖。

“要是说到伊斯托马会怎么样呢？”她想，有气无力地叹了口气。

父亲捕捉到了菲奥多西娅的目光。

“要是有谁反对，孩子她妈，把火钩子递给我！……”

“谁反对？”瓦西里萨手忙脚乱，“谁都不反对，是吧，乖女儿？”

“尤达什卡是最合适的未婚夫。他的父亲和母亲已经到那个世界制盐去了，他是独子，所以呢，是这里自家盐场的继承人。他的一处盐场，还有我们的四处，一共五处。整个地区没有其他的了，到维切戈茨克盐城要跑死马！等到盐都成了我们的，外地的客商就会全到我们这儿来，到这五处盐场来！到时不管你定什么价，本地人、托奇马的人，都会跪着求你！没有盐能干啥？啥都不行！储存驼鹿皮——得用盐！牛皮也需要用盐。没盐的鱼到莫斯科就臭了，因为腐烂皇上阿列克谢·米哈伊洛维奇恐怕不会抚摸他们的脑袋！没盐的肉食运不了多远，就算你给每辆货车都挂上圣像也没用！如今的盐税收得这个狠哪，挤得放个屁的空间都没有！要是不给我还有尤达什卡作揖，你就付不出来。要是不存上一普特盐作陪嫁，你就嫁不出去姑娘。我们今年还要停火一处盐场，并且放出风去，就说地下的盐快没了。等到他们的地窖里掏出的是腐肉，奴

① 尤达的昵称。

才们饿得浮肿，托奇马的客商就会什么价都同意了。到那时候盐哪怕卖上金价都成！黄金拿什么跟盐比？呸！黄金不能腌鱼，不能腌肥肉，不能腌猎物！黄瓜还有白菜，连它们也都想念卤水呢！”

“对着呢，她爹，对着呢！”瓦西里萨频频点头，“倒是该找个更好的未婚夫，可哪儿找去啊！”

“要是外地的盐商来掺和，我们有棍棒等着伺候他们。给上一大袋盐，随便哪个托奇马的阿三阿四都会用狼牙棒让尊贵的客商脑袋开花。要么我们就放话出去，说外来的盐都下了毒。我们用毒酒把市集上的流浪汉灌个饱，灌那些阿三阿四也行，等他们快要咽气的时候，我们就编瞎话放出去，说他们是被异地的盐毒死的……感谢你，主啊，没有盐寸步难行。人全身都是盐：他哭——眼泪里面有盐；他挥舞棍棒——脊梁上面有盐。等我们跟尤达什卡结了亲，我们就把价抬得呀，让人哭出来的泪都和糖一个味儿！糖算个啥？就能给丫头们和佐杰依卡做个糖瓜，做块糖饼儿。没有糖饼儿能活，可没有盐你活个试试！一个不小心，就会因为盐暴动。而且这种货物利大得很哪。淋上点儿水，重量就完全不一样了，有利可图的重量。布匹或是金子你难道能用水增加重量吗？可是盐——请便吧。谁要是不喜欢这个价，闪一边去，别妨碍生意，用圣母的眼泪腌食物去吧！”

“哎呀，孩子爹，救主宽恕！你不要亵渎神！”

可伊兹瓦拉喝了蜜酒，已经神魂颠倒了。

“娘们儿的爱液，连那也是咸的！……是吧，玛特廖娜？”

“哎呀，伊兹瓦鲁什卡[①]·伊万诺维奇，亲爱的公爵，对着呢，对着呢……”

“我们把盐存上一段时间，”伊兹瓦拉坐在凳子上，摊开了身子，声音呜噜呜噜的，“存货磨不破口袋。修士不干娘们儿，××存着没用。”

---

① 伊兹瓦拉的昵称。

“你的话是至理名言啊，伊兹瓦拉·伊万诺维奇，”玛特廖娜拉长的声音嗲里嗲气，“你像所罗门王一样有智慧。”

“如今行事用别的办法不行。现如今的人都滑头，× 藏袖筒，烘干房走，独个上手。”

“爹爹呀，”菲奥多西娅哀嚎道，“拉里昂家的尤达太没人样儿了，不是小伙儿，纯粹一挂大板车。满是雀斑，又矬又胖……”

“那你想要啥样儿的？难不成像淫棍铁匠普伦卡那样的？ × × 晃到膝盖，钱财一毛不见！”

“尤达的头发黏糊糊的，像是一摊臭烘烘的屁屁！”菲奥多西娅大叫。

“头——发！你的头发倒是长，可是见识短。”

“确实是丑，”玛特廖娜帮腔，“可是等到夫君拉里昂家的尤杜什卡[①]用绫罗绸缎宠你的时候，不仅稀疏的头发你会忘了，就算是秃头也会让你高兴。”

“你别去看长相，”嫂子玛丽亚教育她，“有的人长相没得看，但是财大气粗、屁响冲天！”

“说得对，闺女。”伊兹瓦拉出人意料地把儿媳妇叫作女儿，让儿媳妇脸红得像桃花，比先前更起劲儿地教育起菲奥多西娅来了。

“有的美男子脑子倒是有，可却烂泥扶不上墙。我的夫君普季鲁什卡，主啊，感谢你，长得漂亮，但就算他不是美男子，我也不感觉委屈，因为脸又当不了水喝[②]。对吧，父亲大人？”

“尤达的眼睛泛白，像生盐一样。”菲奥多西娅痛哭。

“给你双蓝眼睛？眼睛算什么？”玛丽亚喋喋不休。“眼睛不能为老婆增光添彩。”

“他是红毛儿，和鸡油蘑菇一个样！……”菲奥多西娅不依不饶。

---

① 尤杜什卡与上文所说的尤达什卡都是尤达的昵称。

② 俄国谚语，还可意译为“外表不重要，重要的是人好”。

“红毛儿哪里不好？红毛又麻脸，婆娘吓破胆！”玛特廖娜开了个玩笑。

“雪倒是白，可狗往上滋尿；泥倒是黑，可却能长庄稼。”瓦西里萨抚摸着女儿的头。她对伊兹瓦拉挤了挤眼，眼神中含着哀求，那意思是说：别生气，她亲爹，丫头又抹眼泪又嚎叫，姑娘的本性就是这个样儿。

“你啊，女儿，别看人长得俊不俊，要看荷包鼓不鼓。”伊兹瓦拉敲着五根指头。“谁要是荷包鼓，那就能让你相信他漂亮。有钱就是爷，没钱就是瘪三儿。蓝眼睛有啥用？如果淫荡，一样遭受木桩穿肠的酷刑！”

菲奥多西娅浑身发软，心里想：“主啊，父亲不是知道伊斯托马了吧？不是在暗示他的下场吧？求主保佑他吧！”

她擦掉眼泪，不说话了。

“这就对了。唉，女人的眼泪，说干就干。”伊兹瓦拉口气缓和下来。“我和你母亲不是你的敌人，菲奥多西娅。我们也认定了，现在不是从前那样的时候，新娘和新郎到了婚礼上才第一次见面。明天尤达会来我们家吃午饭，吃饭的时候你可以和他谈谈，看仔细了，免得到了婚礼时红毛和雀斑把你吓着，使得你随便跟个游方艺人就逃婚私奔了。”

玛丽亚和菲奥多西娅都打了个冷战。

“去你的，她爹。”瓦西里萨两手一甩。

嫂子赶紧把桌上的碗盘重新摆了摆。

菲奥多西娅掩饰住不安，勉强笑了笑：

“你说什么话，父亲大人……难道我不听你和母亲的话了吗？”

……“唉，要不是为伊斯托马担心，那我就不听话了。蓝眼睛的心上人会被挖掉肚脐的，哦，会被挖掉的！还是会把我嫁给尤达什卡！”菲奥多西娅两手攥紧花绷子，痛苦不堪地想道。

“哎呀！”

针刺破了手指，一个小小的暗点儿在天蓝色的绸布上弥漫开来。

“为什么血在手指上是鲜红的，而在蓝色的绸子上却变成暗红的了？”菲奥多西娅产生了兴趣。然后叹了口气。“我去问问天杀的尤达，他什么都知道。啊，不！让他见鬼去吧……他又要没完没了，说什么血也是咸的，所以，没有盐寸步难行。我宁愿一辈子没盐，干啃面包，只要能与伊斯托姆什卡一块儿分享就好……”

菲奥多西娅嘬了嘬手指，磨蹭着下楼去见尤达。

“啊！这是你的手工活儿？这些也全是？”尤达笨重的两手划拉了一下，扫过长凳和隔板上的绣活儿、衬衫、椅垫和其他布艺。“你的小手指可真是巧。”

菲奥多西娅洒下一阵咯咯的笑声。

“郎君主外，丫头纺线。”她一边笑一边嘟囔了一句。

“什么？”

“没什么，闲话……”

想起家里人盼着尤达来时的情景，菲奥多西娅的心情快活起来。这全是玛特廖娜这个老媒婆的主意……一大早，下女们就开始把所有房间里做的手工活儿都搬进尊贵的未婚夫要被迎进去的暖阁，就好像它们全都是菲奥多西尤什卡做的。菲奥多西娅本要反对，但哪有可能啊！……下女帕拉什卡也被送了进来，她干瘦，细长，像根刺头草，最有价值的，是她的一只斜眼。玛特廖娜竭尽所能地亲手用烟油子把她涂得花里胡哨，用麻布片打扮了她很久，头发抓乱。走进屋子的瓦西里萨吓得尖叫一声，画着十字说：“十足的一个丑八怪啊！”玛特廖娜这才消停。

为了让帕拉什卡衬托出菲奥多西尤什卡光彩夺目的美，她们把这名下女摁到了炕炉边的树皮箱子上坐下，那里正对着未婚夫的位置。女人们刚一听到栅栏外有了骑马人的动静，玛特廖娜就扑向菲奥多西娅，开始拍打她的脸，让它有血色。

“玛特廖娜婶婶，放手！”菲奥多西娅尖叫。

“没关系，你的脑袋掉不了。”玛特廖娜没让步，一边掐着菲奥多西娅的脸蛋儿，一边用咬破的红莓果往她嘴上抹。

终于，专门被派到外面的、冻坏了的下女跌跌撞撞地跑进门，大喊着：

“未婚夫来了！”

“纺车！把纺车搬来！”

“到了哪儿？”

“进红镇了！离咱家院子已经近了！”

“纺锤！纺锤哪儿去了？”

大家齐心协力把菲奥多西娅摁坐到堂箱上，把描金画彩的纺车塞到她身子旁边，又往她手里塞进雕花纺锤。玛特廖娜拿着抹了油的梳子一步蹿过来，把菲奥多西娅额头上的头发梳理平顺，又在她身上套了一件坎肩，好让身材显得更丰腴漂亮。未婚夫出现的时候，菲奥多西娅已经汗流浃背，开始恨起这个一点错都没有的尤达来。

未婚夫摘下镶着一圈毛皮的高筒呢绒帽子，本想把它放到树皮箱子上，可发现那里有披着麻片儿的斜眼帕拉什卡，吓了一跳。他攥紧帽子，目光扫过圣像，一边弯腰行礼，一边画了三个十字。

“菲奥多西尤什卡，”玛特廖娜声音甜腻，“敢问给尤达·拉里昂诺维奇呈上哪条毛巾？是你上个礼拜完工的那条，还是你在上面绣了红公鸡的那条？”

玛丽亚手托两条毛巾从墙边走过来。

“全都是，全都是我们的菲奥多西尤什卡亲手绣的。”玛特廖娜殷勤的话里带着水音儿。“她一整个夏天都去地里，看亚麻长势如何。她亲自用白嫩的小手纺线，织布，大太阳底下漂白，见天儿地绣啊绣……我们都生她的气，说，你爹的奴才多得数不清，干啥让你自己白嫩的小手受屈？……”

菲奥多西娅在堂箱上气哼哼地喘起了粗气。

“乖女儿，别纺了，迎客吧，安顿亲爱的未婚夫坐下。”瓦西里萨像鸽子一样咕咕叫。

“那可不行，亲爱的娘啊，活儿没干完，我不会动地方。”菲奥多西娅挖苦道。

瓦西里萨在女儿腰上捅了一把。

脸红得像肉馅大烤饼的玛特廖娜堵在菲奥多西娅面前，从她手里夺下纺锤，把她推到桌边。

“您请坐，拉里昂家的尤达！”玛丽亚躬身行了个礼。

“十分感谢！”

从堂箱上站起身的同时，菲奥多西娅偷偷从肩上甩脱一件坎肩，之后她心情好了。

“盐场怎么样？”她问，打断了玛特廖娜的企图。玛特廖娜本想对尤杜什卡说，菲奥多西娅多会烤馅饼，她一整夜如何如何为亲爱的未婚夫烘烤牛角小面包。

菲奥多西娅的这个问题带给尤达说不出来的快慰。因为昨天伊兹瓦拉·伊万诺维奇骑马来见他，没啥客套，说了通过结亲合并盐业的事，从那时候起尤达就开始心潮起伏。尤达已经二十岁了，他早就想结婚，可做孤儿已有三年，他不知道怎么做才能把这事儿办妥。他曾把几个下女领进过自己的卧室，可跟老婆做爱才是他想的呀！因此，能跟菲奥多西娅结婚尤达是真心感到高兴，这会儿听到菲奥多西娅问话，他马上热情洋溢地讲起了盐的事，边讲边不时用勺子指着银盐罐。

“别弄撒了，要不然你会跟未婚妻起争执[①]。”交换戒指的定亲仪式就要开始了，玛特廖娜警告他。

“什么未婚妻啊？还没给我们提亲呢。”菲奥多西娅不满地说。

“尤杜什卡是个孤儿，向谁提亲啊？对吧，尤杜什卡？”玛特廖娜说话像唱歌儿一样，“没有别人家的媒婆我们也应付得来。”

“我们自己商量妥当。”瓦西里萨肯定她的话。

---

① 俄国民间有一种迷信，认为不小心把盐撒到桌上，会导致与人争执。

“我和伊兹瓦拉·伊万诺维奇已经全都商量好了，”尤达让她们相信，“我的一处盐场和你们的四处合在一起，总共是五处。而其他盐场最近的就在维切戈茨克盐城了。到那儿去要跑死马。伊兹瓦拉·伊万诺维奇是智慧超群的大丈夫！把什么都跟我说明白了。”

尤达瞥了一眼花里胡哨的帕拉什卡，思量着是否该当着奴才的面把计划公开。不过，想要在菲奥多西娅面前把最有利的面貌呈现出来的愿望占了上风。“况且她，这个斜眼木头疙瘩，脑子好像都坏掉了，恐怕也听不懂什么。”

“首先咱们拉着一车盐去拜见咱们的行政长官，顺便报告说，该死的百姓瞒着他，也就是瞒着国库，不交盐税。行政长官会生气，会强行收税，把包括不中用的渣滓在内的所有的盐一点儿不剩地全都榨出来，在那之后我们就可以把新的盐价抬出来，哪怕抬成天价。”

树皮箱子上的下女打了个嗝。

“嗨，丑八怪。”玛特廖娜气哼哼地说。“看见了吧，亲爱的尤杜什卡，这儿有长相多寒碜的丫头啊！”

尤达瞟了一眼树皮箱子，咳了一声。

“而我们的菲奥多西娅像是浸透了蜂蜜的小圆饼儿！”

菲奥多西娅愤愤地瞪圆眼睛。

玛特廖娜我行我素：提到了白嫩的小手，还有小脚，提到了父亲和母亲如何不惜生命给女儿吃、给女儿穿。

尤达听着玛特廖娜的话，他是真的留意，时不时重复一句：

“这个我也亲眼看见了！”

……

与菲奥多西娅的交谈让尤达的心变得无比柔软。他仔细翻看菲奥多西娅拿来的手工活儿时，内心充满非同寻常的温柔，但他只最低限度地表达了一下男人的世界观。

“菲奥多西娅·伊兹瓦洛夫娜，你是从哪儿知道陆地漂在海洋里的？”

“这个我考虑了很久很久，”菲奥多西娅兴奋地和盘托出，“我哥哥普季拉，还有其他商人，他们都说过，如果车队沿着德温纳河往北走，就会碰上冰冷的北海，或者叫白海。往喀山、阿斯特拉罕的地界儿或是克里米亚人那边走，你就会碰上叶夫克辛海，另一种叫法就是黑海。在德温纳河上运货，你又会碰到海——波罗的海。所以四周，不管你往哪儿看，陆地周围全都是盐海（提到盐尤达喜欢）。就是说，陆地漂在不确定的，也就是无边无际的海洋中。只是这个海洋在什么样的容器中哗哗流淌呢？要知道，没有容器它会流光的吧？而流到哪儿去也是个问题。我现在就在思考这个。”

尤达盯着菲奥多西娅，浅白的眼睛瞪大了，嘴巴大张。终于他浑身一抖，皱起了眉头。环顾了一眼那些睡着的女人，尤达攥紧五指，小心翼翼地抵向菲奥多西娅的太阳穴。尤达一边轻轻地用拳头捣着，一边威胁道：

“让你思考这些，让你思考！等你成了我的老婆，我要把这些想法从你脑子里打出去，不是用拳头，而是用棍棒！”

菲奥多西娅“啊”的叫了一声，蜷起身子。她的胸中开了锅。

尤达把手工活儿拽过去。

菲奥多西娅醒过神来，把绣活儿夺过来，大叫起来：

“嗨，你这个盐胡子！滚出去，盐粉刺！你难道没发现，你的鱼眼珠让我作呕！我喜欢蓝眼睛！”

瓦西里萨和玛特廖娜从堂箱上一跃而起。帕拉什卡从树皮箱子上摔了下去。

“除了蓝眼睛，其他人我都不需要！”

嫂子玛丽亚从长凳上跳了起来，扑向菲奥多西娅，本想用手掌捂住她的嘴，可是突然，她“哎呀”喊了一声，接着如“耶利哥的号角”[①]一样响亮地嚎叫起来：

“要——生——了——”

① “耶利哥的号角”比喻声音巨大，震耳欲聋。源出《圣经·旧约》：从埃及返回耶路撒冷的路上，犹太人围困了耶利哥城六天，到第七天，人们随着号角声一起大喊，城门被攻破了。

第五章　生产篇

“我要死了，玛特廖娜婶婶！……”

玛丽亚已经声嘶力竭地喊了好几分钟。玛特廖娜一遍遍要求她离开餐室，转到里面有床榻的起居室，可这些话都没有传到惊恐万状的产妇耳朵里。玛丽亚忘了菲奥多西娅刚才差点儿违背承诺说出她俩偷偷去看了游方艺人演出的事，她蹭向门口，可到了炕炉边她嚎得更加声嘶力竭，身子弯得像把镰刀。她抠住炉口，如同瘫倒在酒馆墙角里的醉醺醺的婆娘，无论如何都不愿意丢了这根救命的稻草。瓦西里萨和接生婆一边骂她，一边一人一条胳膊拉她。

“你到底在干什么，玛丽亚？你会把炉子掀翻的！”

傻乎乎的帕拉什卡疯狂地钻进炉膛，试图从那儿把产妇推开。可帕拉什卡的动作没有让局面缓和，只是让她自己因为拼尽全力而唾沫横飞，弄得到处黏糊糊的。女人们一起痛骂她，说她是恶毒的奴才，是斜眼夜猫子，是狗爪子，让她滚出来，离产妇远点儿。

“斜眼木头疙瘩，这儿还少不了你了？！”瓦西里萨冲着帕拉什卡喝道。

这时接生婆着手干活了，她的任务就是要让生产在任何状况下都走向顺利的结局，走向让她有利可图的结果。玛特廖娜用盐袋子把炉壁擦了一遍，拔出门鼻儿，把炉门卸下来。

“瓦西里萨，”玛特廖娜指挥着，“去吩咐他们把所有的门都打开，所有的窗户都敞开，绑着的带子都解开。让奴才把整栋房子里的桶盖儿都揭开，瓦罐儿、堂箱、圆桶，能打开盖的全都打开。我心里有预感，这道女人的大门牢牢地锁着。帕拉什卡，把少主人的头发散开。”

“玛特廖娜，你知道你在说什么吗？”瓦西里萨悄声说，“堂箱打开！宝匣儿敞开！那谁来守着？难不成你不知道我那些下流的奴才多能偷？难不成要我自己从堂箱到树皮箱子来回跑、来回守着？”

“母亲大人，这些事儿让我来办。”菲奥多西娅又扑向门口，“您出去，拉里昂家的尤达！”

被所有人忘了的、这段时间一直惊恐地贴在墙上的尤达冲向穿堂。

“对不起，没送您到大门口。”菲奥多西娅冷冰冰地道了别，从长凳边飞奔而去，边跑边掀开圆桶上的盖子。

“菲奥多西尤什卡……别记恨我……丈夫的打就是爱，每个婆娘都会这样跟你说。”

“别担心，拉里昂家的尤达，我父亲会信守诺言，会把我嫁出去。至于我喜欢不喜欢挨打……我承认，有这样一个人，他的任何关注，哪怕是他打我打到流出咸的血，都无比宝贵……”

尤达容光焕发了。

“这个人——是我？”

“是那个会温柔地搂抱我的人，是会柔情万种地不仅抚摸我的身体，还抚摸我的灵魂的人。”

“这就是我呀！……”

可菲奥多西娅已经从穿堂里冲了出去，一路上把门全都打开了，往门的夹角里要么扔只手套，要么丢块麻片儿。

等她回到餐厅的时候，其他人已经把玛丽亚从炉口拽开了，把她安顿到并起来的几条长凳上躺下。接生婆言之凿凿地下了断言：如果说圣母玛丽亚在洞穴里生产了，那另一个玛丽亚的肚子即使没有床榻和褥子也能应付过去。玛特廖娜把产妇身上所有的带子、布条子都解开，含糊不清地交替念着应景儿的祷告语和“生个孩子，放个响屁”之类的话，然后掀开了她的衣摆。尴尬的菲奥多西娅躲到炕炉后面，直到嫂子开始生了也没靠近她一步，所以她只听到玛特廖娜逼问产妇的话：她是否因罪受的孕，大肚子的时候是否对着太阳或是冲着东方撒过尿……玛丽亚虽然一边轻轻地哼哼一边全都否认了，玛特廖娜还是恶狠狠地讲了生出没屁眼儿女娃的产妇的故事……故事给不幸的玛丽亚留下了如此强烈的印象，让她拼命地喊叫起来，叫得孩子的小脑袋从她的下面冒了出来。

“哎呀，撑死我了！”玛丽亚扭动起来。

“是孩子！”玛特廖娜向她通报。

“孩子……”菲奥多西娅在炕炉后面兴奋地重复了一遍，“玛特廖娜婶婶，是啥？小子还是姑娘？”

“他额头上又没写着。”接生婆戗了她一句。

“给我的普季拉生个儿子！”瓦西里萨下了命令，口气严厉。

玛丽亚扯着嗓子尖叫了一声，早产儿滑到内衣的下摆上了。

“大丈夫！”玛特廖娜扫了一眼婴儿，大叫。

“感谢你，主啊！”玛丽亚说，脸上漾出了幸福的微笑。紧接着她开始夸耀，明显是在抱怨瓦西里萨：“我就没怀疑过自己会生儿子，我们家族自古就没带眼儿的，从来都是小子。把我的心肝儿柳比姆给我！”

“你说什么，你说什么呀！胎盘还没出来呢，脐带还没系呢。”

"心肝儿柳比姆!"菲奥多西娅兴奋极了,"柳比姆什卡[①]……啊,要是给我一个这样的小游方艺人柳比姆什卡该有多好……"

把孩子收拾妥当、用普季拉的衬衫擦干净以后,玛特廖娜把他放进玛丽亚的手里,对她说:

"这是你肚子结的果儿,给,亲亲孩子吧。我祝愿你一年过后能有一双,而我,玛特廖娜婶婶借了上帝的手,为了一块面包和一杯蜜酒,把他接生下来了。"

接生婆故意轻描淡写地用一块面包和一杯酒来评价自己的接生手艺。此时此刻主要的,是提醒主人得为她的出手相救有所报答,因为产妇在产床上时她和她的亲属给出的承诺最慷慨,这个时候年轻的公爵小姐心中还充满着生孩子的幸福。

"玛特廖娜婶婶,我……我和普季鲁什卡……干脆,你这就把红宝石耳坠子从我耳朵上拿去!"

"有你们对我的慷慨、说的好话,还有祝福,我就知足了。"接生婆落下了一滴奸猾的泪珠。"我一个规矩的寡妇需要多少才算多?只需到了那个世界玛特廖娜老奶奶能折算……"

"玛特廖娜,谢谢!"瓦西里萨欠了欠身,"伊兹瓦拉·伊万诺维奇会大方地赏你,我对上帝发誓。"

"现在该对孩子做什么,玛特廖娜婶婶?"玛丽亚一惊一乍的。

"到他娶媳妇前一直抽他。"玛特廖娜开了个玩笑。"放进摇篮,找个奶妈子,让她白天夜里都给心肝儿柳比姆什卡喂奶,这就是该做的事儿。明天早上请神父来,请他像模像样地念经。"

柳比姆被抱走之前玛特廖娜对他千般夸耀,又念了一大堆咒语,防中邪,防夜哭,防其他种种婴儿的灾祸;给玛丽亚也换了衣裳,洗了;在堂箱上铺了被窝,安置她躺好;然后玛特廖娜要求上饭。不过她在吃饭

① "柳比姆"的昵称。

之前左摇右摆、脚步重重地跑到穿堂，看看外面的天气如何，就是说，看看新生儿柳比姆将会有什么样的生活。回来以后，她肯定地说，天空明朗，小星星都飞快、飞快地跑向月亮，因此呢，少主子柳比姆是目光炯炯的雄鹰，一辈子会幸福、富有，只不过……玛丽亚支起了耳朵：怎么？！接生婆眼珠一动不动地停了一会儿，似乎是不想把一个坏消息宣布出来，最后终于说了：根据星光判断，柳比姆会是个花心大少。玛丽亚的心放下了，她美滋滋地大笑起来：那就让她的柳比姆什卡和丫头们……与此同时瓦西里萨大叫着喊来几个下女，她们忙碌起来，眨眼间桌上就摆满了美味佳肴、琼浆玉液。接生婆坐着，那样子像是命名日活动时的大司祭。卧榻上玛丽亚的目光也像个公爵夫人似的。等到伊兹瓦拉·伊万诺维奇本人走进屋子——在大门口就有人向他通报第一个孙子降生了——宴饮的场面变得如此欢畅，欢畅得即使罗金神父也会摇头的。大喝而特喝的玛特廖娜陶醉地讲着趣事，每喝一杯，讲的趣事就变得更淫荡。大家笑得那叫一个罪不可赦！

“喂，给你们讲件趣事，”玛特廖娜一边挤眼摇头一边说，“是真事儿，不是瞎话。有见证人，亲眼所见。倒不是我亲眼所见，这我不会瞎说，不过是从可靠的人那儿听来的，买什么咱就卖什么。”

“从前有个小伙儿，叫米特罗什卡。他倒说不上傻，就是有那么点儿呆头呆脑……这呆瓜有两个××。米特罗什卡没看出那有啥稀奇，以为所有的男人都这样……故事讲完了！”

菲奥多西娅透过哈哈笑声隐约听到有人敲门。

“是谁啊？”她望向穿堂。

门外站着的是阿库尔卡。

“你有什么事？”

“少主人，能恳求主人准个事儿吗？”女奴拖长声音，弯腰行礼。

“好，进来吧。父亲大人，阿库尔卡有个事儿恳求您恩准。”

“又什么事儿啦？”伊兹瓦拉·伊万诺维奇转身对着门口。阿库尔卡赶紧一边弯腰行礼、嘴里嘟囔着“宽恕我这个傻女人吧”，一边说，她的大孩子跑出去玩，从山上坐着麦秸往下滑，把两个月大的小孩子奥列夫卡冻死了。

“什么叫冻死了？”瓦西里萨厉声喝问。“你恐怕是故意吩咐把奥列夫卡弄死的吧？就是为了不浪费吃食，不晃悠摇篮！就会死睡，你个废物点心！”

“老天爷，不是故意的！普隆卡和安卡把奥列夫卡放进冰车，拉着走了。把冰车搁在山下，他们就开始滑着玩儿。等想起奥列夫卡，他已经全身白了，开始结霜了。看在基督的分上，宽恕我吧！”

“你个五迷三道的荡妇！”瓦西里萨大发脾气，“牧场很快就没足够的人干活儿了，可你们，该死的家伙，只为不多喂一张嘴就这么干！你现在干吗来了？干吗呆头呆脑地站在这儿？”

“我想问问，可不可以把装着奥列夫卡的小棺材在屋里搁到明天？忒冷了，到慈恩院真是太远了。”

瓦西里萨用询问的眼神看了看伊兹瓦拉。

“你们干什么，母亲大人，父亲大人！”玛丽亚突然在堂箱上大叫起来，“在这样的日子，你们的长孙出生的日子，让死人留在院子里？！”

“对啊。”伊兹瓦拉与瓦西里萨交换了一下眼神。

玛特廖娜捕捉住了他们的目光。

“想什么呢！”她冲着阿库尔卡大叫，“把刚死的人送去慈恩院，马上！毁了主人的一个奴仆还该抽你一顿才是。你还怕冷？！不用担心，冻不死你，瞧，老爷的面包撑出这么张丑脸！菲奥多西娅，去盯着，即刻让他们带着死人滚出院子！而且让他们想都别想丢大门外面去！不然会招来狼群，把牲口撕了。”

菲奥多西娅担心地看了看阿库尔卡：她不得不半夜三更夹着小棺材出去，终究是够糟糕的。

“用雪橇吧，”菲奥多西娅在穿堂里悄声对阿库尔卡说，“拉粪的雪橇。你可以用一匹糟一点儿的马。你就说，是少主人吩咐你用雪橇的，她不想再死上个阿库尔卡。”

菲奥多西娅去了下人房，阿库尔卡与酒鬼丈夫米尔卡和孩子们住在那儿。她第一次迈过如此污秽住处的门槛。这不是屋子，是地窖，只有堂箱那么大块地儿，点着照明的木棒儿。几个半大小子躺在黑漆漆的石炉子旁边的搁板间里，婴儿睡的厚木墩儿就吊在铺板前面。大人睡的木头箱子形状的床上堆满臭烘烘的布片儿和麦秸。一张桌子紧挨着床，桌子中间挖出了当饭盆用的一个坑。正是凭借扔在凹坑里的几把歪七扭八的丑陋勺子菲奥多西娅才认为那是饭盆。桌边放着棺材，就是一只用树皮编的箱子。

“哎——嗯——呼——噜——卡！”桌后的角落里传出含糊不清的声音。是米尔卡动了。

“是你喝得烂醉啊！”菲奥多西娅猜出来了，用手掌捂着鼻子。

“他是心里苦啊，”阿库尔卡一边弯腰行礼，一边为丈夫辩解，“没守住主人的奴仆奥列夫卡，要伊万家的伊兹瓦拉和彼得家的瓦西里萨破费了。你起来，给少主人行礼，狗东西！”

“好了，阿库尔卡，让他睡吧。你去找个下人帮帮你。这就直奔慈恩院去吧！那边明天就能给奥列夫卡做安魂祈祷了。这边对尸体没啥可做的。”

菲奥多西娅心情阴郁地回到餐厅。什么人啊，主啊！臭，臭烘烘的，酒气熏天！

“喂，那边怎么样？”瓦西里萨开始盘问她。

“唉！……”菲奥多西娅只发出了这一声叹息。

“该死的奴才带来的只有破费。”母亲气哼哼地说。“为奥列夫卡做洗礼，是谁给了神父五个鸡蛋？是彼得家的瓦西里萨和伊万家的伊兹瓦拉。要做安魂弥撒，谁来破费？又是从主人的仓房里拿东西给神父。”

“不用这样垂头丧气，瓦西里苏什卡[①]，”玛特廖娜插了一句，“这就是老爷的命，谁的心都得操。我再来说件趣事吧，让你高兴一点儿。”

“来吧！”瓦西里萨的一只手甩了一下。

“嗯，你们听这件趣事。是真事儿，不是瞎话。有见证人，亲眼所见。倒不是我亲眼所见，这我不会瞎说，但却是从可靠的人那儿听来的，买什么咱就卖什么。”

“从前有三兄弟，是王公的三个侄子。老大叫壮汉莫古恰，老二叫渴念霍腾，老三叫赐命佐杰依。莫古恰的裤裆里有一根火棍……”

“火××？”伊兹瓦拉哈哈大笑。

“正是！那么大的个儿呀，他不止一次用这根胯间的大棒把熊扫倒。有一次我们这个地界儿跑来一只非洲的食人怪，大胡子毛扎扎的，他的胡子不光绕着脑袋、脖子，就连尾巴根儿上都是。亲眼看见的人说，就连那个咆哮怪物的羞处都长着胡子。莫古恰瞅见那家伙以后，把他自己的火××从内裤里抖出来……”

“哈——哈——哈！”玛丽亚爆出一阵狂笑。

笑够了，她心驰神往地开了口：

“哪怕看上一眼那个非洲……”

“你中邪了？！”玛特廖娜惊叫，“那个地方有一些野物，像男人一样攻击婆娘。”

菲奥多西娅瞪圆了眼睛。

“你瞎说，玛特廖娜！”伊兹瓦拉一边嘿嘿地笑，一边心怀鬼胎地逗她。

“伊兹瓦拉·伊万诺维奇，你凭啥羞辱一个寡妇？”玛特廖娜鼻子轻轻哼了一声，“自从来到这个世上，我连一句瞎话都没说过。否则就让我

---

① “瓦西里萨”的昵称。

就地消失。非洲就是有野物，叫'裸徒'[1]，就是非常淫浪的意思。裸徒的脊梁上长着两个大驼背，像是皮口袋或是大屁股。非洲人用这个驼背运水！"

"主啊，救主保佑，真是野人啊！"瓦西里萨惊奇不已，"驼背里怎么可能有水？"

"乳房里有奶不是？"玛特廖娜言之凿凿。

"啊——啊！这样说的话就明白了……"

"说说婆娘，它是怎么攻击婆娘的？"伊兹瓦拉好奇地问。

"对女人淫浪的不是裸徒，是大象！它的个头有草垛那么高，丑脸上长的不是鼻子，是××！！有这么粗！"

玛特廖娜贴着小柜子抬起一条粗腿，腿被裙摆遮住了。但就是透过裙摆也看得出，大象××的尺寸非同凡响！

"而且在扑向不幸女子之前，大象还用××吹号！"

"干吗吹号？"堂箱上的玛丽亚问。

"我上哪儿知道去？我又没跟它聊过。我只知道非洲的游方艺人带着大象闯四方……"

菲奥多西娅神经绷紧了。

"大象听从游方艺人的头人的招呼举起××，开始用它搂抱、抚慰浪荡丫头……"

"舞娘？"菲奥多西娅问。

"对啊……哎哟……到了最后，它把这个丫头举过头顶！"

"真有你的！"伊兹瓦拉啧啧称奇，"可常言道：你再牙尖齿利，光脚也跑不上棍棒。[2]"

"不要人家说什么你就信什么，伊兹瓦拉·伊万诺维奇，亲爱的！大

---

① 即"骆驼"。因为是新鲜事物，加之道听途说，故说话人发音不准。

② 谚语，表示某件事不可能。

象更吓人的，是它散播鼠疫。”

“我主保佑！”

“有个非洲的国王给咱们的皇上阿列克谢·米哈伊洛维奇大人往莫斯科送了一头大象。”

“他想让庇护咱们的父亲大人得病？！”

“明摆着的事儿，”玛特廖娜权威地耸了耸肩膀，“他牵着这头怪兽大街小巷地走。然后莫斯科就暴发了瘟疫！皇上阿列克谢·米哈伊洛维奇下旨救命：把患鼠疫的人住的木屋钉死，烧房子，一个人都不让从里面出来。可瘟疫没有停止。这时咱们的皇上大人看出来了，鼠疫是该死的大象带来的。于是阿列克谢·米哈伊洛维奇下令把大象打死，烧掉。官府的人用木桩钉住大象，把它烧成了灰儿。瘟疫制止住了！那个牵着大象满大街走的非洲仆人被绑到柱子上，用开水浇，直到把他烫熟。”

“做得对！”

“这就是不信基督的下场。”

这一天发生的大事小情让全家人情绪振奋，大家围着桌子又坐了许久，聊天儿，听玛特廖娜讲趣事。玛丽亚第一个在堂箱上睡着了。留下斜眼帕拉什卡守着她，大家各自散了，回了卧房。

菲奥多西娅迷迷糊糊地上了楼，回到闺房。掩上门。坐到床上。她瞥了一眼照明棒儿和蜡烛的火苗，打了个哈欠。就在这时墙角闪出一个金色和黑色斑驳的身影。

“啊——啊！……”菲奥多西娅惊恐地刚要喊叫，一只结实的手捂住了她的嘴。

第六章　爱欲篇

“贼！贼！”菲奥多西娅奋力喊出声来。

可是嘴被贼的手掌盖住了，那手掌如同封堵在贡奉圣尸的洞窟口的石头。另一只绕到前面的手紧紧搂住菲奥多西娅的胸脯下方。菲奥多西娅颤抖着吸了一口气，想要第三次喊出“贼！”来，可她隐约感到自己已经不会再喊了，因为从甜蜜的气息中菲奥多西娅认出了这个贼。气息是苦的，有男人躯体的苦、烟草的苦和杜松果的味道，还有被手指捻碎的麝香草的气息。不知为什么，菲奥多西娅知道，贴到她脸颊上的嘴唇也是苦的。这种苦让蒙眬渴盼中的菲奥多西娅想要呻吟。她合上眼皮，放松了肩膀……

“星星与星星交媾、翻云覆雨，只有永陷黑暗中的我遥遥相望，因为你而叹息，别这样折磨我，我的爱人，赐予我你发自内心的光芒，星辰的光芒……”贼声音浑厚地开了口，捂住菲奥多西娅嘴巴的手掌略微放松了一些。

菲奥多西娅慢慢转过头去。两张脸相对，相隔的正好是罪孽的亲嘴距离，就像这种时候通常有的情形一样，她看见的是向鼻子聚拢的一双眼睛和两侧鼻翼都能奇怪地被看到的鼻子。眼睛正是那双眼睛，闪烁着金色碎片的碧蓝眼睛，菲奥多西娅因为欢喜无声地笑了起来。

菲奥多西娅拨开堵住嘴巴的手，贼微微颤抖的一只手掌小心翼翼地摩挲着坎肩，摩挲着她胸脯感到饥渴的那个地方，用力捏了一把。菲奥多西娅轻声呻吟起来。贼停下了，不敢继续动作，担心吓坏少女。一片令人窒息的寂静。菲奥多西娅听到了自己的心在突突跳动，如同暗夜河水中漂着的铃铛。贼的耳朵里像是有一只蚊子在嗡嗡叫。

被夜里的寒气侵袭的屋角嘎地响了一声。照明棒儿如干透的豌豆荚发出了劈啪的爆裂声。

“伊斯托姆什卡！……”菲奥多西娅终于松了口气，头靠到他肩上，“你怎么到这儿来了？怎么会不害怕？”

她眯着眼睛，无力地歪着头，伏在游方艺人的胸口，就像刚被射杀的花斑鹧鸪，身体还温热，血液还在跳动，羽毛还油亮，但却已经被杀死了，已经准备被皮条扎上脖子，与同样温热的鸟挂到一起。

“爱人，我温柔的小燕子，你在等我？”伊斯托马问，他似乎不相信自己说的话。

“我的眼中只有你……”菲奥多西娅回答，她快要哭了。

“有我，一个游方艺人？一个拿不出金，拿不出银，拿不出河里的珍珠装扮你这个天上公主的人？有我这个除了长袍没有其他住所的流浪汉？”

“对我来说你的长袍比任何楼阁都暖和……”

“我在苦涩的世间流浪，不去梦想别样的生活。我已倦于梦想温柔的爱情。这样梦想有什么用？唯有折磨。少女的温存是什么样，我早已不记得……”

“伊斯托姆什卡……”菲奥多西娅的双颊泪如雨下，“你不要这样说……”

“对不起，对不起，我让你伤心了。”游方艺人哀叹。

倒不是说他在撒谎，一切都是实情：伊斯托马没有钱财，破烂的帐篷就是他的房子，为他遮蔽风雪的不是楼阁的原木墙壁，而是长袍的衣襟。未婚的姑娘也抚慰不了他。他可不想把森林的华盖和河沙的床铺换成松软的羽绒褥垫，把长袍的衣襟换成炉边的温床，把一抔带着热血的雪换成甜蜜的果羹。他是一头狼。烘干房的温暖吸引他只是因为里面有愚蠢牲口的肉体，这牲口为了主人的一把麦草随时准备侧翻在地，伸出怯懦的脖子等着挨刀。撕咬完头脑简单的母羊，狼就会抽身而去，回到林海雪原，一刻都不想在牲口棚的温暖尿液中等到天亮。至于少女的温存，游方艺人也没有撒谎。他与醉酒的浪女苟合过，在火光冲天的村庄掠走过未婚的少女。对于看他淫秽表演的女性观众，他从未心神荡漾地瞅上一眼。他不喜欢乏味、睡眼惺忪的小镇婆娘和姑娘，对她们放荡的挤眉弄眼他只有冷冷一笑。跟愚蠢的有夫之妇在窝棚里翻云覆雨让伊斯托马恶心。可从十字架上抢下木刻的受难基督的菲奥多西娅却进入了狼的灵魂。她击中了他，如同天火击中一棵强壮的大树。如今伊斯托马燃烧的不仅有身体的火焰，还有灵魂之火。

伊斯托马清楚，只要他召唤，菲奥多西娅就会离家出走，跟着他和他的戏班，一秒钟都不会去想父亲和母亲。他这样带走女子已经不是一次两次，带走就是为了尽兴之后把她们丢弃，丢弃在路过的城市、妓院或被莫斯科国的异域商客称作“吻巷”的街道。但游方艺人第一次动了心，他不想强人所难，他要温柔地去抚慰，友善地去体贴。他还想与菲奥多西娅在一起的时候表现出无限善良、高尚，丢下她的地方不是异域他乡，而是她自己的家园。狼还能比这更善良？！他所以可怜巴巴地说起自己无家可归、孤苦无依，是因为他嗅出菲奥多西娅天生富有同情心。表现基督受难的杂耍演出，从小就习以为常的训诫故事，这些都不会让任何人想到要为受难者痛哭流涕，可菲奥多西娅却从中看出了活生生的苦痛，这吓了他一跳。伊斯托马的心感悟到了，如果说他凭借什么可以一夜之间占有这块天上的蓝宝石，那首先就是凭借她对他、伊斯托马苦难的同情。所以他才哀怨地哭诉自己的无家可归。

“我要你的金子何用？”菲奥多西娅语气热烈地低语，“我要你的珍珠何用？银子何用？要你的盐巴何用？大车何用？取之不尽的鱼或美食何用？我需要的只有你！……你的身体苦涩，嘴巴醉人！……”

“而我需要的——是你！……我想要的不是你雪白的乳房，不是温柔的大腿，不是金色的××，而是——你！吻我吧，我的小燕子，让我可以在酷寒时分因为想到你的亲吻而全身发暖……吻我，我求你……”

……当伊斯托马向散发着少女发辫气息的羽绒枕头俯下身的时候，菲奥多西娅床榻边小柜子上的烛台里的蜡烛燃尽了。摊开身体，他瞥了一眼在暗色褥垫上如砂糖一般闪着白光的菲奥多西娅。

“你喜欢吗，爱人？……”伊斯托马温柔地问。

照着什么都要左思右想的老习惯，菲奥多西娅沉思了片刻。

“喔！……”想起伊斯托马刚才如何抚慰她的脖子、乳房和大腿，黑暗中的她终于笑了。

“哇喔？”游方艺人炫耀地又问。

“哇喔！”菲奥多西娅用手碰了他一下。“只是你的骨头真够结实。”

“哪块骨头？”

“××里面的……”菲奥多西娅尴尬地把话说明白。

伊斯托马哈哈大笑。菲奥多西娅吓得用手掌捂住他的嘴。

“小声，伊斯托马！”

“骨头？……骨头……哈哈！你呀你！”

“它不这么叫？不是骨头？也许，是管子？”

“管子，菲奥多西尤什卡，管……”

“好家伙，人全身都是管……玛特廖娜说过血管、肺管……”

突然提到的远亲眨眼间在菲奥多西娅脑海中勾起各种念头，关于母亲和父亲，关于尤达……她浑身燥热，做下的事让她羞耻难当。似乎居高临下看到了自己，菲奥多西娅猛然发现她正赤身裸体与一个陌生男人并排躺着！真是罪过啊！她缩成一团。“主啊，现在该怎么办？主啊，我干吗在这里？干吗光溜溜地躺着？现在该如何直视父亲和母亲的眼睛？荡妇！荡妇！”菲奥多西娅翻过身趴着，脑袋扎进枕头，哭得那个凶，那个嘶哑，仿佛尖利的粪叉刺进了她的小腹。伊斯托马叹了一口气。唉，丫头……不，他肯定不会带着她跟戏班子走。她哪儿是流浪的人啊？她该待在温暖的闺房里，陪着她的该是像火炕一样靠得住的丈夫……她不能不管不顾……瞧，这就后悔做爱了……马上就会开始忏悔了，把自己叫作荡妇……

“你心里恐怕在想：荡妇？”菲奥多西娅抬起哭肿的脸，一字一句地问。

“蠢话！……”戏剧独白是游方艺人的长项，他特别高超地运用了这个技巧。他开始动情地演说，话语间穿插着温柔的吻，亲吻菲奥多西娅的肩膀和脊背。“我心里想的是，为了爱情你能够不管不顾。不是每个女子都会像你一样，爱得如此强烈……你的激情引我痴迷。这样的激情千年才能等上一回！我在演出时一眼就辨出了你……你慷慨地献身于我，一个流浪四方的游方艺人，你的这种少女的天赐对于我将如同贴身的香囊。苦涩的生活会让我忧伤，我会在想象中把它掏出，如同从怀里掏出圣像，把它贴向嘴唇，这样，我的灵魂将会变得轻松……大路也不再显得那么让人颓唐……”

伊斯托马的算盘打对了。菲奥多西娅为自己的眼泪羞愧万分：“主啊，我在后悔什么？后悔失去贞操？为谁保护它完整无瑕？为尤达？！后悔对伊斯托马温存有加？！啊，傻瓜！难道对一个无所归依的灵魂温存是罪？”

此刻的菲奥多西娅就像河岸上耸立着托奇马城的苏亨纳河。上帝的整个世界里只有两条如此奇妙的河流。在春天的洪水期、孕育万物的日子，苏亨纳的河水两周内倒流一百多俄里！从河口流向源头！当然可以说，这时的苏亨纳在反向流动。也可以兴奋、惊奇地说：河水沸腾，逆规矩而上！菲奥多西娅此时就在逆流！

“吻我吧，我的伊斯托姆什卡！”她贴近游方艺人。“啊，我喘不上气了！你让我窒息了！”

两人安静下来。老鼠突然在角落里的某个地方打起了架，好笑地吱吱叫着。

“它们这是在干吗？”伊斯托马笑着问菲奥多西娅。

“在亲嘴儿，肯定的！”菲奥多西娅笑了起来。一根手指划过伊斯托马的嘴唇。“为什么你的嘴唇那么苦？苦得像砒霜一样！”

“苦？肯定是因为烟草。我抽过烟了。”

菲奥多西娅身子往后一缩。

“什么，烟草？！魔鬼草？！”

她不相信，瞥了一眼伊斯托马，甩了甩手：“我不相信你这话。你在拿我开玩笑？”

“裸着追姑娘才是好笑话！你干吗吓成这样？难不成你在暗自思量，是不是该报告行政长官？说，你们啊，官家的人，抓住游方艺人伊斯托马吧，割了他的鼻子，因为他有魔鬼草，他在虔诚的菲奥多西娅家里抽了。”

“什么，在家里？！你在这里……在这里，在我的屋子里，点燃过魔鬼草？”

“别激动，菲奥多西尤什卡，我把窗板推开了，装烟草的牛角放在室外，对着外面抽的。所以谁都闻不到任何味儿。”

“装烟草的牛角你是从哪儿拿的？”

“我一直随身带着呢，不用的时候挂在腰上，衣襟下面。”

“要是有人瞅见呢？”

“要是谁把鼻子伸到衣襟下面，我就告诉他，我就说，我用牛角吹奏快乐的歌谣。啊伊——嘟——嘟！嘟——嘟——嘟！乌鸦蹲坐橡树头！”

菲奥多西娅惊呆了，不再说话。她平生第一次无遮无拦地遭遇如此可怕的罪孽，慌乱不堪。有一点她可是一直坚信不疑的：抽烟的人必定是鄙视上帝律法的强盗，鼻子被割，留着蓬乱的大胡子，长着野兽的眼睛……可猛然间，抽烟的人就在她身旁。而且不在集市，就在床上！“难不成祸不单行？”菲奥多西娅不知所措。“与人苟合了，这就落入魔鬼的圈套了，魔鬼如影随形，带来了更可怕的罪孽。我父亲的家里有魔鬼草，这种事怎么可以想象！哦，主啊！”

“伊斯托姆什卡，”菲奥多西娅把羽绒被拉到下巴，胆战心惊地开了口，“你干吗抽这个烟草啊？把它烧了，忘了！对谁都别提……谁都不会知道……烧掉了事！主啊，它究竟是从哪儿来的，是什么人把它从地狱弄到上帝的朗朗世界来了？”

“小鬼儿弄来的。”游方艺人冷笑了一声，“他把魔鬼的烟草种子种到荡妇的坟上，等到草长成了，烘干了，他就开始抽了。就在这时我和戏班子从旁边经过……”

菲奥多西娅蹿了起来。

“主啊，你说什么呢？宽恕他吧，主啊！”

“吓着了？从旁边经过的人不是我，是某个波斯人，或是土耳其人。也许，是鞑子。是他们这些异教徒把烟草运进莫斯科国的。”

“我本来就是这样想的，是异教徒！”菲奥多西娅悲伤地说，“不信基督的人！鞑子，明摆着的事儿，是鞑子！他们是多神教徒。玛特廖娜婶婶说过，鞑子吃自己的孩子！”

“嗯？！”伊斯托马露出惊讶的表情，“我怎么没听说有这样的事。”

“怎么没听说？北方有食己人，就是萨莫耶德-拉普人，你知道有这样的人吗？他们所以叫作食己人，就是因为自己吃自己！而鞑子吃孩子。是这样啊……现在我确定无疑，是他们把烟草捎进罗斯的。尼封特神父说过，抽烟草的人就是渎神的人。是讨好魔鬼！脑子会因为烟雾腐烂，骨头也是。伊斯托姆什卡！你把这毒草扔了吧！可不能因为这草，救主保佑，把你从神圣的教堂里革除！扔了……”

“我扔，我的小燕子，”伊斯托马顺从地说，“一出院子，我就把牛角，把烟草连同牛角统统扔进第一个雪堆。”

伊斯托马如此轻易地说出离开院子，也就是离开她菲奥多西娅，而且把它当作理所当然的事情说出口，这让少女忧伤。可是对于伊斯托马什么时候回来，回不回来，他会不会与她缔结连理，或是干脆带着她走，这些问题菲奥多西娅害怕去问。要是游方艺人说他不爱她怎么办？或是说他不需要一个作了孽的姑娘怎么办？他一去不回头怎么办？不，最好别去知道坏消息，别去想它，说不定会有奇迹，父亲大人会赶走让人恶心的尤达，张开怀抱接纳游方艺人，就在今天菲奥多西娅将成为伊斯托马的夫人！“我这根本就是异想天开！”菲奥多西娅心想，叹息了一声。于是，为了摆脱伤感的千头万绪和苦涩的预感，她完全转了话题，与情爱无关的话题。

“伊斯托姆什卡，你是怎么想的，月亮上有兽类或是鸟类吗？还是那里只有鬼在奔来跑去？”

“你怎么突然说起这个了？”游方艺人惊讶地问。

“我有一件绣活儿……陆地和天庭……你想看吗，我拿给你看？”

“好啊，拿来看看。”伊斯托马说，“你可真有意思……”

菲奥多西娅从床上抽出揉皱的衬衫，穿到身上。

“别穿衣裳。”游方艺人拉住衣摆。“这样更好看……让我再欣赏欣赏你光彩夺目的美丽。”

菲奥多西娅拒绝了他。“哦，不行，伊斯托姆什卡，赤身裸体是罪。罗金神父前两天做忏悔礼的时候问过我：没偷看过可耻的裸体吧？”对忏悔礼的回忆从她胸腔里勾出一声断断续续的叹息，那是在向伊斯托马表明，菲奥多西娅认为自己犯下的罪是滔天大罪！“只有你的那些亵渎上帝的姑娘才裸露着肚脐眼儿跳舞！”菲奥多西娅的结论中带着骄傲的责备语气。

“她们怎么就成了我的了？我没有舞娘。她们是她们。我要她们干什么用？是她们自己跟着大伙儿走，走啊走，总不能赶走她们吧？”

菲奥多西娅眯起眼睛，说，你编吧，你编吧，可心里还是高兴的，她拽出衣摆，跑到装着手工活儿的雕花小箱子跟前，从中掏出绣着金丝线的蓝色绸子。

“你看!”

“真有你的!”伊斯托马惊讶地说。

“伊斯托姆什卡,你是怎么想的?天庭是在太阳前面还是后面?”

“当然是后面了。否则天庭挡着就看不到太阳了。”

“我也是这么想的!”菲奥多西娅高兴地说,“肯定是这样!可有些人说,太阳在天庭后面,是透过为它挖出的小窟窿发光的。可为什么这个小窟窿总是大小不一呢?”

“难不成你研究过天文学?”游方艺人惊讶极了。

“什么?”

“我说:你是在哪儿研究过星象学的?是哪个观察星象的人教你的?难道说托奇马有天文学家?还没全被开水煮熟?”

“我的心感觉到,托奇马只有一个观察星象的人,那就是我!”菲奥多西娅谦虚地解释说。“我刚问过一个男人月亮的事,他说上面没有兽类,因为它很小,恐怕只能撑住麻雀或是老鼠。哎,愚蠢不愚蠢?我想,月亮可没那么小。远处的树也勉强才能看得见,可是你越靠近它,它就越高,越壮。我思谋,月亮也是一样。而尤达就是个笨蛋。嗯,月亮无论如何不会比木屋小,对吧?而木屋里能放下多少各种各样的东西啊!”

“尤达是个什么人啊?”伊斯托马没去讨论月亮大小的问题,故意声色俱厉地问。“不是未婚夫吧,这狗东西?”

实际上他并没打算吃醋,他更希望菲奥多西娅有命中人,性爱方面盖过他伊斯托马的命中人。不过,伊斯托马在任何事情上都受不了有竞争对手。

“在哪儿?你说谁啊?尤达?不是,没什么的,一个远房亲戚。”菲奥多西娅的话说得含糊不清。

她兴奋地松了一口气,心放下了,如同揉好的发面:“伊斯托姆什卡吃我的醋,他爱我……”

伊斯托马推了推枕头，让自己坐得更舒服一些，绣活儿被揉成了一团。

“我思谋着，”他眯起眼睛，“月亮上有人。就是不知道：是谁呢？有的时候你的直觉感受到，有人在看你。你一转身，一个人都没有，一片纯净的原野，只有月亮在照着。通常我盯着星星一开始想这件事儿，意识就会一个跟着一个涌来！”

“我也是！”菲奥多西娅说，“也许，月亮上只有鸟？它们每年秋天都成群地飞。可飞去哪儿了呢？如果说我们的陆地漂在海洋里，那鸟飞去什么地方了呢？肯定是飞到月亮上了！”

“恐怕不是。鸟是上帝的生灵，而上帝的所有生灵都住在地球上。”

“我有的时候在想，主为什么……”菲奥多西娅担心地环顾了一眼四周，压低声音，悄声说道，“他为什么创造成这样，而不是别的样子？为什么男人的生殖器官在外面，而女人的在里面？天上的彩虹是用什么做的？是用彩色的雾，这是显而易见的。可是其他时间它待在哪儿呢？为什么苏亨纳河上没有彩色的雾？为什么人们用嘴说话？为什么不用鼻子吹哨呢？”

“唉，你啊，真是可笑……”伊斯托马摇了摇头。“这一点恰好能理解，简单到不能再简单了。那样的话你怎么说‘面包’？试试？你用鼻子哼：面——包！”

“哼……嗯……嗯……”菲奥多西娅皱起鼻子。

“啊——啊！不成！”

“可我们可以这样说面包：噗——噗！”

“只有没受洗的异教徒才用‘噗噗噗’来代替‘主的面包’。全这样说的话，到处的人就全都变成异教徒了。啧啧！”

“主恰恰赐给了我们罗斯人清楚明白的语言，”菲奥多西娅说，“因为他爱我们。哥哥普季拉说过，他在莫斯科见过异国的哑巴人。一个词都搞不懂，全都是‘嘟噜！噗噜！’，所以上帝才把他们叫作‘哑巴人’。哑巴！他们发出的那是笑声，不是语言。这就是主的惩罚！普季拉还说，哑巴人甚至连圣像都没有！想对着什么祈祷就对着什么，哪怕对着石头！哎呀，遭到惩罚了！……”

“遭到惩罚了……”伊斯托马重复了一遍，他在想着自己的什么事儿。

“伊斯托姆什卡，你没在听我说话？你在想什么呢？”

菲奥多西娅往游方艺人身边靠了靠，吻了吻他的胸膛、肩膀，嘴巴飞快地、轻柔地触碰他的脸颊、颧骨。触到了浓密的鬈发……

“你的鬈发为什么不中分？应该把头发梳成中分的发式，圣洁的使徒就是这样做的。”

“我不是圣徒，菲奥多西尤什卡。”伊斯托马边说边把菲奥多西娅的手拨开。“你才是我纯洁的小燕子，所以你的头发往两边梳，梳成两根辫子……有我在的时候得让圣徒出去，省得演员的笑话侮辱了他们，因此说我留的是该留的发式。”

“姑娘该梳两根辫子，而不是一根，免得孤独没人要，马特廖娜婶婶是这样说的。”

“难道像你这样风华绝代的公爵小姐会一直待字闺中没人要？”

菲奥多西娅两手握着辫子，玩笑着显摆了一下。随后又抱住了伊斯托马乱发蓬松的脑袋。

“不行，我来给你梳梳头发，想不想用圣油梳？”

菲奥多西娅的手指拢起游方艺人散发着烟气的头发，掠过额头。

“这是什么？”她先是漫不经心地问。随后她惊讶了，不相信自己的眼睛。她惊恐地猛然把手移开。之前怎么没发现呢？主啊！主啊！

“难不成你从未见过花体字？”伊斯托马冷冷地问。

“‘逆……’伊斯托姆什卡，这究竟是什么？”

刚刚长好的伤口呈现出病态的粉红色，在摇曳不稳的蜡烛火焰映照下尤为吓人，边缘不规则的、血腥的肉扭结成一个花体字“逆”。

“逆贼……就是——强盗。”菲奥多西娅喃喃的声音几乎听不见，她把保留着灼热印记的手指移到自己的嘴巴上。

她多想减轻伊斯托马的疼痛，用亲吻覆盖伤疤，把火烧火燎的痛楚从他那里拽出来。可是伤口让人如此恶心，菲奥多西娅在最初的一瞬间没法抑制厌恶。不过，自己的嘴唇碰到伤口之后，她病态地抽泣了一声，随后，似乎是为自己的厌恶之情感到羞耻，她紧贴住了游方艺人的额头。

"是谁给你做的印记，伊斯托姆什卡，是哪个恶棍？"

一开始，当菲奥多西娅刚一看清罪犯的刺字、明显被震惊了的时候，伊斯托马准备好要粗鲁地吐出最最恶心的话语。"怎么，不知道自己委身的人是逆贼？"菲奥多西娅本应听到这样的句子，"让你的整个日祷涂满了臭大粪？"还有一大堆污言秽语冲到游方艺人的舌尖。可菲奥多西娅最后的那句惊呼改变了伊斯托马的打算。倒不是说她的怜悯动了他的心，让他心软了。不，伊斯托马只是想到了，心地单纯的菲奥多西娅把印记当成了平白无故的、错误的苦难。难道有这样的强盗？难道强盗会满口诗句？会温存？会亲吻？会柔情万种地翻云覆雨？会把她叫作"爱人"和"小燕子"？于是，因为贪恋少女，伊斯托马就势咬住了菲奥多西娅的推测不放。

"恶棍啊……"游方艺人痛苦地眯起眼睛，"你说得对，菲奥多西尤什卡。鬼使神差，我们一伙儿停在了莫斯科的亚乌扎河畔，熬鹰人的镇子旁边……虽说不管到哪儿游方艺人的日子都没有抹蜜！"

熬鹰人的故事是伊斯托马编的。亚乌扎河畔他倒是真的去过，见过熬鹰人的场院。可在那个院子里他们一伙人什么可怕的事都没有碰上。只不过为了抢回被一个演员当了喝酒的古斯里神琴，在酒馆旁边打了一小架。

"唉……"游方艺人的瞎话说得活灵活现，"镇子是个大镇子：光是熬鹰人就有两百，而且还全都拖家带口。鸟舍有你们家的楼阁那么大。听人说，鸟舍里光是用来喂养猎隼的鸽子就有十万窝！而皇家的鸟有三四千羽！还没等我们扎下营盘，皇家的人就扑了过来。我们一伙人几乎全都被围捕了，投入了官衙的监牢。怎么回事？因为什么？说是皇上阿列克谢·米哈伊洛维奇大人丢了猎鹰，或是猎隼，如今我记不清了。

反正是有一打勇猛的鸟不见了！是贵重的鸟，是在西伯利亚的皮乔拉河畔逮住并送来的。而且重要的是，它们通身雪白，有一只叫‘曲儿’的猎隼简直就是皇上的爱宠。

“‘你们，游方的艺人，顺走了珍贵的鸟！’‘我们要它们干啥用？难道我们是猎人吗？鸟肯定是飞走了，也许一眼看不见，它们就飞回来了？’可谁听你的呀……驯兽的季特卡·乌鲁索夫受了木桩穿肠的刑。杂技演员阿封卡·马卡尔金被大卸八块，写笑话的杂耍人阿梅尔卡·伏拉索夫、编词儿的阿莫斯·伊万诺夫也是……唉，要是咱们的国君阿列克谢·米哈伊洛维奇知道了这事儿，他会弄清楚，会判断出哪儿对哪儿不对……恶棍们要的就是把事儿推到什么人身上，所以谁凑手就抓谁。我们的乐器都被烧了。训练有素的熊被杀了。舞娘阿米娜……你最好别去知道把她怎么着了……用烧红的烙铁给我烫了印记。唉，我不委屈！终归比用自己的肉喂狗要强……”

“我可怜的人哪，我苦命的人……”菲奥多西娅带着哭腔。

“主啊，哪怕在路上遇见你也好啊。”伊斯托马揪着头发哀嚎。

这一瞬间，他觉得菲奥多西娅真的是他的小星星，带着温柔的笑声降落下来，落到罪孽的尘世，直接落入他伊斯托马的怀里。游方艺人抱住菲奥多西娅，掀起她内衣的下摆，饱经风霜的脸贴到……

“多么芬芳啊……”他贪婪地呻吟了一声。

菲奥多西娅合上眼皮。

唉，要是她想想偷情的罪孽该有多好，这样的罪孽必定从来都不会逃脱上帝愤怒的法眼。可在这样的时刻谁会去想呢？

等到两个人消停下来的时候，他们倦怠地相互依偎着，菲奥多西娅希望了解游方艺人有什么计划，便怯生生地问道：

“怎么着，你就这样一辈子游走四方？候鸟还有个巢呢。可你就像是头东游西晃的熊……难道你不想安顿下来，置上几座房子？你梦想有什么样的命运，伊斯托姆什卡？”

每到夜晚，游方艺人都会又痛苦又享受地回忆两个短暂的夏天。一个夏天耀眼，火热，如同刀光一闪……似乎是大地本身在呻吟：那么多不幸的人被他们这伙人和首领吊死在栅栏上，在两根原木的夹角里挤死，用石头压死，投到井里淹死……似乎他的帽子和长袍永久地浸透了燃烧的人肉味儿。对于另一个夏天，他会在脑海中一遍又一遍地复现那些画面，灿烂的画面，尖利的声音、浓郁的气味、热气让它们沸腾，他回忆就是为了再一次感受甜蜜，同样的甜蜜恐怕只能在白日梦里才有机会体会了……他一遍又一遍地追逐一个黑头发的少女，从她头上一把扯下缀着一串串钱币的帽子……每天夜里，只要伊斯托马一合上眼皮，就会再次和一个皮肤黧黑、醉醺醺的舌头在他腰胯间游走的荡妇在铺着地毯的驳船上摇来晃去。再次体会这一切——这就是伊斯托马梦想的东西。

“你说，我梦想什么？”游方艺人抖擞精神，把问题重复了一遍。“别的地界儿有这样一种东西：演戏用的大房子，也就是剧院。听人说，皇上阿列克谢·米哈伊洛维奇在莫斯科也开了几家这样的大房子。要是能在里面管事儿该有多好啊！要不就开自己的剧院，表演罗马的宴会和大洪水前列王的生活。听人说他们活得可带劲了！”

“伊斯托姆什卡，怎么可能有这样的事，国君让大房子任人耻笑？狂欢乱舞的演出可是罪孽啊。瞧瞧你们那个奶子上下活动的木头人儿，那可真是丢人啊！”

“我们的皇上大人作孽是因为他知道，对于上帝来说四十个忏悔的罪人比一个义人更可爱。也许，阿列克谢·米哈伊洛维奇就是为了过后忏悔才违背自己的意愿故意作孽的！他会去看喜剧，过后就一整夜面对圣龛跪着，因为看了表演还会收拾两三个大臣，直到把他们打死。那上帝得多欢喜啊！”

“真神奇啊！这些房子是什么样的？”

“老大老大的！贴着一面墙造出一些风景：大海啊，或是建了宫殿的悬崖。大海波涛汹涌，波涛间有小船划过……”

“这怎么可能,大海在房子里?”

“从下面的什么地方升上来的……然后就消失。波浪间有大鱼游过,鱼那个大呀,背上坐着姑娘们和小伙子们。”

“鲑鱼之类的?在狗鱼背上可是坐不稳的。要不就是鲶鱼?它可是会吃人的。”

“不是,那更可能是北海的鲸鱼。”

“什么是鲸鱼?”

“老大老大的鱼,神奇鲸鱼,海中龙王。有钟楼那么大。”

“老天爷!鲸鱼的头上也竖着十字架之类的东西吧?大钟之类的东西?”

“没有,它上面没有十字架。天上降下云彩,云端的马车里坐着罗马的众神。”

“可难道在云彩上有可能坐住吗?要是碰上闪电呢?那可是会烧焦的吧?”

“不是真的云彩,是用什么东西做出来的。”

“老天爷!用什么呢?难不成用的是盐?”

“我琢磨着,用的是羊皮。”

“真有你的!”

“还有太阳滑出来,还有天雷隆隆作响!而这一切都在房子里!”

“哎呀,那房子不是魔鬼的房子吧?雷!……要是现在就有一个雷劈下来,我会立马就死在床上。死在你的怀里……”

菲奥多西娅眯起眼睛,小猫一样蹭了蹭伊斯托马的肩膀。

“是什么碍着你们剧团建造演戏用的大房子?”

“就是运气不好呗。我们这片河岸漂来的不是大木头,都是些臭大粪和小木片儿……可为什么会这样,我不清楚。”

伊斯托马陷入了沉思。

菲奥多西娅一边甩头一边打起了哈欠,如同一头被尿泡粘住了嘴巴的小牛犊。

“哎哟，我不行了，眼睛简直睁不开了……”

“睡吧，我的爱人。”

伊斯托马把菲奥多西娅的手工活儿放到小柜子上，头枕在胳膊肘上，也合上了眼皮。紧跟着就发出了均匀的呼吸声。

……穿堂里的跑动声让菲奥多西娅醒了过来。有什么东西在轰隆隆地响。瓦西里萨在大嚷大叫。

菲奥多西娅猛地睁开眼睛，翻身坐起，心跳得如同脱兔一样快。

床上伊斯托马躺过的地方空了。空落落的还有闺房。菲奥多西娅不相信自己的眼睛，不知为啥，她掀开了被子，好像伊斯托马有可能在开玩笑，藏了起来。被子下面，枕头旁边，有一个铃铛形状的镂花小瓶子，瓶颈细长，塞着一个小玻璃塞儿。瓶子里装着一个形状不规则、橘红色、鸽子蛋大小的皱巴巴的小球。

“这是什么稀奇玩意儿？”菲奥多西娅喃喃自语，“这个球是怎么通过这么窄的瓶口放进瓶子里的？”

菲奥多西娅惊讶地微笑着，转动、摇晃着小瓶，仔细观察着瓶底儿和侧壁。可哪儿都没有缝儿或粘合的地方。

“伊斯托姆什卡，你送给我的是一个多好玩儿的物件儿呀。”

菲奥多西娅拔出瓶塞儿，在瓶口上闻了闻。里面散发出若有若无的香甜气息。菲奥多西娅一只眼睛望进瓶子，可还是搞不明白，在里面哗啦哗啦响的究竟是什么东西。

不过，礼物真是太神奇了！啊，伊斯托马！他知道该送什么给菲奥多西娅！不是珊瑚项链，不是绣花的金丝线，不是串珠，而是东方的玩具——在水晶瓶里培育、风干的橘子。游方艺人初次约会就明白了，菲奥多西娅最喜欢的就是惊奇感，喜欢猜世界为她出的奇妙谜语。

菲奥多西娅塞上瓶塞儿，把瓶子捂在胸口。

“没有你我该如何度日啊，伊斯托姆什卡？……”

第七章　迎归篇

“菲奥多西尤什卡。”玛特廖娜在门外招呼了一声。

“什么事儿，玛特廖娜婶婶？”菲奥多西娅的回应过于快，过于听话了。一般当母亲冷不丁往屋里探头看一眼，问：“心肝儿，你在干什么呢？”往往这个时候，钻在堂箱里干坏事儿，或是鼻子扎进果酱罐偷吃的小孩子，对母亲的问题就会嗓音清亮地做出这样的回应：“没干什么！”

只不过菲奥多西娅自己突然嘶哑了一下的嗓音暴露了她的不安。夜里发生的一切，此刻，在熹微的晨光中呈现出了另一面。菲奥多西娅腾地红了脸，脸上泛起一个一个斑点，就好像她路也不看，跑过了一片杉树林，带刺的树枝抽打了她、罪人的脸颊。

“哎呀呀！我都干了什么呀！……”菲奥多西娅呻吟着。

玛特廖娜在黑暗中摸索了一会儿，终于摸到了门闩，把门打开，挤入闺房。

“一大清早就作下孽了，啊？”玛特廖娜问，她眉头紧皱，语气吓人，但带着戏谑。

“谁？……”菲奥多西娅的语气带着不自信，她一边抚平被子，一边开始翻看内衣。

“你，还能是谁？总不是玛特廖娜婶婶吧。”接生婆的身子摇晃起来。“是谁睡过头了，没赶上做早祈祷？难不成不是你？”

“啊……”菲奥多西娅松了口气，“罪过……哎哟，罪过呀——呀！”

“大姑娘，你咋就睡死了。难不成梦见尤杜什卡了？”

“哪儿的话！”菲奥多西娅藏起眼神，气哼哼地说，她口气中的气恼比实际的气恼更强烈。随后偷偷把装着橘子的神奇小瓶塞到了枕头底下。“我的梦里就缺尤达和他的盐了！”

菲奥多西娅陶醉地陷入对夜晚的回忆：伊斯托马，他的温存抚慰，温存时她体验到的缱绻慵懒，想要再次感受的整个躯体的甜蜜……菲奥多西娅面露微笑，一会儿是傻乎乎的笑，一会儿是骄傲的笑：瞧瞧，她是一个多么风华绝代的少女！全莫斯科国最俊美的演员都惊叹于她的美和聪明！不，她，菲奥多西娅，没有老在闺中没人要！可又过了一瞬，理智的声音就占了上风，菲奥多西娅惊恐地眯起了眼睛。

“我都干了什么？上帝会惩罚我的！”

“会惩罚的！”菲奥多西娅痛苦地又说了一遍，寄希望于用声音表达出来的痛苦会让上帝明白，她，一个破了身子的姑娘，在懊悔，而他，主，会取消惩罚。而脑子里想到的惩罚都是最可怕的！像所有的托奇马人一样，菲奥多西娅单纯地在脑海中把对上帝的信仰与对古老多神教中了邪似的迷信搅和在一起。假如菲奥多西娅敢把她的担忧全部说出来，说出声来，那就能够辨别出“哥的娃”和“母亲”，“佐杰依卡”和“伊斯托马”这样的词，因为菲奥多西娅最恐惧的，是为了惩罚她，一个该死的罪人，上帝的大能会降到她的亲人和她珍惜的人身上：刚出生的侄儿、母亲、小弟弟或是爱人。

“主啊！嫂嫂玛丽亚刚生了孩子，当天夜里我就开始作孽！主啊，剜我的眼，放一群狗咬我，让我得霍乱，就是别去碰哥的娃柳比姆什卡！”菲奥多西娅想到这里便在床上辗转反侧，低声哀嚎。

可随后——这是常有的情形——因为承受不了雪崩一样的怪罪和责难，她的情感疾速漂向“对岸”，有了一种温柔的形态，带着激荡的喜悦和渴盼的凉爽溅起浪花。

“不要施舍乞丐，要施舍士兵！”菲奥多西娅引了证据向雷霆万钧的上帝证明，“而游方艺人难道会比军人轻松？也一样住在露天地，也一样承受野兽撕咬的痛苦！吃燕麦糊，喝冰水，啃苦涩的杜松果，嚼松针……还要遵照上帝的旨意在异乡流浪。难道让毕生只承受苦难的伊斯托马欢喜是罪？就是说，该把贞操留给泡在蜜罐儿里的尤达，而不是被追逃进山谷、烙了印记、在雪地里露营的伊斯托马？”

“睡过头了，没赶上做早祈祷吧？”与此同时玛特廖娜像鸟叫一样咕咕地唠叨着。“我和瓦西里萨也没叫醒你，恐怕是玛丽亚生孩子的时候过于激动了吧？我们两个自己去的教堂，招呼罗金神父过来探望玛丽亚和婴儿柳比姆，她呀，不洁净的产妇，从现在起四十天不能去教堂了。”

她终于转身面对菲奥多西娅了。

“你怎么面红耳赤的，脸就像被洗澡用的树条子抽打过了一样？红什么脸哪？不会是病了吧？”

“做了丢人的事了。”菲奥多西娅突然匆匆忙忙地说了一句。

“什么丢人的事？难不成你的内衣弄脏了？那不是罪过。咱这就把衫子洗了，把被子刷洗干净……”

“不是。什么都没有。”

玛特廖娜紧跟着就把菲奥多西娅的话忘到脑后了，转向了另一件事情：小娃娃柳比姆什卡的状态。

“吃了奶妈子的奶了，正睡着呢。一次都没哼唧！好小伙子！呸呸，可别招来灾祸才好！水不沾鹅身，病不沾柳比姆！救主保佑他吧。现在得特别保护他。现在柳比姆什卡没受洗，一不留神鬼就上身了。我和瓦西里萨觉都没睡好，天一亮就去了教堂！见了罗金神父，通报过了，然后就坐车去了斯帕索-苏莫拉救主大教堂。在路上的时候，突然，昏暗中一片鬼哭狼嚎扑面而来！我和瓦西里萨一下子倒在雪橇车里！我们亲吻十字架，扯着嗓子祈祷！万卡抽了马一鞭子，冲我们喊，他说，别害怕，亲爱的主人，这是该死的游方艺人的车队正在出城，他们用链子牵着熊，拖着婚配的和没婚配的女人！他们的最后一挂臭烘烘的大车这就拐上大道了，马上我们就能过去了。感谢你啊，主，我和瓦西里萨祷告着。他们的杂耍表演带来的只有罪孽！不对，菲奥多西娅，你还是病了，瞧这脸上的点子，一块一块的！”

“我没病，玛特廖娜婶婶！”菲奥多西娅绝望地大叫，恸哭着歪倒在床上，“你干吗缠着我？！”

“咒你今天或是明天就来月经，瞧瞧你眼下恶成什么样儿了！像官衙的书吏似的冲着亲戚吼叫。”玛特廖娜生气地说，然后就出了屋子。

老天爷呀！啊！菲奥多西娅还没想清楚上帝怎么惩罚，惩罚这就到了！剩下菲奥多西娅孤零零一个人了，一个人面对她的罪孽！走了，贼……抛弃了……眨眼间把生活给毁了……

菲奥多西娅用枕头堵着嘴，哀哀地嚎叫着：因为没用了，伊斯托马就把她丢弃了，如同把取了鱼子的鱼留在岸边，任其腐烂。等到哭得眼前发黑、耳朵里嗡嗡作响的时候，不幸突然有了另外的样子：现在让她感到痛苦的不是游方艺人的下流行为，而是再也见不到他的念头。于是菲奥多西娅带着同样疯狂爆发的情感开始怜惜甚至都没来得及跟她道别的伊斯托姆什卡。不得不跟着同伙一起离开，这不是伊斯托姆什卡的错，那是上帝看见了夜里的罪孽，惩罚了伊斯托马，在酷寒的天气把他赶上冰封的旅途，迎着群狼而去！……她，菲奥多西娅，暖和，舒服，而伊斯托姆什卡却因为他们共同的罪在付出代价！……冷不丁的，她的脑子里冒出了一个念头：游方艺人没有离开托奇马，而是躲到了一个僻静的地方，到了晚上他会溜回到她菲奥多西娅这儿来。可是当她刚一开始琢磨剧团离开的事，一个念头却猛地蜇了她一下：夜里的时候伊斯托马就知道早晨他要离开托奇马，爱呀，柔情蜜意的感情啊，那些话都是他在撒谎。哎哟，苦啊，苦啊！

菲奥多西娅就这样躺到傍晚，赶走了招呼她去吃饭的下女。瓦西里萨没担心她，她忙着操心刚生完孩子的儿媳妇和小孙子柳比姆，受洗前要用各种办法保护柳比姆，防着无处不在的群魔。而玛特廖娜因为菲奥多西娅的粗鲁生着气，更何况在柳比姆的暖房里安排、实施各种各样保护手段的主要任务恰恰落在她身上。她一会儿往摇篮里放根劈柴，这是要让群鬼弄混，当成孩子把它拿走；一会儿往襁褓下面塞盐，这是要让孩子少哭一些；一会儿对着小肚脐儿念念有词，一会儿往墙凳[①]上放块面包，一会儿……哎哟，保护大户人家的新生儿要做的事情还少吗？！玛特廖娜忙得汗流浃背了！一整天都没吃东西！玛特廖娜的肚子咕咕叫，就像装着腌萝卜的大木桶。等到全家人终于开始坐下来吃饭，菲奥多西娅也只好不情愿地下楼来到餐厅，女眷们累得连看都没看丫头一眼。菲奥多西娅本已坐到餐桌边一个幽暗的角落里，头也低垂到饭盆上，想要遮掩哭肿的眼睛，可就在这时，一阵嘈杂声响起，大家压根儿就顾不上菲奥多西娅的样子了。

大门口有轰隆隆的响声，玛特廖娜声音粗哑地大叫了一声，嚷嚷起来，说是异教徒攻占托奇马了。女人们吓得扯着嗓子嚎，而父亲伊兹瓦拉·伊万诺维奇猛地蹿了起来，带翻了凳子，手里握着刀，可就在这时一个欢天喜地的女奴跑了进来：

"少东家普季拉·伊兹瓦洛夫回来了！"下人们一边频频弯腰行礼、扯下帽子，一边齐声大叫："迎主子！"

家长大幅度地画了个十字，从餐桌边离身，故意表现得没那么欢

---

① 俄国历史上素有朝拜圣地、怜悯无家可归者的传统。与此相关，传统的住宅，尤其是乡下，房主都会贴着屋外的一面墙壁，主要在侧壁，在窗户下面，造一条长凳，与房子一体。朝拜的人和乞丐累了可以在这里休息，房主会为他们提供食物和水。这里也是邻里之间拉家常的地方。

喜：哼，又不是娘们儿，哪能又喊又叫的。不过，他还是把皮腰带上方的衫子褶抹平了，抻了一下用彩色毛线绣的衣服下摆，把它从后面卷进敞着怀的呢面毛皮坎肩底下，然后迈着庄重的步子走向门口。女人们叽叽喳喳乱成一团，最近一次发生这样的情形是不知道哪阵风把一个卖布和各种女人饰品的波斯客商卷来的时候。“啧啧啧，傻婆娘！”傍晚时瞅见女人们买来的项链和耳坠，伊兹瓦拉·伊万诺夫频频摇头。可这时菲奥多西娅手舞足蹈地进了屋子，两手一摊，让人看镶着蓝宝石的鬓环和手镯。菲奥多西娅把一块闪烁着天蓝色、金色和祖母绿色的绸布披到肩上。那纯粹就是孔雀尾巴呀！菲奥多西娅的脸上洋溢着幸福、欢喜的光芒，让伊兹瓦拉·伊万诺维奇不禁冷笑了一声，下令上饭。而这一次最忙乱的是嫂子玛丽亚，她不大会儿工夫就嚷出几道与新生儿子柳比姆有关的、有点儿相互矛盾的命令。

“你们去把柳比姆·普季洛维奇抱来！”她第一个嘎嘎地嚷了一声。打了猛地蹿出来的帕拉什卡脖颈一下。“不是你，斜眼儿木头！你会把继承人摔了的！让奶妈子去抱！”

随后玛丽亚冒出了一个念头：她要像待嫁的新娘一样低眉顺眼、温顺地坐在凳子上，但要立刻把丈夫普季拉带去柳比姆的暖房，让全家人都看看，现如今斯特罗甘诺夫家族的命门不是佐杰依卡的而是柳比姆的摇篮。可紧跟着原先的念头就又回来了：她要顺从地，甚至如持斋人那样坐在凳子上，不去扑到进来的夫君脚下或脖子上，让他自己先扑向她，他儿子的母亲，当着众人的面把她安顿到桌边最尊贵的位子上坐好。可就在玛丽亚为了多一些血色而掐着脸颊、为了让身体漂亮又套上一件坎肩的当口，穿堂里已经闹腾起来，伊兹瓦拉·伊万诺维奇的长子普季拉·伊兹瓦洛维奇在门廊里出现了。不停地又哭又说的瓦西里萨吊在他一边的肩膀上，更确切地说，因为身高的差异是吊在他胳膊肘上，菲奥多西娅抱着他另一只膀子。

“啧啧，瞧她们抓得这个紧，又拉又扯，他像只螃蟹似的。”玛丽亚醋意十足地嘟囔了一句，但紧跟着她就两手交叠捂在胸口，歪倒在地上，丈夫的脚下。玛丽亚双膝着地摔到地板上，“啊”地叫了一声，扶住了腰。

“赶紧把老婆扶起来，普季拉·伊兹瓦洛维奇。”玛特廖娜在背后催促道，语气中带着忧虑，她确切无疑地悟到了玛丽亚的想法。“她刚生完，还虚着呢，可别让她把哪儿伤了。”

普季拉挣脱瓦西里萨和菲奥多西娅的手，扑向妻子。玛丽亚扬起头，望着夫君，有板有眼地哀嚎着。大家全都开始围着她忙、喊叫、吵闹。

“老婆可是生了呀！”玛特廖娜声音粗哑、欢天喜地地通报，“给你生了个继承人！”

“是柳比姆什卡！”菲奥多西娅手舞足蹈，声音清脆。

“我们祝贺你有儿子了！让我和你爹当了奶奶、爷爷。”瓦西里萨一抽一抽地说。

“嗯，你好啊，玛丽尤什卡[①]。”普季拉开口了，他容光焕发，把妻子扶起来。“就是说，给我生了个儿子？”

玛丽亚站起来，紧紧搂着丈夫的呢面皮袄的冷飕飕的袖子，再也没松手。普季拉左手扶着粘在身上的妻子，一边弯腰行礼，一边搂抱了一下父亲、母亲、妹妹，走向餐桌。等他亲自把玛丽亚安置到凳子上坐好，玛丽亚才松开丈夫的袖子，正襟危坐，像个过命名日的主人。

奴才们鱼贯而入，树皮鞋绊着地毯，往桌子上添了额外的食物、餐具，加了过节才用的饮料和美食。下女们接过普季鲁什卡的帽子和裘皮袄——全都新崭崭的，不是他随车队去莫斯科时的那一身儿了——然后就成了木偶，双手托着衣服，瞪圆了眼珠死盯着少东家。瓦西里萨用本来要给普季拉接风洗尘的毛巾抽了傻瓜们一下，让她们给普季鲁什卡脱下靴子。靴子不是托奇马皮匠做的那种，并非牛皮做的，后跟儿镶了桦树皮的。不，靴子是莫斯科的式样，枣红色，靴口如鸡冠子一样翘向

① “玛丽亚”的昵称。

膝盖，靴跟儿钉着掌。“要了我的命了！”玛丽亚浑身不舒服，“普季鲁什卡穿着这样的靴子在首都什么样儿的骚货面前晃荡？可我却绑着裹脚布、大门不出二门不迈，十足的一个傻瓜！”为了突出自己、重新吸引丈夫的注意力，玛丽亚赶紧改弦易辙，一边催人把孩子柳比姆·普季洛维奇抱来，一边带着浓情蜜意冲上前去，亲自把靴子从普季鲁什卡的脚上脱下来，亲自递毛巾，她这样做就是为了每次都招来玛特廖娜的甜言蜜语——“你干什么呀，玛丽亚，难不成没了你我们就应付不来？你可不能东跑西颠的，刚生孩子可没几天呢。”——以此提醒人注意她多能生养。

“我干吗干坐着，玛特廖娜婶婶？”玛丽亚没动地方，声音洪亮，一只脚把装着轮子的木马和韧树皮编的熊——佐杰依卡的玩具——往长凳底下踢了踢。“我哪怕明儿个再给普季拉生个儿子！小菜一碟儿！”

柳比姆什卡终于被抱来了。耽搁是因为奶妈子急急忙忙把他的普通小衫儿换成绣花衫，还换了干净的襁褓。玛特廖娜一把从奶妈子手里夺过柳比姆，打开襁褓，展示孩子的蛋蛋。

“为有这样一个勇士得大把大把地赏给老婆珍珠、钻石！”接生婆粗声大嗓，她算计上了自己的那份儿。“普季拉·伊兹瓦洛维奇，瞅瞅，你弄出个什么样的儿子！简直就是金××做出来的！我感觉得到，斯特罗甘诺夫家族绝不串种！”

等到玛丽亚第十次温顺地说不要钻石，招呼人注意，孩子跟普季拉是一个模子刻出来的，孩子这才被抱走。可抱走之前柳比姆一泡清亮的尿滋向天花板，玛特廖娜由此断言，说这无疑是日后性欲旺盛的征兆。

普季拉把孩子日后男性能力强盛的消息当作利好讯息接受了。

“儿子，把你爹没干到的妞全都给干了。”他哈哈笑着命令儿子。

“我的柳比姆什卡会把白桦林和马林果树丛全都扫倒！”玛丽亚尖声大笑。

儿子刚被抱走，普季拉·伊兹瓦洛维奇虽说旅途劳顿，但还是嚷嚷着把袋子和箱子从穿堂搬进来。

“馈赠礼物！”玛丽亚明白了，她急不可耐地在长凳上扭来扭去。

“稀罕物！”菲奥多西娅如山羊一般一跃而起，哥哥还家让她忘了刚刚的痛苦。

礼物最先送给母亲瓦西里萨：在希腊圣山画的、装在木头盒子里的小圣像，盒子里有一只装着约旦河圣水的粗瓶子；毛披肩和厚格布裙子，裙子非同寻常，不是托奇马的样式，上面绣着靛青和紫红的线；还有小针儿。瓦西里萨为小针儿给了儿子奖赏，一杯蜜酒，因为送针可是危险的事啊。

给玛丽亚带来的有一件华丽长衫，手绘棉布的肩带上缀着粗大的玻璃珠；一双樱桃红的家常皮靴；镶着镂刻小球和掐丝的鬓环，还有同样做工的项链和扣住袖口的折叠手镯。不过，在此之前普季拉递给妻子一个鱼牙雕花纺锤，上面挂着一只压重用的琥珀小球，还有用小套子装着的银针，这让玛丽亚皱了皱眉。“还嫌我纺线织布做得不够啊！还该给亲爱的妻子送把大镰刀加上小镰刀才好！”玛丽亚气哼哼地想。但就在这时轮到送长衫了！……

普季拉送给妹妹菲奥多西尤什卡的礼物简直让她开心死了！那是一条丝绸腰带，上面绣着螺旋形的银丝线，一根根小链子吊着挂坠儿：那些挂坠儿都小极了，似乎是给老鼠洞准备的，有小水桶、小梳子、小钥匙、小纺线棒、小纺锤、小钟、小鸭子盐罐儿，还有其他各种小玩意儿。

“你想想吧，丫头已经有人求亲了，你还给她用银钱换各种玩具。”玛丽亚心里酸溜溜的，捅了捅丈夫的腰。“银钱得省着点儿，嗨，你现在可是有儿子的人了！”

“噢！噢！”菲奥多西娅又蹦又跳，一会儿比量腰带，一会儿仔细察看袖珍挂件儿。“瞧这器件儿多小！是怎么锻造出来的呢？难不成是用小银斧子在小金砧子上锻造的？小梳子真真儿的！用这样的小梳子只能给小老鼠梳毛！难不成用它梳理眼睫毛和眉毛？”

绛紫色、上面有金灿灿羽毛的绸料以及缀着珊瑚和蓝宝石的披肩都没像袖珍银饰那样让菲奥多西娅高兴。

“给你的，爹……”普季拉在箱子里翻了一会儿，“哪儿去了？是不是穿堂里还有箱子？我这就去搬来。”

“难不成拖箱子的奴才都没有了？”玛丽亚发脾气了。

“我想自己来！那里面有我给父亲准备的稀罕物件儿。”

普季拉站起身往门口走去。

“儿子哎，”瓦西里萨心惊胆战地问，“你伤了腿了不成？身子好像不平稳？”

“没事儿！我跟人小试了一下拳头。”

“主啊，什么时候受伤的？难不成在莫斯科的时候？”

“不是，已经在回家的路上了……”穿堂里传来普季拉的声音。“就是这只箱子，好好地等着开箱呢，哪儿也跑不了。”

“普季鲁什卡，要是有伤，还是该尽快去医才好啊。”玛特廖娜插了一句。

“小事儿一桩！”普季拉甩了甩手，“没事儿，相当于一颗鱼牙扎了大腿一下，我早就忘了。可他却得记很久！我把他的蓝眼珠打出了血。让他见鬼去吧！他土埋半截儿了。爹，你瞅瞅这刀！”

“哎哟哟，爷们儿开始舞刀弄棒了。”玛丽亚拖着长声儿。生过孩子，她明显敢说话了。“现在啊，刀啊剑啊得让他们说到天亮。”

“嚯——嚯！千牛就是千牛，”伊兹瓦拉·伊万诺维奇对这把显然是异域做工的大军刀作了如此评价，“这样的千牛削铁如泥！”

一家之长故意用一个古词称呼这把刀，曾几何时这种横佩腰间——要是按照罗金神父的说法就是与地面平行——的兵器，让人闻风丧胆，如今剩下的只有名称了。

看过刀之后掏出来的是一把不可思议的狼牙锤：瞧那松果球，或者用另一种说法，球形把手，在球瓣之间的凹槽深处嵌着银色的小钉子。

“这一次我没舍得用狼牙锤，搁在箱子里，因为是当礼物拿回来的。

可下一次——绝不！你等着，该死的游方艺人！”

“什么游方艺人？……”菲奥多西娅小声问。

“我们商队已经靠近托奇马了，可就在这时迎面来了一伙人，散发着熊和狗的臭味儿。我和伙伴们就这样稍稍地搓了搓他们的腰。搓得他们得到地府去治了！”

菲奥多西娅站在桌子旁边。她的手发抖，好玩的小水桶儿、纺线棒儿、纺锤儿，还有小鸭子盐罐儿碰出细碎的声响，小钟丁零当啷发出脆响。

“菲奥多西娅！”玛丽亚声音嘶哑、绝望地大叫了一声。她从长凳上一跃而起，袖口把饭盆儿从桌子上扫了下去。“走，我们去瞅瞅柳比姆什卡！是他在哭吧，该死的奶妈子打瞌睡了吧？”

她一把抓住小姑子的手，把她拽了出去。

“我们是听趣事呢，还是款待款待咱们亲爱的普季鲁什卡？”玛特廖娜猛地蹿了起来。“瓦西里萨，给儿子倒杯蜜酒！”

第八章　传说篇

“据说莫斯科城外有这么座修道院，叫三一修道院。里面有口铜锅。”普季拉开始讲一件新趣事，他十指弯曲，比画出这口传说中的铜锅圆溜溜的侧壁。“每天一清早往里面放入寻常量的菜根。那里面有葱头、芥菜头、大头菜、香芹、大蒜、胡萝卜，以及各种各样可以用来煮的东西。到吃午饭的时候就开始往外盛，分给修士、香客、圣愚、游方浪人以及恰巧待在这座修道院里的所有人，包括鬼使神差来到这里的人。煮好的食物从来都是正正好，这天有多少食客，食物就有多少！”

“嗯？”伊兹瓦拉·伊万诺维奇不信。

“说什么呢你！”瓦西里萨用左手的两根手指擦了擦嘴角边的口疮，右手在帽子下面抓了几下。

“那口锅就好像没底儿似的。”普季拉把话说得更明白，他自己就惊奇得要命，一边说一边用勺子挖着盆儿里的饭。

“喏，我们比方，我放进去三个芥菜头和那么多的大头菜，然后我就煮。”玛丽亚故意用自己的手掌，而不是下女的手比画煮的画面，她这样做是为了展现她身为女主人的风度。“而来吃白食的有一大群老爷们儿。那些个芥菜头够所有人吃吗？这怎么可能？”

“咦——咦！这有什么稀罕的？”玛特廖娜傲慢地把鼻子往旁边一扭，哼了一声。她很不喜欢有人讲的新鲜事儿比她、一个品行端庄的寡妇讲得更稀奇。“耶稣基督用三个面包和五条鱼让一大堆食客吃饱。而这儿可是一锅芥菜头呢！所以嘛，这里没什么可稀奇的。你只管偷偷地把煮的东西往里面倒、往外盛呗！”

“嗯，我不知道，玛特廖娜婶婶，”普季拉不满地说了一句，“我只知道莫斯科到处可都在说那口锅的事儿呢。”

“皇上的国库也没底儿，”玛丽亚忍不住在玛特廖娜面前捍卫丈夫，“你瞧瞧，我们的皇上大人那儿有多少张要吃饭的嘴，他给他们所有人提供食物。要知道，人也总是各有不同啊。要么全都死光光，比如那些恶棍，要么就相反，呼呼啦啦生出一大堆。”

否认皇上阿列克谢·米哈伊洛维奇的这个神奇本领玛特廖娜可不敢。而普季拉也开始讲另一件新鲜事儿了。

“咱们的国君可是聪明！”他先卖了个关子，“不让自私自利的波雅尔大贵族[①]肆意妄为，因为他要维持秩序！送他们当众受鞭刑不是揪着胡子去，就是扯着××！”

故事的开头大家全都喜欢。听故事的人满心欢喜地相互使了个眼色，紧盯着普季拉，咂摸着接下来的喜剧事件的滋味儿。只有菲奥多西娅沉浸在她自己的思绪中。她的手指一会儿拨着隐形的古斯里琴，一会儿指甲对着指甲合起手指，“塑成”一挂粉红珠子串项链。要么就是含糊不清地喃喃自语。

---

① 笼统地说，“波雅尔”本意是“最高、最优秀的人”。这一群体中人数占绝对优势的一类是有皇家血统的人，类似于中国封建社会的“王爷”“千岁”，所以后面伊兹瓦拉才说“自家人”；另一类是各地居民中级别最高的缙绅阶层。总之，波雅尔大贵族一般都是各地的最高统治者或管理者。

“阿列克谢·米哈伊洛维奇下旨查验乌洛姆地界里的地方长官如何执政，如何履行他的旨意。”普季拉心满意足地讲着故事。“因为有诉状上传莫斯科了，状告乌洛姆判案不公。在那个地方坐镇的是波雅尔大贵族瓦西里奇科夫父子。回来的人通报皇上，说瓦西里奇科夫父子监守自盗，大部分的好处都进了他们自己的腰包。”

“都是自家人嘛！”伊兹瓦拉·伊万诺维奇冷笑着嚷了一句。

大家全都冷笑了一声，七嘴八舌地说：我们都知道这对天杀的波雅尔父子，脚踩别人的牧场不是一天两天了。

“于是阿列克谢·米哈伊洛维奇温顺地恳请他们从乌洛姆给他送来一锅跳蚤医病。听人说，这些跳蚤要用什么伏特加酒泡制，之后再小心翼翼地搓进皇上的大腿。”

玛特廖娜傲慢地点了点头，两手交叠捂在胸口，她这是要让人明白，这种医病方法确实存在，她，接生婆，清楚这一点。

“‘你们收下我的锅，’咱们国君的圣旨中是这样给瓦西里奇科夫父子写的，‘恳请短时间内抓够跳蚤，送到莫斯科来。’因为，特使们是这样说的，因为‘乌洛姆地界里有俄罗斯国疗效最好的跳蚤’。就是说，皇上给那两个狗崽子的圣旨中是这样写的。”

瓦西里萨、伊兹瓦拉、玛特廖娜全都笑得前仰后合。

“咱们的皇上真厉害！”

“这些人就该这样去收拾，”因为大笑，伊兹瓦拉·伊万诺维奇的嗓门儿很高，“现在的人都变滑头了！恨不能雁过全都拔毛！”

“瓦西里奇科夫父子收到圣旨和锅，穿着裘皮大衣就扑通一声跪到信使脚下了。他们说，发发慈悲吧，好人，我们怎么能抓够跳蚤，把它们摁在锅里不动呢？难不成它们会老老实实地待在里面等死？它们所以叫跳蚤，就是因为像疯子一样上蹿下跳。也许，咱们的皇上大人，恩主啊，会同意献上臭虫？信使血往上涌。你们怎么着，狗崽子，他说，也许还想慷慨大方地给皇上送去蟑螂吧？！你们就是这样报答陛下仁慈的？阿列克谢·米哈伊洛维奇为你们不惜自己的生命，你们连跳蚤都舍不得？瓦西里奇科夫父子对视了一眼，抱住脖子，提议用金子替换跳蚤。信使坚决不答应！当时就带着空锅和瓦西里奇科夫父子的禀报离开了，禀报中说，乌洛姆的跳蚤全都死光了，这都是上天的旨意。紧随其后，瓦西里奇科夫父子委派了一个特使过去，让他通过自己在皇室当差的人详细了解真实情况。那人一五一十全都说了。说是皇上的信使将锅呈给阿列克谢·米哈伊洛维奇了，同时还编了谎话，说是瓦西里奇科夫父子说了：'皇上管不了乌洛姆的跳蚤！'君主，明摆着的事儿啊，火冒三丈，就像一头狮子发怒了。还雷霆万钧，但心里悲伤地说：'连跳蚤在瓦西里奇科夫父子这两个狗崽子那儿都饿得活不下去，他们怎么能关照我的臣民？我乌洛姆的臣民连跳蚤都不生，他们是何等悲苦？其他人管制下的俄罗斯地界的情况各有不同：有时会粮食不足，盐不足。哪有跳蚤不够的？！难道我要派遣信使去海外求得波斯跳蚤不成？难道俄罗斯国贫瘠到如此地步，连医病的虫儿都找不到？绞死瓦西里奇科夫父子！但绞死之前要当众鞭笞、罚款！'"

"皇上阿列克谢·米哈伊洛维奇真是好样的，收拾了盗贼！"伊兹瓦拉·伊万诺维奇啪地拍了一下大腿。

妇人们也都不约而同地拍了一下屁股。

菲奥多西娅抬起头，用蒙眬的目光扫了一眼家人后说："大家这是在笑什么呢？"从玛丽亚以新生儿柳比姆哭闹为借口把她从饭厅拽出去开始，她就一直呆若木鸡，感情混乱。柳比姆睡得沉沉的，像是被施了魔咒，因此没有理由长时间不回到餐桌旁边。玛丽亚只能匆匆忙忙地掐一下菲奥多西娅的腰，说她是"蠢姑娘""傻丫头"。

"你干吗不控制好自己？难不成你想让父亲大人和普季拉知道是你出主意去看杂要表演的？你想让他们带着下人撵上游方艺人的车队，把他们一个不剩地全都活劈了？"

"玛丽尤什卡，可普季拉说了呀，说他杀了一个蓝眼睛的游方艺人！"

菲奥多西娅紧紧抓住嫂子的袖子。

“你倒怪会听话的！说到婆娘和斗狠，男人从来说的都不是实话！我是这样看的：他们相互骂了一通脏话，然后就散了。游方艺人跟托奇马的商队有啥关系？咱们的爷们儿干了他们的熊？”

“那蓝眼睛呢？”

“还蓝眼睛！”玛丽亚学着她的口气，“谁的眼睛不是蓝的？你找一个不蓝的给我看看！打起精神来，你看你现在，简直就像头没挤奶的奶牛！要是普季鲁什卡问起来，你干吗垂头丧气，你就回答说，你烦着呢，因为给你向尤达提亲了，你害怕变成媳妇儿。随便撒个谎，难不成还要教你？”

“把柳比姆安顿好了，他立马就睡着了。”两人回到餐厅，玛丽亚声音甜甜地说。

嫂子把菲奥多西娅安顿在自己身边坐好，给她倒蜜酒。

菲奥多西娅的思绪摇摆不定，就像在吊桥上。她一会儿苦涩地看到伊斯托马躺在雪地上的血泊中，没气了，要么更糟：他在呻吟、呼唤她，菲奥多西娅；一会儿伊斯托马浑身是血，但却是躺在大车里，他醉醺醺的脑袋枕在一个露着肚脐眼儿的舞娘的膝盖上。“哼，荡妇！”菲奥多西娅嘴唇动了动，心里酸溜溜的，手指握紧坎肩的衣角。不过玛丽亚的蜜酒终于发挥了作用，菲奥多西娅心情放松了，心想，她的游方艺人好好地活着呢，哥哥普季拉是让一个红头发的木偶艺人溅血了，而且还只是出了一点点血。她声音颤抖地长吸了一口气，坐直身子，抬起了头，含糊不清地嘟囔了一句：“大家这是在笑什么呢？难不成讲逗人的笑话了？”

“用不了多久，皇上大人向瓦西里奇科夫父子这样的强盗连老鼠都要不到了吧？”瓦西里萨用演戏的腔调问了一句。

提到老鼠玛特廖娜长了精神头儿。她想起了蝙蝠，终于可以掌控大家的注意力了。

“怎么着，普季鲁什卡，飞鼠没袭击莫斯科吗？”

“飞鼠是什么东西，玛特廖娜婶婶？”

“啊，是这样的东西，”接生婆揪了揪屁股下的座垫，慢条斯理地开始讲，“那些鼠黑压压一群直接从天上扑下来，赶上谁半夜三更在大街上，就吸谁的血。一边吸，一边扭动着尾巴！救主保佑！”

“这是你吧，玛特廖娜，要么，那个什么……”伊兹瓦拉心不在焉地说，“那些地方的 × × 没成群？不玩儿丫头？”

“你啊，伊兹瓦拉·伊万诺维奇，不该羞辱我这个品行端庄的寡妇。那些鼠白天蹲在洞穴里，一到黑夜就飞出来吸血。”

“它们怎么飞？”菲奥多西娅终于甩脱了千头万绪，“它们可没有翅膀啊？难不成你把老鼠扔出去，它能不往地上掉？”

“色鬼奥列夫卡罪孽的幽灵是怎么在托奇马城的上空飞的？”玛特廖娜举了个反证。

这个例证让在场的人全都怔住了。大家沉默了一会儿，勺子和碗碰出丁丁当当的响声。

“普季鲁什卡，莫斯科的姑娘怎么穿衣服？”菲奥多西娅冷不丁问了一句。

“呸！”哥哥故意做出嫌恶的样子，“莫斯科的娘们儿都什么样子！简直丑死了！眉眼画得就像咱们谢肉节的稻草人，她们就这样满大街乱串。白花花、红扑扑、黑漆漆的！没丈夫陪着，自己就到集市去晃荡，给自己采买各种女人用的零碎儿。”

在臭骂莫斯科女人的整段时间里玛丽亚都表情肃穆地坐着，掩饰着喜悦，但在丈夫提到她不知道的货物时她忍不住了，眼睛开始放光。

“莫斯科的荡妇没征求丈夫的意见买啥脏东西了？”

“红场上有一大排店铺，里面卖东方来的香油。”

“这油究竟是啥东西？”瓦西里萨和玛特廖娜都产生了好奇，“是圣油？医治小孩子抽风的？”

“堵着塞儿的小瓶子，里面装着油。像是圣油的东西。不过散发的是玫瑰香，或是茉莉花香，或是薰衣草一样的香味儿。也有樱桃味儿的。

总之，是花香！”

“这东西干啥用的？”玛丽亚眼睛都快瞪出来了。

普季拉嘿嘿一笑。

“给娘们儿擦在耳根和……”他甩了甩头，回忆着什么，“对，救主宽恕，擦在××上。”

“××？”妇人们全都呼出一口气。“用莫斯科的花儿？”

“主——啊——啊，多不要脸！”玛特廖娜一声惊呼。随后就盖棺论定了：“这么瞎胡闹，怎能不放荡！”

“凭什么我，一个有操守的妻子，两腿之间就该散发干草叶子的破味儿？”玛丽亚问，她没放过这个机会，提醒大家她品行端正，“难不成我那儿就是干草棚？”

“你干吗冲我来了？”普季拉甩了甩手，“据说，有的男人就喜欢……”

“……衣摆底下飘着艾蒿味儿的时候？”玛丽亚怒气冲冲，“还是散发着毒蘑菇味儿的时候？”

“呸！”妇人们不约而同地认定：“这味儿臭。”

“魔鬼那儿来的！”玛特廖娜对争论作了总结。

“哎，儿子，莫斯科谈论制盐业的情况了吗？”伊兹瓦拉·伊万诺维奇问，“怎么上税？没减税？”

“什么时候你咽气儿，什么时候减。”普季拉伤感地说。“只有到了那个世界，才能给咱们工厂主减税。你知道莫斯科正在发生什么事吗？”

普季拉飞快地瞥了一眼妇人们，似乎是在确认哪些嘴会有把门儿的，随后声音吓人地悄声讲了起来：

“议政厅的大臣们给咱们仁义宽厚、心地单纯的皇上阿列克谢·米哈伊洛维奇出了多少馊主意？……他们跟莫斯科一个有钱的波雅尔大贵族串通好，那人向君主递交诉状，说什么他的家进了，比方说吧，进了托奇马的强人，把什么东西都洗劫一空，总数有五千卢布……还附上一份清单，里面按名头列出钻石、戒指、项链、银杯，还有金十字架，还有各种各样其他财物。”

“啧啧啧！莫斯科地界儿的人可真会编瞎话！”伊兹瓦拉·伊万诺维奇开始卷他的大胡子。

“这些狗娘养的！”玛特廖娜怒气冲冲。

“然后呢？……”瓦西里萨一边画着十字一边悄声问。

普季拉苦笑了一声。

“然后阿列克谢·米哈伊洛维奇就下旨给托奇马的行政长官，让他找到自己地界儿上的强盗，把财物追回来。托奇马没一个人见过这些钻石和十字架，这是明摆着的事嘛。于是皇上就下令用总数五千卢布的银钱偿还。行政长官不是傻瓜，才不会动用自己的荷包呢，他会下令从工厂主和贵族身上抽头。也就是我们。”

“我们上哪儿弄去？”伊兹瓦拉·伊万诺维奇大叫，“自己都吃上顿没下顿了。”

“饿人拉屎——只剩屁股还没掏空。”玛特廖娜证明亲戚的穷困潦倒。

“可谁管你这一套呢，玛特廖娜婶婶？”普季拉说，“大臣们得补充国库，而我们是替罪羊。是，君主阿列克谢·米哈伊洛维奇也许什么内情都不清楚。最大的可能是大臣们对他编了关于强盗的瞎话，而他，咱们的庇护人，出于善良在庇护臣民。”

听着的人以防万一全都赶紧表示同意，英明的阿列克谢·米哈伊洛维奇在这些抢劫案件中是单纯被蒙骗的一方。

“这样的事经常发生吗？”

“特维尔、列乌托夫、戈洛季舍、波洛维茨都已经这样赎买过了。这样的杂耍剧说不定哪天就会传到扎沃洛茨地界里咱们的罗斯托夫希纳[①]。”

① 小说中的“地界”是当时对“公国”或“边疆区”的普遍叫法，大致相当于俄国的“省”“州”。“地界”有“地球”“尘世”“国”等意义。“罗斯托夫希纳”是“地界”里的一个地区，而托奇马是城市。

听到“杂耍”一词，明摆着，菲奥多西娅立刻就陷入爱的浮想联翩，鼻子抽动着长吸了一口气，玛丽亚为此在凳子下面踢了她一下。

“普季拉，咱们的盐价得涨涨。摊上这样的明抢也好有个储备。”伊兹瓦拉有这样的盘算。

“对着呢，他爹。”瓦西里萨应和了一声。

“更何况咱们斯特罗甘诺夫家添了盐场。”玛丽亚忙着通报消息。

“这是咋回事？”普季拉看了一眼父亲。

“是这样，给菲奥多西娅向拉里昂家的尤达提亲了。”瓦西里萨解释说。“他有一块盐场！”

“好事一桩！”普季拉攥起一个拳头。

“你看她木呆呆的，像头没挤奶的母牛，”玛丽亚快嘴快语，“不想离开爹娘去别的镇子。在这儿就像块抹了蜜的煎饼，没挨过鞭抽，没受过棒打。嫁了丈夫还能有啥好？不是每个丈夫都像我的普季鲁什卡，心好，正派，动手也是事出有因。有的丈夫打起人来下手可不留情。”

玛丽亚说起来就没个完。

“够了，别吓着咱家丫头！”玛特廖娜让她住嘴，“弄得人面红耳赤了。”而她自己开始讲又一个趣闻。你情我爱的内容，这是当然了。

“嗨，娘们儿！”伊兹瓦拉笑着责备了一句，“你们的脑袋里都装着些啥样的念头啊？”

“娘们儿不管谈论什么，谈到最后都是……”玛特廖娜笑得前仰后合。

“咦——咦！”玛丽亚拖着长音儿，她已经笑不出声来了。照着老习惯扶着肚子和腰。

下女砰的一声把一口盛着炖蘑菇的锅放到餐桌上，又用衣摆抹了抹盛酸奶油的碗口。发面大馅饼和撒了肉末的油汪汪的碎米粥也熟了。瓦西里萨自己偷偷掏出了自家酿的烧酒。

“为这样的东西，”普季拉端着杯子指了指长颈酒瓶子，“在莫斯科要当众被狠狠地鞭打一顿。”

“难不成搜家?”

“探子会来到富商或是波雅尔大贵族的家,用带来的酒招待人喝。等到大家都喝到酣畅淋漓的时候,明摆着,酒快没了。可又想喝!主人就会让人从暗窖里取来自酿烧酒。探子往窗外一发信号,皇家的衙役立刻就冲进来了:‘啊哈!狗崽子!自己酿酒?你违反皇家对这种营生专供的规定?抽鞭子!’波雅尔大贵族赔上全部财产才能勉强赎身,还得庆幸好歹把命保住了。”

“那皇家要是专供盐咋办?”

“呸,他爹!”瓦西里萨两手乱摆,“快画十字!”

“到那时你就是画也没用了。”普季拉认同父亲的担心。“阿尔汉格尔斯克的工厂主就害怕皇家会专供鱼牙,还有鲸鱼油。”

“谁哪儿疼,谁就说哪儿。”伊兹瓦拉同意儿子说的话。

“哎呀,我没法孤单一人睡板床!因为没有可人儿的朋友挠肚皮。”玛特廖娜开起了玩笑。

“你可别说自己的坏话了。”伊兹瓦拉说了句风凉话。“列金尕那地方来的衙门书吏怎么样了?”

“什么书吏?”玛特廖娜两手一拍。“去你的,伊兹瓦拉·伊万诺维奇!”

“啊——哈!”远亲举起一根手指吓唬她,“要是没书吏忙活,玛特廖娜的地早长草了!”

“哎呀呀,狗东西!”心里美滋滋的玛特廖娜故意装出生气的样子,“我十二年来寡居守节,要不然能接生孩子?这种事需要干净的妇人去做。”

“我说笑了,玛特廖娜,你别生气。”

“我有什么好生气的?魔鬼役使气性大的人驮水。我可是个性情温和的妇人。对吧,玛丽亚?”玛特廖娜捅了捅她最近接生的产妇的腰,让她为自己的品行作保。“玛丽亚？睡着了。”

“该睡了，公鸡就快打鸣了。”

“好吧，咱们这最后一杯为我全须全尾儿地回来干杯。”普季拉提议。

“欢迎回家，哥。”菲奥多西娅举起杯子，杯子里的蜜酒微微晃荡了一下，只剩个底儿了。

“明儿个不等天亮我就去见行政长官，带着莫斯科的礼物去拜见他。再说还有鬼草的案子呢。”

菲奥多西娅呛了一下，咳嗽起来。

“什么案子？”瓦西里萨和伊兹瓦拉好奇地问。

“我们半路上扭住一个卖魔鬼烟叶的贩子，”普季拉说，“大家伙儿一起把他送刑房了。那家伙牛哄哄的，绣花长袍拖地，像大氅一样。十字架有菲奥多西娅的手掌那么大。丢到我的箱子里了。我不情愿把从渎神的人身上摘下来的十字架戴自己身上。以后我把它换成钱。没什么，不是今儿个，那就是明儿个，会用‘橡木长袍’换下这个贼的绣花长袍的。”

普季拉张大嘴打了个哈欠。

“我去睡了。玛丽亚，老婆，醒醒，送老公回房。”

“是个啥贩子？不是流浪汉吧？”菲奥多西娅问，她声音沙哑，眼睛盯着普季拉映在墙上的影子。

“比流浪汉更坏。杂耍艺人的头儿。演员吧，谁知道呢？……咱们走了，玛丽亚。”

第九章　拷问篇

“名叫伊万，家人我记不得了。”伊斯托马一直在重复这句话。

他晃来晃去，就像秋日黝黑浪头上的一条驳船。而且那条驳船装满了盐巴。该死的盐巴从裂缝里撒出来，直接撒到伊斯托马的背上。它，盐巴，“咬”着伊斯托马的肉。要是没有这盐巴，他，游方艺人，能承受住任何笞刑。要是能背跃入水、把它冲洗掉多好啊，该死的！驳船下的水盆儿被压扁了，漾起一圈一圈的涟漪，涟漪不时地变化着颜色，一会儿是中间夹着煤灰的铅灰色，一会儿是露着灰白缝隙的银色……是谁在远处的雪地上这么均匀地摇晃？季特卡！季特卡……是同伙。季特卡，这个快乐的色鬼，色情杂耍剧无忧无虑的写手，螃蟹已经啃了他三天，冷不丁地从肚子里蹦了出来。游方艺人们又兴奋又恐惧地盯着季特卡的肚脐，肚脐里影影绰绰地拱出一棵根子粗大的树。季特卡的哀嚎变得让人无法忍受的时候，伊斯托马和另一个游方艺人，好像是古斯里琴手费季卡，把快死的伙伴塞到雪橇路边的一个雪堆里，这条路与冰雪覆盖的河流并排，绵延不止。季特卡接受了伙伴们的这个决定，没有惊讶，也没有反抗，似乎这样做才理所当然。伊斯托马和费季卡把他往路边挪动，让他坐得更舒服一些，这时候他甚至也没有停止痛苦的摇晃。离开时伊斯托马回头看了一眼。穿着红毛狗皮袄的季特卡摇来晃去，似乎都没发现自己已经不是坐在雪橇里，而是到了一片结冰的菖蒲旁边，菖蒲磨损的草叶表明这是河岸的边缘，河岸被冬日阳光下闪烁的雪覆盖着。

“季特卡，雪有没有让你轻松一些？”伊斯托马大喊。

“轻松一些了。”季特卡忧郁、惊讶地说了一句。“好像肚子没那么烫了。”

“我的脓血里却被撒了盐。”伊斯托马抱怨道。“上哪儿去弄点水洗洗？季特卡，水跑哪儿去了？到处都是雪……难道现在是冬天？要是有冰，驳船怎么在晃呢？难不成河水没上冻？季特卡……”

“伊斯托姆什卡，是我呀，菲奥多西娅。”

菲奥多西娅不知道叫了伊斯托马多少次，他在监牢墙上被劈开的一条窄缝的下面，托奇马人可以通过这条缝给被关押的人塞面包或是别的吃食。用公家的钱养活窃贼和强盗倒不是不行，只是在托奇马认为这样做是浪费银钱，因此在监牢里等着判决的为数不多的强盗只能靠好心的托奇马人塞进墙缝的东西活着。不过，强盗们都等不到挨饿：红烙铁的折磨或者鞭打让窃贼们熬不过三天，只有在莫斯科才认为有必要浪费更长的时间看管他们，就算在那里也是在调查重要的国务案件时才会长时间羁押。托奇马的行政长官奥列法·瓦西里耶维奇，一个好心的波雅尔，不会让强人多受一天的苦，判决都十分迅速。有时候受害的托奇马人还没来得及把窃贼拖来并报告，比如，蜜蜂被偷了，奥列法·瓦西里耶维奇就已经当场把蜂箱连同蜂蜜一起收归国库，把窃贼在城墙上吊死。连同鬼草一起被逮住的游方艺人本来当天就会被吊死的。更何况占有了三麻袋烟草的奥列法·瓦西里耶维奇很想尽快把毒草变现、要估算一下禁草生意利有多大呢！可坚持说自己名叫伊万、已记不得家人的游方艺人的案子节外生枝了：案子中冷不丁冒出的不是鬼草的臭气，而是……说出来都吓死人……谋反。鞭子刚往脸上抽了一下，紧扣在额头上的帽子，甚至在跟商人斗殴时都没滑脱的帽子掉到伊斯托马脚下，乱糟糟的头发下面露出了刺字，花体的“逆”字。就是说，是叛党！而且这个字还很新鲜。字里长出的野蛮的肉还冒着热气。疤痕的颜色鲜红，如同煮熟的螃蟹。

早晨，伊兹瓦拉的儿子普季拉·斯特罗甘诺夫来面见奥列法·瓦西里耶维奇，带着莫斯科的礼物来问候他，并且禀报了抓捕强盗的事，行政长官命令衙役使用鞭刑，问出强人的名字。过了一个钟头，笨头笨脑的衙役禀报说，什么都问出来了：窃贼名叫伊万，家人他记不得了，身份是自由人，游方艺人。行政长官为这样的禀报本想揍“木头疙瘩”一顿，可那天他没别的打手，问的结果就是这么个不清不楚。奥列法·瓦西里耶维奇只好中断跟普季拉的谈话，亲自去鞭刑场。鞭刑场在监牢门前，原木建的监牢就在衙门的后身。为避免把话传走形了，这里距离行政长官的房子只有几十步远。可作为国家的人，奥列法·瓦西里耶维奇来回都不是步行，这段距离他一成不变都是骑着雪斑大灰马克服的，身侧跟着两个骑马的衙役。

两只胳膊绑在柱子上的游方艺人站着，垂头丧气。装扮华丽的马，是匹表情阴沉的大骡马，马上的强壮骑士，戴着绣了金丝线的、在阳光下闪闪发光的帽子，面对这一切伊斯托马想施展施展他演员的全部才华，做个反应。

“托奇马的商人抓我是个错误。”他带着戏剧化的腔调嘶声大叫，但头却没抬起来，以免狼的眼神毁掉他扮演的无辜受害者的角色。

“叫什么，狗东西？！”行政长官嗷地叫了一声，语气却十分冷静，同时他那镶着银色皮子的一只枣红靴子的靴跟儿蹬进伊斯托马的两根肋骨中间，靴子宽大，似乎有一条鲶鱼在里面做窝。

“名叫伊万，家人我记不得了。”伊斯托马故意装出可怜的哭腔。

行政长官靴子里的"鲶鱼"因为用力啪地张了一下嘴，咬了长进肉里的大脚指的趾甲一口。脚指猛地一抖，懊丧的奥列法·瓦西里耶维奇为了缓解疼痛，如旋风一般急转马身，把另一只靴跟儿蹬进伊斯托马的肋骨。

"到那个世界你会当傻瓜伊万，可现在你给我回答，省得挨多余的鞭子：是从哪个王公那儿逃跑的，贱奴才？"

"是自由人，游方艺人。名叫伊万，家人我记不得……"

最后几个词伊斯托马是哼出来的，因为行政长官从马上弯下身子，把戴在松软如奶子一样的四根手指上、相互之间铸在一起的青铜拳环砸在他的脖子上。

"怎么能这样？"伊斯托马温顺地轻声责备他，"君主的仆人，波雅尔大贵族，可腰里却藏着拳环？"

"自由人？是在顿河给你发放的自由证书吧？[①]"

"老天爷啊！生出来就没到顿河去过。"

游方艺人依然沉醉于扮演偶然过客的角色，这个过客无比惊讶地发现恶人正把偷来的荷包塞给他。他装出天使一般纯洁的眼神，对着行政长官抬起了头。唉，他没这样做该多好！

他们的眼神对上了。伊斯托马无法忍住心里的狂怒。蓝眼珠中的金色火花只黯淡地闪了一刹那，但奥列法·瓦西里耶维奇一下子就认出了那个在杂耍演出时放肆叫喊的游方艺人。他的红脸膛洋溢着幸灾乐祸的喜悦。

"你有什么说的，万尼亚[②]？"行政长官温柔地说，"人家的堆儿你别瞪眼，自家拢你自家的堆儿，闪到一旁你看仔细！"

① 这里行政长官暗示伊斯托马可能参加了下面提到的1670至1671年斯捷潘·拉辛领导的农民起义。该起义是从顿河开始的，后席卷大半个俄国。起义最后被镇压，拉辛被俘，在莫斯科被砍头。后面提到的"斯金卡"是"斯捷潘"的小名。

② "万尼亚""万卡"都是"伊万"的小名。

伊斯托马堆出一个友好的、傻乎乎的表情。

“对啊，好心的先生，有这么一出笑剧，逗人开心的。让德高望重的观众高兴高兴，从每日的烦忧中分分心。”

“喔……喔……开心得很哪。我名叫伊斯托马，要让你们看到在自家从未见过的……你怎么能把名字都忘了呢？不好！……伊斯托马，好名字啊，可你如今要放弃它？叫自己下里巴人才叫的万卡？”

“伊斯托马是个假名。怎么说呢，是艺名。”伊斯托马可怜兮兮地说，他藏起目光，因为这目光如此狼性，行政长官的马都吓得开始抖动耳朵了。“可按照受洗时的名，我就是伊万。”

“怎么着，万尼亚，给咱叨咕叨咕，究竟是因为什么案子赏给你个烫金的‘逆’字？恐怕不是在市集偷了苹果吧？难不成是在酒馆里打烂了凳子？难不成是捅破了鸟窝？”行政长官用戏谑的口吻问道。他的四个连环“戒指”猛地敲向游方艺人的脊梁，动作那么大，连怀里的绣花长衫都撕裂了。“也许，是跟着斯金卡·拉辛当土匪了吧？！”

“我是伊万，家人我记不得了！”伊斯托马大叫，大叫是为了忍住让他两眼发黑的疼痛，还有就是不让自己对着行政长官破口大骂，最主要的，是不让自己在对方提到首领的名字时表现出有恶意的快乐。“是游方艺人！在罗斯浪游，唱曲儿！哎，大姐，给几个小钱儿！……”

“你这就要在我这儿唱起漂亮的哈利路亚啦。”行政长官说，对又做打手又当看守的衙役点了点头。

“有你好受的，狗杂碎！”衙役劲头十足地挥起了鞭子。

唉，要是一对一遭遇，双手套着拳环，或者哪怕只用光拳开战，昨天在大道上伊斯托马哪儿会败给普季拉……他会把狗儿子揍扁，就像捏死篦子上的一只虱子！普季拉的胡子上会沾满了血，就像他伊斯托马现在一样。可普季拉的商队里冷不丁出现了喷火的火绳枪！……游方艺人的团伙虽说个个彪悍，但却只有腰里和靴筒边的刀、拳环和斧头。游方艺人不想给商队让路，随着伊斯托马的一声叫喊，他们拔出刀子，抽出棍棒，从链条上解开被训练得嗜血的流浪熊和狗，这时候商人开火了。受伤的熊惊心动魄的嘶吼、舞娘的尖叫、冬日黄昏喷出的火焰在演员的阵容中引起了骚乱。有人跨过雪堆逃进松林。伊斯托马从肩上甩掉稀罕的海外出产的皮袍，用吓人但却不紧不慢的动作扯掉衬衫，站到普季拉面前。他上身赤裸，只有脖子上挂着一个巨大、镶满宝石的十字架。伊斯托马就这样站在路上，他知道，肉搏战中没有什么比脱光衣服的敌人更可怕，因为这意味着他将拼死一战。普季拉哆嗦了一下，他的一只耀眼的靴子甚至有了动作——如果不是想丢人现眼地逃跑，那就是策略性地退守雪堆。可突然，商人窥见了伊斯托马腰间用来抽鬼草的牛角。于是他普季拉可以抓住一个国家要犯、将其扭送报官的念头给了他这商人力量。他高喊了一声约定的暗号，下令所有火绳枪一起开火。在肉搏的拳战中开火实在是下作。可与一个抽烟草的人打斗有什么遵守诚信可言呢？！在此任何手段都是好手段。大腿受伤的伊斯托马呼叫同伙离开，否则会彻底失去舞娘、熊和杂技演员。他打算暂时投降，过后再以自己的方式跟普季拉算账。焦头烂额又丢了烟草麻包的戏班车队的人一边挥舞着拳头，叫嚷着“马后炮”的威胁，呼唤着伊斯托马尽快赶上同伙，一边退向雪堆，给商人的雪橇让道。

两边的车队分开了，它们刚一隐没到漆黑的松林背后，一群乌鸦就呱呱叫着落到黄昏时分闪着蓝光、散落着麦草和帽子的大道上。最大的一只不紧不慢地靠近血淋淋的母熊，一下一下啄着其眼珠。乌鸦呱呱叫着啄食血淋淋的雪团，啄出一个黑黝黝的方块，撕扯起男人皮袄一样巨大的、长毛拳曲的狗尸。短暂考虑之后，普季拉把伊斯托马的皮袍捡起来，披到这个俘虏身上，不然他路上就会冻死。这样，普季拉就会从扭住危险强盗、烟草贩子的君主忠仆变成寻常的斗殴人。

不过，伊斯托马已经备好了香叶麻包的传奇故事，在受审时讲出来。

“这是茶！茶！”他信誓旦旦地禀报奥列法·瓦西里耶维奇。说完，他一会儿望向行刑柱下方，在踏烂的雪中如纺锤一般交叠的、似乎很小的一双脚让他惊奇；一会儿盯着眼睛上方的某处，那里层层叠叠的木头如同一艘艘窄窄的小船。他搞不明白，有一道缝隙像是山谷，这为什么会让他开心呢？伤口突突地跳，如火烧一般，裂开的拷刑柱的层层木头合拢又分开，完美，没有瑕疵，就像火舌一样，一切都牵引着伊斯托马的视线。他看着剥离的一根细细的木刺：一缕长长的灰发合成轻盈的圆环，环绕着它，长发在风中飘扬。“茶。一种饮料。中国来的茶叶。”

“药草？”行政长官问，他温柔地眯起一只红眼睛，努力不暴露出他对此一无所知。“治什么病啊？”

“用开水泡这个叶子，晚上的时候喝，因为它能驱走睡意，让人在大斋期守夜时别睡着。我是为皇上阿列克谢·米哈伊洛维奇运送这茶的，因为他很喜欢通宵在教堂里站着，为我们这些罪人祈祷。就是为了不让阿列克谢·米哈伊洛维奇打瞌睡，才通过中国的皇上在中国订购了茶叶。”伊斯托马断断续续地说。

提到君主的名字让奥列法·瓦西里耶维奇多少收敛了些。他用审视的目光看了一眼游方艺人千疮百孔的后背，响亮地咳了一声。

“怎么着，除了刺字的游方艺人，再没人送这茶了？”行政长官问话时的冷笑是恶毒的，但为了保险，又有所收敛。因为行政长官有些许怀疑：“魔鬼什么玩笑不会开？也许，茶也是……”

“你别说风凉话。”伊斯托马突然拖长声音、口齿清晰地说，因为傲慢的他隐约觉得，如一团烂泥瘫坐在马上的托奇马的行政长官脑袋里也是一团烂泥。这样的一摊烂泥耍心眼儿难道能耍过他、一个游方艺人吗？“他是故意通过像我这样不起眼的人做这事儿，因为波雅尔大贵族的议政厅想破掉君王喝茶的习惯。”

伊斯托马故意说出议政厅的波雅尔大贵族扮演的邪恶角色，托奇马人对此可是喜欢得很哪！伊斯托马以为，如果有作践议政厅波雅尔大贵族的机会，任何一个行政长官都不会放弃的。但算盘打错了……难道行政长官蠢吗？通常他下令在集市宣读法令，都像是头一天刚收到议政厅下发的专文，要求向国库上交麻布，或是铁钉，或是每家一桶大油。谁都不知道，这份法令是奥列法·瓦西里耶维奇挠着海豹毛一样的短发、熬了两夜亲自划拉出来的。怎么样，难道他不聪明？

奥列法·瓦西里耶维奇转了转眼珠，脚踩马镫猛地立起身子，精准地揍了伊斯托马一拳。

“你怎么敢，狗东西，偷盗皇上大人的茶叶？”

伊斯托马两眼发黑，眼皮下直冒宝石一般五颜六色的火星。

居高临下的一击让行政长官心里有了底气，他稳稳坐好，挺直身子，一只拳头撑住大腿。“这想法巧妙，”他洋洋得意地冷笑了一声，想道，“如果这是茶，我就附上专文转呈上去，说我防止了下流的游方艺人偷窃珍贵的中国礼物。可如果这是烟草，我就自己卖掉。小丑二话不说烧死了事。按照程序我暂且向沃洛格达禀报，就说逮住一个刺字的逃跑奴隶。我们的边区是否在搜捕这个人？”

“送牢房。”奥列法·瓦西里耶维奇点了一下头。

然后他去了衙门，向录事口授审问文书，送往沃洛格达。

伊斯托马被重新投入羁押地，那原木小屋，他曾经在里面突然隐约看到过坐在冰雪覆盖的河岸上的正在死去的伙伴季特卡。还看到木屋的小窗户下面站着半死不活的菲奥多西娅。

……衙门自有衙门的规矩，你可钻不了空子！用来计数的樱桃核整齐地摆放在录事阿尕普卡从家里拿来的石臼里。蜡烛和一卷一卷的纸摆在到处都撒了老鼠药的柜子里。书和记录本竖在架子上，挡住了装自酿烧酒的长颈瓶和装着几头大蒜的陶碗。录事的皮袄挂在他背后，因为无知的托奇马人喜欢倒在门边的地上抓他，阿尕普卡本人坐在一口里面放着鹅毛笔和墨水瓶的堂箱上。

虽说年轻、身体羸弱，阿尕普卡的样子却很是严厉。门口出现来访者的时候，他稀疏的眉毛会尤其严厉地聚向眉头。阿尕普卡的行为和形象中显示出的不留情面是在受过一次结结实实的鞭刑之后形成的，那是两年前的事，当时阿尕普卡刚刚担任助理录事的职务。命他，一个助理录事做的，是抄写上谕总是千篇一律的题头。上谕的关键内容要由录事誊写。阿尕普卡干劲十足地吐出舌头，凭着记忆挥毫疾书："神恩之皇及大公阿列克谢·米哈伊洛维奇，全罗斯之专制君主，弗拉基米尔、莫斯科、诺夫哥罗德、喀山之皇，阿斯特拉罕之皇，普斯科夫君主，及斯摩棱斯克、特维尔、尤戈尔、彼尔姆、维亚特卡、保加利亚等地大公，伏尔加下游之地诺夫哥罗德之君主和大公，切尔尼戈夫、梁赞、波罗茨克、罗斯托夫、亚罗斯拉夫、白湖、利夫连得、乌多尔、奥伯多尔、康金以及西伯利亚全地和……"[①]就在阿尕普卡总共只剩下"北方各地的君主和大公"要写的时候，一个年轻的妇人走进衙门。这个傻女人，她叩拜时屁股撅得比阿尕普卡的胡子还高，让助理录事分了神，她嘴里嘟嘟囔囔地报出自家名号，她说，我是菲克拉，菲季索娃，利亚多夫的女儿。阿尕普卡瞥了一眼该死的、散发着女人芳香的菲克拉·利亚多娃，想也没想就用罪孽的笔写下了："……和其他许多阴户的君主和占有者。"他往文书上撒了沙子，吹了吹——大蒜味儿扑向来访女子——随手往录事桌子上一丢，然后重新坐回堂箱，一只手顶了顶帽子。阿尕普卡写好的内容录事没看，大笔一挥誊写好上谕剩下的部分，送给奥列法·瓦西里耶维奇确认。行政长官的宅邸里究竟发生了什么，详细情形不清楚，只是没过多久从英国人诊所请来的医师拿着药瓶跑过衙门的小窗户，奔向奥列法·瓦西里耶维奇，傍晚时分阿尕普卡就被拖到了鞭刑场，背部撒盐抽了一顿，以儆效尤。所以阿尕普卡如今运笔时都专心致志，不会为娘们儿分神。

奥列法·瓦西里耶维奇的出现让阿尕普卡皱起眉头，他一边抽着鼻子一边把一块发出脆响的羊皮纸粘成圆筒。通常要在圆口的周边写上字。等到把这种写满字的羊皮纸筒卷起来以后，哪怕再写进去一个字母都是不可能的。所以，就算是魔鬼自己都没办法伪造行政长官口授的东西。

① 文中出现的都是地名。俄国皇上圣旨的开头会罗列所辖各地的地名，以示统治权。

"你这儿都什么味儿?"等着粘好卷轴的当口,奥列法·瓦西里耶维奇撇了撇嘴,"呸!"

对于这个指责,阿尕普卡的反应只是更起劲地斜眼盯着卷轴,更响亮地抽着鼻子。

"放屁去院儿里放才是。腿断了不成?"行政长官没住嘴,不过很善意。

"这就是蒜根儿嘛……从屁股到手指,味儿飘七里地。"阿尕普卡嘟囔了一句,往不服帖的一个纸角的边缘吐了口吐沫。"好了。"

他一把扫掉桌上的蟑螂,一本正经地在他亲手用锅底灰调制的墨水里蘸了蘸鹅毛笔。

写完之后,阿尕普卡往报告上撒了沙子,递给奥列法·瓦西里耶维奇签字,然后把文件放进干硬的皮囊里。信使把皮囊收入麻布袋,衙门特使和车夫特里什卡立刻驾着铺了干草和熊皮的轻便小雪橇在寒风中奔向沃洛格达。从托奇马到沃洛格达的大道结实平坦,冬季里大道上运送食物和工业产品的车队来来往往,就像去红山①长廊的姑娘们络绎不绝一样。奥列法·瓦西里耶维奇估摸很快就能得到回复。

衙门和鞭刑场的忙乱静下来以后,冻僵的菲奥多西娅终于开始重新对着小窗户呼唤伊斯托马的名字。她本想把馅饼从缝隙塞进去,然后回家,第二天早上再来,可是突然,窄缝上贴过来一张丑陋的脸,显出被血污粘连的头发和一只丑陋的眼睛,它与菲奥多西娅第一次看到宰牛以后很长时间对她穷追不舍的那只眼睛一模一样。菲奥多西娅一个趔趄从木柴垛起的台阶滑到泥泞的小路上。她两臂一张,勉强站住,惊恐地醒过神儿来:可怕的、血淋淋的眼睛是伊斯托马的。

"主啊,圣徒啊,这究竟是怎么回事?"她含糊不清地说,声音中带着

① "红山"在斯拉夫文化中既是地点,也是节日,尤其是年轻人的节日,可谓迎春节,在复活节后的第一个礼拜日庆祝。通常在郊外的小山或山坡举办游园会,姑娘成群结队,唱歌跳舞,做游戏,占卜未来夫君。

哭腔，她抓着原木，重新爬上缝隙下面的木台。

“伊斯托姆什卡，是我呀，菲奥多西娅。”菲奥多西娅对着小窗的一侧说道，她不敢再往里面看了。

“哪个菲奥多西娅？我什么菲奥多西娅都不认识。如果你带面包来了，那就拿来吧。”

“伊斯托姆什卡，”菲奥多西娅泪流如注，边哭边说，一只手从包里掏出馅饼，另一只手抓着墙壁，“他们都对你干什么了，让你把我都忘了？你想想吧，我的爱人，我们如何通宵达旦地在我的闺房里温柔地相互抚慰。你如何给我念诗。如何观看陆地和天庭……”菲奥多西娅说啊说啊，依然不敢把眼睛投向缝隙。

伊斯托马望着外面，望着笼罩着气团的一条窄窄的亮光。可他看到的一会儿是像糖饼一样花里胡哨、全身披挂的大骡马，一会儿是拷刑柱木刺里的灰白头发，一会儿是青春年少的巴什基尔女子从尘土中露出的黧黑屁股蛋儿和黑黝黝的脚。难不成她是菲奥多西娅？

“……你如何赠送奇妙的小瓶子。小瓶子里面是金色的、扎着小钉儿的果子。伊斯托姆什卡……”

哈气突然飘散了，对面呈现出一双蓝眼睛，如同可汗帐篷上的花边。巴什基尔女子的低吼立刻停息了，蜡烛劈啪响了一声，映照着用圣油梳好的发辫和如同砂糖一般雪白的躯体。

“菲奥多西娅……”

“你怎么不拿馅饼？”菲奥多西娅声音嘶哑，“这壶里面是姜糖蜜酒。”

她把扁平的树皮壶侧着塞进缝隙。

伊斯托马拿过壶，拔下塞子，贪婪地喝光了甜甜的热饮料。

“我在裘皮大衣下面抱着它，不让它凉了。馅饼是鸡蛋的。”

醉人的蜜酒刹那间抵达伊斯托马的肚子，阵阵暖流弥漫开来。

游方艺人用打不了弯儿的手指拽住馅饼，勉强擎住，贪婪地吃掉了。

菲奥多西娅抽着鼻子，又塞进去一块。

“这块是马林果的……”

食物，尤其是滚烫的蜜酒，对伊斯托马产生了奇妙的作用。受伤的大腿忽然不再突突跳了。万千思绪也从无动于衷变得明朗、清晰，如同匕首劈削而过。

“菲奥多西尤什卡，我的爱人！我的小金星星！”伊斯托马贪婪的嗓子对着小窗悄声嘶叫，“只有你可以帮我。是上帝亲自把你派给了我！只不过你是否愿意呢？……”

最后的几个词游方艺人说得痛苦不堪，但声音降了下来，他自己眯起寒气逼人的眼睛盯着牢房的一角，黑漆漆的门的方向。

“主啊，伊斯托姆什卡！……为你我会献出生命！”

“去求看守让你到牢房里来。”

“我怎么求啊？”

“给钱。”

“我身上没带啊。难不成跑回家一趟？可今天过不来了。”

在羁押站再待一夜的前景对游方艺人没有吸引力。

“如此光彩灿烂的少女干吗要用钱呢？你是个美丽无比的女子，难不成他能坐怀不乱？为了你雪白的身体任何一个人都会把灵魂出卖给魔鬼。”

菲奥多西娅惊慌失措，哑口无言。她该跟守卫……她理解得对吗？

“你怎么不说话，我的爱人？”

“难不成……该跟他作孽？……”菲奥多西娅吞吞吐吐地问。

“哦，听到这话我都痛苦！”伊斯托马苦涩地叫了一声，“想到别的什么人会对你温存都是痛苦！可这不过是身体而已，我们属于对方的只有灵魂。”

“对啊，伊斯托姆什卡，这不过是身体而已……”菲奥多西娅心里亮堂了，“那然后呢？我怎么把你弄出去？”

“到时候会有结果。”游方艺人说。

可他现在就要有结果。一旦他披上菲奥多西娅的披肩，穿上她的裘皮大衣，在黑暗中就会消失得无影无踪！逃出去的渴望如此疯狂地攫住伊斯托马的身心，他甚至都没去想菲奥多西娅的身高——恐怕都到不了他的肩膀，她娇小的靴子刚好有他这个游方艺人的手掌大。他最不关心的是等到发现牢房里没了窃贼，却有菲奥多西娅时，她会怎么样。极端的情况下他可能会掐死她。

“难不成我现在就直接去找拷打你的人？”菲奥多西娅惊恐地问。

“等天开始黑的时候。”

菲奥多西娅回望了一眼天空。

把羁押站和街道隔开的原木墙壁上方，陆地和天庭交会的那个地方，落日的余晖拉出一支薄薄的、粉红色的矛。

“天很快就开始黑了。”

“那就去找看守吧。”伊斯托马吩咐她，随后长吸了一口气，“哦，我都等不及亲吻你甜蜜的嘴唇了。”

第十章　狼之篇

“喔，伊斯托姆什卡，喔！我就这样做……我去蒙骗看守……”菲奥多西娅想说“引诱”，可最后一刻卡壳了，把放荡之罪换成了无疑没那么沉重的蒙骗之罪。

“难不成我就骗不了这样的傻瓜？”她鼓起勇气，笑了，笑声不大，断断续续的。“榆木疙瘩一个！是吧，伊斯托姆什卡？他就是个木头疙瘩，哪是什么看守！……可找着看守的人了。你去看管窃贼、强盗啊，别看管好心人。”

“真真儿的，菲奥多西尤什卡……真真儿的，我的爱……”

游方艺人哈哈大笑，笑得短促、热烈，尽管他这样做费劲，他扬起交叉的两道眉毛，睁开、眯起眼皮，嘴唇和鼻子动着，甚至努力让一只血淋淋的眼睛含着动人的脉脉柔情。菲奥多西娅感觉伊斯托马的活跃是强堆出来的，如同黝黑沼泽里的一片浮萍，但她把这种活跃归于伤心，为她菲奥多西娅将不得不犯下的那桩罪孽伤心。

"我害怕，伊斯托姆什卡，有一点儿怕。"菲奥多西娅到底还是承认了，她眼睛转向一边，望着羁押站的墙壁。

她在那儿窥见并开始辨认一个名字"叶梅利亚"，不知哪个托奇马人在一根原木的下弧面刻出了这个名字。"什么叶梅利亚？难不成是每到夜里都从墓地[①]钻出来的那个？"不知为什么菲奥多西娅脑子里冒出了与当下的事风马牛不相及的念头。"人们对他说：'别到处游荡，你还要在下葬的地方客居一段时间，所以那地方才叫客店。'可叶梅利亚说：'不，我做客做够了。老婆等我等不及了。''你别担心老婆，她万事如意着呢：跟一个阿尔汉格尔斯克的客商混在一起，日子过得那个美，就像蘸了蜜的烙饼。'哎呀，我这是怎么了？……"菲奥多西娅甩了甩头，把目光从刻出来的"叶梅利亚"转向一块用一串铁环吊着的木头上，这串铁环让她联想到了九重天。

那完全是菲奥多西娅的风格——把心思分向各种虚无缥缈的事物！对，天庭！对，宇宙学！这里有个无辜的人受到诽谤，可这跟九重天上的任何人都没有关系！……

"难不成你在怀疑？"伊斯托马没等到菲奥多西娅接下来的解释，他掩饰住恶狠狠的不耐烦，问道。"你怀疑我们的爱？"

"什么？……哦，伊斯托姆什卡。"菲奥多西娅终于听清了恰好击中她怀疑核心的问题，长长地吸了一口气。"去犯下如此让人羞耻的罪孽终究是不容易……"

"罪孽？"游方艺人狂热地尖叫，"你竟然以为我会打发你去作孽？！拯救一个无辜受诽谤的人脱离死亡难道是罪孽？！主啊，这是在拯救啊！"

"拯救？……"菲奥多西娅把这个词重复了一遍，她快喘不上气来

① 这里使用的"墓地"一词的俄文有多重含义：最早指"客店"（女主人公的联想与此有关），其扩建后有了"村社、村庄"的意义，再后来建造教堂后就有了"教区"之意，教区自然都会建造墓地，该词随之有了"墓地"的意思。

了，她的嘴里甚至都没有哈气了。

“朱迪思[1]去找霍勒费恩斯，与他同床共枕是为了拯救。”伊斯托马言之凿凿地说。

“朱迪思！……”菲奥多西娅高兴了，“我怎么就忘了呢？”她兴高采烈地笑了起来，“哦，伊斯托姆什卡，这就是你及时求助上帝的意义所在。他立刻就给了答案！朱迪思……”

“朱迪思在自己心里说：‘主啊，一切力量的上帝啊……’”伊斯托马一句一句匆忙说出来，不让自己停下，他担心自己因为努力回忆需要说的词语而舌头打结，“‘这一刻你看清……看清，看清……这一刻你看清我向耶路撒冷高地举起的双手所做的事情，因为现在是捍卫你遗产、击溃敌人的时辰，敌人向我们发起了进攻！’”

伊斯托马觉得“击溃敌人”这两个词非常贴切，说出口的时候他慷慨激昂地提高了音调。

“我击溃……击溃……你不用怀疑，伊斯托姆什卡。我能……”

菲奥多西娅眼睛抬向墙上的缝隙，可将要做的事情如此让人羞耻，让她没办法去看心上人，她的目光只是滑过幽暗的空洞，让她极为恐惧的是，她影影绰绰地看到空洞里有一只剥了皮的水獭，前两天这样的水獭在斯特罗甘诺夫家遮篷的院子里挂了一打。

菲奥多西娅的脸上掠过一连串细微的动作：眉毛惊恐地抖了一下；泪珠凝结起来，但忍着没掉下来；嘴唇哆嗦了几下……还断断续续地轻声抽泣了一下。菲奥多西娅没再说一个字，她松开麻木的手指——一阵酥麻如同小蚂蚁一般随之爬过手指——从木台上爬下来，人半死不活，勉强挪动着靴子，同时惊恐地环视左右，但没有回头看，贴着幽暗的高栅栏走了过去，去为了拯救而作孽。

“做这淫事是为了爱。”假如伊斯托马能聆听菲奥多西娅嘴唇的喃

① 朱迪思是《圣经·旧约》中的美丽寡妇，她色诱并杀掉亚述将军霍勒费恩斯，从而拯救了全城百姓。

喃低语，他会听清这句话。

“不施舍乞丐，要施舍士兵。”菲奥多西娅的脑子里不知怎么突然就冒出了这句话。这句话鼓舞了她。“看守就是那个士兵，给他不是罪，为了……”究竟“为了什么”菲奥多西娅没想出来，因为她已经拐过羁押站的房角，走过小路，如木偶一般站在门口了，她什么都看不见的目光扫过铸铁托架旁边被人手摸得油腻腻的台子、结实的铁合页、掸靴子的树皮笤帚、样子丑陋的僵硬垫子和放在门槛下面不知盛着什么结了块的东西的陶盆。所有的东西都是灰蓝的颜色，因为这时已经完全是暮色浓浓的黄昏了。

菲奥多西娅眨了眨眼，开始给自己鼓气。嘴里含糊不清地祈祷着，环顾了一下四周：不会有人看到她吧？她看了一眼院子。后门有一条小路延伸出去。远处的拷刑柱黑漆漆的，像一个吓人的幽灵。院子空荡荡的。没有亲眼看见的人，或者用辞藻华丽的罗金神父的表达，是没有见证人，这让菲奥多西娅高兴。她拽了拽绣花裘皮手套，但却没有去敲击门鼻儿，而是用手指轻轻掠过嘴唇、脸颊，在鬓角停住，她没有马上确定，自己到底拍没拍门。手掌拍得很轻，菲奥多西娅没有意识到自己做了这件事，她暗暗地满心希望守卫听不到拍门声。可门却冷不丁地一下就开了，看守帕尔卡似乎就站在门后，正等着未婚的少女菲奥多西娅来找他，来跟他行苟且之事呢。

一股凝滞的暖烘烘的气息从门里冲出来，扑到外面。

“您好。”菲奥多西娅自己都没想到就深深鞠了一躬，声音嘶哑地说。

帕利亚①狐疑地越过菲奥多西娅的肩膀扫了一眼院子，搜寻跟随她的人，没发现有这样的人以后，他盯住了她。

“简直太冷了。”菲奥多西娅没头没脑地说。“走过僻静的胡同时，冻死的麻雀一堆一堆的。”

---

①“帕尔卡”是“帕利亚”的昵称。

帕利亚望了望天，寻找残余的麻雀，然后吸了吸鼻子。

“本来会更糟。”他回了一句，也是语焉不详。

“您不让我到羁押站里面暖和暖和？”菲奥多西娅声音颤抖。

看守如一头公羊，死盯着菲奥多西娅。

他认出了盐场主伊兹瓦拉·斯特罗甘诺夫的女儿，心里盘算着：这个时辰她到他的小屋里要干什么？难不成是哪条公狗递了状子，告他帕利亚天亮前没生火、冻坏贼人了？鬼才知道！

“那里边满着呢。”帕尔卡惊讶不已，但尽管如此，他低沉的声音却十分平稳。“烟草贩子他妈的惹麻烦。”

“‘麻烦’要干‘自在’，‘自在’哭啊，然后就束手就擒了？”菲奥多西娅装出快乐的样子，努力把话说得比看守更平稳。然后淫浪地咧开嘴巴，做出极为魅惑的样子微微一笑。但紧跟着她就开始眨巴起眼睛来，用手指擦了擦鼻尖。

“难不成她是来挨操的？”以花花公子闻名的帕利亚心里琢磨。不过，他可没强行往娘们儿石榴裙下钻过，因为凭他的公职，她们，荡妇们，为了让关进羁押站的亲人有可能好过一些而向他付出简单代价，是主动找上门来的。“斯特罗甘诺夫家的小妞儿是为谁想要抱人家××的？羁押站只有一个杂耍艺人，再没别人了。看来，她弄混了。看来，她的亲戚被送去沃洛格达了，可她却到了这儿。真有你的，甜死个人儿！”帕利亚把门掩上，一只手揪着衫子蹭了蹭。

“我有点儿‘捣’不清楚……”帕利亚的舌头贴着一侧的腮帮子擦了擦。

“捣是捣了，可没全捣进去。”菲奥多西娅边笑边回答，笑得十分放肆，她是这样觉得的。随后她的心揪起来了：“主啊，难道这样做的人是我吗？”

“真是这样，苟且来了……”拷刑官确信了，“真有你的……好你个大家小姐！”

“您是在凭着良心做事？”菲奥多西娅问，“守护皇上的利益？”

哦，连鬼都搞不清楚，她为什么这样问？

“难道不是？不是苟且来了？”帕利亚抓了抓胡子。

“究竟该干什么？该说什么话？难不成张口就来，说，帕柳什卡[1]，你愿不愿意跟我做个爱？哦，主啊！”菲奥多西娅神经质地转着脑筋，也没发现自己在轻轻叹息着。

不过，帕利亚却把菲奥多西娅疑虑重重的叹息理解成欲火焚身的呻吟。可是，唉，狗杂碎！洗衣妇芬卡已经在他屋里的长凳上躺了一会儿了。这个娘们儿是帕利亚的老相好。当时为了让丈夫叶菲姆卡好过一些，她蹭进了羁押站。被抓之前她丈夫这只干瘪虱子在木板上涂画了始祖夏娃，夏娃一只手握着酒瓶，另一只手端着杯子，他就用这幅作品付了酒馆的酒钱。尼封特神父冷不丁地进了这个纵情酒色之地。里面的墙上画了个拿着酒水的赤裸婆娘。一开始尼封特神父认定，人手创造的形象是洗衣妇芬卡，那对不寻常的奶子可是真像啊。仔细一看，四周围绕着伊甸园的葡萄树和有两三处错误的题字：“妇人发现酒好喝，看着悦目，让人兴奋，因为它提供知识；于是她拿起瓶子，喝了；还给了自己的男人。”“难道是忏悔前的抹大拉的马利亚？”尼封特神父惊奇不已。酒鬼们道出了真相：“是夏娃！”哎哟，在鞭刑场把叶菲姆卡那一顿抽！他一边挨着树条子抽一边嚎叫：酒是我们救主亲手所造，因此表现它不是罪过。他呼叫基督来做见证，还请求他再次把水变成酒，可却没有结果。在羁押站押了他三天，严刑拷打。之后行政长官把叶菲姆卡的头摁进脏水盆，说道：如果基督听得到你的话，那就让他把这些污水变成酒。如果变成了，你就把这酒喝干，爱去哪儿去哪儿。叶菲姆卡在脏水里呛死了。而芬卡对拷刑官的情爱至今还没干涸。这不，今天这个数九寒天的傍晚她偷偷溜进了看守的屋子，拿来了酒和一盘下酒菜：切成块的水萝卜、

① 也是“帕利亚”的昵称。

葱头和酸菜，里面拌了素油。要是提早知道，帕利亚会把芬卡赶得无影无踪！可眼下做这件事无论如何都不行，因为芬卡会出于羞愤把夜来女客的事嚷嚷得满托奇马城都知道。岂止是托奇马城，消息会传到沃洛格达，而且她还会添油加醋。斯特罗甘诺夫岂能不拧断他的脖子！他女儿会怎样？她会编瞎话，说是帕利亚霸王硬上弓，你就等着丢掉饭碗、像陀螺一样滚蛋吧！

“我凭良心……”思量过后帕利亚回答，然后父亲一般慈祥地补了一句：“您还是回家去吧，菲奥多西娅·伊兹瓦洛夫娜，不然黑灯瞎火的，狼会把您撕碎的。”

“我不怕狼。”菲奥多西娅声音颤抖。

“如果您有什么事，早上过来。”帕利亚的语气更严厉了。“来，我送您到大门口。”

帕利亚急忙走到门廊，把门打开一条缝，嘴里提醒着冷，然后跨过屋门槛，大步迈过院子，经过拷刑柱，向大门口走去。菲奥多西娅脚步僵硬，眼睛什么都看不到，如同被施了魔法，顺从地跟在拷刑官身后。

“伊斯托姆什卡，主不想接受我作为女人的牺牲。”菲奥多西娅泪流满面，恳求原谅。“看样子，我无法点燃他的灵魂，他不相信我的热望。你原谅我这个该死的人吧！你不该爱上我，不该信任我呀！……”

羁押站的栅栏被甩在身后的时候，菲奥多西娅出声地呜咽起来。她看不见路，也看不见闪烁着冰冷钻石的漆黑天空。红色、黄色的火舌在眼前乱舞。街道的一团漆黑中，剥了皮的水獭在道路上方、菲奥多西娅鬓角的左侧飞翔，穷追不舍，水獭血糊糊的嘴脸上有一块一块蓬乱的皮毛。脑袋里响着砰砰的敲打声，好像菲奥多西娅在用额头撞击天庭。五脏六腑里流淌着岩浆，就好像菲奥多西娅莫名其妙地出现在罗金神父的书中涂画的维苏威火山的山巅，咕嘟咕嘟响的火山口穿过她的内脏。地狱之火从头到脚烧穿全身。眼瞅着裘皮大衣就要着火！菲奥多西娅该趴进雪堆才对，可她看不见雪堆，火把眼睛蒙住了。浑身火焰的菲奥多西娅该扑通一声跳进水井，可房屋的墙壁、栅栏、篱笆、高塔、大门、水井看到菲奥多西娅就上蹿下跳，旋转着后退，雪发出咯吱咯吱可怕的脆响。所以啊，不管是水井，还是钟楼，菲奥多西娅都没发现！

打过架以后人们通常都会挥舞拳头，试图匡扶正义，哪怕在心里影响事件的结局也好啊，菲奥多西娅就是这样，她为游方艺人找到一大堆开脱的理由，把这些理由解释给未知的法官听。

"伊斯托马抽了烟，抽了就是抽了。可他后悔了，扔了！我就是亲眼所见的人：伊斯托姆什卡抱住我，发誓永远永远把烟斗和烟草扔进雪堆！如果说大车里出现了鬼草，那它就是属于另一个游方艺人的，坏艺人的。甚至不是游方艺人的，而是非要加入车队的偶然的一个路人的。麻包是他的。"

解释得很到位，或者用罗金神父的说法，是符合逻辑。真是搞不懂，审讯的时候伊斯托马为什么没这样说？如果他说了，奥列法·瓦西里耶维奇为什么没把这些证据放在心上？这一切多么显而易见啊！

街道上空无一人。黑黢黢的原木铺就的街道两旁的雪堆泛着蓝光。如同冻得硬邦邦的苹果一般的僵死的黑鸟、红鸟把园子里的树枝压弯了。松树下的雪堆上散落着一小团一小团的鸟儿。持家有道的托奇马人天一黑就在牲口棚四周的院子里派了武装着大棒和棒槌的奴仆加强守卫，因为这样的酷寒天必定会有狼来。确实，大部分奴仆都在烘干房里取暖，他们认为午夜之前狼是不会光临托奇马城的。最会勤俭持家的城里人甚至收起了狗窝边盛着水的碗，因为天寒地冻时舔到的水会把狗舌头冰成碎片！天冷得连看门狗都没声儿了，听到酷寒的寂静中菲奥多西娅的脚步声，没有一条拴着链子的狗叫上一声。只有当菲奥多西娅没想着路、凭着多年的本能顺着街道拐上自家那头的时候，一个商人前院里名叫"强盗"的大狗撕心裂肺地嚎叫起来，紧跟着叫声就戛然而止了。菲奥多西娅打了个冷战。火舌飞走了。冒火的维苏威火山口最后一次喷出岩浆。黑暗消散，变成靛青。伊斯托马突然在远处路的拐角站起身来。更准确地说，因为幽暗菲奥多西娅没看见他本人，可眼睛！……伊斯托马的眼睛闪烁着痛苦的火焰。菲奥多西娅不相信，她伸出颤抖的双手：

“伊斯托姆什卡！……是你吗？你的双眸有几多苦痛……他们把你折磨得狠吧？拷打得狠吧？你到底是怎么逃出来的？看在基督的分上，你原谅我吧，我没办法把你救出来……”

闪烁的光点近了。伊斯托马不知为什么四肢着地。菲奥多西娅迈动步子，赶着去帮伊斯托姆什卡的忙：看样子，拷刑官帕利亚打断了他的腿。酷寒的寂静中一棵白桦树突然裂开了，发出吓人的劈啪声。菲奥多西娅尖叫了一声，退了一步。她看清了，立在她面前的是一头狼，眼睛闪烁着奇怪的、浅绿色的寒光。

“伊斯托姆什卡哪儿去了？”菲奥多西娅心里想，“难不成是狼把他撕碎了？”

几个黑影从拐角后无声地靠近，黑影中有小小的火光，如同夜里墓地或沼泽上的鬼火。群狼跟在头狼后面，停住不动了，等待着围捕猎物的号令。

菲奥多西娅的喉头好像被皮带勒紧了。她试图挪动一只脚，但那只脚就好像长到地里了。脑袋里爆裂了一口铁钟，发出恐怖的巨响，于是菲奥多西娅顺从地迎着狼而去。头狼已经准备腾空跃起的时候，在夜色这铺在街上的“靛青棉布”的折角后面突然间轰鸣起来，喧嚣起来，喊叫起来，犬吠起来，火烧了起来。

“她在那儿！”

“活着！”

“向它们开火！”

“啊嘟①！上！！”

---

①“啊嘟”是俄国人打猎时对狗发出的追捕猎物的号令。

“菲奥多西娅·伊兹瓦洛夫娜!”

菲奥多西娅听到的最后声音是哥哥普季拉的喊叫：

“跑啊,菲多西卡！我开枪了!”

“没有过失的伊斯托马,不是他的草。”菲奥多西娅哀怨地对普季拉说,说完就倒在了路上。

头上的某个地方卷起了金灿灿的旋风,如同刚旋出的刨花。旋风带出了锦缎的五彩波浪,古斯里琴的琴弦让旋风变得有形,光点变成银色,随后又漾出蓝色,闪烁着粉红的霞光。“难不成是九周旋转木马?”菲奥多西娅惊讶地想。每年夏天,在复活节后的第九周都会在君主草场安装旋转木马。五颜六色的彩带绕着轴心飞旋,转出快乐的龙卷风。“哦,不对,这不是旋转木马,空中旋转的是伊斯托姆什卡的十字架。别转,不要转了……会被人看到的……人家会猜出来的……”蓦地,菲奥多西娅出现在幽暗的穿堂,穿堂里只有燃尽的照明棒微弱的亮光,她站着,倚靠着长凳上普季拉的旅行箱。“十字架,”菲奥多西娅喃喃自语,“十字架在哪儿呢？如果就是那个十字架,那就是说,俘虏伊斯托姆什卡的人是普季拉。我找到了……不,不可能！……这样的十字架世上还少吗？主啊,你到底因为什么惩罚我？为什么这样做,恰恰让我的哥哥毁掉伊斯托马？我知道,是因为苟且之事……那就让我这个罪人四分五裂吧,别去碰伊斯托马。他没有错,是我引诱他作孽的。”

第十一章　流光篇

“……你多听听罗金神父说，求主宽恕，他诚心对你说的不会是这样的话。”接生婆玛特廖娜在反驳一个听不见声儿的人，她是在窃窃私语，但声音挺大。“昨儿个他在圣坛前说什么来着？这个，他说，是……怎么说的来着？……那个词儿怪里怪气的，好像是什么什么楼……唉，人老了，脑子什么都记不住了……海市蜃楼！到底还是想起来了！他那个样子站着，有学问的样子，甩了甩头发，手指唰地一下滑过赞美诗，说：‘我们成为亲眼看见罕见现象，即海市蜃楼的人。’空气中，他说，折射出远方的某些景象，差不多就是莫斯科的景象，这幅自然画面升到空中，恰恰好在托奇马上空。婆娘们跟他说：‘神父大人，您就是杀了我们也得这么说，一会儿是塔尔诺格镇，一会儿是利霍波利镇起火！先是天边红彤彤一片……后来变成黄颜色的，浓烟滚滚，浓烟滚滚啊！……终于冒出了蓝色的火苗。’罗金神父眉头紧皱，天边这个词他特别不喜欢，他纠正了，说是该用‘地平线’这个词来表达。他坚决否定了是火灾。他挺着身子的那个样子哟，求主宽恕，像根入了新门的××。海市蜃楼，仅此而已！是天威（文）学！婆娘们交头接耳，说，等着瞧，过一个礼拜塔尔诺格镇受灾的人就会窜到托奇马，他们会讨饭，把托奇马吃空，到那时你就会看到海市蜃楼了！就在这时尼封特神父出现了，他说的完完全全是蠢话：'是北方流光。'他说，在北方的白海边我们托奇马的商人多次见过这些北方的天光。我想说：商人该少喝点烧酒，那样就不会觉得有闪光了。如果觉得有，那就祷告、忏悔吧。那样就不会想着在教堂里污言秽语了。我站着，没吭声，只是感到惊奇：愚昧的人啊！全都是娘们儿，除了火灾什么都没见识过，另一个神父还瞎说什么天威（文）学……"

"是天文学，玛特廖娜婶婶。"床上的菲奥多西娅轻声纠正她的话。

四周一片哑然。

"恢复知觉了！"接生婆从长凳上一下子弹起来，紧赶着第一个表现欢喜雀跃。

她坐着的时候就已经跃跃欲起，没跑去后院撒尿，忍着这自然需求，肚子胀得鼓鼓的，为的就是第一个逮住菲奥多西娅醒来的那个瞬间，第一个叫嚷，以此来印证她带来好消息的报喜鸟的名号，免得被人夺了去，这个名号是她珍视的，保护的。

"醒了！"瓦西里萨紧随玛特廖娜、几乎在她说出"……恢复知觉了！"的同时高喊，但终究还是晚了一点儿。

"醒过来了！"玛丽亚挑起眉毛。

帕拉什卡没敢喊叫，她只是张大了嘴巴。

大家全都扑向床榻。帕拉什卡在门边长凳上的位置最有利，所以第一个到了床榻边，为此玛特廖娜狠狠地往她腰上捣了一拳。

妇人们从傍晚起就待在菲奥多西娅的闺房，第三遍鸡叫前菲奥多西娅醒了。

说实话，菲奥多西娅早就醒了。但最初的瞬间，想到刚刚发生的事件，她五内俱焚。事件的恐怖劈头盖脸压向她，就像去年夏天内壁腐烂的水井塌了、压住当时打算淘井的奴仆斯金卡一样。被这种恐怖压住的菲奥多西娅静静地躺着，似乎要用不动来蒙骗现实，就像一个托奇马的农夫用装死蒙骗熊一样。菲奥多西娅甚至抑制呼吸：说不定让人口干舌燥的痛苦会擦身而过呢？！“也许这一切都是梦？”她说服自己，为了拖延终究还是得醒来接受事件全部恐怖真相的那个时刻的到来，她没睁开眼睛。不过，在生命的重要时刻，人通常会突然把注意力转移到像在眼睛旁边的草叶上蚂蚁摇动触须一样的愚蠢透顶的细节上去：“……瞧，蚂蚁总共只能活一个夏天，但它不会为此痛苦，我为什么就会觉得活四十年少了？”菲奥多西娅正是这样，突然就没头没脑地指出了玛特廖娜婶婶把天文学，就是宇宙学称作天威学的错误。

大家全都上手，让菲奥多西娅靠着枕头坐好。一起呼喝着打发帕拉什卡跑去拿尿盆儿。“传话端吃的来，傻瓜！”玛丽亚在她身后吆喝了一句，她很上心作为女主人发号施令，但又不想离开小姑子床边的位子，因为不想错过有意思的故事。

还在佯装没醒的时候，菲奥多西娅就听到了北方闪光的事，刚刚被她当作节日里的旋转木马的十字架立刻就在她眼皮底下旋转起来。“就是说，这是北方流光，不是伊斯托姆什卡贴身的受难符？”菲奥多西娅惊奇地想。蓦地，一个兴奋的念头让她浑身发热：“就是说也没有狼群？羁押站里血淋淋的水獭只不过是噩梦？该问问玛特廖娜才是……”就在这一刻菲奥多西娅纠正了天文学的说法，打断了接生婆的话。

家人七嘴八舌地发出欢喜的叫喊声：感谢你，主啊，活着！至于菲奥多西娅发生了什么事，她半夜三更怎么就去了街上，谁都没问，因为玛特廖娜把一切都作了权威的解释。大家一致接受了接生婆的推断：菲奥多西尤什卡孤零零地一个人去斯帕索-苏莫拉救主大教堂做晚祷了。为什么一个人呢？该死的奴仆懒得大冷天出门，对少主人底气不足的求助推三阻四，说是有各种各样重要的事要做。（对了，凑巧赶上的奴仆都被抽了一顿。）唉……她一个人去了。做完了晚祷。出来的时候天已经黑了。往自己家这头走时听到了狼嗥。菲奥多西尤什卡拼命甩开小白脚丫跑向另一条街，想绕开喝人血的狼群，可黑咕隆咚的迷路了。狼群已经逼上去了！……这样讲的过程中接生婆穿插了一些狼群撕咬婴儿、少女的吓人故事，瓦西里萨一直在擦流个不停的眼泪，而玛丽亚的手掌则一会儿抓一把藏在厚厚衬衫和坎肩下面的身体的这一块儿，一会儿摸一下那一块儿，这些地方对嗜血的野兽是有诱惑力的。

与此同时众人给备受呵护的菲奥多西娅身上盖了一床纯毛被子，被子上面窝着一只大海碗，碗里盛着撒了葡萄干、马林果和蜂蜜的粥，插着把银勺子。菲奥多西娅忍住猛然间涌上来的轻微的恶心，开始吃粥。她不想吃，可她希望把玛特廖娜的注意力从她菲奥多西娅的身体状况转向狼群。是真有狼还是她梦见的？如果是梦见的，那其他的一切就都是梦？就在菲奥多西娅琢磨着如何能更巧妙地把话题转向夜里事件的当口，玛特廖娜乐呵呵地重新讲起了罗金神父和尼封特神父的迷误，还有说到映红托奇马天空的五彩亮光的那些婆娘们的迷误。应该说，北方闪光在托奇马是稀罕现象。就连肚子里装满各种故事的玛特廖娜都想不起来，也没听说过任何北方流光的事。就因为这样，她才对血红、金黄和蔚蓝色流光溢彩的弧形锦缎有了自己的解释。按照接生婆的推断，天庭夜里被冻得四分五裂了。

“天庭裂开了？”瓦西里萨和玛丽亚满腹狐疑地问。

帕拉什卡从长凳上摔了下去，大家全都被吓得打了个哆嗦：

“呸，斜眼儿木头！”

“那里头咋就啥都没掉出来呢？”嘴里塞着食物的菲奥多西娅惊叫。“假如说裂了，那裂缝里会漏星星、光线、水吧？啊？”

妇人们的怀疑大大地侮辱了玛特廖娜，她生气地咬了一会儿嘴唇，揪着裙褶，打破沉寂的只有菲奥多西娅用勺子轻轻碰碗和帕拉什卡吸鼻子的声音。

“那白桦树呢？！”她终于兴高采烈地大叫，“白桦树冻裂了吧？从树梢一直裂到树根！”

“这倒是真的。”瓦西里萨和玛丽亚同意。

慷慨大方的伊兹瓦拉·斯特罗甘诺夫借口清路，已经匆忙打发两个奴仆拎着斧头到白桦树那儿，他们三下五除二把它砍成了劈柴。

“白桦树算什么……”玛特廖娜故意压低声音，但从她雀跃的表现看得出来，她已经预备好了一个动人的结论，只是为了增加戏剧效果才在抛出故事最烫人的包袱前停下来不说。“盐镇有一口崭新的铁锅被嘎嘣冷的寒气冻炸了！四个盐工当场毙命……”

四个人是玛特廖娜瞎编的，只有一个盐工受了伤，可婆娘们传说他死了，为了把话说得漂亮，接生婆更是心血来潮，把损伤增加到四倍。

玛特廖娜说，碎片飞向钟楼，击中了里面的钟。敲钟人乌斯金判定，冷不丁自动传出来的钟声是神的信号。他爬上钟楼一看：天庭火光一片！他像糊涂的托奇马婆娘一样，认定这血红的光是鞑子在远处放的火映照出来的。于是他敲了警钟！而且还从钟楼上大叫：“逃命吧，好人！”人们强行把他从钟楼上拽了下来。据说，直到现在他还一直待在酒馆里，借酒浇愁呢。

讲述的过程中玛特廖娜一会儿舞动两臂，表明飞锅的运行轨迹；一会儿握空拳，把隐形的铁棍砸向大钟；一会儿用聚拢的五指戳自己脑门儿，表现教堂看门人乌斯季卡[①]脑子出了问题。但所有的这些画面都只不过是故事主要内容——天庭冻裂——的序曲。

菲奥多西娅边听边紧张地琢磨如何把狼群及其夜间牺牲品的问题插进接生婆的故事里去。她本来已经要直截了当地脱口去问了，但每一次都卡壳了。

“天庭直裂到七重天。”玛特廖娜一边画着十字一边说。

“那怎么没有洪水滔天呢？没下过雨吧？”菲奥多西娅狐疑地问。

---

① “乌斯季卡”是“乌斯金”的昵称。

“水全都冻住了，怎么可能有雨？”玛特廖娜反驳她，“冰冻到天庭上了。感谢上帝，这冰块儿没砸下来！不然会把全托奇马城的人都砸扁！咱们这天夜里离死就差一点点……”

妇人们瞪大眼睛，她们全都把头扭向圣像，画了十字。

“我听说这样的冰块儿砸到非洲山区的异教徒头上过。”玛特廖娜显得慷慨激昂。

“那流光呢？天上的闪光是什么呢？”菲奥多西娅问，“难不成是小星星撒到洞里了？”

“这是神火。”玛特廖娜神情庄严。

“神火？”菲奥多西娅兴奋地重复她的话，“主用照明棒为我们这些罪人照亮？”

“照明棒？”玛特廖娜冷笑了一声。她个子虽小，但却尽可能地自上而下扫了一眼听众。“流出来的是天堂的光！真真儿是天堂里的光啊！不过这奇迹持续的时间不长，因为主担心天使还有天堂住所的其他居民从裂缝里掉到地上，所以把天庭的边沿合上了。”

热烘烘的屋子里笼罩着一片幸福的寂静，寂静中充斥着天上落下的五彩火焰发出的温柔的劈啪脆响。妇人们满脸放光。

“玛特廖娜婶婶，”菲奥多西娅脆生生的耳语打破了寂静，“你是怎么想的，这奇迹主什么？主吉吗？”

“对啊，主什么？”玛丽亚接了她的话头。

“自然不是主凶！”玛特廖娜瞥了一眼圣像。

菲奥多西娅绷起嘴唇，害怕自己会幸福地笑出声来。

“主吉！伊斯托姆什卡的问题全都能解决……行政长官会恭敬地放了他，他会说，请原谅，伊斯托马，出了这样的差错，请接受我表示歉意的珍贵礼物，您是否愿意与少女菲奥多西娅喜结良缘……”她一边挑拣着粥里的甜葡萄干儿，一边编排着事件接下来的进展。

“如果是主吉，那我就还会给普季拉生个儿子？”玛丽亚说。然后扬起了一条描画过的眉毛。

“难不成庄稼会有好收成？”瓦西里萨推测，“难不成咱们要把菲奥多西娅嫁人？”

“咱嫁！”玛特廖娜猛一甩头，“哎哟，咱为丫头大办酒席！淘换个好商人，棒小伙儿……”

菲奥多西娅容光焕发。她想象着自己戴着婚礼的花环，新郎伊斯托马充满柔情蜜意的眼神笼罩着她。

“玛特廖娜，你知不知道，爆裂的锅是沙利宁家的还是弗拉西耶夫家的？”瓦西里萨问的时候心中暗喜。

“弗拉西耶夫家的。”接生婆肯定地回她。

“这是他们弗拉西耶夫家活该，是上帝惩罚了他们。”瓦西里萨说。“这些恶棍，他们卖的盐巴加了水，还掺石头。买主过后把气撒到所有托奇马人身上，说不管是托奇马的商人还是盐矿主，全都是强盗。”

“我夜里听到锅炸了。”菲奥多西娅突然想起来了。“我以为是我脑袋里的什么管子因为惊吓爆裂了，嗡嗡响起来了。就是说，那是锅……”

“狼群把你吓得够呛吧？”玛特廖娜柔声细语，“把咱家的美人儿吓得够呛。差点儿就吃了新娘子！好在父亲母亲给家奴配备了大棒和斧头……现在你会长命百岁了。”

“普季鲁什卡还配备了火绳枪，告诉了那些傻蛋怎么开火。要不然他们狼打不着，倒会打爆自己的傻脑袋瓜。”玛丽亚说。

“对啊，乖女儿，是普季拉救了你啊。”瓦西里萨肯定玛丽亚的话，“院儿里挂着三张狼皮呢。”

“肉丢给姆赫塔尔了，所以它才嚎个没完没了！……”门口的帕拉什卡开了腔，“它怕狼，活的怕，死的也怕……”

“后来吃了吗？”瓦西里萨问。

“吃了。”帕拉什卡确定。“一边吃一边吼。”

“你这个木头疙瘩，你插什么嘴？快去传话，让人端馅饼来。”瓦西里萨下了命令。“蒸了一整夜樱桃，还能白蒸？鸡叫三遍前我和玛特廖娜都没合眼，盯着果粉和浆果，免得它们长脚从院子里跑了。”

樱桃馅饼菲奥多西娅喜欢，这个主意就是为她想出来的。樱桃和马林果，斯特罗甘诺夫家从秋天起就一篮子一篮子备好了。用炉子烘干，如果是干爽的金秋，就在露天晾干，派一个小丫头轰赶鸟雀。然后用磨盘把干果磨成粉。装着浆果粉面子的口袋收藏在特别的箱子里，菲奥多西娅偶然路过放着浆果箱的敞着门的仓库时，她就必定会进去，站在里面贪婪地吸入甜甜的气息。遵照瓦西里萨的吩咐，樱桃粉傍晚时就开始加开水用瓦罐煮上了，表面起了层以后坐进了炉膛，一直蒸到变成松软的饼馅儿。晚祷回来以后开始和面，所以半夜三点前面团就揉好了，等着与撒了砂糖的浆果合为一体了。

“你们怎么有时间做馅饼的？”菲奥多西娅心存感激，“又找我，又揉面？”

“你说什么呀，宝贝儿？前天夜里上帝就帮着我们发现你、把你抬进家门了。你昏迷不醒都第二夜过去了。”瓦西里萨抽泣了一声，抹掉一滴眼泪。“全身发热，浑身发烫，烧得像干草卷儿。”

“第二夜？”菲奥多西娅惊呼，“睡了两夜一天？”她心想：“伊斯托马如何挨过酷冷严寒的？活着吗？要是已经把他放了呢？他把头靠在什么地方？难不成是林子里？又是狼又是熊的……狼！要是夜里隐约见到的不是他的眼睛呢？要是灰毛强盗把他撕碎了呢？”

“你睡倒好了！一直舞舞扎扎的，怕你滚下来，摔伤白白净净的身子，地板上全都铺了羊皮。到了今儿个早上才安静下来。”玛特廖娜的大嗓门充满了戏剧性，像是猜透了菲奥多西娅的心思似的，她提醒了一句：“你还一直嚷嚷：‘狼……狼……’”

“提到狼了？”菲奥多西娅的声音沉了下来，目光移向墙壁，墙壁的原木之间有一缕麻絮在轻轻摆动，在一边映出一个毛烘烘的影子。“也许，我还说了别的胡话？”

“没别的什么了。”玛特廖娜一锤定音。

“没了，没别的什么了。”玛丽亚赶紧把话凿实。随后就转移了话题：“喂，玛特廖娜婶婶，狼在区里干了很多坏事吗？”

玛特廖娜把一个撒了油汪汪碎米的黑麦烤饼拉到身前，满心欢喜地“骑上了她心爱的小马驹儿”[①]——讲新鲜的真人真事儿。

“有一次狗钱村跑来一个婆娘，披头散发，衣衫不整，简直就是敞胸露怀啊。人们对她说：‘你这个不要脸的娘们儿，怎么头没梳就到处乱晃？’她哭着说：‘我是拼了命才从熊身边逃出来的！’然后她就讲开了，说是夜半时分一大群熊到了狗钱村。饿得像狼！它们穿街而过，在烘干房还有牲口棚里撕咬母牛，牛犊那个哭啊，嗓子哑得像拴着链子的公狗……篱笆结实、持家有方的东家得救了，许多干苦力的人和穷人被那些熊撕碎了，吃掉了。一个男人被甩到井里了。一个丫头差点儿就失了贞操。一整夜都是嘶吼、呻吟。到了早上，胆子大一点儿的狗钱人出门来到街上。圣父啊！路上到处都是光溜溜的胳膊和腿的碎片，雪堆里挂着肠子……”

妇人们吓得画起了十字。

帕拉什卡赶紧收起衣摆下的脏脚，她担心熊出现在屋子里。

“玛特廖娜婶婶，我要吐了！”菲奥多西娅的喉咙里挤出一句话。

说实话，肠子是玛特廖娜添油加醋自己编的，不过她相信，血洗狗钱村的画面恰恰就是这样的。

“狗熊当家比斯金卡·拉辛更糟。”接生婆下了结论，菲奥多西娅恶心想吐让她遗憾，因为她不能接着讲下去了。

玛特廖娜没编瞎话的，是酷寒把成百上千的狼和熊瞎子赶出了沃洛格达的森林，所以成群结队的野兽到了城市内城墙围绕的集市，而城郊

① 俄罗斯有“骑上心爱的小马驹儿”这样的民间俗语，即陶醉地讲自己喜欢的话题，或是做自己擅长的事。

和村庄都已经被洗劫一空了。在叶捷卡高地村的一座独门孤院里，庄稼汉们找到一个藏在炕洞里的老太太，带着个两岁的男娃娃。狼在光天化日之下直接把他母亲、老太太的十七岁女儿瓦利卡撕碎了，当时她为了杀鸡而迫不得已出门上了街。大家都清楚，在托奇马这个地方婆娘宰杀的牲畜是不能食用的，因为它极其不洁净。瓦利亚[1]的母亲骂了女儿一顿，她说，干吗坐等着饿死，你自己把鸡杀了，除了上帝没人知道。上帝远在天边儿呢，这么冷的天他哪有工夫盯着每一个瓦利卡和她的鸡？可瓦尔瓦拉是个虔诚的女子，守寡受穷一年多了，她固执己见，坚决不肯：罪孽啊！他们饿了一个礼拜，后来瓦尔瓦鲁什卡就出了门，心想，要是碰上村里的哪个男人就求他宰杀家禽。就在这时狼把她宰杀了。母亲从栅栏后面看到了，吓得跟外孙子一起钻进了炕洞，在里面待了两天，把瓦罐里的煮草根吃了个干净。”

“夜里托奇马来了一支从沃洛格达过来的雪橇车队，”玛特廖娜换掉了吃人的话题，“有四架轻便雪橇，还有遮篷大雪橇。坐在领头雪橇上的车夫备了路上的酒壶，一路都粘在酒壶上。就因为这样他活了命。雪橇里的所有人，有一个算一个，全都冻死了！全都木偶一样随雪橇进了集市！车夫喊：‘吁！’舌头冻得勉强能动。大雪橇停住了，四架轻便雪橇顶在后面。没一个人站起来。全都坐着，白眼球瞪着。好心人对他们说：‘嗨，殷勤的客人，你们干吗坐着，难不成屁股冻住了？’没人吭声。人们走过去，一看……雪橇里坐着、躺着的全都是死人了！……”

最后的几个词玛特廖娜是用低沉的耳语说出来的。

“啊——啊！”女奴帕拉什卡低声叫道。

“啊——啊！”女主人们猛地蹿起身来，尖叫。

“滚一边儿去，傻瓜！”玛丽亚对女奴喝道，“吓死人了！”

“就该让熊把你撕成两半，缺心眼儿的东西。”瓦西里萨扑向帕拉

---

① “瓦利卡”“瓦利亚”与后面提到的“瓦尔瓦鲁什卡”均为对“瓦尔瓦拉”的昵称。

什卡。

"后来怎么样了?"菲奥多西娅问,"谁在雪橇里?"

"原来带着密函的特使在领头的雪橇里。"玛特廖娜说。

她是如何知道密函的,妇人们都没问:玛特廖娜无所不知!

"密函里写什么了?"菲奥多西娅问,她相信接生婆肯定知道内容。

"这份文书中通报说,被关押在羁押站、自称伊万、自己的亲人都记不得的游方艺人伊斯托马不是别人,他正是强盗斯金卡·拉辛的头号随从,可以说,是他的铁血右臂……"在特别庄严的场合玛特廖娜也会言辞高雅:"安德柳什卡·波诺玛辽夫!"

"怎么知道伊斯托马就是那个波诺玛辽夫?"菲奥多西娅惊讶地问,对于听到的话她还没意识到其中的全部意义。"难不成密函中描绘了他的长相?"

"长相没描绘。又不是啥人物,还描绘长相!因为再清楚不过了,这个伊斯托马就是强盗安德柳什卡。"

"那现在要拿他怎么样?"菲奥多西娅的视线穿过圣像、墙壁、街道,到了集市,穿透了羁押站的墙缝。

"没什么,"玛特廖娜双手捂嘴打了个哈欠,"就要处死他了。在君主草场绞死、烧死。"

菲奥多西娅握紧的手指松开了。

空碗从膝头滚了下去,发出吓人的轰鸣。它击穿了屋子的墙壁,分开原木栅栏,破开托奇马的城墙,扫平苏亨纳河高高的河岸,在大洋上拍出浪花,打碎天庭,压塌尘世,让大地陷入黑暗,直到永远。

第十二章　行刑篇

“弄得不赖吧?”年轻木匠提出这个问题不是为了让人回答,而是为了谈谈他毋庸置疑的手艺。

跟他搭伙干活的人鼻子宽大,如同穿旧了的树皮鞋,它使得主人样子十足地搞笑,尽管如此,他的性情却与其说快乐,不如说是阴沉。他没有分享伙伴的振奋情绪。振奋来自一个想法:处死的不是随便从哪个镇里的娘们儿身上逮住的色鬼,而是斯金卡·拉辛的随从本人。信任自己给这样的人搭死刑台,这个想法让年轻木匠充满职业的兴奋!他浑身洋溢的就是这样的喜悦。他响亮地、故意有一搭无一搭地敲着斧头,虽说下嘴唇冻得发抖,但他还是一会儿哼快乐的小曲儿,一会儿大声解释活计,一会儿挥舞着家把什儿,显摆他用得多么轻巧。刨子、扁斧、削刀,不管用得上还是用不上,这些东西全被木匠从厚皮袋子里掏了出来。为了从远处估摸估摸搭起的架子,这个身高体壮的小子精神抖擞地往一边跑了好几趟。一直在嚷嚷,一直在热火朝天地忙乎。呸!……

“嗨，我在莫斯科见过的那才叫台子！”到了早上，等到木匠们都在黑灯瞎火中到了君王草场以后，小伙子神往地说道。行政长官的人夜里就在草场里生了篝火，好把土化开、埋柱子。“在那样的台子上你想宰割就宰割，想砍头就砍头，想干什么就干什么。”

年长的同伙内心阴郁、举止矜持，他只是神情肃穆地眨着眼睛，无声地动着嘴唇。

“哎？台阶咋样？”年轻的用斧头指了指他在原木里凿出的宽大阶梯。“弄得不错吧？跟小妞两人坐在这样的台阶上都行，都摔不下来。”

同伙阴沉地吐了口痰，瞥了一眼将要押着强盗经过它上台子的崭新梯子，更狠地抡起了斧子，劈削榫槽。

他这一辈子造了多少行刑用的东西啊！有拷刑柱、鞭笞柱，有砍四肢和砍头的台子……光是他亲手做出的焚烧巫婆和邪教徒的火刑架就不下三打！轮刑架是木匠特别的骄傲，心情特别好的时候他必定会想到这件事。可是今天这位年长的木匠郁闷、焦躁。困局就在于直到现在行政长官奥列法·瓦西里耶维奇都决定不了，怎么处死游方艺人、窃贼安德柳什卡·波诺玛辽夫更好。因此木匠们以防万一不得不又在冻土中立柱子，又准备木架子，又开始搭台子：谁知道呢，行政长官的指令会是个啥？

命令一直就没有下来。

奥列法·瓦西里耶维奇最担心的是有人指责他对钦犯的判决客气。说实在的，处决这种高级别的强盗奥列法·瓦西里耶维奇是第一次。就因为这样他才左思右想，如何才能做得最漂亮：挖肚脐眼儿？喉咙灌铁水？木桩穿肠？场面应该让托奇马人坚信惩罚不留情面，让他们为托奇马审判体制的坚决和公正而自豪，这体制几乎靠奥列法·瓦西里耶维奇一人来呈现。说“几乎”是因为审判偶尔会由城里的神父来完成。今天罗金神父就应该在处决时发言，他正满腔热忱地期待着教育大家的时刻来临呢。不过审案和行刑的操心事却全都落到奥列法·瓦西里耶维奇肩上了。

“难不成掏肠子吗？”奥列法·瓦西里耶维奇一只拳头拄着胡子拉碴的下巴，他绞尽脑汁。“难不成让熊撕了他？”

罗金神父皱了皱眉。

“这些多神教的狂热为哪般？感谢主，我们托奇马不是古罗马，不会让狮子把强盗撕碎。”

“伊万雷帝当朝的时候怎么做的？大钩挂过肋骨吧，土埋过脖颈吧，灌过铅吧？忘记老办法不好，它们都是先祖制定的。”

“您得同意，奥列法·瓦西里耶维奇，许多东西，包括处决方式，具有老化的性质。伊万雷帝和他的肋骨也不是该法则的例外。”

“要是他能听到你的话，罗金神父……”行政长官冷笑了一声，“你立马就会被挂起来了，大钩挂住你的卵蛋。”

罗金神父神经质地眨了眨眼，不自然地笑了一声，揪了揪胡子。

“什么话……如今哪，谢天谢地，主在尘世间的代理人是皇上阿列克谢·米哈伊洛维奇，无比良善的君主，人道方法的拥护者。因此我认为，在……”

罗金神父言语有点混乱，他顿住了，想要组织一下思绪。

“真是巧嘴儿！”奥列法·瓦西里耶维奇心中叹赏，“这个××玩意儿！”

“处决，”罗金神父终于开口了，“应该在基督教传统的轨道上进行。火刑是理想的方式。火源于上帝。神的火……烧不毁的荆棘……对了，该顺便说说荆棘……”

罗金神父清了清喉咙，雄辩滔滔：

“我们的父会救他遭受无端诽谤的儿子免于火烧。可如果背叛上帝的人真的有罪，火就会借助神力熊熊燃烧……对了，奥列法·瓦西里耶维奇，增加火势是个不赖的想法。您是否知道，用什么可以增加神火的火势？”

“那有什么好增加的？强盗会美美地滋滋响个不停！难道您没见过肉是怎么燃烧的？拉辛的屎，求主宽恕，会熊熊燃烧，烧成一团！”

“奥列法·瓦西里耶维奇，粥里拌上黄油只会锦上添花。任何时候都不会阻碍火势。就是说，这样做是为了让火焰冲向天空。”

“冲向天空也是可以的，”奥列法·瓦西里耶维奇认可了他的话，“不过那样的话百姓就看不到这个狗崽子怎么扭动了。凭什么剥夺人们享受这种快慰呢？”

“这倒是真的。不过……考虑到您经验丰富……也许可以泼油，怎么说呢，泼得让人看不出来？”

“咱往里丢硫黄，”奥列法·瓦西里耶维奇提议，“那火烧的！还会有气味儿……可以撒火药，让它劈啪炸响。”

“好极了！气味儿，这太好了。”罗金神父兴高采烈。“这样的臭气是地狱的味道。”

奥列法·瓦西里耶维奇洋洋自得。

“就是说，我们就这样定了，”罗金神父做了总结，“我们把邪教徒交给火了。奥列法·瓦西里耶维奇，您是如何安排处决程序的？”

“我们把戴着镣铐的虱子从羁押站带出来，步行……”

提到虱子让罗金神父皱了皱眉，他说：

“戴着镣铐，这样做好极了。”

“录事宣读指令……”

“那什么时候我来宣讲愤怒的控告辞呢，就是说，行使主赐予我的权力呢？……”

“录事后面。”行政长官打断神父咬文嚼字的话。“该向百姓公布法庭的决议。说，用火烧……”

“明白，明白……好的，一切都符合逻辑，一切都好极了……我在晨祷时就已经提到了处决一事，我认为，其他神职人员也把今天的晨祷奉献给了这个……”

“谁敢不奉献！”奥列法·瓦西里耶维奇哼的一声冷笑，“把奥列法·瓦西里耶维奇的话当儿戏没好果子吃。已下过令让全部修士在晨祷时宣布处决的事。录事也一大早就开始在集市广而告之了……我这里，托奇马这里，对待咱们的‘强盗’有这样的规矩：不管你是活的还是死的，哪怕用××撑着，你都必须给我去看行刑！你等着瞧，罗金神父，婆娘们不仅拖着孩子来，就连吃奶的婴儿都得带着！”

托奇马的行政长官奥列法·瓦西里耶维奇逮住危险的国家重犯安德柳什卡·波诺玛辽夫的消息确实一大早就在托奇马所有的大小教堂和钟楼宣布了。特别欢欣的是因罪而被期限不等地褫夺拜访教堂权利的托奇马男人，还有因为月事不敢跨入圣殿墙内的托奇马女人：为了不错过城市生活的各种事件，这两类人都站在窗根儿下、门口或是大门外面听。像处决犯人这等要事自然让禁止的事不成立了。

处决方式选定了以后，奥列法·瓦西里耶维奇终于把信使派出去了，去通知木匠需要的不是木架子，也不是裂身台，而是火刑台。

正午时分托奇马人都开始向君主草场进发。把草场命名为君主草场是为了纪念伊万雷帝莅临托奇马，当时在宽广、一马平川的牧场扎下了皇家的营帐。自那次扎营起已经过去几乎一百年了，但狗钱村迄今还住着一个老态龙钟的婆婆，她还是小丫头的时候曾亲眼看见皇上威武的随从们如炫目的闪电飞驰而过；看见他们勒马停下，马蹄溅得泥土飞舞；看见皇上从赤金的厚重马车里出来，雷霆万钧的目光扫过牧场和呈现给他的百灵鸟，耸动肩膀，走向那时还是个黑屁股蛋小姑娘的多姆娜婆婆藏身的灌木丛。伊万·瓦西里耶维奇在那里把华丽的手杖猛地一下扎进泥土，撩起厚重的衣裳，往灌木丛里撒了一泡灿烂的尿。这个场景给婆婆留下了难以磨灭的印象，当天她就把君主的××的消息嚷嚷得整个托奇马无人不晓，为此她被判了割舌之刑。不过割舌是稍后的事，是在这个亲眼看见的人把话传给托奇马的婆娘们以后的事了。她说，皇上的××好像完全不是皇家的尺寸，甚至比圣母升天教堂的神父菲洛索夫的还要小。这样的比较不利于君主，所以菲洛索夫神父大为不安，他上书请求割掉多姆娜该死的舌头，三天之后完成了这件事。应该说，家人心甘情愿地立刻把没了舌头的丫头许给了铁匠镇的人，她的丈夫，现在的古利扬爷爷，他一直到死都为君主伊万·瓦西里耶维奇的健康祈祷，感谢他让自己避开了婆娘的叫嚷和废话，可以安安静静地度过一生。不过在丢了舌头之前多姆娜还向托奇马的行政长官通报了她在灌木丛里得知的几个情况。一只靴子陷入蓬松腐土里的君主说的话"那望不到边！"[1]，成为全社会共有的财富。走遍北方边区寻找备用首都用地的伊万·瓦西里耶维奇指的是这些地方太遥远。可行政长官却下令把当时名叫托德马的城市尊称为托奇马。草场自那时起就开始名曰君主草场了，在这里庆祝节日，安排重要活动，比如今天处决犯人这样的活动。

哦，天儿真是太冷了！笼罩在一团哈气里、神情郑重地向草场行进的托奇马人的皮袄硬得发出嘎嘎低响，如同口袋里的核桃，袖子铮铮如铁，皮靴和毡靴就像强盗的镣铐一样发出吓人的咯吱声。殷实的城里人骑马前去，他们神情快乐，一边咂摸普天共睹的正义场面，一边兴奋地相互打着招呼。奴仆们表情阴沉地拖着步子，更多的时候盯着脚下，因为处决斯金卡·拉辛的随从而伤心难过，他们知道，拉辛热衷的是让所有的人得到自由。所有的人，有的说出声来，有的在心里想，全都提到了寒冷。"你好啊，谢苗诺夫娜！这天寒地冻的，硬得就像费多特的××！""瞅瞅，哈气蒸腾，像×洞里冒出来的。"只有眼睛闪着好奇目光的半大小子感到燥热。母亲的推搡和呵斥也不能中止托奇马年轻人跳来蹿去。少年们一路都在嬉笑，拽别人皮袄的衣摆，在雪地里跃上跳下，喜气洋洋地丢了帽子。咂摸行刑的场面让孩子们又恐惧又兴奋。强盗变成鬼怎么办？！君主草场在他脚下裂开、露出通向硫黄锅的路怎么办？！传出嚎叫和呻吟声怎么办？！从昨天傍晚吃过晚饭起家人说出

① 这个句子正是"托奇马"的发音。

的正是这样的推断，藏在炕箱后的少年听到了这些谈话。吊铺上的孩子们又叽叽咕咕、嗡嗡嗡地讲了多少吓人的故事哟！……哦，主啊！谢谢你，你给了自己少年的儿女如此醉人、如此受教育的场面！

由一群女奴陪伴的菲奥多西娅走在队伍中间。家里的男人们都骑马去，瓦西里萨和玛特廖娜乘坐雪橇。玛丽亚本来张罗着荣耀地乘坐新崭崭的雕花雪橇出行，双腿蒙上熊皮。什么时候还能有机会向同乡展现富有和重要的地位呢？可菲奥多西娅坏了兴致。她需要照看。于是玛丽亚满怀怨恨，跟小姑子一起步行前往了。

从玛特廖娜在菲奥多西娅的闺房里边踱步边宣布处死游方艺人之事的那一刻起，不管是伊斯托马的名字，还是罗斯存在戏剧演出这个事实本身，玛丽亚统统都“忘”到脑后了。托奇马全城的人说的是哪门子的强盗艺人？！嗨，真可惜，她玛丽亚是个有美德的妻子，大门不出二门不迈，全心全意等着普季鲁什卡回家，对于什么杂耍淫荡剧连知道都不知道。确实，一开始她有向玛特廖娜打听清楚如何处决犯人的念头，可脑筋飞转过后她决定不去多此一举地提及这个魔鬼，免得他在她肩头后面冒出来，用他的鬼脸把她玛丽亚送进修道院。整个早上玛丽亚都神情郑重地操持家务，谁的眼睛都不看，甚至连猫的眼睛都不看，似乎她担心碰上审视的目光，听到不得不回答的问题……她多想让处决的时间赶紧到来，这样她的罪孽就会随着下流的游方艺人一起被蓝色的火焰烧光！她多热心打扮啊，这样做是让人明白，焚烧强盗对她来说是过节！……

玛丽亚和菲奥多西娅一起出了大门，这时她不满地发现自己只能步行了，因为该死的小姑子——可惜啊，狼怎么没把她撕碎！——木呆呆地从雪橇旁边走过去了。玛丽亚害怕看菲奥多西娅的脸，假如她看了，那就会发现，这张脸没有一点表情，只有娥眉奇怪地跳动着。小姑子僵硬的神情让玛丽亚产生了某种怀疑、猜想，不过继续猜想下去她却不敢，哪怕暗暗地琢磨都不敢。

菲奥多西娅的状态，假如按照文绉绉的罗金神父的说法，那就是意味深长。无奈的绝望在灵魂中膨胀、腐烂。这种绝望在对伊斯托马灼人的怜惜中以及随后绵延不绝的思绪中表达出来。“主啊，”菲奥多西娅心想，“到死我还得活多久啊！没有伊斯托姆什卡我该如何承受这么多年的折磨？”笼罩在绝望中的她无意识地窥见了各种各样鸡毛蒜皮的事。她一会儿盯着托奇马人头顶的团团哈气，猛然觉得这幅画面仿佛显示的是所有的托奇马人都坐到炉炕上了，他们坐在炉炕上前往草场，烟囱里的烟缕缕升起；一会儿在头脑中闪过与冻裂的天庭的缝隙有关的念头，酷寒继续透过这条缝隙降下，把人冻得呼吸起来火辣辣的；一会儿因为挨排走着的托奇马人的笑声而打个哆嗦，她满心被处决将会取消的希望占据，如果不是这样，那为什么男人、女人，尤其是孩子们如此兴高采烈？一会儿有个念头如阳光一般照彻菲奥多西娅内心：将要被焚烧的根本就不是伊斯托马，而是另外一个人，是真正的安德柳什卡·波诺玛辽夫，之前全都是玛特廖娜在吓唬人！可靠近集市的时候，行进的人群中蓦地生出奇怪的骚动：如同风参与到其中一般，一波难耐的兴奋掠过人群。骚动的原因还看不见也听不见，但已经能感觉得到了。仿佛托奇马人看到了半路上披散头发的婆娘、开始期待不同寻常的事情发生似的，有的人担忧，而有的人怀着惊奇。菲奥多西娅的心如同冻僵的红腹灰雀，摔落下去。对伊斯托马和她菲奥多西娅神奇得救的信心也冲了出去，飞走了。她已经清楚了，走在前面的人看见从羁押站带出镣铐加身的伊斯托马了，泪水顺着她的脸颊流淌下来，眨眼间冻成冰花。人群突然停住了。随后往旁边挪动，然后猛地分成两半，一幅恐怖的画面直截了当地在菲奥多西娅面前铺展开来。看守们神情严厉，表现的是演戏一样的愤怒和自己职守的危险性，拖着锁在镣铐上的……这可是伊斯托马？哦，不是，不是他！锁在镣铐上的是一头浑身千疮百孔，但因此更显兽性的狼。游方艺人的目光如此仇恨，如此血腥，只有寥寥无几的托奇马人没有因为害怕被诅咒而移开瞳仁。妇人们吓得用皮袄、裘皮大衣的衣摆遮住孩子的脸，因为担心被毒眼看了中邪。大家全都一起画起十字。只有最不要命的男人掩饰着恐惧，往强盗脚下吐口水，对着他的背影骂骂咧咧。但折磨伊斯托马的不是被拷打得千疮百孔的肉体的疼痛，而是对愚民、对托奇马行政长官小老儿的仇恨，还在不久以前，这样的人他伊斯托马火烧、吊起的有好几十。伊斯托马自视清高，鄙视其他所有的人，视他们为脚下的尘埃。正因为这样，如今让他倍感折磨的是没有机会满足复仇的渴望了，对于这个他妈的北方农民奥列法·瓦西里耶维奇让他、成千上万伏尔加河流域臣民的君王遭受的切齿屈辱，他没机会报复，没机会剥他的皮饮他的血了。唉，菲奥多西娅以为处决前夜伊斯托马会想起她，这真是枉费心机了。不，漫长的冰冷时辰里伊斯托马都在享受地想象着最为可怕的折磨，是他伊斯托马让行政长官遭受的折磨。他在寂静中可怕地放声大笑，他掏出奥列法·瓦西里耶维奇的肠子，把它们缠绕在手掌上，热血沸腾地嘶吼着……哦，我们不再说这件事儿了，因为托奇马的孩子们没必要知道这个……

照着奥列法·瓦西里耶维奇的思量，怎么能把窃贼贬得最低呢？托奇马的行政长官是个榆木脑袋，可花花肠子却不少！昨天晚上他就下令给强盗灌泻药，泻药是从一个托奇马的女巫手里夺来的，而她的名字是尼封特神父殷勤提到的，在惩罚该死巫婆的间歇神父拿走了她的药。

“等着他拉一裤筒子吧！”向罗金神父坦诚以告的奥列法·瓦西里耶维奇高兴得像个孩子。

“您可真会开玩笑，奥列法·瓦西里耶维奇，”罗金神父轻轻一摇头，“要是时候不对怎么办？或是喷谁衣服上怎么办？”

“要是这样，那就更好了，他们会更加厌恶、憎恨强盗。”

“想法聪明。”罗金神父夸他。

“怎么，罗金神父，你认为我傻头傻脑？”

“怎么可能！连念头都没有过！刚启程来托奇马这片沃土的时候，我就听说了许多对您的叹赏、夸赞，都是德高望重之人说的……”

“瞎话连篇。”奥列法·瓦西里耶维奇宽厚地打断他。“叹赏的人就等着割断我的喉咙呢。”

“您说什么呢，奥列法·瓦西里耶维奇！我不知道您怎么会有这等想法……”

“他们等不到那一天！”行政长官又打断了他，“尤其是现在，当我亲自逮住了国家重犯的时候。”

行政长官是对的。臭烘烘的、拴着镣铐的伊斯托马让人不由自主地产生了厌恶。托奇马人怀着贪婪的恐惧盯着他的背影，恶心欲呕。

“伊斯托姆什卡……他们都对你干了什么呀？”拴着锁链的野兽与菲奥多西娅和玛丽亚齐身的时候，她在心里哀嚎。随后握紧藏在袖口的十字架。“你宽恕我这个该死的人吧！”

菲奥多西娅希望能以某种神奇的方式把十字架交给伊斯托姆什卡，可游方艺人带血的目光只是从她身上一掠而过，就像是一阵烟，让人感觉不到，留下的仅仅是烟熏的气味。

“装作不认识我。为了保护我，他不想泄露我们的爱情。”菲奥多西娅抽泣了一声。

“有你呻吟的时候，菲奥多西娅。”玛丽亚在小姑子白净的脸颊上掐了一把。“人不能死两回，一回却逃不掉。我们都会到那边去，有人早些，有人晚些。”

但菲奥多西娅没听见她的话。

快的也好，慢的也罢，反正在指定的时间花里胡哨的队伍都抵达了君主草场。广阔的草场闪着光，如同节前用红莓苔子擦洗过的圣像银箔。周边的树木白得就像崭新的亚麻布内衣。而刚刨削出来的台子如蛋黄一样泛着黄光。站在台边的年轻木匠神情骄傲，尽管装出无动于衷的样子。不过，黯淡目光扫过熟悉草场的菲奥多西娅却觉得，草场闪烁的不是白光，正相反，草场和树木全都撒了一层灰蒙蒙的粉尘。台子也如同一道裂开的溃烂伤口。

处决过程进行得很棒。尤其出彩的是罗金神父，他语气热烈地提醒托奇马人，说他们看过魔鬼亲自挑唆的强盗波诺玛辽夫表演的杂耍淫荡戏剧！托奇马人感到自己罪大恶极，不约而同地忏悔起来。不过用杂耍淫荡剧诱惑人的罪是在窃贼身上，因此在刽子手点燃伊斯托马两腿之间一堆引火柴的刹那间，人群欢喜雀跃地嚎叫起来：

“烧他，叛贼，该死的！”

笛子吹响了。锣鼓敲起来了。引火柴劈啪作响。火焰翻卷着冲向天空。传出野兽的嚎叫。

菲奥多西娅呆若木鸡。只有当焦肉的气味传到她鼻孔的时候，她才猛地弯下腰，抓起一把雪，以免呕吐得翻江倒海。

“咱走，菲奥多西尤什卡。”蹿过来的玛特廖娜一把抓住她。“咱到一边去。在这儿吐，随便吐。你怎么突然就恶心起来了？要是不知道你是未经男人、身子没破的女儿家，我马上就断定你怀上孩子了呢。”

这些话玛特廖娜是玩笑着说的，她想让菲奥多西娅高兴高兴。

菲奥多西娅站直身子，痛苦不堪的目光凝视了接生婆一会儿。

玛特廖娜狐疑地瞅了一眼亲戚的脸，脑子转着，瞳仁聚成了斗鸡眼，她又仔细看了看菲奥多西娅，啊地叫了一声。

“难道你委身别人家的小伙子了？”她揪住亲戚的袖子。

伊斯托马的十字架刺入菲奥多西娅的掌心。

哦，他、贼身上的十字架没了！

第十三章　婚礼篇

“怎么，我要有娃娃了？”菲奥多西娅突然开了口，从君主草场到自家街巷的路口，一路上她一个字都没说。

菲奥多西娅破了身子的新闻比处决场面更让接生婆惊心，她喘不上气来，一根手指伸到帽子下抹了一下汗，把消息和自己的举措左思右想之后，她一本正经地问：

“如果只是跟尤达亲了亲嘴儿，那就没什么，可如果作孽了，那就可能怀上孩子。到底是咋样的？”

“作孽了。”菲奥多西娅回答，声音勉强听得到。

随后她恐惧、缓缓地瞥了一眼水井，冰凌让水井看起来像是关于寒冰王子的童话里的王宫。这一眼让玛特廖娜逮住了。

“你怎么了，菲奥多西尤什卡？你干吗盯着井看？难不成你脑子坏了，有这样的想法？原本是姑娘，变成了妇人，真是罪孽啊！两脚朝天的时候是罪！放下了，主也就宽恕了！出门是姑娘，进门是婆娘。咱回家，暖和暖和，喝口热乎的糖煮水果，把一切都讨论周全，把一切都摆平。”

玛特廖娜小心翼翼地搂住菲奥多西娅，带着她往家走，一路上说着一些新编的套话，这些话应该让姑娘相信，虽说她的罪是大罪，但还不至于大到被打死。

“哪儿哪儿都是罪孽！”接生婆劝她，“人站没站相，坐没坐相，看人没看相，全都是罪。怎么着，现在就去死？祷告做了，十字画了，或是你不清楚？你不作孽就不会忏悔，不忏悔就得不到净化。对上帝来说一个忏悔的罪人比一百个义人更宝贵……”

“玛特廖娜婶婶，据说私生子会长成杀人犯，对吗？”菲奥多西娅哀伤地问。“哦，主啊——啊……”

“你的孩子哪能是私生子？”玛特廖娜张开双臂。“明天咱就让你跟尤达定亲，后天就办妥婚礼。早一天把身子给丈夫，还是晚一天给，谁能知道？尤达这个急不可耐的鬼东西总不能到集市去嚷嚷，说他没到日子就强迫了你？”

“谁都没强迫我……”到了镂花大门前面，菲奥多西娅才回答，她觉得自己在劫难逃。“不是父母之命，是自己愿意。”

“事情明摆着，自己愿意。”玛特廖娜擂门的同时点了点头，表示理解。“季什卡，开门！睡着了，狗东西？！母狗不情愿，公狗不上身……年轻人从来都心甘情愿……心里想，又害怕，又不是父母之命……”

大门开了。

“打盹儿了，狗东西？”玛特廖娜冲奴仆发脾气。

“怎么可能？”

“或是吃了东家的酒？”玛特廖娜为了摆样子呵斥他。“差点儿就冻坏少主人了。”

“看在上帝的分上，请您宽恕，菲奥多西娅·伊兹瓦洛夫娜……”季什卡闪到一边，行起礼来，不过没有特别上心，因为他清楚少主人的善良性情。“赶紧就来了，可放在穿堂门槛边的树皮鞋冻住了，费了好大劲才拽开……”

“请您宽——恕！树皮鞋冻住了，那就光脚跑来呀，卵蛋还能冻掉不成？圣洁的使徒都赤脚游走，可咱们的季什卡呢，给他递上漆皮亮靴吧。你这个妖孽，就该把你跟拉辛的强盗在一根柱子上烧死。快说谢谢，感谢菲奥多西娅·伊兹瓦洛夫娜，她可是性情最柔和，对咱们又温顺又有耐心的人，要是换了我，会一棒子扫过你的脊梁骨！”

“是我的错，我有错，咋能没错呢？……”季什卡一如既往、习以为常地嘟囔着，一边插上大门的门闩，拦住公狗巴苏尔曼。“您打我，要是该死，打死都成……”

“你该从栅栏里面远远地就看到东家，提早到大门边候着……”季什卡已经被甩在身后了，玛特廖娜还在嚷嚷，边嚷边走进穿堂，然后进了烧得热烘烘、充满浓郁食物味道的餐厅。“不会是酸菜汤吧？”

“是酸菜汤。”帕拉什卡肯定地说。

“酸菜清汤，涮卵洗蛋！”玛特廖娜把帕拉什卡一并骂了。“滚一边儿去！到院里去守着，疲倦的东家们说话就到。”

帕拉什卡冲了出去。

瓦西里萨不在的时候接生婆喜欢当家做主，这样能巩固她在奴仆阵营中的地位，还能给她本人带来快乐。可此刻她是在用呵斥解除紧张，因为冷不丁得知菲奥多西娅身子重，这让她陷入紧张状态。不过，还在从君主草场回来的路上玛特廖娜就把一切都想周全了，拿定了主意：丑闻对谁都没好处，首先是对她玛特廖娜没好处，可如果大办喜筵的话，那她玛特廖娜用不了多久就会再次为斯特罗甘诺夫家族的一个继承人接生，从而巩固自己在家中的有利地位。而如果伊兹瓦拉和瓦西里萨把丫头揍死，或是逼着她把结下的果实用药打掉，那就不需要玛特廖娜效力了。如此说来，该把一切都探查清楚，花言巧语劝服瓦西里萨别生女儿的气。至于伊兹瓦拉，这桩罪孽干脆就瞒着他：他知道得越少，睡得越香。

“坐下，菲奥多西尤什卡，来，我给你把大衣脱了，帽子摘了。”玛特廖娜忙前忙后，温柔地照顾亲戚。

菲奥多西娅木呆呆地坐在接生婆为她脱下的大衣上，蓦地深吸了一口气，开口了，声音就像在悼念亡灵。

“与尤达缔结姻缘我做不到。因为罪不是跟他做下的。我肚子里的孩子不是他的。”

玛特廖娜眼珠都瞪出来了，两手挓挲着。

“这究竟是怎么回事？”

不过，她的狂乱持续的时间不长，否则她就不是玛特廖娜了。

“这事儿谁知道？没人！”

“我知道……”菲奥多西娅说。

随后她就把大衣的衣摆卷到膝头，似乎准备挡住最近一个礼拜向她劈头盖脸压来的全部苦痛。

“你自己知道，在心底让它灰飞烟灭就行了。”玛特廖娜蹿到菲奥多西娅身边，压低嗓音，试图让对方明白，这个秘密永远是秘密。“谁都不会去拽你的舌头吧？”

“我怎么能蒙骗尤达呢？这太卑鄙。”

“哎呀，菲奥多西尤什卡，你太幼稚了，头脑简单。对尤达来说还不都是一样？管它跑的是谁家的公牛，可牛犊是咱的！这个孩子不是他的，那下一个就是他的了。冲着你的这份丰厚嫁妆——盐场啊！——你就是带着十个半大小子都有人娶！尤达还要好上加好：就是说，他娶的不是朵无果花，而是结了果实的妻子！娃娃的脸上又不会写着他是谁的种。对了，菲奥多西尤什卡，你究竟跟谁做的爱？”

最后一句话玛特廖娜是以戏谑的口气说出来的。

“有过、如今已经没了的人，玛特廖娜婶婶，”菲奥多西娅回答，“骨灰随风而去……飘散在河上的一阵烟……”

“好了，你不想说就别说。”接生婆认可了她的话。

“玛特廖娜婶婶，我怎么宣布娃娃的事？多丢人啊……”

“你啊，菲奥多西尤什卡，不用为此焦心。干这事儿有你玛特廖娜婶婶呢。咱动动脑子，现在就把一切都捋顺。”

玛特廖娜没来得及把自己的策略和盘托出，因为瓦西里萨和玛丽亚闯进了家门，过节才穿的裘皮大衣让她们显得圆滚滚的，眉毛在寒气中挂了白霜，进门后立马蒙上一层湿气凝结的小水珠。两个人浑身冒着热气。

“熬熟了。”玛丽亚声音铿锵，冲着挂圣像的地方画过十字以后，一屁股跌坐到蒙着毡子的长凳上。“帕拉什卡！”

“难不成午饭做好了？”瓦西里萨飞快地对着红角[①]画了十字，一边解开厚实大衣的扣子一边问。“伊兹瓦拉·伊万诺维奇直奔盐场去了，吩咐把吃食送到那儿。帕拉什卡！给东家把酸菜汤装瓦罐里！”

“您别急着叫帕拉什卡，”玛特廖娜的嗓门像大喇叭，声音却阴森森的，或者按照罗金神父的说法，此乃德尔斐神庙之音，“这儿发生了比酸菜汤更干脆的事情。菲奥多西娅怀上孩子了！”

大衣从瓦西里萨肩头滑落了。玛丽亚差点儿从凳子上摔下去。玛特廖娜自己也吓得牙齿嘎嘣咬了一下。

菲奥多西娅皱了皱眉。

“只不过你啊，瓦西里苏什卡[②]，别把闺女往死里打！”接生婆扬声说道。

瓦西里萨醒过神儿来，喝道：“你呀你，该死的浪女子！”说完，她环顾左右，寻摸合适的打人家伙儿，最后向菲奥多西娅扑过去，打算只凭手指采取行动。

“说，把身子给谁了？”瓦西里萨一把揪住菲奥多西娅的辫子，边哭

---

① “红角”是俄罗斯传统住宅中最干净、神圣的一个墙角，是摆圣像的地方，一般与炉子所在的角落相对。

② “瓦西里萨”的昵称。

边嚎叫起来。

菲奥多西娅把头扭向肩膀，用袖子蒙住脸，也嚎叫起来。

玛丽亚在屋子里跑来跑去，她渴望参与进去一起教训，可又不敢揪扯小姑子。为保险起见，她在两条战线上行动起来，嚎叫着："你怎么能这样啊，菲奥多西尤什卡？！""哎呀，妈妈，您在干什么呢，您会把自己的手弄断的！"她一会儿从这一侧跑向那一侧，一会儿从那一侧跑向这一侧，这样能最充分地看清发生的事。

对于自己制造的效果，玛特廖娜看了个够，随后腾身而起，扑过去扮演战争中受损失最大的牺牲品的角色了。她挤进菲奥多西娅和瓦西里萨中间，勇敢地挨了几拳，被指甲挠了几把。等到打得够数了，玛特廖娜推开身边的玛丽亚，口气热烈地嚷嚷起来：

"嗨！嗨！不要太把姑娘逼！瞧瞧，攻击得这叫一个猛，就像魔鬼攻击神父妻！瓦西里萨，你干吗像螃蟹一样抓她头发？尤达强迫了丫头，难不成是她的错？咱的娃喝醉了酒！醉酒的姑娘管不住。"

"玛特廖娜婶婶，你干吗编瞎话？"菲奥多西娅尖叫，"哪儿来的醉酒？……哪儿来的尤达？……"

"你把嘴闭上！"接生婆断喝，"你现在要做的就是闭嘴，还有就是准备婚礼。瓦西里萨，你别急着打人，我的脸全让你挠花了……咱最好做个决断：怎么把姑娘嫁出去？这是你目前的头等任务。难不成你不是当娘的？！"

瓦西里萨喘着粗气，最后在菲奥多西娅的脑袋上戳了一指头，随后就抓住了心口窝。

"这个不让人省心的东西！还做下丑事了！你倒是得有空儿呀！在哪儿？屋门都没出过！一直在纺啊绣的……"

瓦西里萨已经明显在试演待嫁姑娘母亲的角色了，急不可耐地排练了表现女儿手巧的戏词儿。

"这有啥难的？"玛特廖娜抹着湿漉漉的脸说道，"要是姑娘乐意，透过锁眼儿都能把身子给人。”

大家终于都心平气和了。再次招呼帕拉什卡的声音比之前更响亮。刚才随着第一声嚎叫响起她就钻到了门后，窥见了战斗的场面，说真的，还没来得及听清战事的原因她就刺溜一下退到了穿堂，担心在战场上她付出的代价会最大。不久餐桌摆好了，女奴被赶到门外了，妇人们赶紧开始筹划婚礼的各项事宜。菲奥多西娅没有参与其中，只是好几次要冲口而出，以维护尤达的好名声，但每一次都会在桌子底下挨上玛特廖娜一脚。等到接生婆的嘴被鲟鱼馅饼塞得鼓鼓的时候，菲奥多西娅逮住这个机会，赶紧开了口：

“罪孽不是跟尤达做下的，那件事我有义务通报他。”

“一刻比一刻更难挨啊！”瓦西里萨呻吟了一声。“怎么不是跟尤达？那这个淫棍究竟是谁啊？”

“这个人……”

“到如今还不是都一样？”玛特廖娜飞快地打断菲奥多西娅的话。“有过，但漂走了。杂耍艺人的卵蛋随着春水漂远了。”

玛丽亚把一块馅饼从嘴里掏出来，直勾勾地盯着玛特廖娜：

“谁的卵蛋？……”

“就你该比谁知道得都多，玛丽亚！”接生婆避免了确切地回答问题。“现在该想的是婚礼的事情。”

然后她转向瓦西里萨。

“瓦西里苏什卡，你什么心都不用操，玛特廖娜婶婶会把一切都办妥。玛特廖娜婶婶有铁律一条：就算立起来的是只螃蟹，咱也得让它下奶！虽说我不是个媒婆，可咱本身是个猎手，会把菲奥多西尤什卡嫁出去，让人家当心肝宝贝疼她。”

关于猎手的这些话玛特廖娜故意用玩笑的口气说了出来，她是想让局面彻底缓和下来。

“要是尤达得知娶的新娘陪送了啥怎么办？……”瓦西里萨担心

地问。

“尤达算什么？比皇上还能？！咱们的事情自己做主，想要给谁就给谁！咱们把尤达灌醉，安排他睡下，到早上就跟他说，他记不得怎么把新娘妇给睡了。难不成咱们没存着马林红浆果？”

玛特廖娜对菲奥多西娅挤了挤眼。

“红内衣咱们总是能找到的。”接生婆让在场的人相信。“咱家的菲奥多西娅是个全乎的丫头，虽说眼下有个小窟窿眼儿。井里也有窟窿，可水却是新鲜的。为你们陪送菲奥多西尤什卡的盐场，英国王子都会娶咱家的小燕子，而且还会千恩万谢。”

说这些话的时候玛特廖娜也不嫌累，她跳起来，表演假想的海外新郎毕恭毕敬、点头哈腰的样子。

瓦西里萨备受鼓舞，甚至还叉起了腰。

“这倒是实话，玛特廖娜。”她语气傲慢。“我们送自己的闺女去夫家带的可不是褡裢。光是牲口就乌泱泱一片，更别说奴仆有多少了！粮食、盐巴一百大麻袋。有的人家把姑娘搡出门了事，嫁妆就是一个×、一把笤帚和几个小钱儿。”

玛丽亚眼睛骨碌碌乱转，气粗起来，认为这个暗示针对的是她。

“囫囵×比一大箱子钱更贵重。”她嘟囔了一句。“如果您暗示的是我，那陪送我的虽说没有盐场，但结婚我跟普季鲁什卡睡觉的时候却是姑娘身子。”

“你好样的，玛丽亚，”玛特廖娜宽厚地说，“谁都没有说你。你是咱们品行良善的媳妇。陪送你的嫁妆丰厚得很呢。这没啥好争的。咱们最好约法三章，让嘴都有个把门儿的，多嘴多舌对谁都没好处。你听清了，玛丽亚？”

“我什么时候多言多语过？”玛丽亚恼了。

“这就好。瓦西里萨，我作为见多识广的接生婆，建议你对伊兹瓦拉·伊万诺维奇什么都别说。他干吗要平添烦恼？菲奥多西娅因为杂……咋样的一夜孽情有了孩子，这事儿是今天还是明天，有什么区别？全都是上帝的旨意！”

玛特廖娜语塞的刹那玛丽亚哆嗦了一下，余光瞥了一眼菲奥多西娅。小姑子不知以什么未知的方式可能跟伊斯托马有了奸情，对这个问题的追查必定会导向她，这个念头让玛丽亚焦躁不已。她急急忙忙地说：

“让我们对天发下毒誓，关于菲奥多西娅的孽情谁都不能说一个字。否则让我天打五雷轰，让我被狼群撕碎，让我被林妖拖走！”

“让我下地狱，让我废掉双手。”瓦西里萨画了个十字。

“让我舌头被揪掉。”玛特廖娜信誓旦旦。

（应该说，最令人惊奇的是，妇人中没有一个违背誓言！）

第二天接生婆就办妥了“姑娘买家”尤达·拉里昂诺夫和“姑娘卖家”斯特罗甘诺夫家族之间的婚约，虽然匆忙，但对于婚事的规矩她一丝一毫都没马虎。玛特廖娜进尤达·拉里昂诺夫家的门是在夜半三更，虽说他样子看起来有些狂乱，就连帕拉什卡都觉得他的脸像根水萝卜，但他还是同意了婚事，同意在这个礼拜六，也就是后天举办婚礼。第二天午饭前玛特廖娜把婚事的程序全都安排妥当了——做这样的事儿无人可与接生婆匹敌——傍晚就和玛丽亚、菲奥多西娅的两个闺蜜一起带着菲奥多西娅去了澡堂。

“红莓花枝没让人折，卷卷毛儿没让人采……”玛特廖娜去澡堂时在院子里放声歌唱，她这是要让过往的托奇马人明白——她假想斯特罗甘诺夫家的院墙外面有这样的人——期盼婚礼的未婚妻没受损伤，童真未破，全须全尾儿。“啊，人家向姑娘提了亲啦——啦！啊，我们家的小燕子如今要前往夫家凶险的市镇！……”

站在雕花高门廊里的瓦西里萨对着她们的背影画了个十字：“主啊，但愿尤达从我们家拿走这桩祸事……”就在这时两个女仆吸引了主人瓦西里萨的目光，她们一边叽叽喳喳一边拖着面粉袋，于是即将面临的通宵达旦的操心事占据了她的身心：得制作喜宴用的食物！

“你们把袋子往哪儿拖？”她在门廊上嚷嚷，“难不成我们要在院子里支锅？！”

整夜以及礼拜六的早上，斯特罗甘诺夫家的楼宇被篝火照得通明。用烤架烤全羊和乳猪。三脚火炉架上坐着一口像玛特廖娜的肚子一样巨大的锅，里面煮着牛肉。菜园里燃烧着几堆大火，这是让天上安息的先人在酷寒天气烤烤火，因为谁都知道，逝者在婚礼上出现完全没有必要。灶房里在烘烤车轮那么大的喜宴面包，上面点缀着面团捏的花纹：花朵和兔子，太阳和鱼。用布蒙着的馅饼散发着香味儿，不仅满院子飘香，整条街都香喷喷的，香味儿穿过了教堂的墙壁，正在做晨祷的罗金神父一边咽口水，一边给咂巴嘴的教民训诲贪食之罪。倒扣的两口锅不是为烤馅饼和面包，而是为新人准备的：为了早生贵子菲奥多西娅和尤达即将坐在盖着裘皮的锅上。该死的奴仆从早上起就没断了挨打：帕拉什卡弄撒了盐罐，而季什卡这个只会吃白饭的东西为婚礼雪橇套了两匹母马。好在无处不在的玛特廖娜及时发现套上的马中缺少公马，不然新人只能生丫头！使尽仅存的力气，玛特廖娜亲手给了季什卡后脖颈一拳。一匹母马终于被换成撒欢的公马，大门外的几堆麦草也准备好了，这是为了让新人的雪橇从火中过去，握着打火石的奴仆随时准备点火。玛特廖娜冲进屋子：打扮新娘。

“累死我了！”玛特廖娜的两只手掌抹了把脸，把玛丽亚搡开，亲自上阵了。她给菲奥多西娅套上毛裙子，让颜色金红的坎肩蓬松，拍打袖子，做这些事是为了让新娘显得结实、身体棒，而不是弱不禁风、不能生养的货色。玛特廖娜起劲儿地用面粉抹白菲奥多西娅的脸，用红莓苔子涂唇，用煤烟画了眉毛。菲奥多西娅冷漠地承受着一切，甚至照都没照一下玛特廖娜塞过来的银镜子，她一动不动地站在屋子中央，如同谢肉节前被装扮的稻草人。给菲奥多西娅最外面套上绣花布料蒙面儿的裘皮大衣以后，玛特廖娜终于骄傲地把这位新娘呈给满满当当聚集在穿堂、院子和大门外的观众审判了。尤达已经急不可耐地等在婚车旁边了。见到菲奥多西娅，他目瞪口呆了，不知是因为她的美丽，因为她的丰满，还是因为盖头下冷若冰霜的红脸蛋儿。

就是到了这个时候玛特廖娜也依然当仁不让地亲自冲过去安排新娘坐进雪橇，点燃麦草，抛撒五谷，清查道路，不让路上冒出可能让婚礼中邪的人：巫婆、药师、修士或出殡的雪橇。

婚礼车队终于上路了。

“把人嫁出去了，赶着去让人骑了。”季什卡对身边的一个傻里傻气的婆娘说，语气有些警告的意味。他扫了一眼天空，似乎在等着下雨，然后带着主人翁的神气把大门关上了。

婚礼按照程序完成了。罗金神父的表现无与伦比，他语气狂热地让人在婚姻中保持童贞，这让在场的托奇马人很是困扰。他讲得完全陶醉了，夸赞新娘纯洁无瑕，希望她尽可能地通过圣灵感孕，而不是靠肉身犯罪怀上孩子。尤达疑惑不解地盯着罗金神父，但却不敢打断婚礼的奥妙仪式。菲奥多西娅目光黯淡，由于玛特廖娜巧妙的搪塞，大家全都把这归因于姑娘害怕新婚的初夜。

菲奥多西娅觉得这一切都与她无关……她仿佛是个影子，是个旁观者，一会儿从地板、一会儿从墙壁、一会儿自上而下看着她自己——菲奥多西娅·斯特罗甘诺娃。她升到人群上空，看见了一对新人被带出教堂，人们往他们身上撒钱币和五谷。看见他们被送进房子，坐到装了酵母的锅上。看见客人们酒足饭饱，开始乱哄哄地讲一些一语双关的笑话。看见菲奥多西娅不停地在哭泣，盖头因此变得发暗、沉重。看见玛特廖娜把尤达灌醉。看见新人被送入洞房，麻利的接生婆用屁股把床挡住，悄悄把一件有红点子的雪白内衣塞到褥子下面，然后亲自为菲奥多西娅宽衣解带，同时大声解释着自己的每个行为，然后检查了身体：为了能在第二天早上展现失去贞操的标志，新媳妇有没有在隐秘的地方藏掖针或是红菜头？新媳妇的手里、头发里什么“暗器”都没有，这个消息向客人们通报了。

刚一挪到床上，尤达就瘫倒在褥子上，在身边摸索了一会儿寻找媳妇，然后睡着了，嘴里含糊不清地嘟囔着，发出鼾声。

菲奥多西娅坐在长凳上，听着人们在房子里跳舞、唱歌。等到踢踏声和叫嚷声停息下来，她从褥子下面抽出染血的内衣，放到尤达身边。

黎明时分菲奥多西娅把丈夫叫醒。一开始他不满地哼哼着，一只脚踢了几下，眼皮无法睁开。之后他猛地打了个哆嗦，在床上翻身坐了起来。扫了一眼菲奥多西娅、带着斑点的内衣。挠了挠耳根。

“难不成睡过了？”尤达惊讶地说了一句，手伸向菲奥多西娅。

菲奥多西娅拨开他的手，声音平稳地说道：

“尤达·拉里昂诺维奇，我结婚时已不是姑娘。在罪孽中破了身子。你娶了带着大肚子嫁妆的我。这件内衣上的血不是我的。把我赶出家门，随你的便；打死我，随你的便。我什么都接受，没有怨言，因为在你和朗朗乾坤面前我有罪。”

尤达的目光画出一个看不见的方块，一个边在地上，另一个边在天花板上，目光在上下移动的过程中慌乱地在圣像、蜡烛和菲奥多西娅的肚子上停留了一下。啊，假如他不喜欢菲奥多西娅的话……立刻就会杀了她，一了百了！但菲奥多西娅如雷贯耳的坦诚被尤达当成占有渴慕女子之路上的又一个障碍，这障碍只是让尤达更加饥渴。

穿堂里蓦地传来快乐的喧嚣、热闹的踢踏声，门被擂得山响。没等到回答，以玛特廖娜为首的最为壮实的客人就闯进了屋子。

菲奥多西娅垂下头。

尤达瞥了她一眼，在床上摸索了一会儿，默默地把染着红点子的衣衫递给玛特廖娜。

“我们的白桦被人折了，我们的红莓花被人采了！”接生婆声若洪钟，她画了个十字，对菲奥多西娅挤了挤眼睛。

第十四章　工艺篇

“小心啊，亲爱的少主公，您可别烫着！”慈父面容的匠师从满是烟雾和蒸汽的帐子里钻出来后说，他确信，盐业业主尤达·拉里昂诺维奇的年轻妻子不只是往盐场的大门里面瞅一眼，而是打算进来。“找丈夫？他不在这儿。去铁匠铺了，急着用支架呢。”

“支架？……”菲奥多西娅咳嗽起来，一团灰烟几乎把她罩住了。不过，两手在脸前挥舞几下之后，她打了个喷嚏，说道：“哎呀，主啊，这么大的煤烟！”菲奥多西娅嘴没停：“箱子用的支架？”

“这因人而异，得看守护什么财物。”另一个声音伴着嘿嘿的笑声传来，汽团中出现了手握木锨的自由匠人。“有的支架对娘们儿也适用。”

新媳妇的脸腾地红了。啊，小偷的帽子着火了！……匠人压根儿就不知道她与游方艺人的奸情，可菲奥多西娅觉得这件事在托奇马家喻户晓。

“你，阿加普卡，管住舌头，省得给你割掉。”年长的匠师训斥了匠人，口气过于严厉，连菲奥多西娅都听明白了，他发脾气是出于讨好。

“我指的是澡盆支架或是脸盆支架。”

“别废话了，我说！”年长者教训的口气更严厉了，然后他阴沉却彬彬有礼地对菲奥多西娅解释：“不是，少主人，不是箱子用的，是维修盐场用的。您还是回家吧，我会跟尤达·拉里昂诺维奇通报，说您来找过他。”

“我可不是来找他的。就是想瞅瞅盐场。从来没见过盐是怎么制出来的。您能领我看看吗？”

“哦，我不知道。尤达·拉里昂诺维奇会不喜欢的……他会下令不煮卤水，把我煮了当午饭！”匠师宽厚地说。

“他不会！”菲奥多西娅让他放心，“我吩咐给他做的午饭是酸菜汤和羊肉。”

“没有无毛的菜汤……”爱热闹的阿加普卡没忍住，似乎是在自言自语。随后把脑袋歪向肩膀：我说，我知道自己插嘴插得没头没脑，可忍不住，用锨耙了一整天盐巴，一句话都没得说，无聊啊。

“嗯，瞅瞅盐场，那好吧！……”匠师装作没听清阿加普卡甩出来的闲话，高兴地对菲奥多西娅说，但从他脸上看得出来，远非对所有人来说这样做都好。

“那就谢谢您了！这个是干什么的？”菲奥多西娅指了指一口平底大铁锅，锅下面架着一大片篝火。

“这是我们从魔鬼那里学来的。它们用这样的锅煎炸罪人。”烟雾中传出热情不减的阿加普卡的声音。

“您等一下，尊贵的东家。”上年纪的匠师脚步重重地跨进汽团。里面传出噼里啪拉儿巴掌响和“多嘴多舌的 × 玩意儿”的骂声，阿加普卡紧跟着顶了一句“呆头呆脑的 × × 玩意儿”。

菲奥多西娅笑了起来。不是笑阿加普卡挨打，不是！让她开怀的是与伊斯托马如此相像的阿加普卡的性情。自从伊斯托马被处决以来，这是菲奥多西娅第一次有笑声。也正因为此她的笑声戛然而止。

片刻过后匠师钻了出来，心满意足地甩了甩脑袋，禀报说：

“在忏悔！道歉呢。可又能拿他怎么办？没脑子的粗人。现在可以看看怎么制盐了。您刚刚问的什么，菲奥多西娅·伊兹瓦洛夫娜？”

向导坚持尊称东家的父名，尽管要是说得不对有遭受鞭笞的危险：不该是伊兹瓦拉·伊万诺夫，该是伊兹瓦拉·伊万诺维奇，不该是尤达·拉里昂诺夫，该是尤达·拉里昂诺维奇。

“哎呀，您别这样称呼我，像尊称公爵夫人似的！”菲奥多西娅一摆手。“我问的是：这个是干什么用的？”

“这个平底锅虽然像地狱的锅，但它不是。”

“是不是盐铛？”菲奥多西娅终于承认，对这个问题她有些了解。

“喔！是盐铛。您是懂熬盐的？”

“不过是纸上谈兵。尤达·拉里昂诺维奇给了我一本书，《如何在新地点开始制作新管道图示》，所以我尽可能地读了一点儿。就这样把盐铛记住了。”

“就是说，您会读书？”匠师惊讶地说。

“古旧藏书，”菲奥多西娅谦虚起来，“识字课本而已。”

“Ж是生活О是他，П是祥和А是我。”阿加普卡的身子在烟雾里闪了一下，插了句嘴——一个一个说出字母的名称。他是个编笑话和黄段子的行家，这不，此刻也没忍住，用字母表编了句好玩的打油诗。

“等我给你好看，有你好受的！”匠师冲着他那个方向断喝。“这个狗东西！您别听他的，菲奥多西娅·伊兹瓦洛夫娜。以后我收拾他。”

“您别管他了。快活的家伙，有你什么事儿？”菲奥多西娅手一摆。“我看书是因为无聊。整天一个人待在家里，都没个说话的人。尤达·拉里昂诺维奇天不亮就出门，黑灯瞎火才回来，从早到晚都在盐场，整个人连骨头都腌咸了……”

菲奥多西娅一边跟向导并排走着，一边轻声说道。

那倒是实情。自从结婚，到了位于托奇马盐矿附近的夫家这个镇子以来，她的生活就变得非常寂寞，因此对伊斯托马的种种如同熊皮一般漆黑、可怕的念头没了障碍。如果说有什么让她有力量承受住唯一亲爱的人苦难深重的死亡对她的重压，那就是想到孩子，伊斯托马在这尘世间的延续。

菲奥多西娅伤心地想起了自己如何离开市镇的娘家、从小就珍爱的故乡，如何坐在雪橇里眼神呆滞地望着路边。假如她不是痛不欲生，托奇马的景色必定会让她的心充满幸福和美好。因为可看的美景太多了！托奇马无比壮丽，同时又生机勃勃。奇妙的城市啊！耸立在苏亨纳河岸陡峭山冈上牢不可破的木头城堡，数量众多的城楼——大门楼、奥秘楼、圣三一楼、圣诞楼——在夏季乘船、冬季乘车而来的旅人眼前渐渐高大起来，如同天国的童话之城。假如有人能从月亮上观望托奇马的话，他十有八九会看出那是一块放在高地上，还热乎乎、香喷喷、高高大大的馅饼：里面有鸡蛋，有鸡肉，有牛肉，有浓粥，有鱼。随处可见妙不可言的大小教堂，报警又报喜的大钟林立，最神奇的是敲响报时的铁钟——所有这一切都让众多的客商和旅人愉悦、震惊。在托奇马开设了许多商号、店铺的英国商人暗暗地目测过环绕城堡的人工壕的宽度之后，只会发出“哦呜！”和一声接一声的尖叫。这些穿着屁股紧绷的滑稽裤子、留着山羊胡子的客商得出的结论是：壕沟会比他们伦敦城的更宽一些！异域的客商忧心忡忡地觉得，他们的教堂连同钟楼都能在这儿的壕沟里没顶！斯帕索-普利鲁茨、尼科拉-乌格列什、斯帕索-苏莫拉修道院——把托奇马的修道院全都数一遍可数不过来！——院子里的殿堂宏伟壮丽。托奇马的这些修道院都有用来制盐和干其他营生的套院。为了不让国库漏抽了修道院的利润，这里又有了官衙：每一个从深深的盐井中挖出盐来以及把盐运到其他地区的人都要在这里缴纳税赋和关税。据书吏的册子得知，托奇马一年产出的盐无论如何不会少于十三万普特[①]。如果考虑到在缴税这件事上托奇马人一向擅于耍滑头、骗皇上，

① 俄国古代的重量单位，1普特相当于40磅。

那盐的产出量恐怕还要多一些。这里所有的建筑物都装饰着奇妙的铁艺制品，窗户上的镂花护栏，门上方的圆拱和门环，这样的制品天主都愿意拿去装饰自己的殿堂！就连每颗钉子托奇马的铁匠都在钉帽上装饰花蕾或小松果。做这样的手工铁艺对托奇马的铁匠来说是享受：不管是为一口盐铛铸出六千颗铆钉，还是为楼宇打造形态各异的小钉子，全都是一样的快乐……

有这样一个跟钉子有关的故事。花心铁匠普隆卡为了开玩笑突然心血来潮，在给一所修道院的盐仓打造的钉子的钉帽上都铸了睾丸的样子。这些睾丸小巧玲珑，蜜蜂大小，不过可以辨认出来。哎哟哟……弟兄们来取钉子，菲洛尼老兄把玩意儿凑到眼前，瞠目结舌。

“这是什么东西？”菲洛尼老兄问，“难道是私处？！”

“要了我的命了！”普隆卡笑起来，“搞错了！这些钉子不是给你们修道院的，菲洛尼神父，是给法维阿达妈妈的房子做的，她们要求做特别的钉子，好让人玩儿着就能弄进去。”

修士们起了嘈杂，画起了十字，菲洛尼神父急匆匆地决定了玩笑的进程：把普隆卡的作品报告了该报告的地方。一开始官衙的录事对托奇马人嗷嗷大叫，说是要把这些钉子钉到下流坯子普隆卡耳朵上，把他挂起来。镇子里的婆娘们呜哇乱叫。让普隆卡走运的是，行政长官的一个姘头指责托奇马的官府惨无人道，吹枕边风减轻了惩罚。因此普隆卡根本就没受罪：光是把他的耳朵钉到了市集中央的一根松木上。他如今没有耳朵，但却一直满意一点：一开始行政长官的意见是该把钉子敲进普隆卡的卵蛋里。

从那以后普隆卡只在钉帽上打造小苹果和小草莓。这自然是在盐铛完工的时候。铸造这样的平底锅，一口就得用上四百张锻造铁皮，托奇马的盐工把这样的铁皮叫作锻片。因此，菲奥多西尤什卡到夫家时路过的铁匠镇大得没边儿。镇子上丁当声、轧轧声一片，每家烟雾飘到门外，门里炉火闪烁，火蛇吱吱响。镇子散发着热气，如同在幔帐里焦渴难耐、辗转反侧的婆娘一样发烫。漆黑如鬼的铁匠们一刻不闲地锻造着坚硬的支架、钩子、斧头。托奇马人不是在囤积斧头吧，他们拿它当饭吃不成？！说实话，光是盐锅下面的火就得让农夫们砍上一万沙绳[1]的木柴！还有木工镇，那里的木匠制作舟船、雪橇和板车：把盐运到苏亨纳河，装船，或是用大车运去莫斯科。苏亨纳河里来往的大船一个夏天有五百艘呢！而路上聚成运盐或运鱼车队的雪橇和大车有上千辆！似乎整个托奇马城都在移动。这种不可思议的运动最让菲奥多西娅感到震撼。不过震撼她的不是她早已习惯的那种现实——肩扛车推把盐包、黑麦包、毛皮捆运到苏亨纳岸边的络绎不绝的奴仆和工人，而是川流不息的生活本质。菲奥多西娅痛苦地环顾着托奇马人热火朝天的移动，奇怪的念头占据了她的身心。"伊斯托马不在了，而生活在继续，就像什么都没有发生似的。瞧，镇子上的婆娘们用锅底灰画了眉毛，去水井挑水，哈哈大笑。洗衣妇端着衣裳去河边浣洗，与工匠挤眉弄眼，渴慕奸淫。大家全都乐乐呵呵。仿佛伊斯托姆什卡的魂魄就没有飞走。就是说，一个人没了什么意义都没有？那没了两个呢？也啥事儿没有？要是死了三个呢？一百个？一千个？要知道，每个人的死亡都是上帝所为啊。就是说，要是他的旨意是让全托奇马的人都死，难道这不是灾难？那整个尘世的人都死了呢？要是主用死惩罚所有的人会怎么样？难道到那个时候苏亨纳河还会流淌、盐井还会喷涌？对于一切生灵的死，主是蔑视还是不蔑视？从哪个数目开始人会变得珍贵？如果他把人像稻草人一样投入死亡之火，那他为啥要创造人呢？"哦，菲奥多西娅什么事情都要想个明白的习惯真是贻害无穷啊！她的全部痛苦、尘世的全部苦难都源出于此。不过，如果说在菲奥多西娅的思考中有什么是对的，那就是主没有看清托奇马人，要么就是睁一只眼闭一只眼。他们把希望寄托于上帝，虔诚地遵守他的戒律，但却错了。君主凭借上帝的旨意从托奇马带

---

① 俄国古代长度单位，1沙绳相当于2.16米。

走了多少人啊！玛特廖娜婶婶常常想起，有好几百户人家和许多纯洁的姑娘（确实，她们的贞洁没人检查过，但托奇马人回忆的时候喜欢认为，所有的丫头都未经男事）被强行迁移到曼加泽亚[①]和叶尼塞河流域。哦，那个哭天抢地啊！身子干净的姑娘们应当给迁移到西伯利亚的哥萨克和任何一个逃亡渣滓——窃贼和强盗——当老婆，跟托奇马的未婚夫告别的时候她们痛哭失声。一个个村庄和镇子由于饥饿和疾病变得荒芜，但没有气馁的托奇马人又一次次把它们填满。因为苏亨纳河两岸的居民精神坚忍，爱液丰富。托奇马的婆娘能生能养，乐意跟男人好，不会矫情，奔放的舞蹈并不陌生，在伤心欲绝的时刻也能找到生活的快乐，她们天生情欲旺盛，所以一波一波的小托奇马人冒出来，如雨后的蘑菇。于是一个一个镇子满了又空了，空了又满了。如果说实话，而不是听信伪君子散布的瞎话，那么托奇马的城徽就不该是金色背景上的黑貂，而是与漆黑的熏貂肉卷并排的金阳具……

菲奥多西娅的雪橇在寒冷的薄雾中行进。满含苦痛的睁大的眼睛望着四周，睫毛上凝结着晶莹的泪花。

苏亨纳河沿岸有绵延不绝、像牛肝菌一样结实的谷仓，小木屋如梳齿般林立，旁边拴着小船和缆绳，小巧如蜂巢一样的澡堂，堆着捆捆黑麦和袋袋粮食的仓库。鱼库臭气熏天。皮革镇也弥漫着臭烘烘的气味，托奇马人在这里加工黑皮和白皮；加工牛皮和羊皮，鹿皮和貂皮。木桶胡同轰隆隆响声一片，那些装着焦油和树脂、牛油和蜂蜡的大木桶一个挨着一个。运送出去的树脂有十几万桶，所以木匠从来闲不着。酒馆内外满是骂声和醉醺醺的托奇马人，墙角黄色尿渍斑斑。一个醉鬼几乎赤身裸体站在雪地上，身上只有内裤和鞋子，他东摇西晃，口齿不清地嚷着下流的笑话，一边嚷一边在脸前挥舞着手掌：

“娘们儿给他豆子，他要黑糊糊的苔藓！……”

---

① 曼加泽亚是俄国人在西伯利亚建造的第一座边陲城堡，建于17世纪。

菲奥多西娅胸膛炸了，仿佛缆绳断了，装满卤水的盐斗掉进黑暗之中。脖颈、颈窝正中好像刺入一根杨木楔子，让她既不能呼吸，也叫不出来。

你啊你，该死的酒鬼，你干吗让菲奥多西尤什卡想起市集的歌曲？！

“哦，主啊——啊！”菲奥多西娅呻吟起来，话堵住了喉咙，她瘫倒在蓬松的垫子上。

驾着雪橇的奴仆菲尔卡小心翼翼地回头看了一眼菲奥多西娅，抽了马一鞭子，甩了甩大胡子：

“要挨打了。唉……跟着丈夫生活可不比跟着父母那样蜜罐福窝……”

一直到新家，在余下的路途中菲奥多西娅都在泪水长流。

最初的日子在漠然操持因为没有女人而混乱不堪的家务中度过：菲奥多西娅和女奴们一起给每间屋子铺了地毯，长凳上蒙了垫子，冷冰冰的阁楼生了火，收拾了厨房，扫除了灰暗角落里的蜘蛛网，驱除了箱子里的飞蛾。把家收拾干净了，菲奥多西娅开始做手工活：裁剪小衣裳，绣制孩子的襁褓和小小的软羊皮手套。所有这一切，尤其是缝制小手套，玛特廖娜婶婶劝菲奥多西娅不要做，用中邪吓唬她。可菲奥多西娅却不知为什么确信，孩子必定会在预定的日子出生，而且孩子必定是男孩儿。菲奥多西娅连名字都给他想好了，叫阿盖伊。阿盖伊卡，阿盖尤什卡[①]，伊斯托马的阿盖伊。菲奥多西娅还为里面装着红彤彤奇妙果子的小瓶子缝了只绸袋子。要是像摇铃铛一样摇动瓶子，橘子会哗啦啦响，因为它侧面钉入了跳蚤一样小小的、钉帽圆圆的金属钉子。菲奥多西娅还读书。先是读完了皱巴巴的玛特廖娜的咒语古书，书页厚如亚麻布，咒语有爱情的、约会的、色欲的，有排解忧愁的、解除饥渴的。只要能用词念的咒全都有！后来菲奥多西娅在尤达的一个描金画彩的木箱子里发现

① “阿盖伊卡”和“阿盖尤什卡”都是“阿盖伊”的昵称。

了图纸和两本书。一本书的内容是如何绘制生产图纸，另一本书的内容是如何在盐层钻井。从画图说明部分菲奥多西娅了解到直径和角的概念，这让她惊奇得嘴都张大了。菲奥多西娅惊讶地触摸着屋角，两只手在墙壁上从两边往一处移动，直到它们真的合成一条线；她还用尺子测量伊斯托马送给她的好玩小瓶子的直径。书上写的制盐法也让她产生了兴趣，有一天，在严格监督奴仆做好午饭要吃的羊肉汤和浆果馅饼之后，她决定去瞅瞅盐场。她让菲尔卡和雪橇留在最靠边的盐仓附近，惊讶地看了看腾起的汽团、烟柱，这些蒸汽和烟雾让眼睛发酸、喉咙发痒。进了盐场的大门，她在里面碰上了爱搞笑的阿加普卡和严肃的匠师。

“咱们先来看看如何打井吧。”从生火而无烟道的煮盐房里出来，菲奥多西娅向匠师提议。

“那咱就往右拐。小心，别绊着！”

干各种活儿的工人不下十个，见到东家，他们干起活儿来尤其夸张、醒目、像模像样。不仅或者根本不是因为他们希望在菲奥多西娅面前表现得对自己最有利，而是因为他们真心想要在复杂的制盐过程中展现自己作用的重要性，充满为自身劳动感到的自豪。工人们很少有机会展现自身劳动的伟大。恐怕只有在过节时才有机会，这时候匠人会带着孩子们从城堡旁边走过，从苏亨纳河高高的河岸上观望张着巨帆的大木船，船帆在水面和空中扬起，如同救主雪白法衣的袖子。

“瞧，运送的是我们的盐！”匠人对半大小子们指指点点，表情严肃，掩饰着自豪。“找不到比托奇马的盐更好的盐了。”

工人们远远地向菲奥多西娅问好，躬身行着礼，不过一下子就能看出来，哪个是自由匠人，哪个是没有自由身的奴仆。虽说匠人鞠躬的时候几乎行的是半身礼，但目光飞快地瞥过来，活儿也没停。而奴仆却一把抓下起毛的帽子，眼睛躲开，似乎害怕看东家，还没完没了地点头哈腰……

“好看……”一个匠人对打下手的挤了挤眼，“这样的小苹果哪怕能咬上一口也好啊。”

“破钩钓不上好鱼。”奴仆心想，就是在心里他也没暗暗地对女主人有非分之想，她那么香，距离奴隶的生活那么遥远。不幸的奴隶可不敢接近菲奥多西娅，长年累月的责打把他打怕了，在如何像男人一样耍手腕上他也没技巧。如果想到她是给人当老婆的人，那也是给尤达·拉里昂诺维奇当。就连在心里他也不敢想着去占据他的位置。色眯眯地瞅女主人要冒的风险不是一个礼拜吃斋饭，而是被打死。

“……打的盐井各种各样。”匠师解说。“这口就像水井。挖出四个阿尔申[①]见方的井。”

“正方形的吧？”菲奥多西娅问，口气确定。

“正是。井深到出水为止。这一口的井深是三个阿尔申。里面打圈儿围上原木，像普通的井一样。然后往里面插入巢框，或是巢箱，不同人有不同叫法。一句话，就是主要的管子，是第一根。它最大，就跟蜂箱里面的巢框一样。”

“掏空的管子里面宽吗？直径是多少？”菲奥多西娅正儿八经地问。

“直径是什么我不知道，”匠师语气犹豫，“里面的洞有一肘[②]宽。我们用四根原木在底下把这根巢框管子固定住，好让它结结实实地立住……”

“固定成堡子？”菲奥多西娅把话说准确。

“真有你的！……对，堡子。周边用土夯实，好让管子不晃，然后就开始钻了。”

菲奥多西娅看了一眼匠人们。他们衣衫不整，光着膀子，膀子上热气直冒，他们默默地转动着一根粗木头，牙关紧咬。从下面传出特别的声响，匠人们又拖起另一根像是井边鹤嘴压杆一样的木头来，但它更粗，

---

① 俄国古代长度单位，1阿尔申相当于71厘米。
② “肘”是俄国古时候的长度单位，一肘大致为45—47厘米。

向上翘，底部安了有一圈铁齿的大斗。菲奥多西娅猜出来了，钻出井来的正是这些铁齿。工人们借助铁球把斗从井里吊起来，它发出吱吱扭扭的闷响，把里面的一堆黏土和沉重的泥浆——尽管天寒地冻——倒掉。把大得能装下接生婆玛特廖娜的大斗倒空以后，匠人们再次把齿斗放入巢框管子，开始转动木头。他们这样做的时候一言不发，暗暗发狠——狼撕扯猎物时才这样——腰两侧塌陷进去。

“我的上帝啊，主啊！”菲奥多西娅同情地说了一句，“他们要挖出来多少土啊？”

“土全挖出来，直到出现卤水。”

“难不成中间不休息？”菲奥多西娅无比震惊。

“这么冷的天怎么能中间休息？管子里的土会冻住的，如果是那样，干的活儿全都得泡汤。”

“就是说，夜里斗也翻个不停？”菲奥多西娅被吓住了。

“明摆着的事儿。”

“黑灯瞎火的？”

“为什么黑灯瞎火？我们点篝火。”

“主啊，为什么不套上马来转动木头呢？”

“哪匹马能受得住这样的活儿，菲奥多西娅·伊兹瓦洛夫娜？让马干这样的活儿得喂精选的燕麦，可奴仆嚼点煮菜根、麸皮面包和提神儿的大蒜，得了，就让它转起来了。不过您不用为他们焦心，菲奥多西娅·伊兹瓦洛夫娜，他们年轻，倒空一天斗子还有劲儿抛镇里的婆娘呢。”

匠师偷偷对匠人们做了个吓唬人的表情，甩了甩大胡子：我说，干吗阴沉着脸？那些人看懂了，表情随之活泛起来，还喊起了粗犷的号子，似乎在给自己和东家鼓劲儿：活计带劲儿，活计不在话下，您别难过，年轻的东家！可菲奥多西娅胸口憋闷，眉毛因为忧伤挑了一下。

“接下来是什么？”她认真地问匠师。

“接下来咱们要看的已经是打好的井了。”

在这里男人们抬起、放下鹤嘴杆，把卤水斗提到地面，把里面的东西倒入深木槽。

菲奥多西娅试着往里面瞅了一眼。

“槽子大吧，东家？”一个匠人吭了一声。

“宽大得像是丈母娘的那啥！”一个工人对同伴使了个眼色。

“闭嘴，满嘴污言秽语的东西！”匠师断喝，“咱们接着走，菲奥多西娅·伊兹瓦洛夫娜。”

顺着栅栏排着深深的木槽，是用铁钩和铁箍将其连在一起的剖成两半的松木，卤水由此流入盐锅。一个工人在槽边来回走着，观察水流是否堵住了，卤水是否洒到地上了。如果“盐水河”在哪个地方停下了，咕嘟咕嘟冒泡了，匠人就会捅开堵塞处，清洗槽子。菲奥多西娅满含苦痛地看清，工人的两只手全都被盐水泡烂了。

“有时候卤水顺着管子流，有时候顺着槽子流，这不大要紧。”匠师解释。

菲奥多西娅觉得，结满冰凌的黑漆漆的盐锅就是她亲眼看着从冰窟窿里捞出来的淹死鬼。从煮盐房的大门和屋檐下冒出乌云一样的烟。

菲奥多西娅毅然决然地走进去，管都不管昂贵的小红靴子踏到哪里。她立刻就呼吸困难起来，似乎泼到澡堂烫石头上的水冒出的蒸汽扑到脸上了。只不过这块石头有矿山那么大。

“这里有四条卤水流动的水道。”匠师大声喊着，试图驱散菲奥多西娅面前的烟雾和蒸汽。“卤水要不间断地流过来，昼夜不停。”

菲奥多西娅的眉头越皱越紧。

“那些工人要从井里提起多少斗卤水？”她担忧地问。

“一天一夜五百斗。”

“那可是大斗，不是脸盆哪。”

“三脸盆合这一斗，菲奥多西娅·伊兹瓦洛夫娜。不这样不行，不这样萃取就得停。而没了盐命就得没。我瞅见您很难过，可这活儿伙计们乐意干呢。各个盐场的伙计有一百多，每个人一年挣五块钱。他用这钱买东西，到酒馆找乐子……有钱，您自己清楚，就是主人，是老爷。有银子就是尊贵的伊万·伊万内奇！可没银子你是谁？交犁头税的农民。”

烟雾和盐气让菲奥多西娅眼睛酸得受不了，甚至连小脸儿都歪了，眼泪都出来了。她飞快地来到室外，胸腔深深吸入一口凛冽的空气。

“主啊，这可是地狱啊！……”她喃喃自语。等呼吸缓和下来，她谢了匠师：“因为您带我转、给我讲，上帝保佑您。”

“没啥，菲奥多西娅·伊兹瓦洛夫娜。上帝保佑您，您不嫌弃看看这些活儿。”

菲奥多西娅匆忙走向雪橇，推了一下冻僵的菲尔卡：

“回家！”

很快就到了，老爷的家院距离不远，就在松树林后面，走过去也没几步。可主人的身份不允许菲奥多西娅迈动雪白的小脚、弄皱小靴子。菲奥多西娅走进家门的时候心慌意乱，两眼发黑，心情压抑。黢黑盐场的种种景象、工人们被盐水泡烂的手、他们麻木的脸让她忧伤不已。耳中是巨斗的吱呀声、大火的劈啪声和盐铛结晶的嗞嗞声。

“主啊，做工的人为什么活在这般磨难中？”菲奥多西娅跪到家里的神龛面前，开始祈祷。“难不成是因为罪孽？主啊，如果我替那些不幸的人受苦，你是否会怜悯他们？驯服肉体，抑制欲望，对吧？尼封特神父说过，这样可以为他人恳求宽恕。我请求你，主啊，为了他们的苦难接受我的温顺吧。”

菲奥多西娅又喃喃自语了半天，请示救主，为了盐场的苦难弟兄她具体该如何驯服自己的肉体。

说实话，菲奥多西娅最担心的是腹中的胎儿因为她的罪遭受惩罚，可这话她却不敢说出声来：干吗要多此一举提醒上帝奸淫之罪？虽说一切他都看在眼里，可某些事他也可能会记不得了。有一次他就把一个托奇马人忘了：那个妇人，要么是男人，活了九十岁，一心求死，可上帝怎么都想不起她（他）了。于是菲奥多西娅决定，她也不对自己承认那件事，可能的话，甚至连想都不想，只是为私生的孩子阿盖尤什卡恳求宽恕，祈求减轻煮盐工人的劳役。

她开始温顺地操持家务。温顺地给丈夫尤达什卡[①]做汤和馅饼，扶着他插在马镫里的靴子送他到大门口。晚上她睡到阁楼的堂箱上。尤达在床上摸索妻子没摸到，结果发现她睡在楼上的手工房里。

“老婆，你在这里干什么？跟我走。”

“我要在这里就寝。”

“这是从何说起？”

“今天礼拜三。合房是罪。”

“去你的！难不成我不是你丈夫？”

“我不去！”菲奥多西娅出其不意地回答，语气严厉。

“难不成要我当着在世妻子的面召下女？”尤达恶狠狠地甩出一句话，她的语调让他感到侮辱。

“你出去，恶毒的强奸犯！”菲奥多西娅大叫，“人在礼拜三、礼拜五、神圣的礼拜六和光明的礼拜天守身，会作为天使载入善行册。否则会被撒旦的天使登记到恶行册。”

“跟自己的老婆好没有罪。”尤达说。

“今天是礼拜三！神圣的礼拜三！”

尤达一把抓住菲奥多西娅坎肩的领子，把她从堂箱上拖了下来。“哼，那你就等着礼拜三前门走，礼拜五走后门！……”

“主发慈悲！主发慈悲！主发慈悲！主发慈悲！”菲奥多西娅喊了起来。

她瞪大眼睛，疯狂地喊叫着“主发慈悲”，直到尤达恶狠狠地占有了妻子，把她丢在地板上。

---

① “尤达”的昵称。

第十五章　辩论篇

“空气，您听见她说的了吧，有多响啊，星星也在颤抖！……”罗金神父气恼地活动了几下手指，表示寒冷天空中的星辰是这样抖动的。“这不是空气巫术又能是什么？！”

“是——啊……唔……空气……哦……嗯……”尼封特神父庄重地发出各种声音，整理起肚子上的十字架来。

“该用拐杖敲击这个愚不可及的婆娘的额头，求主宽恕，直到她不再迷信每一个喷嚏为止！”罗金神父的头发恼怒地甩来甩去。

“噗——”尼封特神父放下肚皮上的十字架，开始摆弄、揪扯法衣的袖口。

罗金神父理所当然的愤怒是由烤圣饼的女人阿芙多季娅引起的。早晨六点她在教堂门口碰上神父，一边开锁一边没头没脑地说：星星在抖动，就是说，会更冷，狼会像上个礼拜一样成群结队扑向沃尔恰诺夫街，把狗撕碎。罗金神父认为阿芙多季娅的天气预报纯粹是渎神的空气巫蛊术，或者像他学究气的表述那样：

“你，下贱的妇人，怎么可以在圣殿的墙下就根据大气现象算卦？！该用这把钥匙敲打你的额角！”

阿芙多季娅惊恐地用手掌遮住靠近神父这边的鬓角，担心罗金神父把威胁化为行动，随后念叨起来：

“神父大人，怎么说这样的话呢？主发慈悲！寒冷来自魔鬼不成？”

“今日不许你碰圣饼，罪孽之人！你还会在圣殿内从事空气巫术吧？会在教堂的门廊里煮药草！会弄来禽鸟，赶来狗群！宽恕吧，主啊！”

罗金神父终于等到她打开了锁，进门后便在教堂里飞奔起来，他羊皮袄的衣襟和法衣的衣摆都跟不上他了。

阿芙多季娅悄声抱怨：

“神父大人啊……我可是为您的生命忧心，怕您被狼群吃了。”

罗金神父猛地转过身——犯下了没有预先祈祷就背对圣坛的罪——语含讥讽：

“越说越像话！阿芙多季娅预见我的生命走向！简直不是阿芙多季娅，而是德尔斐圣谕，宽恕吧，主啊。我是被狼撕碎，还是被您的愚蠢击中血脉，那该由上帝决定！而不该你来占卜！预言之事是你的头脑该染指的？你祷告吧，如果有需要，让圣徒用他们的启示来告诉你一切，什么星星都用不着。”

“神父大人，终究是星星为术士指明了找到圣婴耶稣的路啊。”阿芙多季娅抽泣了一声。

“啊——啊——啊！”罗金神父嚎叫，“狡诈无比的婆娘！神婆子！渎神婆！巫婆！臭气熏天的碎嘴婆！草药贩子！出去！罚你吃斋三个月，每天一百个半身礼！”

最让罗金神父愤怒的是阿芙多季娅提到《圣经》情节，因为这让神父陷入困境。怎么能对一个蠢婆娘阐释清楚不同星星的差异呢？那颗星星是伯利恒的，可这颗是托奇马的。嗨，存在差异吧？！那颗星星指引人找到山洞，羔羊在里面的马厩中。可要是让阿芙多季娅随心所欲，她会把公狗引入圣诞山洞里去！

想到公狗，虽说是他自己想到这一点的，罗金神父为此更为震怒。

托奇马人认为狗是极为不洁的动物。托奇马人发火时可以骂邻居是“臭烘烘的公羊”，用不了多久就能杯酒泯恩仇，可要是吼上一句“臭气熏天的公狗”！……对于这样的话永无和解的那一天。有的托奇马人在瘟疫肆虐的年月可以吃猫肉，用猫皮给女人和孩子做手套也完全可以接受，可吃狗肉你试试！托奇马人宁肯吃土也不会用狗肉恶心自己。托奇马人就是有这样的好习俗！如果一个半大小子出于年幼无知把狗崽子放进教堂的大门，哦，上帝保佑他吧，教堂会关门，会花上很长时间祷告，重新对它进行圣化。7121年[①]占领托奇马的波兰人和立陶宛人为了嘲笑这个城市的人，放流浪狗进了主显大教堂，辱没了圣殿。托奇马人含着眼泪亲吻十字架，哀告上帝净化圣殿。数十个托奇马人勇敢地冲过去与狗群搏斗，满怀幸福地杀掉了龇牙咧嘴嘶吼的狗。在那场战斗中温顺的托奇马乞丐季什卡被咬了。季什卡因此得了狂犬病。他摇摇晃晃过了一个礼拜，然后就浑身溃烂，倒地不起，口吐白沫，说胡话，狗一样叫。于是托奇马人相信，季什卡一人包揽了魔鬼的全部狂犬病毒，正是以此净化了被玷污的大教堂的四壁。季什卡死后，托奇马人和教会机构一致认可他是圣愚。全城的人齐心协力在乞丐离世的溃烂地建起一座季洪[②]钟楼。它拥有治愈狂犬病的盛名。

不过，这一切罗金神父不知道，因为他是在那些事件发生六十年之后才来到托奇马的。因此年轻神父的怒火只针对空气巫术。

尼封特神父对于谴责阿芙多季娅没有表现出特别的热心。从事教职几乎三十年的尼封特神父最不愿意做的就是与热血沸腾的年轻同事

---

① 创世7121年，即公历1613年。
② “季洪”是“季什卡”的大名。

辩论。尼封特神父渴望安静。如果说他脑子里有什么想法，那也是这样一些念头：今年教堂的食物数量是否会减少？二女儿是否会跟渔夫瓦西卡作孽？那家伙带着鱼来尼封特神父家的次数太频繁了。总之，尼封特神父希望安安静静地做完教职工作，因为他聪明地想清楚了，如果连上帝都做不到改造托奇马的罪人，那他尼封特神父竭尽所能就更是没有意义了。罗金神父狂热的神学辩论尼封特神父不支持，但也不争辩。他通过意味深长的哼哈和体面的沉默表达他自己对辩论的参与。他一边听着，一边怀着淡淡的忧伤回忆起来，曾几何时他来到托奇马时也是一个意气风发的少年。目前，在内心深处，他甚至希望罗金神父得到升迁，转到教区担当高层教职：年轻的牧师热切相信能改造托奇马人，这让尼封特神父着实很有压力。这不，就在此时此刻，经验老到的牧师装作在听罗金神父说话，可与此同时却在暗自盘算：萝卜和芥菜头够不够一家人撑到开春？只是因为这些块根的收成恰好取决于大气现象，尼封特神父才张开了口，说了话：

“我有幸听说了，咱们的国君阿列克谢·米哈伊洛维奇的宫中安排了哨兵留神观察气候，向书吏报告，好让他们把这写进专门的册子里。某个饱学之士研究那本册子，思谋未来的天气如何：风调雨顺还是狂风暴雨？因为芥菜头、萝卜和辣根的收成，还有国君出行与否，都取决于天气坏还是天气好。”

罗金神父腾地站起来：

“对不起，尼封特神父！阿芙多季娅，对不起，不是我们的国君。因为担忧自己的奴仆夭折或是挨饿，皇上阿列克谢·米哈伊洛维奇观察风向和火柱，这种做法无比英明。可阿芙多季娅通过风向和寒气在算——卦！这不比上个礼拜五她对我说的话好多少：‘乌鸦一声不吭，哎呀，会更冷的！冬小麦会冻死的。’‘嗨，’我对她说，‘你自己就是只瘦乌鸦！蠢脑袋里冒出什么，就呱呱叫什么。难道是乌鸦给我们送来收成，亦即我们地上的食粮？那是上帝的旨意，与乌鸦没有任何干系，随便它怎么呱呱叫，随便它如何狂飞乱舞。在你这个愚昧傻瓜看来，天赐的食物是乌鸦送来的？这不是禽鸟巫术又是什么？’要是个老奴也就算了，可她却是驯良的圣饼女啊！哦，我们在托奇马的土地上还得辛勤耕耘啊！得把上帝的言语多多传达给教民。否则他们满脑子只有芥菜头！”

尼封特神父呛了一下，赶紧肯定他的话：

“那是……”

“他们不想弄明白，幸福不在于芥菜头和辣根。而在于心中有谐和，在于脑子里有阿卡迪亚。”

如果罗金神父有什么让人愉悦的东西，那就是每个有学问的词他说出口都不费劲儿，似乎他打小就用这样的词语说话。“阿卡迪亚”就是这样的词。别的傻瓜会甩出一句：纯洁的天堂国。而从罗金神父嘴里出来的是纯粹的学术词语：阿——卡——迪——亚！每个词语都是如此。铁匠普隆卡说“××”、尼封特神父说“××”的时候，罗金神父必定会说出希腊语、科学术语——“生殖器”。最初一段时间托奇马人自然是听不懂罗金神父的话，可他们乐意不懂：词儿多漂亮啊！“生殖器”……生孩子的器具！真有你的……仅仅一个称呼就让行为的本质发生了变化！你用××能干啥？只能用来操。最多是——上。可你不会用生孩子的生殖器去操。因为它不是用来淫乐，而是用来繁衍后代的。

炉子里发出劈啪的轻轻响声，锅里的水咕嘟咕嘟冒着泡。每当有人带婴儿过来行洗礼的时候，到处就会弥漫着圣油、乳香和黑麦面包的气味，是尼封特神父把面包放在炉子旁边，让它解冻。诚然，尼封特神父眯了一会儿，不过头没歪。假如他没合眼，以后的事可能就会是另外一种样子了。一年过后君主草场就不会点燃火刑架了……不过，如果考虑到一切都是上帝的旨意，那就是说，尼封特神父睡着了并非偶然，而恰恰是上天所为。对此某个唤作菲奥多西娅的好学女子必定会开动脑筋：每个人的睡梦是否来自救主？或是有人自己在入睡？难道上帝还有足够的时间合上每个罪人的眼皮？！哪里来的时间呢？大概他从来都不睡觉吧……总之，正是由于尼封特神父打了个盹儿，罗金神父应声从修行室里走了出来。

“那边怎么了？”罗金神父问敲钟人季洪。

“来忏悔的。他们等着您呢。”

尽管季洪说到来访者时用的是复数，但穿堂旁边站着的只有一个妇人。安静得如同巢中的小鸟。而且散发出蜂蜜的甜香，就好像伊甸园的兰草。

“菲奥多西娅……”罗金神父窘迫了。

他本人也对自己的窘迫感到惊讶。随之就被它、他自己的窘迫吓住了。为了驱走恐惧——这恐惧让人猛然间明白青年神父内心深处潜藏着欲望——他缩减了与菲奥多西娅有关的念头和话语。

“空腹就来了？”罗金神父语气严厉，对于菲奥多西娅的点头认可他看都没看，稳步走向放着书、十字架和栟幪的台子。等到与菲奥多西娅并排而立时，罗金神父瞥了她一眼，她外貌的变化让他震惊。似乎从前闪烁着春天快乐溪水和夏天雨滴的眼睛里洞开着冰窟窿，而且它如此吓人，似乎跳到里面的不止一个淹死鬼。不过，罗金神父喜欢教导伤心的人：处于伤心之中的教民比傻乐呵的教民更倾向依恋上帝。人什么时候嚎出上帝的言语：是身在病榻时，还是挤弄小妞时？就是这个道理！

要是罗金神父不是这么年轻，不是这么竭尽全力地克制自己如此自然的青春热望，那他就会为菲奥多西娅行忏悔礼仪，而不是一边压抑欲望，一边如此狂躁地去影响一个十五岁女子脆弱的头脑。可罗金神父很想对自己证明，散发着蜂蜜甜香的耳根和蘸着圣油梳起的辫子没有让他心潮起伏。如果让他心潮起伏，那也是菲奥多西娅的错，为此得对她尽可能严厉才是。对于抓挠了自己的猫，小孩子就是会这样揪着它的尾巴揍它！因此罗金神父没有遵照礼仪、三言两语排解罪孽，而是像一只秃鹫扑向菲奥多西娅。对于菲奥多西娅讲的丈夫在神圣的礼拜三占有她的事，尼封特神父会如何回答呢？他会鼓起腮帮子建议：如果丈夫不反对，那就在礼拜三节制交合；可如果他反对，而且还猴急，那就别顶着他，事后念一段忏悔祷告词就行了。总之，不管是这样还是那样，只要别忘了祷告就行。而罗金神父长篇大论痛斥了一番尤达，夸赞了菲奥多西娅的行为，夸她尽可能少地跟丈夫行苟且之事。菲奥多西娅的理解是：彻底不做才最好！

“丈夫在神圣的礼拜六想要的时候，圣女奥尔加割掉了自己的鼻子，就是为了变得让丈夫恶心，以此避免淫荡之罪！”罗金神父慷慨激昂。

他目光如炬。

“圣女伊琳尼娅在丈夫色眯眯地吻她、把舌头伸到她嘴里时割掉了自己的嘴唇。义人奥列吉娅从墙头跳了下去，让自己避开了丈夫通过魄门行淫。虔诚的雅罗斯拉瓦……”

罗金神父口若悬河，把圣女们的鼻子、耳朵、手、辫子，甚至阴户都当了牺牲品，供奉给了上帝。

菲奥多西娅眼睛瞪得老大，用心听着。

“上帝赐予床榻给妇人是为了生育孩子，而不是满足淫欲。既然你已经怀了孩子，那就没有交合的需要了。相反，怀上孩子的良善妻子在另外的卧室分床而眠，为的是不去诱惑丈夫，并因此不去引他作孽。”

（罗金神父在此所说的明显是自己的理解。忏悔问答手册上没有因为跟怀孕妻子交合需要忏悔这一项。没有禁止这样做，也没认为这样做是罪。）

“我就要这样去做。只是为了睡觉我才会上床。而且那张床我会布置成素净的硬板床。为了不让自己赖床不起，我会把长凳铺上垫子当床，把木棒充作枕头。不然就在地板上打盹儿，让自己即使睡觉也要受苦，就像救主受苦一样！”

“太对了！先是一个妇人驯服自己的肉体冲动，之后就会有第二个。到那时，你看吧，普遍谐和就会来临。菲瓦伊达[1]会变成北方的阿卡迪

① 这是对小说故事发生地即俄国北方的诗意称谓。

亚！主会奖赏托奇马人一个伟大的礼物：无欲交合。为的就是不生出与之相关的情欲、淫荡和其他罪孽。为什么不呢？结果子的树木和蔬菜授精时没有呻吟和色欲吧？人该追求的正是这样。”

“神父，如同许多人日日夜夜受苦一样，我也要昼夜不停地斋戒。”菲奥多西娅发誓，她想起了时刻不停的煮盐工作。

“脑子里要时刻记着：在你放纵肉欲的那一刻，就在那一刻另一个人在承受你的那份苦难！”

菲奥多西娅想象道，就在她菲奥多西娅说闲话的那一刻，匠人阿加普卡手里的卤水斗变得多么沉重。当她菲奥多西娅吃着甜甜蜂蜜的时候，盐场里的烟雾变得更加浓厚，铲盐的木锨重得举不起来。

“如果一个船工偷偷地丢下船桨，那就是说，另一个船工承受的重量就会加倍。”罗金神父仿佛在阅读菲奥多西娅的想法，疾言厉色。“如果你吃香喝辣，那就是说，另一个人在啃苦涩的干面包。如果你享受的是羊肉浓粥，那另一个人吃的就是野菜饼子。”

不过，一个一个说出美味让罗金神父的食管咕噜咕噜响个不停。所以他不再举这样的例子，转向另一个话题。

“你怎么不忏悔忏悔你自己从前的罪孽，我的女儿？是谁在市集拖走了木偶基督？难道不是你吗？”

“是我……”

“你脑子里钻进了什么念头？等等，你别回答。我来亲自回答：一个渎神的行为必定引出下一个行为。你犯下了在市集观看杂耍闹剧的罪，由此给了魔鬼把你拉入其阵营的口实。于是他，臭气熏天的引诱者，立刻借你的手犯下了更大的罪：制作出长着基督容貌的木偶，让你把它举到笑闹人群的头顶。”

“不对，神父大人，不对！这不是从魔鬼那儿来的。我想救我们的主免于在十字架上受死！我想让他活着！……难道这是魔鬼想要的吗？”菲奥多西娅痛彻心扉。

“正是！正是！魔鬼唯一希望的，就是让基督不要为免除我们的罪承受十字架上的苦难。”

“怎么会？”

“耶稣因为我们的罪被钉到十字架上。如果没有钉，那就是说，我们没有罪？托奇马人酗酒，淫荡，为非作歹，这一切都不是罪？怎么，都是小孩子无辜的调皮捣蛋？你哪来的权利拯救基督？”

“神父，可一切都是由上帝掌控的呀。就是说，我救耶稣是上帝的旨意？”菲奥多西娅面有难色。

“他不可能有这样的旨意。基督应该、有义务受死！否则……”罗金神父嗫嚅着，他找不到论据，“否则……”

在他舌头上打转而没有说出口的话是：“否则我们的一切学说都是谎言？”但这个想法让罗金神父惊恐不已。他画了个十字，说道：

“否则就不会有十字架了！要是那样，我们的教堂屋顶上放什么呢？我们在身上戴什么呢？我们怎么能对自己画十字呢？要知道，十字架乃是信仰的一块奠基石啊。”

“对啊对啊，是这样。”菲奥多西娅喃喃自语，她被这个有力的证据击中了。“假如不存在十字架，教堂的屋顶能放什么呢？”

“嗯……”罗金神父说，对这个问题他也感兴趣：除了十字架，可能用什么装点教堂的圆顶呢？“可以用公鸡的图形，”他陷入沉思，“因为金鸡用叫声驱散黑暗，报告黎明来临。狮子不错，这样可以表明正教是宗教之王，尽管……”

“神父，不能在圆顶装上太阳吗？”菲奥多西娅提议。

“太阳？”罗金神父惊恐地大叫，“可没有十字架的太阳本质上是多神教的象征！”说完他就呆住了：噢——噢——噢！想象在钟楼的圆顶上安放狮子或公鸡，他卷入邪教了。

他赶紧说出“主和我生命的主宰”，并连行了四个礼。

望着他，菲奥多西娅也祷告起来。

"神父，我全都明白了，我忏悔。如果这样的情形下一次再发生，我不会救基督的。让他挂在十字架上，让人们高兴。"

"对，我的女儿，"罗金神父认可她的话，"让正教徒看着承受苦难的耶稣，心怀感动地为此高兴。"

"看着苦难为什么有益处呢？"菲奥多西娅惊讶地问，她想起了处死伊斯托马的情形。

"假如观望苦难有害，那莫斯科的历代国君就不会烧死、绞死这么多人。"罗金神父信心十足地阐明。"我们英明的皇上当众而非暗地里执行死刑不是平白无故的。此乃威慑罪人。"

"神父，对于最好的人才会降临苦难吧？"菲奥多西娅突然满怀希望地问。

"对。上帝用受难奖赏他喜爱的儿子。"

"好啊！好！"菲奥多西娅松了一口气，心想，"就是说，伊斯托马也是他喜爱的儿子。因此他不可能是强盗，不可能贩卖烟草。那是诽谤。他死得纯洁。此刻他正从天国而不是地狱望着我呢。"

"感谢你，主啊！"菲奥多西娅的脸上流淌着泪水，无声的、温顺的泪水，如同小母牛快要死去。

罗金神父做出一个满意的表情，但随之就吓唬她：

"如果托奇马人不尽快停止以各种各样的形式作孽，那苏亨纳河岸上的大地会拱起，里面会喷出灰烬和毒气，铁水火河会流淌，埋葬城市。"

"神父，这怎么可能？难道从地狱里会流出火来？"菲奥多西娅不信。

"有这样的例子。铁火喷向罪孽之城庞培，从维苏威火山冲出一团一团臭气……"

"神父，我们这里没有山呀。"菲奥多西娅满怀希望地说。

"山会像疝气一样鼓出来，然后就像脓包一样破裂！……"

罗金神父猛地举起一根手指，高兴地说：

"啊哈！我的一本书里有这魔鬼之火的图像。我这就拿来。"

神父奔向修行室，很快就洋洋得意地回来了。手里捧着一本厚厚的书。罗金神父翻开书页，兴高采烈地向菲奥多西娅展示一幅彩图。

借着烛光菲奥多西娅看见一座灰蒙蒙的山，山顶有个小窟窿。山的右边有一簇绿树。从窟窿里——罗金神父让人印象深刻地称之为“山口”——流出颜色像血一样红的河！它淹没平顶的美妙房子和赤身裸体的人群，这些人正惊恐地向下方、菲奥多西娅衣摆的方向奔跑。

这个表明地下火可能喷向托奇马的证据对于菲奥多西娅来说无可辩驳。怀疑它就像怀疑存在林妖或澡堂仙一样荒唐。菲奥多西娅浑身抖得像筛糠。火由于托奇马人恶习难改而可能淹没城堡、教堂、楼宇和小弟弟佐杰依卡，这个念头让她如雷轰顶。各种感受一下子笼罩住了她，仿佛一群弓箭手把她包围了，万箭齐发射中了她。她的心燃烧着信仰之火，灵魂为世界的损失和不平哀伤，改变自身生命的冲动让她的太阳穴突突直跳，脚脖子哆嗦，从今往后托奇马人的全部罪孽将由她菲奥多西娅一人承担，这个念头让她精神雀跃。

罗金神父合上书，可那幅画还停留在菲奥多西娅眼前。她仿佛凝视了一眼画，随之就冒出了一个问题，此时此刻完全不合适的问题！

“神父，为什么远处和近处的东西在画里面大小都一样呢？远处的人可是更小一些的呀。有一次我在床边绣花，透过针眼儿看了看窗外。它里面，就是针眼儿里面，装下了一头母牛和两只小羊。我后来对这件事进行了思考，以我自己的头脑得出结论：月亮不像一张饼那么大，它无论如何不会比一栋房子小。它只是距离我们远，因此显得小。”

菲奥多西娅骄傲地看了一眼罗金神父，等着他叹赏。

可罗金神父看菲奥多西娅的眼神十分傲慢。

“此现象乃透视现象。希腊人（一切希腊的东西都让罗金神父崇敬）早就知道，我们看见的远处的东西尺寸会缩减。不过希腊哲人证明过了，那是谎言。因为我们知道，远处的房子和近处的房子大小是一样的。那为何要用绘画蒙骗观众呢？啊？！”

“我不知道……”菲奥多西娅慌乱地回答。

“要是有那么一个聪明无比的画师把透视表现出来，其结果是后景的耶稣比前景的魔鬼小，那该怎么办呢？！宽恕啊，主！”

“这不好。”菲奥多西娅认可他的话。

“柏拉图早就论证过，用透视描绘的东西是不真实的，虚幻的。应该描绘的不是肉眼可见物，而是知识！”最后一句话罗金神父说得铿锵有力，因此菲奥多西娅兴奋地认定，这句“格言”是他自己的话。

不过好学的精神没有放过她。

“神父，可人在画中描绘的不是真正的物品，只是它的形象。为什么不作为点缀运用透视呢？做手工活时人们就点缀公鸡或是小花儿吧？”

“小花儿……你呀你……”罗金神父叹着气说，“不该用手工活点缀生命，而该用自己的实际行动和思想。从前犯下的罪孽难道实际上会变小？不——！”

“这话对。”菲奥多西娅承认。不过她再也没有继续辩论。

之后罗金神父宽恕了菲奥多西娅的一些小错，指示她要尽一切可能驯服肉欲。

走出教堂的菲奥多西娅是她又不是她。就像一只兔子从浅棕色变成雪白色，这就是说，等待着它的是另一种生活：饥寒交迫，风餐露宿，但却在等待春天。对于菲奥多西娅来说孩子出生就是这样的春天。菲奥多西娅主意坚定，打算在素衣素食、足不出户的状态中和对上帝的爱中等待这个春天的来临。出于习惯，她本想招呼驾雪橇的菲尔卡，可立刻就画了个十字，光着小手扶着雪橇开始步行。不敢留在雪橇上的菲尔卡跳下来，也开始在雪橇旁边步行。他们走了大约一个钟头，这是因为菲奥多西娅喜欢的教堂距离她在盐业镇的新家有些远。尽管尤达家附近有一座教堂，但菲奥多西娅还是忍不住去自己从小就习惯的家乡的教堂。

罗金神父从教堂穿堂的小窗户里偷偷目送菲奥多西娅离去，更准确地说，是步行离去，然后大步回到修行室，徒劳地掩饰着职业带给他的快乐。不过，尼封特神父睡得太沉，不可能看到这种情形。因此为了让尼封特神父醒过来，罗金神父故意好几次把炉子、桌子弄得山响。达到目的以后，罗金神父似乎喃喃自语地说道：

“不错，不错啊……”

“你指什么，罗金神父？”

“啊？什么？没什么……我是自己跟自己讨论一个红尘女子的神奇再生，再生成为上帝的顺从奴仆。我确信，她今天就会甩掉闪光的珠子、软羊皮靴子和其他燃起男人欲望的各种标志性物品，穿上素朴的黑衣裳。不久之前她可还是个无谓空忙、多嘴多舌、乐乐呵呵的女子呢。对于救主而言这样的礼物更加珍贵！曾经的罪人来到他身边让他更感喜悦。借上帝援手给她指明这条路的是我，罗金神父。”

“你说的人是谁啊，罗金神父？谁是罪人？荡妇阿尼扎？”尼封特神父问，紧跟着他就后悔问这个问题了。因为罗金神父猛地转过身来，两只袖子一挥，稳稳地在方凳上坐好，准备展开辩论了。

“呸！这一位到死都改造不了。我说的是菲奥多西娅·伊兹瓦洛夫娜。”

“菲奥多西娅？”尼封特神父惊诧了，“归在她名下的滔天大罪有哪些？难道就是因为用锅底灰画了眉毛、用白垩粉涂抹了脸蛋儿吗？”

“对了，尼封特神父，说到白垩粉了。您对如此使用白垩粉有何看法？您认为为此需要忏悔吗？妇人把脸涂白、刺激男人淫欲，为此需要忏悔吗？或是因为白垩粉乃绘制圣像之颜料，因此妇人这样做是亵渎圣物，为此需要忏悔吗？”

“嗨，早在二十年前尼康就把这件事阐明了。”尼封特神父不情不愿地说了一句。

“对对对。怎么阐明的？”

“公会作出决议，禁止妇人使用白垩粉的理由是：该颜料乃绘制圣像之用，就是说，用之即亵渎圣像。因此，以激发男人淫欲为目的而涂脸抹面的妇人该当忏悔。这是个早就解决的问题了。”

“这正是问题所在：早就解决了。”罗金神父语气傲慢。“需要的是向前看。”

像任何一个年轻人一样，对于父辈们的生活信条，罗金神父的态度是不屑，有时带着批判的意味，认为他们有些老朽，不符合时代精神。

“您前后左右看看，尼封特神父！二十年里一切都天翻地覆！二十年前对异端邪说采取的是肋骨挂大钩的惩罚，如今是火刑。二十年前阿芙多季娅是个傻头傻脑的丫头，如今是婆娘了。”

“我的理解是这样的，”尼封特神父感到受了羞辱，“如果信仰是真信仰，就是过上两千年，它也不会丧失意义。可听您的意思，那如果先前说‘不许杀人’，如今就得说‘杀人吧’？”

“您把我的意思理解得不是那么回事，恐怕是我没有完全说明白。”罗金神父有些心虚，锋芒有所收敛。“如同我们的信仰一样，上帝的教导没有发生变化。可宗教游行开始逆着太阳升起的方向进行，而不是顺着了。这种新变化是正确的！难道可以顺着太阳的方向完成宗教游行吗？磕头礼的数量从十六个变成四个，变得对。干吗要十六个？这个数字由何而来？”

尼封特神父恰恰无法接受这条新规则，也就是在口念“主和我生命的主宰”这段祷告词时总共只需行四个磕头礼，他气哼哼地暗自骂道：“显出你了！乳臭未干的黄口小儿，教训起我来了！”

“四个磕头礼，无疑是正确的规定，”尼封特神父出语谨慎，“不过从另一个方面说，人会变得懒惰。明天他连磕都不磕了，后天祷告时他会手舞足蹈起来，会说：如果腿脚闲着，还能干什么呢？总之吧，一切新规定我都认可，当然，前提是这新规定得到公会的肯定。”

罗金神父有些许不满，因为本可以让他卖弄学问、表现灵活头脑的辩论偃旗息鼓了。

“对了……”不过，他的精神随之抖擞起来，“您问我菲奥多西娅有什么罪。在杂耍演出时拖着木偶基督跑不是罪？而且您知道吗，她是怎么回答我的？‘我想救耶稣免于一死。’”

罗金神父讥讽地大笑起来，想引着同事一起笑。

可尼封特神父不知为什么没笑。相反，他叉开十指捋了一把大胡子，眼神充满幻想。

“年轻的时候我也常常梦想：要是耶稣没有接受凡间的死亡，没有升天，而是就这样一直带着他的门徒在尘世间漂泊，那会怎么样？有一天他会来到我们村，它叫赫梅利纳，会看到我们长着庄稼和芥菜头的肥沃土地、果实累累的树林、水量丰沛的苏亨纳河。他会多么愉快……”

“谁，尼封特神父？”罗金神父讥讽地问。

“基督呗……”

“难不成他从天上看不到你们肥沃的土地？难不成他从上界看不到树林？”

“那不是远嘛。”尼封特神父依旧心怀感动地说着，暂时忘记了生活的烦恼：芥菜头、工作、粮食……“从远处，比如说，从远处看一个婆娘有什么意思？不，哪个人不想着就近采摘呀。”

“主啊，保佑……”罗金神父轻甩了一下头，“这里有婆娘什么事？”

“啥时候能没她的事……”

罗金神父想起了菲奥多西娅的脸。他沉默片刻，忧伤地说：

“我发现说服不了您，尼封特神父。怎么着，我们吃点面包吧？”

“好啊，罗金神父。”尼封特神父同意了，遗憾地把思绪转回修行小屋。

“基督的死终归还是必然的。”罗金神父说，他嚼着面包头，配着面包头喝了口滚热的加蜂蜜的伊万花茶。“假如上帝想救他免于一死，那应该认为，完成这件事凭借的不是随便哪个菲奥多西娅的手，而是由选民（罗金神父端起了架子），对，由神选的奴仆来完成。”

“你又粘上了，就像洗澡树条里的一片树叶粘到了屁股上，我主宽恕。”尼封特神父心想，然后彬彬有礼地说：

“那是自然。一切都是上帝的旨意。”

第十六章　温顺篇

“玛特廖娜婶婶，你又固执己见了！”菲奥多西娅一边从塞满干草的枕头下面掏出一把结结实实的铸铁刀，一边说道。

马上就装出一副惊慌失措表情的接生婆眼睛骨碌碌乱转，那目光如同贪婪的勺子在清汤寡水的汤罐里捞着肉块——逮住这些肥硕的肉块，这把勺子，也就是玛特廖娜转来转去的目光，似乎做不到。可菲奥多西娅严厉地看了一眼接生婆的脸，接生婆看懂了，明白责罚免不了，于是她委屈地看了一眼远亲。

“打我吧，打我这个老女人，哪怕打死都行。”玛特廖娜嚷嚷的声音里带着怨气。“我只是在为你尽心啊，让你生个小子，不是丫头。为了这个，大家都知道的事儿呀，床上就得藏上个男人用的器件。你等着，玛丽亚这就会给你塞上个纺锤或梳子，那样你就要生个湿尾巴丫头了。”

“玛特廖娜婶婶！想要的，渴慕的，要靠礼拜和祷告求得，而不是靠古老的迷信。砧铁你都能塞我枕头底下吧！主啊，宽恕我这个罪人吧。”

“要是有必要，我连犁头都能拖你屋里。”玛特廖娜大着胆子吓唬她，随后擂了胸口一拳：“哪怕挖了玛特廖娜婶婶的肚脐眼儿，只要为了我的小燕子菲奥多西尤什卡，管它刀山火海我都去闯。”

“玛特廖娜婶婶，不用那样我也会生男孩儿。整整九个月了，我每天都温顺地祈祷这件事呢。”

“听天命也得尽人事嘛。”玛特廖娜一板一眼地说。“把刀子给我，别扎着你，扎到哪儿，孩子的那个地方就会长胎记。”

菲奥多西娅把刀子交给接生婆，画了个十字，开始卷她素朴的床，免得在晚上之前受到诱惑，犯下懒散、白天睡觉的罪。自从菲奥多西娅去过盐场、发誓过虔诚的生活以来，她就睡在长凳上了，凳子上只铺着一块用旧内衣的布头拼成的薄垫子，头下枕的是麻席袋子，身上披一块旧呢子。夜半时分和夜里三点，菲奥多西娅会听着公鸡的声音起身稍做祈祷，五点彻底起床。菲奥多西娅衣着的色调越来越暗，直到完全变成黑衣。她梳头发的时候已经不蘸圣油了，耳环也从耳朵上摘了下来。她的所有动作都变得细碎，因为她在尽力避免上帝指责她犯有自大之罪。就连吃东西菲奥多西娅都开始一小捏一小捏、一小口一小口地吃。玛特廖娜看着亲戚一小块一小块地撕着面包，或是抿着木勺里昨天的冷粥，她简直难以置信，她面前的这个人就是那个菲奥多西娅：就在不久之前她还当当当地用银勺子敲着盛了羊肉白菜的碗，乐呵呵地饱餐摊薄饼，腾地一下从玛特廖娜手底下抢走最后一块饼，一口喝干一杯热乎乎的蜜酒，啃掉蜜饼表面的甜霜。玛特廖娜自己也想念丰盛的餐食，可菲奥多西娅的坚定让她贪得无厌的肚子安静了下来。更何况因为担心在主的眼里经受不住与菲奥多西娅的比较，所以与她同桌时接生婆尽量吃得比亲戚更少，甚至在极端的情况下尽力不吃。渐渐地，玛特廖娜去斯特罗甘诺夫家似乎是出于迫不得已了：看看佐杰尤什卡和柳比姆。在那边接生婆撑得打嗝，拼命地忏悔贪食之罪，回到尤达·拉里昂诺夫家，准备着继续成就素食的功德。

“他们喜欢大吃大喝。”坐到菲奥多西娅摆着朴素餐食的饭桌旁边，玛特廖娜用十分花哨的话谴责不知名的托奇马贪吃鬼。“他们撑一肚子豆子，屁股响个不停。”

“宽恕她吧，主啊，宽恕她说了脏话。”菲奥多西娅轻声说。

“或是把马内脏和马唇跟白菜一起煮，随后就把马肉揉软和，好像这样做是最后一次似的。这么多东西都去哪儿了？好东西变成屎？那鹅下水呢？把鹅胗的皮揭下来，剁碎，腰子和心砍碎，鹅头切开，眼睛挖出来，鹅脖子破成小块儿，鹅掌上的鳞皮撕掉，把那些鹅掌切碎，然后跟葱头一起煮，煮啊炖啊，直到熬好的肉冻里连勺子都插不进去……”

如今在尤达·拉里昂诺夫家里多得数不过来的女香客和朝圣女，她们的胃全都痛苦地咕噜咕噜响个不停。

玛特廖娜讲得越来越活灵活现。

“等他们把那肉冻丢到嘴里，啊呀，满脸油花呀。”接生婆语气含有责备，同时却神往地咽着口水。“难怪人说，鹬幸福了都会放屁。”

通常屋子里静下来才会让她恢复常态。菲奥多西娅眼睛盯着白菜饭盆，轻轻地摇着头。

“我主宽恕啊！”玛特廖娜突然回过神来。随后她就豪气十足地为自己辩解起来：“我吃什么了？我什么都没吃。如今我的牙上只嚼豆子，只喝清泉水，而且吃喝的时候还不忘祷告。”

不过，忍着不把自己的想法说完，接生婆可做不到，她已经在谴责自己了，但随后还是喋喋不休：

“那煎羊肠子呢，里面灌了鸡蛋和麦粥的羊肠子？……瞧瞧，有些人是怎么讨好肚皮的！”

菲奥多西娅真不该生接生婆的气。说实话，玛特廖娜在上帝面前有什么罪过，犯得上如此这般折磨肉体？只吃豆子和萝卜？她玛特廖娜没跟杂耍艺人作孽，没罪孽地怀上孩子，没靠蒙骗嫁人，没为此求得上帝的宽恕。而菲奥多西娅，没错，她得到了宽恕：主选择了伊斯托马，以此挽救她免除了进一步的孽情，而且还闭眼不看她破了贞操，允许她跟尤达缔结姻缘。所有这一切都是罗金神父对菲奥多西娅说明的，菲奥多西娅现在经常去找他忏悔、谈话。第一次听到菲奥多西娅与国家重犯有奸情的神父被一个嗝噎住了。晚祷时想起菲奥多西娅忏悔的这桩罪，香炉都脱了他的手。哦，罗金神父清楚地记得杂耍艺人，他流里流气的蓝眼珠和无耻的杂耍剧。这个演员恰好还是个罪犯，这丝毫没让罗金神父感到惊奇。这个该死的贼不是撒旦本人才让他惊奇呢。想着这件新闻，神父一夜辗转难眠。说实话，让年轻的罗金神父撕心裂肺的是醋意，有什么好隐瞒的，他在想象中——只是在想象中！——渴慕过菲奥多西娅的身体。当然了，罗金神父本人永远不会对自己承认这一点。可既然这样，他为什么在自己的床上辗转反侧呢？把夫人奥列吉娅都吵醒了。

“你怎么翻来覆去的呀，亲爱的神父？简直就像你的后面扎了刺一样。”神父夫人温顺地问他。

“睡吧，睡吧，亲爱的。我在思考神学问题。”罗金神父让她相信。

天快亮的时候他才借上帝的手揣摩出事件的“原委”，这些事件发生在他督导的辖区，罗金神父非常喜欢使用“辖区”这个术语，用它来取代“教区”一词。首先，菲奥多西娅恰恰让一个该死的庶民破了贞操，此乃上帝的旨意：主以这种巧妙的方式免除了某个渴慕过菲奥多西娅身体的神职人员的罪（罗金神父避开提及这个人的名字）。其次，破坏贞操的人非同寻常不是偶然的：假如菲奥多西娅是跟个什么渔夫奥利菲尔卡犯下罪孽，那能有什么稀奇？呸，不够级别！甚至都可笑：罗金神父跟奥利菲尔卡斗……不，指定给他罗金神父的对手差不多得是魔鬼本人才行！对，恰恰就是魔鬼！否则怎么能够解释清楚被处决的流氓所犯下的滔天大罪：他是忤逆国君本人的国家重犯，是多神教的演员，是窃贼和强盗，是杀人犯，是烟草贩子……哦，不管您怎么说，可这就是披着人皮的黑暗之王本人！瞧瞧，罗金神父打败的是谁！瞧瞧，他是从谁的利爪中、从谁臭烘烘的血盆大口里夺出了蓝宝石——菲奥多西娅，为的就是把在战斗中征服的灵魂呈献给上帝！菲奥多西娅的灵魂已经被征服了，这一点罗金神父不怀疑。只要看一眼她的样子就足够了。眼睛闪烁的罪孽亮光在哪里？耳根散发的诱人欲望的蜂蜜甜香在哪里？一眨一眨如花边一样的睫毛和愚蠢的银铃般的笑声在哪里？绣花的裘皮大衣和珍珠呢？跟罗金神父愚不可及的辩论呢？这一切全都没有了。有的只是悦目的素淡神情、虔诚的深陷双颊、黑色衣裳、忧郁的眼睛和没有血色的嘴唇。一眼就看得出来，菲奥多西娅活着靠的是圣洁的精神，而不是婆娘愚蠢的快乐。托奇马愚蠢的婆娘够多，不差菲奥多西娅一个。

不过，我们离题了。因为菲奥多西娅跟玛特廖娜和温顺的香客们吃完了早饭，开始劳动了：玛特廖娜在院子里指挥女仆们，香客们的祈祷声嗡嗡响成一片，而菲奥多西娅在织布机上织布。快到早晨七点的时候，听到早祷的钟声，妇人们去了教堂，跪着做完了礼拜。

尽管菲奥多西娅过着隐居的生活，但不知怎的，她对上帝怀有天使之爱的盛名还是传遍了托奇马和周边地区。甚至窃窃传送着一个猜测：菲奥多西娅·伊兹瓦洛夫娜怀上孩子恰恰就是圣灵感孕！这个说法是玛特廖娜抛出去的，她心血来潮把这种想法暗示给了狗钱村的妇人。不知是魔鬼让玛特廖娜编了这个瞎话，还是她幻想得到圣婴接生者的名声，反正说了这话以后，连玛特廖娜自己都几乎相信了。托奇马的妇人们随之就把菲奥多西娅奉为孕妇的守护神，潮水一般涌向尤达·拉里昂诺夫的家。最先一次是尤达什卡骑马刚出大门，看见门口站着三四个大肚子婆娘，因为出乎意料猛地勒住缰绳，马因此嘶鸣起来，前蹄腾空。“难不成这是我造的孽？”尤达脑筋飞转。与此同时马雷鸣般的嘶叫吓坏了其中的一个妇人，当时就生了，勉强来得及把她抬到门廊。就在那一天菲奥多西娅又获得了减轻生产之痛的名声。从盐场回来时尤达·拉里昂诺夫惊恐地发现，大门口大肚子女人的数量更多了。菲奥多西娅站在她们中间，为每一个人画着十字：

“祷告吧，我的姊妹，借上帝之手你会按时、轻松地生下孩子……”

“进屋。”尤达命令妻子。他一边往屋里走一边厉声喝问：“这是什么场面？”

“妇人们来，是为了让我用祈祷减轻痛苦。难道这不好吗？”

“你该让我、你的丈夫减轻痛苦，为我，而不是为全天下的人祈祷。今天有人倒在我的门廊里生孩子，明天会有人在我的院子里埋人了吧？”

“尤达·拉里昂诺维奇，妇人们是为信仰而来的，我怎么能把她们推出去呢？”

“信仰让她们到教堂去信仰。我这里不是斯帕索-苏莫拉修道院。真会找地方！再一次让我看见，全都揍扁！你滚一边儿去！”

最后一句话是针对一个老态龙钟的女香客的，她大约一个月前来到菲奥多西娅这儿。像是故意似的，这时她赶巧出现在一桶萝卜旁边。

“宽恕他，主啊，”菲奥多西娅说，“他不知道自己在说什么。来，瓦尔瓦拉，拿根萝卜，你吃吧，填饱肚子。一根小萝卜吃不穷我们，因为把它送给我们的是主，不是尤达·拉里昂诺夫[①]。”

尤达什卡火冒三丈，抽了妻子一鞭子。不重，就是吓唬她一下。可兴奋的瓦尔瓦拉贴着墙根挪进院子，奔向大门口，眼睛上下乱转，有声有色地描述了菲奥多西娅为了信仰和萝卜如何挨打。为全体托奇马人的罪承受丈夫折磨的受难者的形象让妇人们大受鼓舞。托奇马沸腾了：

“受难的大圣徒啊！为信仰放弃丈夫和娘家的财富！”

玛特廖娜从一家跑到另一家，以对方严格保密为前提讲述着菲奥多西娅在夫家的生活：

“一天只吃干面包皮，喝井水，总在祷告啊祷告！”

“据说，就因为信仰坚定，她丈夫那个恶棍白天晚上地打她？”

“夫妻之间什么事儿没有啊。”接生婆搪塞道，从她嘴里说出远房亲戚是混蛋不合适，可推翻自己编的故事她又不想。

---

① 这里用名和姓称呼丈夫，表示庄重，前面用名和父称称呼丈夫，表示尊敬。

“尤达什卡这条毒蛇因为菲奥多西尤什卡的信仰把她用链子拴起来了，让她和看门狗用一个盆吃饭！”传言如燃烧的余烬此起彼伏地爆响。

菲奥多西娅的父母来了，他们吓坏了，发现女儿没用狗盆吃饭，尽管用的也不是金碗银勺，不过这是出自她的意愿。而尤达·拉里昂诺夫正相反，他千方百计想要减弱妻子守斋的幅度，可他对付不了菲奥多西娅的信仰。

“玛特廖娜，那些传言是怎么回事？”斯特罗甘诺夫夫妇对接生婆不依不饶。

“毒舌头！”玛特廖娜恼了，“我可是从一家跑到另一家，腿都跑断了，我跟傻瓜们说，菲奥多西娅在夫家的生活就像在蜜罐儿里一样。唯一的苦就是严格守斋。可没用啊，他们把话全都说颠倒了！”

父母两人心平气和地走了。尤达决定让胡乱猜测有个了断。第二天一早他果断地扭转缰绳，去了罗金神父的教堂，这个名字在家里一直是不绝于耳：“罗金神父说，罗金神父吩咐，罗金神父建议……”

“我看啊，罗金神父是放闷屁，臭味儿飘。”尤达吹胡子瞪眼睛，抽打着马。

没一会儿就看到了举荣圣架教堂。尤达把马拴好，目光阴沉地扫了一眼大门，不情愿地画了十字，走了进去。

假如尤达没穿新靴子的话，罗金神父和他可能会找到共同语言。噢哟！哦！这是双怎样的靴子哟！这样的靴子就是放在红角也不丢人：红艳艳，靴腰上绣着花，火红的靴尖翘着！年轻的罗金神父看到这双靴子（他自己冬夏都穿着破旧的凉鞋，要么就是毡靴，因为在法衣下面看不见），酸溜溜的怨恨立刻袭上心头。这种情绪就是在心里他也不会承认，可事实终归是事实……

“你难道是想行忏悔礼？”罗金神父冷冰冰地问尤达。“我现在忙着呢。你明天来吧。”

“你的忏悔礼对我有什么用？”尤达·拉里昂诺维奇阴沉地回答。

“不管一头猪穿上什么，尾巴依然撅向屁股。”罗金神父嘟囔了一句，似乎在自言自语。然后傲慢十足地说：“那要干什么？”

“我来是让你，亲爱的神父，别烦我的妻子菲奥多西娅。别去教导她该如何跟丈夫生活，同房哪些日子行，哪些日子不行。我们自己能搞清楚，无需别人建议。”

“我不是在建议我的女儿菲奥多西娅，而是凭借上帝赐予的旨意阐明，一个敬畏上帝的妻子应该如何生活……”罗金神父辞藻华丽地开始了。

“说教的人都该痄腮。”尤达十分无礼地打断他的话，“你最好离我老婆远点儿！”

“现在我才明白，菲奥多西娅与你的婚姻为何如此苦难深重。拥有我培育出来的圣洁，拥有崇高的灵魂，跟这样一个丈夫……”

“圣洁！……”尤达火了，“我们吃进去圣人，拉出来魔鬼！”

这些话让罗金神父缩起身子，大声祷告起来。

“我们没工夫在修行室守夜。我们是煮盐人！我们从群鬼的鼻子底下掏出地里的盐巴。”尤达继续说道。

罗金神父转去念赞美诗。实际上他只是在拖延时间，好让自己集中脑力，不丢神职人员的面子，体面地攻下卑鄙的尤达什卡。

“你别在这儿给我哼哼呀呀地祷告，别把嘴脸扭开。”尤达发起了攻击，“菲奥多西娅原先是个像模像样的女人，快乐，漂亮，可你瞅瞅，你的努力把她变成了什么：黑黢黢的，单薄得像个木片儿。灵魂靠什么撑着？”

“靠信仰！”罗金神父声音高亢，“人靠信仰活着，而不是靠……”

他差点儿叫出：“……而不是靠鲜红的靴子！”不过他及时地纠正过来：

“……而不是靠男欢女爱！”

罗金神父甚至试图把十字架挥向该死的尤达什卡，可他克制住了冲动，因为他担心自己没有足够的力气打倒对手。尤达的拳头可比神父的拳头有分量得多。

尤达·拉里昂诺夫看见了修士的小动作，恶狠狠地警告他：

“别冲动，不然你就要用屁股烤鸡蛋了！”

“我把你……我给你……阿芙多季娅，把尼封特神父叫来！”神父压低声音哀叫。白费劲了，因为阿芙多季娅不在附近，由强大的同僚尼封特神父体现的救星来不及救他。

“主啊，宽恕这个无赖。”罗金神父大声恳求，“我无力与他搏斗。”

“你用祷告斗，亲爱的神父，用祷告，”尤达什卡建议他，“你就说，让雷就地劈死他！惩罚尤达！”

“他会惩罚的，会惩罚的，”罗金神父保证，“只不过我们对你的惩罚不会如你所愿，不是用天雷轰顶。我会恳求上帝，让菲奥多西娅把自己彻底奉献给信仰，离开你恶臭的居所。”

因为找到这样的回答，罗金神父有了底气，大胆地看了看尤达的眼睛。“她怎么会喜欢上他？嘴脸简直就是个羹汤盆。红眼珠如同燕麦粥。”神父酸溜溜地发现。

“你能把卵蛋从托奇马甩到吉涅什马[①]？”尤达说，他今天罕见地能说会道。“你阔步前行，可别扯裂了裤衩。”

“下流坯子，从圣殿出去！”神父不知该回应什么，他甩了一下袖子，“阿芙多季娅——娅！”

烤圣饼的女人终于有回声了。

“送忏悔的人出去。”罗金神父下令，随后转过身，匆忙躲到修行室去了。

尤达·拉里昂诺夫又站了一会儿，对着圣坛画了个十字，走了出去。

脸色通红的罗金神父到了修行室，神经质地灌了几口冰凉的克瓦斯

---

① 这两个城市相距近五百公里，吉涅什马有著名的圣母升天女子修道院。

饮料——因为是8月的炎热天——揪了块面包，嚼了起来，脑子思谋着如何报复。"报复"这个词当然没说出来，那是"上帝的惩罚"呀。

"你就等着憋死吧，该死的尤达什卡！"罗金神父终于嘟囔了一句。"菲奥多西娅会完全抛弃世俗生活，成为上帝的圣徒。而你就守着在世的妻子当鳏夫吧。到那个时候你就会想起罗金神父了！今天我就叫菲奥多西娅来谈话，建议她把家庭生活变得还要寡静，让上帝更欢喜。"

的确，就在这天傍晚罗金神父疾言厉色地建议菲奥多西娅完全拒绝与丈夫合房，让腹中的胎儿不要从胎儿的指缝中看到纵欲的××（神父的说法是"纵欲的生殖器"），不要听到淫荡的呻吟。

菲奥多西娅履行了牧师的教导，从里面用火钩子把屋门插上，完全不让尤达上她的床。尤达拽了拽门闩，听了拒绝的话，踢了一脚门，眯起红眼睛，骂了罗金神父两次"××玩意儿"，去找女奴了。"好吧，生孩子前就让她隐居吧，"他想，"看得出来，菲奥多西娅是因为身子重脑筋坏了，为孩子担心。也许孩子一出生就不会这样犯傻了。"

……菲奥多西娅是8月初生下孩子的。都在收割庄稼的婆娘们突然发现，天空变得凉爽、清新，好像上面泼了一盆井水，刚刚还让人汗流浃背、浑身燥热的太阳如同伴着古斯里琴的舞蹈，洒下清新的光。

"真稀罕！"婆娘们惊讶地说。随后都画了个十字。

她们的信仰朴实无华。

"主啊，帮我。"菲奥多西娅轻声说道。她也画了个十字。

她面对神龛跪下，对圣母像拜了一拜，开始祷告。祷告没中断，孩子就生了，只不过玛特廖娜婶婶及时地把孩子抓住了。

"小子。"接生婆嘎地叫了一声。

可菲奥多西娅依旧在祷告，唯有脸上滚落的泪水暴露了她的情感。

第十七章　考验篇

“你爱吗？”罗金神父声音低沉地问。

“我爱！”菲奥多西娅狂热地回答。

她的心脏如尖叫的海鸥在胸腔中咚咚跳动。

“你的爱有多强烈？”

罗金神父享受地问着菲奥多西娅。被情欲强烈控制住的男人熟练、锲而不舍地在少妇的衣裙里摸索着，把她身体的热望撩拨起来，直到她不仅不抵触，而且自己就渴望把隐情暴露出来，因为她无法忍受爱欲的折磨。罗金神父渴望推动他教化的妇人为爱上帝做出最为匪夷所思的牺牲，他的做法有如一个老到的诱惑高手。他的信仰是自私的。成为上帝在正教最高宝座上的代理人，这就是神父雄心勃勃的梦想。当他坐在教堂的隐修室，若有所思地一点点揪着黑麦面包、食不甘味的时候，薄嘴唇上能若隐若现地浮出微笑，原因就在于此。由水萝卜和冷粥构成的物质上的餐食完全满足了罗金神父的需求。更确切地说，他甚至都发现不了自己吃的是什么：是克瓦斯、葱头还是萝卜？因此您可千万别怀疑罗金神父嫉妒尤达·拉里昂诺夫的物质财富！绝对没有！罗金神父毋庸置疑地拒绝给自己的妻子、神父夫人奥列吉娅买新的皮大衣或是帽子。“你住口，可怜的人！”罗金神父高喊，甚至略略扬起一只手。“最伟大的人最贫穷！他要是开始想皮袄和长衫的事，成何样子？啊？！”

罗金神父渴望达到神职位置的顶峰不是为了把黑麦面包换成小麦面包，而仅仅就是希望成为主教，或者像他自己悄悄说的，成为教主——这是实情。正是由于这一点，看着别人的红靴子时他感到屈辱：如果你连上帝都不敬，怎么可以穿金戴银？从一个愚蠢、自以为是的丈夫手里把他的妻子夺走，让她把罪孽的床榻换成信仰的沃土，这难道是报复？在罗金神父的计划中看出哪怕丝毫报复性的人，他的诽谤都会显得邪恶无比。不，推动罗金神父的只有把宝贵礼物献给上帝的愿望！可如果是这样，那为什么他的训诲变得越来越折磨人呢？刽子手处罚窃贼都不像罗金神父教导菲奥多西娅这般坚定，这般殚精竭虑。因为他的问题和训诲的冲击力越是强烈，一年半以前第一次忏悔礼时他心中产生的有关菲奥多西娅的念头就越是让他感到罪孽。因为不肯承认这一点，罗金神父把菲奥多西娅推向了受难的信仰，为他自己偶然的弱点承受磨难。

“我有多爱上帝？”菲奥多西娅声音颤栗，又说了一遍。

然后她把抱在她手里的儿子阿盖尤什卡的小手从脸上拨开。

罗金神父看了看蓝色大眼睛惊讶地瞪着烛火的小孩子。阿盖尤什卡已经十个月大了。孩子漂亮得出奇！壮得像根小水萝卜、讨喜、不哭不闹的阿盖尤什卡一刻不停地摇来摇去，在长凳旁边挪动着脚步，嘴里含糊不清地说着“乌父”，意思是“我们的父”。阿盖尤什卡像男教民该做的那样，双手握着帽子，只不过他不时把它拖到嘴边或是伸到母亲胸口。

“我如此爱他，任何诱惑都让我憎恨！”菲奥多西娅握住儿子的小手说道。“想要晒晒太阳的念头诱惑我的时候，我愿倒栽葱跌进地窖！吸一口草地或花园芳香的诱惑产生的时候，我愿摔进粪堆！要是能够祈祷不让夏天的风、水流、面包的气味、森林和云朵的美景松懈我的身体，那该多好！为了承受哪怕一丝他承受过的折磨，我愿啃铁一样硬的面包或杨树皮，穿树皮裤，戴芦苇头巾，睡荨麻！”

“这些都是美好的愿望，”罗金神父夸赞她，“救主此刻正欢喜地聆听你的心声。只不过你不要忘记，不管是在粪堆上还是在荨麻丛中，你都依然在享受神赐予的生命，可他却接受了苦难的死亡！”

“这一点我日夜牢记。”菲奥多西娅带着病态的狂热说道。

“好。”神父语气严厉地回答，似乎在说：“瞧，就该如此！”

他瞥了一眼菲奥多西娅，似乎不相信自己的耳朵和眼睛。这难道就是那个曾几何时用愚蠢的争辩、荒唐的问题打断忏悔礼的女子吗？罗金神父想起菲奥多西娅对用圣香医治身体疾病的本质产生的荒谬的胡思乱想如何把他，一个神父，逼进绝境。而一切都开始于罗金神父对禁止夫妻在有圣像、十字架、香烛、香炉和其他圣物的场合交合这个问题所作的清楚明白、简单易懂的解释。

“在圣龛的背景下丈夫与妻子交媾只会让魔鬼欢喜！应该把圣像蒙上或是在其他场所履行夫妻义务。”

“对啊，神父。那成了一种时髦：你在哪里四脚朝天，哪里就是圣地。瞅好了，救主是万能的！”

“对。”罗金神父点了点头。

但菲奥多西娅突然陷入了沉思。

“那贴身戴的十字架呢？”她问，“可以戴着它做爱吗？该把它放到哪儿呢？塞到怀里？”

“摘下来！”神父严厉地说。

“可是不戴创造生命的十字架夫妻就得不到保护吧？撒旦容易掌控他们……”

“为了摆脱魔鬼的阴谋，夫妻必须在交合的时候诵读祷告词。”罗金神父找到了答案。

“读哪一段，神父？”菲奥多西娅惊讶地问。

“哪怕是‘圣母啊，欢喜吧！’”

“哦，神父大人，同时做两件事我能办到吗？”菲奥多西娅满腹狐疑。“怎么会不念错呢。”

“就算在摇摆的时候念错了，也不是多大的不幸。重要的是，要不间断地祷告。那样的话，交合就不会是为了情欲，而是为了繁衍后代。它就不会如此有罪过。”

“等等，亲爱的神父啊！可是如果贴身的十字架不能佩戴，那怎么能允许念祷告词呢？祷告词可是圣物吧？就是说，佩戴十字架是罪，那念祷告词不是罪吗？”

罗金神父咳嗽了一声。他理了理僧袍，以赢得时间考虑。

“圣像或是香炉在教堂被行过圣礼，而说出口的祷告词根本就没在教堂经历过圣礼，难不成这一点搞不懂吗？因为每段祷告词都不能放在手里，对它撣圣水、熏香。”

“啊，是啊！”菲奥多西娅认同。

她考虑了一会儿听到的话。

“那么该怎么把香膏敷到脓疮上呢？您，神父大人，亲口嘱咐过，治病不能使用草药膏，要用圣香膏。”

“在暗处！”罗金神父口气坚决。

“难道救主在暗处看不见？”菲奥多西娅产生了浓厚的兴趣。“如果把屋子里的蜡烛熄灭，他就看不清淫浪？”

“他当然看得清！”神父气恼地叫喊。“说上帝在昏暗中不警醒是异端邪说，是他亲自把黑暗与光明分开的！”

“我也认为救主在暗处的视力不比猫差。那为什么在把香膏敷到阴茎上的时候要熄灭蜡烛呢？或许，最好在此之前只是提醒一下救主？说，他就要看到的事不是对圣物的嘲讽，而是治病？”

罗金神父疲惫不堪地半闭双眼，然后难过地提议：

“就这个案例我想请教苦行约翰[①]。”

“好吧，”菲奥多西娅同意了，“请教吧，亲爱的神父。干吗不请教呢？一个脑袋好，两个脑袋更好。”

“她身体洁净了，灵魂也洁净了，”罗金神父确信这一点，“没说蠢话，而且如我所愿，把一切都导向信仰，渴望的唯有一件事——深爱上帝超过世上的一切！超过爱丈夫、父母、自己以及自己的孩子。”想到孩子罗金神父来了精神。又想出一种敬神的考验让“刽子手”如此高兴：神的仆人能否承受住呢？这种考验是否有益处呢？

“你是否爱主像亚伯拉罕爱他一样？”罗金神父盯着阿盖尤什卡问。

“是哪个亚伯拉罕？”菲奥多西娅惊恐地问，她把儿子紧贴在胸前，吸了一口他在烛光照耀下闪着金光的头顶散发的馨香。

“妻子撒拉为他生了儿子的亚伯拉罕。”

“生了阿盖尤什卡？”菲奥多西娅心惊胆战地嘟囔了一句。

“差不多，”罗金神父猛地嚎叫了一声，“只不过他名叫以撒。”

“感谢你啊，救主。”稍稍松了口气的菲奥多西娅悄声说道。

“以撒长大的时候，”神父更加聚精会神地盯着阿盖伊卡，“上帝决定考验他……”

“考验孩子？！”菲奥多西娅恐惧地问。

“哪是孩子啊，是他父亲，亚伯拉罕。”

“亚……亚……亚伯拉罕……那有什么，如果需要，我也会为自己的孩子献出生命。”菲奥多西娅认同。

“上帝对亚伯拉罕显身，说：‘你带着你的儿子，就是你独生的儿子，你所爱的以撒，往摩利亚地去，在我所要指示你的山上，把他献为燔祭……’”

---

① 即11世纪末基辅洞窟教堂的苦行僧。

“我记得，神父，不要再说了……以撒问父亲：燔祭的羊羔在哪里呢？亚伯拉罕把柴摆好，拿出了刀……不要再说了，神父……”

“亚伯拉罕为了上帝不吝惜自己独生的儿子，他的信仰多么伟大。你的信仰也是如此强烈吗？”

“可是他要我的孩子干吗？”菲奥多西娅惊恐地问。

“主需要的不是孩子，而是你……”

“那就让他把我拿去……”

“那样的牺牲太轻松了……就是说，你对上帝的爱不像你说的那么热烈。牺牲一件皮大衣和耳环就断定这样足够了？”

恐惧和慌乱攫住了菲奥多西娅的心。此刻，在圣殿之中，该面对上帝说她准备把儿子献给他吗？他拿走会怎么样，欢喜吗？说她对他的爱没有强烈到可以牺牲宝贝儿子？要是那样，主会不会发怒？是否会因她不信仰而受到羞辱并进而施罚，用天雷击中阿盖尤什卡？“哦，主啊！”

“主最爱谁，就会给谁最大的考验。”罗金神父语气威严地提示她。“他献出自己的儿子，让他在十字架上受死，因为他爱他，菲奥多西娅。可是你呢？……你会把自己的儿子奉献给他吗？”

“乌父……”阿盖尤什卡口中咿咿呀呀，“乌父……”

“我奉献……”菲奥多西娅说，声音僵硬。

“好。”罗金神父表示赏识。

但他的心肠没有变软，他重新抖擞精神：

“嗯，淫欲的恶魔依然在折磨你吗？”

“折磨，神父。”菲奥多西娅坦白，声音勉强听得到。“做梦的时候。我可是睡在戒床上啊，为了不让身体愉悦，头下没有枕头，放的是稻草，每夜祈祷三次。可柔情有时会袭来……我有罪啊，神父！”

“梦里你会有性欲高潮？！”神父气愤地高喊，“这是魔鬼在与你交媾！”

“我究竟该怎么办啊，我的神父？该如何除掉这种身体疾病？”

“把××从自己的××里挖掉！”罗金神父嚎叫。说完，他惊恐地透过僧袍摸了摸自己的××：是否还在？

“挖掉？！”菲奥多西娅声音颤抖着说。

她狂乱地搂紧儿子。为了爱作出牺牲在所难免：他必须拿去珍贵的礼物。可是她，菲奥多西娅，除了救主能作为供奉的羔羊加以接受的她儿子和她自己的身体以外，还有什么呢？蓦地，仿佛信仰之核呈现在了眼前，菲奥多西娅高呼：

“主啊，如果我净化了作为撒旦工具的身体的污秽，你是否相信我的爱？你是否会轻松？”

“对，他会。”罗金神父煽动着菲奥多西娅的意图，肯定了她的话。“假如所有的妇人都摆脱了自己身体里的淫欲根源，他与撒旦的战斗会轻松多少啊！”

“我要这样做！”菲奥多西娅斩钉截铁地说，“祝福我吧，神父。”

菲奥多西娅抱着疯狂、决然的牺牲准备出了教堂。她飞快地直奔家门，感受不到抱在手里的阿盖尤什卡的分量，赤脚也感受不到收割后的庄稼茬的尖刺。空气在颤抖、摇曳，无色但却黏稠，苦涩的汗水流进了眼睛，为爱而痛苦的心敲响着福音。

“菲奥多西尤什卡回来了。”玛特廖娜在大门口迎接亲眷，“来，把孩子给我。菲奥多西娅，你干啥死掐着小子？瞅瞅，像只螃蟹似的掐着。你到底怎么了？”

“救主不是因为我们的罪才仁慈……”菲奥多西娅说，她愣愣地望着接生婆，就像中了魔一样。“他宽恕了我的弥天大罪，怀抱大善留下了一个私生子的命。可我用什么让他欢喜过？用什么偿还过？用粗布衣裳换下了艳丽华服？哦，我这个忘恩负义的人啊……”

“你干吗像捣豆一样揉搓儿子？”玛特廖娜用力从亲眷手里往外拉扯阿盖伊，“你在发癔症吗？你在家，没在教堂。教堂和家门两分开。安静！上帝上下左右把你护得好着呢。你还想要他干什么？”

菲奥多西娅和玛特廖娜目前没住尤达·拉里昂诺夫的大屋，而是住在靠近后门的一座不大但舒适的木屋里，因为同往常一样，怀着孩子和不孕的妇人们陆续来到了盐镇，而尤达什卡讨厌这些朝圣的人。玛特廖娜乐意迁入小木屋：坐着名贵大车抵达、想要触摸一下菲奥多西娅衣裳的大肚子妇人立刻就发现了接生婆。没钱的妇人把脸贴向菲奥多西娅的衣摆或袖口以后，欢喜地回了家，负担轻松地就卸下了。玛特廖娜陪伴有钱的，亲自为她们接生，收费不多，但也已经攒了两钱袋，藏在内衣底下。不，她，玛特廖娜，再也不希望上帝给她什么了。再多有什么用？该有良心才是！该收手时就收手。可菲奥多西娅却总是收不了手。如今她胡思乱想了些什么？

“玛特廖娜婶婶，你把儿子抱上。”菲奥多西娅终于回过神来，“牢牢地抱着，别脱手。”

“我怎么会脱手摔了他呢？难不成我的手连个孩子都抱不住？”

“一辈子，一辈子都别脱手……”菲奥多西娅喃喃自语，前言不搭后语。“这件事早就该做了……”

“究竟做什么？你能说清楚吗？”

“把魔鬼的××从身体里挖出去。”

“没有××的婆娘算个什么？”接生婆咋咋呼呼地高喊。“卵蛋要是给了娘们儿，那就成了个爷们儿。”

菲奥多西娅到处打量，看到架子上的刀以后猛地顿住了，她碰翻了小柜子，把它一把抓过来，面对圣龛跪了下来。菲奥多西娅念念有词地祷告了一会儿——说的什么玛特廖娜没听清——然后发出尖厉的呼号：“愿你的名为圣！”她撩起裙子，没有比量，手没有哆嗦，自上而下把刀刺入下体。

一开始血一滴一滴流下来，后来喷涌而出，血流如注。

最初的瞬间菲奥多西娅什么都感受不到，她伤心地认定，自己的牺牲救主没有接受。但片刻过后，让她眼前发黑的剧痛贯穿了她的整个身体。为了减轻痛苦她真想大喊啊！可菲奥多西娅担心吓着阿盖尤什卡，害怕他的哭声会让上帝联想到他以罪孽的、私生子的身份存活在尘世间，于是她咬紧了牙关，但还是摔倒在地板上。

大门旁的朝圣女人们帮着玛特廖娜把苦主抬到长凳上。接生婆小跑着去了森林里一趟，把药草配上牛油做成膏药，敷在亲眷的两腿之间。这一切菲奥多西娅都一概不知情。因为她胡话连篇地躺了整整一个礼拜。这段时间玛特廖娜除了没向苏亨纳河里的鲑鱼和森林里的熊通报以外，一直骨碌碌转动着眼珠向众人说着菲奥多西娅的功德：

“一边祷告一边把魔鬼的××挖了出来！就是在睡梦中也不让撒旦诱惑淫欲！瞧瞧，我的小燕子对我们救主的爱有多强烈！”

话说到最后，一成不变的是接生婆擦眼抹泪。

有关菲奥多西娅壮举的消息给托奇马人留下了如此强烈的印象，许多妇人，甚至是欲望最强的妇人，一段时间里都停止了放浪。两个卖身的妓女彻底放弃了她们的营生，出家进了斯帕索-苏莫拉修道院。骄傲的罗金神父作了长篇布道词献给这一事件。不过，在给予菲奥多西娅的行为应有赞扬的同时，神父有些嫉妒，嫉妒不是由他来完成这一功德，不是他，罗金神父，苦行僧，因此，他借助大量敬神而致身体伤损的事例，冲淡了教民们诚惶诚恐的兴奋。

“住在希腊梅杰奥山上的苦行圣徒、巨眼萨沃斯蒂安，渴望祷告时不仅白天而且夜晚都保持清醒，因此他割掉了自己的眼皮。上帝圣洁的仆人菲奥多拉割掉了自己的乳房，目的就是不给因魔鬼的阴谋而受孕的孽子哺乳。”

这些故事收效显著。

“真有你的！”托奇马的人们一边惊叹着，一边画着十字。

……一周过后菲奥多西娅醒了。她依旧闭着眼睛躺着，但倏忽间却已经感受到了8月清晨的、有干草和苹果味道的气息，听到了阿盖尤什卡的呀呀呢喃和他喜欢的玩具发出的清脆响声，那是里面装着一只风干橘子的水晶小瓶。

由于温柔的声响、怡人的气息以及不再疼痛，菲奥多西娅感受到了幸福。她躺着，享受着救主赐予她的新的生命，救主一定是接受了她的牺牲。一幅幅美好的画面掠过她的脑海。哪怕眼睛不睁，她也看见了小木屋朝向院子、院门的唯一一扇窗户；看见了大敞的院门，门外是一条通向灿烂阳光下的松树林的宽阔的大道；看见了在窗边的长凳上玩耍的阿盖尤什卡；看见了热闹地说着话从菜园回来的、下坡走向苏亨纳河边的托奇马人；看见了牧场。蓬松的金色祥云在菲奥多西娅眼前飘过，谦卑的野花送来清香。

菲奥多西娅就这样躺了很长时间，无意识地感受着犹如柔软的浪花一般向她荡漾而来的上帝的恩惠。她终于睁开了眼睛。把头转向窗户。风儿摇动着树皮编的篮子，篮子里放着奇妙的、装着橘子的、偶尔碰撞出声响的水晶瓶。窗边的长凳空着。小木屋也空着。

“阿盖尤什卡！”菲奥多西娅喘着粗气喊了一声。

一阵风穿堂而过，吹翻了小篮子，水晶瓶掉到地上，滚出一条弧线，在圣像下面停住了。

第十八章　圣愚篇

“菲奥多西尤什卡，把摇篮放下，你拖着个摇篮要去哪儿啊？”玛特廖娜抓住用椴木凿出的、里面曾经睡过阿盖尤什卡的雕花摇篮的边缘，想把它从菲奥多西娅手里拽出来。

“等我身子轻了，要把小基督放到哪儿啊？我要用什么来摇他？”

“菲奥多西尤什卡呀，”玛特廖娜抽起了鼻子，“你已经生了。难不成忘了？”

菲奥多西娅疑惑地把一只手贴到肚子上，瞥了一眼塞满麦秸、用粗绳子绑在她肩头的摇篮，然后一根手指惊慌失措地碰了碰下嘴唇……

“那他在哪儿呢，玛特廖娜婶婶？小娃娃耶稣在哪儿？让人把他抱来。该喂喂他了。”

“圣父圣父圣父啊！”接生婆画了个十字，“雪上还要再加霜啊！菲奥多西娅，乖女儿，耶稣是马利亚生的。你生的是阿盖伊。”

“我知道，玛特廖娜婶婶，”菲奥多西娅说，脸上带着柔顺、慈爱的微笑，“主让阿盖尤什卡升了天堂。我就躺在这儿，长凳上。窗户开着。突然奇妙的香气弥漫开来……香甜的风飘进房子。传出阵阵妙音，仿佛小银钉敲打水晶瓶儿。我的灵魂漾起如此的美好……‘这意味着什么？’我心想。转头望向窗户。我看见一幅祥和的画面：一朵镶着粉红毛边的金色云彩飘了进来，接住我的阿盖尤什卡，飘了出去。我跑向窗口，一看，阿盖尤什卡在云彩上呢。他在上面对着我笑，咿咿呀呀，两只小手扭啊扭……我欢喜地喊：‘主啊，你为什么带走了我的阿盖尤什卡？难不成他是神的选民？’主放射着金光，像麦垛一样金黄的光，他从天庭回答我说：‘我的天庭这里需要至美的天使。像你的阿盖尤什卡这样的天使。’”

菲奥多西娅停下了。玛特廖娜深深地吸了一口气，出气时发出的是木杵捣酸菜桶的声音，然后又画了一个十字。

“他什么时候跟你说过圣婴耶稣了？”接生婆问，“他可没说过呀！”

菲奥多西娅的眉毛痛苦地抖了一下。她的舌头找到了嘴里面门牙之间的凹槽。她咽下了口水。眼睛里涌出泪水。

“没说过……”

“就是嘛。你把摇篮放下，别背着。”玛特廖娜恳求她，语气柔和。“我会看好它。铺上新的麦秸。”

接生婆开始小心翼翼地拉菲奥多西娅肩头的绳子。

菲奥多西娅打了个哆嗦，抓紧她的担子。

“我担着，让我担子更重一些。基督的肩上担着十字架。我连他的一根头发都不值，难道要轻轻松松？”

她沉默片刻，可怜巴巴地说：

“要是突然在路上遇到阿盖尤什卡，我把他往哪儿放？”

“你怎么可能遇上阿盖尤什卡，菲奥多西娅？”玛特廖娜失去了耐心，嚷嚷起来：“狼把他撕碎了！他的灵魂已经在天上了！他的小摇篮在那边，金的，要么就是水晶的！你把这块椴木疙瘩扔了，你瞅瞅，它都已经被雨淋得灰蒙蒙的了！里面的麦秸都烂了！”

菲奥多西娅的眼皮和睫毛抖动着。眼球上的一条鲜红血管，像是一根纤细丝瓜筋的血管，仿佛从湿润的粉红眼角弥漫开来，把眼珠染成野玫瑰果的颜色。

从阿盖尤什卡硬生生在木屋里失踪、从他玩耍奇妙橘瓶的小窗边失踪的那一刻开始，托奇马人中间就有了各种说法。菲奥多西娅坚信，孩子应了主的召唤升天了，主想要阿盖尤什卡做天使。大部分人都相信狼的传言：虽说那个夏天森林里野物丰富，但还是有一头疯狼在列坚吉村的周边地区游荡，吓人哟，简直就是魔鬼现身！要么是它亲自拖走了孩子，要么就是它忠实的母狼遵照它的指示完成了这桩血案。挨了树条抽打的家丁甚至承认了，说他们看见栅栏外面闪过一个毛蓬蓬的灰皮的东西。好家伙，如今奴仆们都清楚地想起来了，他们瞅见狼了。可当时他们认定跑过的是条普通的狗。

“你个瞎马虎眼的东西，怎么能把狗和狼弄混了？”尤达·拉里昂诺夫一边抽打家丁季什卡，一边嚎叫着，叫得口水都挂到大胡子上了。“等明儿个东家的牛犊被撕巴了，你会胡咧咧，说你把狼跟兔子弄混了？！”

家丁们顺从地挨着鞭子。哪儿哪儿都是他们的错：东家的孩子都没看住！唉，该死的狼拖走的咋不是奴仆阿梅尔卡的周岁丫头呢！这个灰皮强盗，撕咬哪个孩子对它还不是都一样，撕了别的孩子还能博老爷们一乐！

关于阿盖伊失踪的其他传言一开始就有，比如说：林妖拖走了，在苏亨纳河里淹死了，等等。有一种假设是马特廖娜提出来的，她带着这恐怖的信息跑遍各家各户。她推测说，是茨冈人把阿盖尤什卡偷走了，他们要把他带到非洲去，把他卖给那边的光屁股非洲王，非洲王早就想有个白生生、蓝眼睛的娃娃了。不过，马特廖娜自己就把这个猜测当作完全不可信的瞎话推翻了。

应该承认的是，菲奥多西娅一开始也哀嚎着“狼！狼！”，披头散发地跑遍房前屋后的田野、密林，先是指望找到受伤但活着的孩子，后来指望哪怕找到阿盖尤什卡的小骨头也好。两脚绊着庄稼茬和松树根，菲奥多西娅陷进土里，哀声嚎叫着。可到了第三天，当她死气沉沉地在地上躺着，感觉自己像个空空的、从树上掉下来的鸟巢，巢里有一堆被鼬鼠吃空的、花斑点点的小小蛋壳，这时一个念头如同在空中颤抖的细流落入她的脑海，这个念头是以信仰的形式出现的，无需证明：阿盖尤什卡升入了七重天，此刻正从云朵后面乐呵呵地望着她菲奥多西娅，在跟她捉迷藏，就像前不久他们玩这个游戏一样，当时她用帕子蒙住阿盖伊的小脸儿……"我们的阿盖尤什卡在哪儿呢？没有，没有……喔，他在这儿呢！"阿盖伊卡从头上揪下花手帕时，菲奥多西娅乐呵呵地说，故意做出惊讶的表情。

"他在这儿呢！……"菲奥多西娅对着天空瞪大眼睛，幸福地说，那是一种温顺、透亮的幸福。

然后她从苔藓和松针"软床"上站起身来，软床颤颤悠悠，让人身心愉悦，就像苏亨纳河岸边的小船在脚下摆动。

一只长得像是罗金神父的蚂蚁在菲奥多西娅手上飞跑。

"上帝最爱谁，他就最厉害地考验谁。"菲奥多西娅怀着奇特、苦涩、历经磨难后的喜悦说道。这如烟一般飘渺的喜悦像是身有残疾的俘虏拼尽力气蹭到亲爱的家门时体验的那种喜悦。他用尽最后一丝力气爬上门廊，拖着身子，用拐棍敲打干裂的门。哪怕门都已经锈住了——因为母亲和父亲长眠在墓地——可还是能打开，炉子散发出凝滞但却亲切的气息，圣角上的涂金圣像黝黑，小窗户面向春天的、要奋力拱出沉甸甸麦穗的田野。桌子上放着一只碗，似乎是母亲用心留下的，一只粗陋、年头久远的石碗，它在呼唤他把虽难咽但却依旧充满新生命的酒一饮而尽。

"菲奥多西娅凭借她的功德——挖掉××，在夫妻的床榻上守身如玉——赢得了神的馈赠。"这天傍晚罗金神父在布道时狂热地说教着。"因为其虔敬的生活，主来奖赏了菲奥多西娅：把她的儿子阿盖伊直接带到天国去了，免除了他尘世生活的苦难。而你们，罪孽的女人们，你们的孩子将要在这个世界背负沉重的负担！劳作不断，筋疲力尽，操心不止，饥寒交迫！罪人们，你们有谁……”这样说的时候罗金神父大怒的目光扫向抱着孩子扎成一堆儿的婆娘，“……你们有谁准备此时此刻就从自己的身体里挖掉××，让主召唤你们的孩子进入美好的永恒生命，陪伴在他身旁？啊？”

妇人们痉挛着把孩子紧贴胸口，埋下脸，对于自己没做好准备感到羞耻。男人们清着喉咙，揉搓着帽子，诚惶诚恐地画着十字：他们也没准备好去作出这样的牺牲。唉，罪孽的托奇马教民啊！

“我们的神父啊，”妇人中有一个怯生生地开了腔，“亲爱的上帝为啥让狼群撕碎了孩子？难不成就不能用别的方法召唤婴儿？在梦里或是啥的……”

这个问题让罗金神父兴奋了。

“撕碎了上帝奴仆阿盖伊的狼，那就是魔鬼！在与它的血战中死去的只是身体，但不是灵魂！假如阿盖伊在梦中、在草地的鲜花中接受了死亡，这是不会让上帝高兴的。需要接受苦难的死亡，那样上帝才会愉悦，逝者本人才会愉悦。新亡人从天上望着自己过往的生活，他会想：‘主啊，尘世的生活多么阴暗，里面又有狼，又有其他的灾难，获得永恒的生命多么让人欢喜，让身体的外壳留在野兽的牙齿间吧！’留给狼，即魔鬼的只是卡住它喉咙的内脏和肠子，上帝得到的却是灵魂！”

不过菲奥多西娅没听到罗金神父的那次布道。回到家以后，她走进黑糊糊的牲口棚，用一把木梳给大个头的山羊奥尔登茨梳毛，它的毛长长的，末端拳曲，气味冲，颜色红，像烟草一样。山羊很是困惑，斜着一只放肆的眼睛，不知道它该作何想：托奇马人从来不给山羊梳毛、剪毛！收集了一大把膻烘烘的羊毛以后，菲奥多西娅坐到纺车边，直到纺出一团扎手的粗线才站起身来，那团线里夹杂着带刺的干草、稗子、麦芒、木刺、碎芥菜皮和其他死死地扎入奥尔登茨毛皮里的垃圾。揉搓臭烘烘毛线团的时候，菲奥多西娅时不时地望一眼窗外，对快乐地在天上玩耍的阿盖尤什卡露出温柔的微笑。纺线的活儿干完了，菲奥多西娅嚼了一块饭盆里风干的煮芥菜头，喝了一捧水，坐到织机前。直到膝头一折一折堆起一块硬得像铁丝一样的布——刚毛布[①]——她才离开织机。随后她从穿堂里拿来橡树皮和黑莓干果，放到锅里煮，把布料浸入煮好的水里，默默地坐在旁边，直到刚毛布从鲜红变成黑红。在炉边烘干以后，菲奥多西娅把宽幅布剪成两片，每一片都对折起来，缝合，只留出领口和袖口。然后脱掉黑衣裳，因为对于渴望排斥一切甜美的身体来说它太柔软了，她本想把内衣脱掉，可羞于赤裸没脱，赤裸的肉体有可能透过织线稀疏的刚毛衣露出来，随后她穿上苦行的山羊毛线衣。可菲奥多西娅觉得刚毛衣的下摆太整齐了。她把边缘撕了几道口子，衣摆因此垂挂下来几条破布。

“好。”菲奥多西娅高兴地说，然后往头上包了一块粗硬的布头。

菲奥多西娅享受地吸了一口山羊的膻气，走近红角，跪了下来。

念完“我们在天上的父”，她开始祷告：

“主啊，谢谢你把你的奴仆阿盖伊带到永恒幸福的光明王国，免除了他在烦忧尘世的苦难。宽恕我，主啊，我，你卑微的奴仆，在承受你如此仁慈的对待之后还胆敢再恳求你。我恳求你让我承受肉体难以忍受的苦痛、磨难、考验，以此驯服身体，把它变成活的尘埃，让我罪孽的身体不去妨碍灵魂走福音之路。不要拒绝让我承受苦难，主啊！告诉我，该怎样加重我身体的负担？”

菲奥多西娅背后传出咯吱声。她转过身去。阿盖伊的木摇篮轻声摇摆了一下，是绳子与天花板上的铁环摩擦发出咯吱咯吱的声音。一道黑影在长凳上移动。

“感谢你！”菲奥多西娅赶紧说了一句。

她跳了起来，一边驱散惊恐一边跑向小摇篮：瞬息之间菲奥多西

① 苦行僧用的衣服料。

娅隐约觉得，她会在摇篮里看到一具苍白的小小尸体……可木槽是空的……“不管是活的还是死的，阿盖尤什卡要到哪里去待着呢，要是此刻他在天上醒着呢？”菲奥多西娅假装兴奋地大声说道。为了不让自己在游方时受到把头靠到柔软枕头上的诱惑，她从摇篮里拿掉羽绒枕头和被子，往木床里塞满麦秸，然后把它从铁环上摘下来，用绳子绑在肩头。把橘瓶、伊斯托马的十字架和上面绣了天体的蓝绸子用一块布包起来，系在刚毛衣下的腰带上。齐了！菲奥多西娅甚至连杯子或木碗都不会拿的。要是她随身带着杯子，那就会有诱惑，诱惑她去畅饮热乎乎的浆果甜水或是克瓦斯，使她犯下贪食之罪；而没有杯子，菲奥多西娅就会用手捧水喝，以此消解干渴。碗会诱发往里面盛粥的罪孽愿望。不，用不着碗，上帝在田野上和森林中赐予的果实会让菲奥多西娅吃饱的。如果说基督在荒漠以干蝗虫为食，那么吃粥以取悦贪婪的肚腹对菲奥多西娅来说就更加是罪过。对躯体要驯服再驯服，让它变成灵魂多余的躯壳。到那时，主看到菲奥多西娅的灵魂准备好与他见面了，他会召唤她进入永恒的王国，在那里她会跟阿盖伊和伊斯托马相遇！……这就是菲奥多西娅为自己确定的任务。

就这样，她身侧拖着木摇篮在托奇马和周边地区漂泊了整个秋天。在教堂前的台阶上（不进教堂，因为里面舒适、温暖）和市集里醒来、祷告。要是城里面太热闹，她就去田野，到孤零零的白桦树或松树下，在那里眼望天穹祷告。菲奥多西娅尤其喜欢秋天的瓢泼大雨灌满摇篮，铅一样重的雨滴打在她背上。菲奥多西娅走在浸透雨水的路上，水从摇篮里泼洒到腰间，可她没有感觉到冷，似乎身体与她是各自单独存在似的。很晚回到住处，天已经黑了，由于这些变故而瘦了很多的玛特廖娜一边含泪责怪亲戚菲奥多西娅守斋守得太严苛，一边忙着煮汤水，哪怕只用些萝卜菜根也成啊。可瓦罐都在炉子上放凉了，菲奥多西娅却只就着水嚼点面包干，然后睡到光溜溜的长凳上，把装着腐烂麦秸的湿乎乎的摇篮在身边放好。由于潮湿变得灰突突的木疙瘩里除了麦秸还有几只爪子蜷曲、身子干瘪僵硬的小鸟儿。它们的尸体是菲奥多西娅在林子里和田间收集的，因为它们可能与圣灵有远亲关系，众所周知，圣灵是以鸽子的形象飞临大地的。鸟和麦秸散发出令人作呕的甜味儿，可这种气味没让菲奥多西娅难受。

“菲奥多西娅！”玛特廖娜不敢吃独食，她语带责怪，鼻子冲摇篮点了点。“你干啥较劲呢？照着上帝的训诫，你祷告也祷告了，斋戒也斋戒了……不管你如何奉迎，儿子是不会从那个世界回来的！在英明的上帝那里一切从创世之初就全都有定数了。”

“我需要拯救灵魂。”长凳上悠悠地传来一句话。

“那你就拯救，谁不让了？灵魂是上帝的，脑袋是皇上的，可屁股是自己的、主家的。看看，你可都变成麻秆儿了，瘦得没人样儿啦！”接生婆胡乱画着十字，结论下得斩钉截铁。

“美不在身体，在灵魂。”

“呸！”玛特廖娜生气了，“躺啊躺啊，一开口又是那话！我主宽恕。好吧，你就饿着肚子躺着吧，我可要吃饭了。”

可玛特廖娜的饭吃得没滋没味，简直难以下咽。

“你再爬上房顶或是爬上松树试试，像柱头僧西梅昂那样，也许你会离上帝更近，也许他会听到你的话。”玛特廖娜声音低沉，餐具丁当作响。

菲奥多西娅从长凳上抬起头。

“上房顶？难不成柱头僧西梅昂就直接坐在山墙上？”

“不是坐，是站。在四十肘高的柱头上站了八十年。”

菲奥多西娅眼睛瞪大了：

“快说说，玛特廖娜婶婶。”

就文化水平来说只够应付着读读古旧的咒语和草药药方的玛特廖娜与此同时也掌握着海量的灵修信息。给自己的碗里盛了些煮菜根以后——讲敬神故事是没说出口的吃东西的理由——她开始讲了，声音洪亮。

“且听我言……以前有一个圣徒，是叙利亚的柱头僧西梅昂。他住在修道院里。为了靠近上帝决心磨砺自己的身体。把一根用椰枣树枝编的绳子扎在粗布衣裳下面，而且三十年又三年没换下它。”

至于年头玛特廖娜撒了个小谎。事关圣徒行传时谁又会关注这些细枝末节呢。

“这些树枝，椰枣乃叙利亚松树，[①]长着刺呢，扎入西梅昂的肉里。绳子下面的皮肉开始腐烂，”玛特廖娜往碗里加了些食物，“里面开始有蛆爬来爬去。整座修道院里弥漫着那块烂肉散发的恶臭。修士们气急败坏，告了状。唉，西梅昂给赶出了门。他在有爬虫的井里生活。带着脓疮生活……”

“主啊，怎么可以这样？”菲奥多西娅伤心地说，“为什么赶他出去？！”

“好心人……”玛特廖娜吸了吸鼻子，抹了一下右眼，好像是在把自己归入那些人的行列，“好心人给西梅昂，上帝保佑他，用石头垒起一根六肘高的柱子。他在柱头上祷告着站了四年。后来西梅昂把柱子垒高到二十二肘。就这样越来越高，越来越高……”

玛特廖娜把碗里的东西吃光，嚼完一块面包，身子靠到墙上，合上眼皮……

菲奥多西娅眼睛一眨不眨地盯着被烛火照亮的天花板。炎热的叙利亚沙漠仿佛在天花板上流金溢火。一株长着刺、像是枞树的椰枣树挺立在山冈上。歪歪扭扭的高塔上被烤烫的、犬牙交错的石头闪着白光，塔尖上有个小小的人影。

唉，玛特廖娜干吗要讲这个故事？到了早上菲奥多西娅把肩上绑摇篮的绳子捆得更紧，听也不听接生婆的嚎叫，默默地走进了秋天的幽暗深处。晚上她没回来。玛特廖娜哭着等了三天，然后关上屋门，回了斯特罗甘诺夫家，玛丽亚该生第二个孩子了。

---

① 玛特廖娜在这里的描述不科学。

第十九章　幸福的傻子篇

“圣愚，这是圣洁的种子。”尼封特神父语气温和地说道，他希望为辩论画上句号，因为罗金神父从早上起就热情洋溢地讲课，讲述为了基督而成为傻瓜和圣愚的人，让他烦透了。

激发罗金神父滔滔不绝讲述的是他在教堂台阶上遇到的菲奥多西娅。她整夜站在教堂的台阶上，忘我地、全神贯注地祷告。罗金神父一点儿都不想碰上痴傻的菲奥多西娅，或者用托奇马人如今对她的称呼，即没有“淫欲的小傻瓜”，因为他害怕她出其不意、昏头昏脑的喊叫。就好像培养出嗜血孩子的父亲自己就害怕起他来一样，当孩子消失得无影无踪时，他会松一口气。

“滚你的！”罗金神父往后闪了一下，因为举荣圣架教堂门廊的角落里有一个身形模糊的人影动了一下，那人身披破烂粗布，脚穿被粪肥涂抹得看不清模样的靴子。一开始罗金神父还以为门廊上藏着一只熊瞎子，体形单薄，冬季的跋涉让它筋疲力尽。不过，动起来后发现，熊背原来是木摇篮。

“啊！菲奥多西娅！”罗金神父和蔼地说，他的和蔼是装出来的。“在祷告？好，好……”

神父匆忙隐没到教堂的穿堂里了，疾步奔向办公室，似乎是想藏到门后。可罗金神父的担心是白担心：菲奥多西娅早就不进教堂了，她只是夜里在台阶上祷告。因为教堂的彩绘拱顶有可能触发空洞的、一无是处的想法，想到伊甸园鲜花的美或是受难圣徒长衫的鲜亮，这会让她在肉体灵性化的事上被分心。圣像的危险在于：盯着上面的对义人行传的描绘，菲奥多西娅有可能不经意间为自己并不逊色的义人生活感到骄傲。有什么比傲慢之罪更可怕的呢？！从傲慢到自以为是只有一步之遥！……

为了只过天上的生活，菲奥多西娅竭尽全力排斥尘世的任何琐碎事物。尘世是什么？是把基督驱赶出去的地方。所以说，难道她值得为守住那一小把尘世的泥土去做什么吗？菲奥多西娅赤足游方：如果说基督只有在嶙峋的乱石和沙漠中才穿粗硬的凉鞋，那她菲奥多西娅凭什么穿鞋，哪怕是最寒酸的韧树皮或硬树皮编的鞋？这会是对肉体多余的娇宠。秋季的寒冷把水洼冻住，泥土被冻成一团一团的时候，菲奥多西娅的双脚在粪饼里取暖。她把脚插进粪坨——好在这东西市集上有的是——祷告着，为过往的托奇马人画着十字，直到粪坨没了温度。这时菲奥多西娅会迈步插入另一个粪坨，然后是第三个……打算去远处教堂的门廊彻夜祷告时，她会用马粪蛋捏出一双鞋来，在猪肠商贩的火炉或是乞丐点的篝火边把“鞋”烤得像石头那般硬，顺从地穿上，边穿边感谢上帝。

彻底离开尤达·拉里昂诺夫家之后的最初一段时间，她选择乞丐椅小憩，托奇马人会在房子前面的门廊旁边或穿堂里为过往的游方客和香客安置这样的长椅，身无长物的圣愚夜间可以在这里躺躺，或是炎热时坐坐。长椅旁边总是会有水桶，桶沿儿上挂着水舀子。长椅上放着残羹剩饭和面包干。不过没过多久，得知到长椅这儿来过夜的是痴愚的菲奥多西娅，是就在昨天还收过行政长官本人所送结婚贺礼的伊兹瓦拉·斯特罗甘诺夫的女儿，托奇马人为保险起见开始驱赶圣愚，他们担心自己没好果子吃。没让伊兹瓦拉·伊万诺维奇的女儿进房门、进屋子，而是让她在这么冷的天留在乞丐椅上，他大发脾气怎么办？可无论如何也不能放她进门呀：小傻瓜身上虱子乱爬，衣摆上挂着一团一团的粪便；人们说，她的摇篮里拖着婴儿的尸体，这些婴儿是因罪怀孕的托奇马女人用药草毒死的。于是他们塞钱给菲奥多西娅，温情款款地送她离开，离罪孽更远些。信仰应该让托奇马人得到益处，而不是平添头疼！菲奥多西娅总是把钱带到市集，到了那里怎么处置要看情况而定。如果钱数大，她会发出凯旋者的哈哈大笑，当众把钱埋入一摊屎里，那摊屎是造访酒馆的某个人留下的。或者，让周围的人无比兴奋的是，菲奥多西娅会扑向路过的一个托奇马人，把钱摔向他，揭发他的劣迹。

“这钱是给你的！给女奴瓦尔瓦拉买寿衣吧，你命人把她打死，就因为她怀了你的孩子！瓦柳什卡[1]才多大？是不是十二？”

这些指责当然是诽谤了，恰巧赶上的目击者对脸红得像煮虾、这一场面的罪魁祸首就是这样说的：“她脑子完全坏了，是个没有淫欲的小傻瓜！”可转过脸去，他们却惊奇地互使眼色：“好家伙！可真有你的！”因为这种明目张胆的谎言，菲奥多西娅不止一次挨过被她揭发的“牺牲品”的打。可这些暴揍似乎让她高兴。

“打吧，打吧，像你的下人打瓦尔瓦拉一样！”菲奥多西娅疯狂地大叫，叫得全市集上的人都能听到，让心满意足的观众群聚得越来越大。遭到诽谤的人只好丢掉鞭子，扫视一眼，从市集上溜走了。

有时候她会把钱丢进铺子。菲奥多西娅在铺子里把钱换成一条鲜艳的彩带或一块布，要么是对折镜，要么是别的什么消闲的玩意儿。她

---

① “瓦尔瓦拉”的昵称。

把一片镜子放到石头上，把另一片镜子的表皮刮掉，同时高声解释这样做的原因：

“因为魔鬼作祟，你在玻璃片中看到的是自己。因为任何一面镜子都不正！展现的只是人的一部分！镜子分开时，人的形象会分裂！可造物主造人有完整天性！”

听到完整天性一说，托奇马人心服口服了：“听听，说得多美。你哪是小傻瓜呀……”

可菲奥多西娅随之就开始高声胡言乱语，因为她无权拥有智慧，有智慧的想法必定会激起罪孽的傲慢，她可能会因自己的智慧而横生傲慢。

“在玻璃片中看不到非洲。在魔鬼的回视镜里瞅不见四十肘高的叙利亚隐修室和刺入肉体的椰枣树枝。”

“唉，就是傻瓜一个。”托奇马人摇着头，担心地退到一边。“难道可能有四十肘高的隐修室吗？而且还在王公大臣至今还插着羽毛到处跑的非洲？①”

彩带和布料菲奥多西娅撕了，她呼吁就这样撕烂肉体，而不是用衣裳装点它。

“基督披着帆布片行走天下！你凭什么穿着绣花长袍？”她薅住一个路过的市人。

“走你的……”托奇马人挣脱她，“抓得像只螃蟹，拉拉扯扯的……走开，不然揍扁你！”

长袍的主人骂骂咧咧地挣脱出去，牺牲掉一条腰带、一只手套，如果他恰好骑马从菲奥多西娅身边经过，那牺牲掉的就会是一只鲜亮的靴子。

菲奥多西娅的家人开始的时候为她在尤达·拉里昂诺夫家的虔敬生活自豪，如今却心存恐惧。可为了掩饰菲奥多西娅成了傻瓜这种羞

---

① 这里可以看出说话人的地理概念不对。

耻，斯特罗甘诺夫家的人都故作骄傲姿态。

“我们家的女儿是虔敬的圣愚，”瓦西里萨这样回答远房亲戚就其女儿提的问题，“她为了基督过圣愚的生活。”

“基督训诫我们走向天国的路是悲伤之路，”玛特廖娜插嘴，“通过苦难和十字架殉难。”

“好啊！好啊！”亲属们同意这样的说法，偷偷地交换一下眼神：“菲奥多西娅脑子坏了！”

不管是瓦西里萨还是当爹的，他们在市集上都不会靠近女儿，因为想到将要看到自己的孩子不幸、饥饿、肮脏，看到她坐在臭烘烘的垃圾上面，父母的心就会难以平静。如果说到菲奥多西娅，那就只会说她曾经在他们家里生活过，仿佛时间停止了，他们的女儿永远是那个十五岁的少女。而身侧拖着摇篮的是另外的某个菲奥多西娅。

“把枕头放下，你往哪儿拖？”瓦西里萨对一个女奴喝道。“难不成你不知道这是菲奥多西尤什卡的天鹅绒枕头？”

普季拉压根儿不提妹妹的名字。玛丽亚如同一条阴险的毒蛇对小姑子恼得不行：

“把自己安排得不错，没什么好说的：你没烦心事，不必担惊受怕，什么活儿都不用干。整天坐在市集上，磕核桃，看热闹。这个样子我也能！”

全家只有玛特廖娜一个人去探望过菲奥多西娅。很难把这称作见面，因为菲奥多西娅连看都不看接生婆。接生婆把发霉的、被水泡过或是被虫子蛀空的面包干放到她的摇篮里：新鲜面包菲奥多西娅是不接受的，会丢给狗吃。接生婆含泪画着十字，在旁边站上一会儿，然后就离开了。

有一次玛丽亚撞上了坐在一堆麦秸上的菲奥多西娅，麦秸里夹杂着粪便。玛丽亚衣着华丽、鲜艳，耳环从帽子里耷拉下来，垂到肩头。就连玛丽亚脸蛋儿的红润恐怕也是涂抹了酸蔓的红果汁所致。或是冷不丁的遭遇让她热血上涌？

玛丽亚罪孽的红晕和锅底灰涂抹的眉毛让菲奥多西娅忧伤。“她怎么就不明白这些红晕是魔鬼涂抹的？她的脸颊上烧着魔鬼的火。哦，魔鬼要阴险地引来灾祸。”菲奥多西娅心想。随后她就高叫起来，没看嫂子：

“红颜色在××也在脸颊，因为这色彩是同一种色彩，都是撒旦为挑起情欲染上的！”

“真是个傻瓜。”玛丽亚嘟囔了一句，加快了脚步。

“黑颜色在眉毛上也在胯间的熏肉条上，因为这是地狱篝火的锅底灰！”菲奥多西娅怒吼，随后哈哈笑着把一块块稀巴烂的粪便甩到自己脸上。

玛丽亚本想冲着痴愚丑八怪的方向吐一口口水，可她害怕菲奥多西娅用毒眼看她，诅咒她。据说她的祷告和诅咒能很好地传到上帝那里。玛丽亚因为恼怒喘着粗气，走进铺子，买了做蜜饼用的丁香和肉桂。什么都得她亲自做，全都得亲力亲为！她多想躺着睡觉，可是不行啊，她得迈着自己娇贵的双脚——雪橇留在胡同里了——去铺子里购买蜜饼面团需要的香料。因为她不放心把钱交给女奴：她会把钱都买酒喝光，该死的荡妇。回到雪橇那儿玛丽亚是绕路过去的，她不想碰上下流的菲奥多西娅。

“自己放荡，跟强盗干，破了身子的荡妇还嫁人，孩子又看丢了，如今倒让我丢人现眼！”玛丽亚一边坐进雪橇一边自顾自地骂骂咧咧。

菲奥多西娅只见过弟弟佐杰依卡一次。女奴阿库尔卡牵着他的手。菲奥多西娅狂热地祷告起来，她想让自己分心，不受好好看看弟弟的诱惑。可等男孩儿从旁边走过的时候，阿库尔卡打断了圣愚的祷告，她躬身行了礼，热切地恳求：

“圣洁的愚人菲奥多西尤什卡，为上帝的奴仆阿梅尔卡的健康祷告祷告吧，因为他身体病了。你的祷告能更快地传给上帝。”

“佐杰尤什卡……”菲奥多西娅冷不丁说了一句。

弟弟放下握着糖果的手，悄悄挪到阿库尔卡羊皮袄衣摆的后面，惊恐地看了一眼菲奥多西娅。然后绕着阿库尔卡跑了一圈，戴着绣花小手套的手划过她的皮袄，从另一侧躲藏起来。

"我刚刚就是照了镜子啊。"阿库尔卡和佐杰依离开以后，菲奥多西娅想。"因为小孩子的眼睛是他的灵魂，不会说瞎话。佐杰尤什卡的眼里有恐惧。就是说，我的肉体已经死了，它的样子吓到孩子了。主啊，你到底什么时候召唤我的灵魂啊？"

可就连这些稍纵即逝的念头也让菲奥多西娅忧伤：她不该想念亲人，因为那样必定会想起家，她会开始哀叹，为自己闺房的舒适、为父母的体贴哀叹。若是这样就意味着身体依然没死，还在偷偷地盼望尘世的舒适。

"无上圣洁的柱头僧西梅昂都不让自己的母亲上柱头，因为他担心从精神的巅峰跌入家庭欢乐的罪孽。"菲奥多西娅自责。随后嚎叫了一声："淫荡！淫荡！"

从旁边走过的婆娘打了个激灵，画了十字。身穿鹿皮袄的男人啐了口吐沫：

"呸，小傻瓜，吓死人了！"

不过，最让菲奥多西娅害怕的是空想。碗里有食物、衣服保暖，这终归还是身体的罪。可无所事事的空想，哪怕是极为短暂的想法，也是灵魂的罪啊！空想对精神田地来说是蝗虫。只要放进去一只，立刻就会黑压压地扑来一群，贪婪地吃空灵魂。为了不去空想，菲奥多西娅不间断地祷告。还与睡意搏斗，因为睡梦中有空想，睡梦有可能占上风。菲奥多西娅彻夜在教堂门口站着或跪着祷告，天快亮的时候才会靠着教堂门廊的墙壁睡一会儿，可有一次空想还是搅乱了她。这事发生在英国客商的店铺和修道院前院附近的广场上。

菲奥多西娅坐在拴马柱附近，那是根长长的雕花原木，这个地方总是有很多麦秸和粪便。从修道院前院出来两个修士，对菲奥多西娅画了十字，两人相互告别时停下脚步，站在各自的马车旁边。

“……到了莫斯科，请转达我对拉夫尔神父的问候。”一个修士恳求，他有一双深邃的蓝眼睛，鼻子翘翘的。

“我一定转达。”对方允诺，他一只眼睛鼓出来，瞥向一边。

“而且我强烈建议你在克里姆林宫里看看，看看塔楼上的计时器。”蓝眼修士神往地说，鼻子麻利地在空中画了个弧。“多么奇妙的机器呀！每个钟头物件儿都出来做事：敲钟人敲钟，死神挥动镰刀。太阳和月亮转圈儿……”

就是这些话让菲奥多西娅陷入罪孽：她猛然间想起了绣在蓝绸上的地球和天体，伊斯托马的形象勾住了这个回忆，眼前浮出阿盖尤什卡两只小手握着的水晶橘瓶、在她胸前摇摆过的游方艺人沉重的宝石十字架。记忆中甚至冒出墙壁冻裂的劈啪声和温暖烛光中老鼠的吱吱叫声。灵魂的软弱袭向菲奥多西娅，撒旦束缚了她的意志，让她无力截断这甜蜜的思想之流，就像不可能停止用指甲抓挠、揭掉脚上和头上的血痂一样。

为了让自己清醒过来，菲奥多西娅只能把头撞向拴马柱！

“测量出来了呀！”菲奥多西娅野兽一样嘶声大叫，“因为我们犯下的重罪流入火河了呀！”

修士转头望着菲奥多西娅，嘴都歪了，如此美好的谈话被打断了让他们不满。随后他们转回头去，侧身站着。

汹涌而至的负罪感让菲奥多西娅打了个哆嗦：她怎么可以允许自己有这些无谓的回忆？！让肉体占了灵魂的上风？！她摸了摸刚毛衣褶中装着遗迹的小袋子，那是把她与伊斯托马和阿盖尤什卡的尘世生活片段联系起来的最后的遗迹。放手！放手！

她从粪草堆上跳起来，嘟嘟囔囔，又哭又笑，疯狂的目光四处乱看，但一个人都看不见，她没留意在腰侧晃荡的摇篮，急匆匆地要出城。在君主草场后面——因为无比懊悔，她甚至都没想起行刑的事——菲奥多西娅瞅见一块被雪覆盖的石头。她用红彤彤的脏手帮着自己，跌跌撞撞地爬到石头跟前，把石头周围的雪扒开一道槽，用棍子挖出一条冷冰冰的缝，把装着发出轻轻脆响的小瓶子的皮口袋塞了进去。然后绝望地用棍子堵住“宝库”，埋上雪，回到路上。

冬日苍白的太阳光从亚麻色的云朵后洒下来。红腹灰雀像红艳艳的苹果粘满了苍劲弯曲的接骨木树。它们有二十几只，不会更少。一对兔子飞快地跳过路面。啄木鸟响亮地敲击着树干。松鼠抖落树枝上的雪和松塔的鳞片。这些菲奥多西娅都看不见。她祷告着走向举荣圣架教堂，正对着入口站住了，所以她能看到大门上方的黝黑圣像，但她却超然地、久久地祷告着，忏悔着无谓空想的罪孽。罗金神父本来出了门，要回家吃午饭，可却懊丧地瞥见了傻子，他又嗖地一下退了回去，退回教堂香气四溢的深处。傍晚他忧心忡忡地从教堂穿堂的小窗户往外看了一眼，让他无比高兴的是没发现菲奥多西娅，于是他飞快地向沃尔恰诺夫街奔去。

“这算怎么回事？”罗金神父喃喃自语。“走不上两步就会撞上傻瓜，我主宽恕。她为什么哈哈大笑？难道可以一边为人画十字一边哈哈大笑吗？可以一边大笑一边高声祷告吗？教民会以她为榜样，开始在教堂里乐呵了。当众揭发德高望重的市民又算什么？用不着菲奥多西娅，揭发罪人的事有人去做，尼封特神父和我就是被指派干这个的。如果大家全都勤快地把从信徒身边走过的路人的罪孽高声喊出来，那会怎么样？明天阿库尔卡就会把揭发当成自己的义务！敲钟人季洪会不会可着嗓门对行政长官喊出他的罪孽？可笑，啧啧！一切都该符合身份才对！菲奥多西娅管得太宽了。而这不符合身份，完全相反，这不切实际。”

如此优雅地为自己的想法作出总结以后，罗金神父吃光麦粥，躺下休息。早晨又在教堂门廊上发现菲奥多西娅的时候，他是多么恼怒啊！就在这个时候尼封特神父被迫听了他有关圣愚的一课。

因为想要插上句话，尼封特神父柔声细语地评价了菲奥多西娅，还提到当地备受尊敬的另一位圣愚——托奇马的安德烈，他1638年在沃洛格达境内的托奇马河口村出生，如今住在苏亨纳河岸边的基督复活教堂旁边。还提到了托奇马的圣愚马克西姆，他1650年仙逝，安葬在复活教堂的墓地。可当年轻同事踏上思考有关精神食粮和物质食粮的问题的路径以后，老牧师败下阵来。正为家里芥菜头和咸鱼不足这个问题烦恼的尼封特神父认为渴望食物的暗示是针对他的。于是他收剑入鞘，撤退下来。

罗金神父一会儿撞到桌子，一会儿碰上箱子，一根手指指向奶罐：

"菲奥多西娅的圣愚之举是否可能会诱惑他人？"

没等罐子回答，他就自己回答说：

"可能！'瞧瞧，为自己打开天国的大门多容易，'望着菲奥多西娅的人们会这样说，'你自管不吃、不喝、睡大粪、穿粪鞋就行了，那样的话，光明的天国就会为你敞开的！'这是对圣愚实质本身的亵渎！"

"亵渎"一词吓坏尼封特神父了，如果说在此之前他还哼哼哈哈地表达自己意见的话，现在却完全没声了。

"有许多偶然的过客出现在圣愚之路上。他们做出弱智的行为，眼神疯狂地跑来跑去，可过后我发现他们的脑子一点都没有坏！他们的理性健全得很，合情合理得很。那他们的真正面目是怎样的呢？腰侧背着摇篮进入教堂，这是怎样的鄙视？这不是圣愚，而是个歇斯底里的狂喊病人！"

准确找到的定义罗金神父自己都非常喜欢。他精神来了，细嗓子断喝：

"她是个骗子，在利用百姓的轻信！此乃滥用！这个傻子用迷信偷换信仰。这究竟算是什么？"

罗金神父弯起手指，一一列数圣愚的特征，然后尖叫道：

"喔，菲奥多西娅是假圣愚！"

晚祷时罗金神父愤怒地对教民讲了几个貌似圣愚的人的亵渎行为，

突然宣布：

“菲奥多西娅就是这样的伪圣愚。”

教民不解地交换起眼神来。

“伪圣愚即假圣愚。貌似圣愚！菲奥多西娅即貌似圣愚！她所做的一切皆为摆样子。她该得到惩罚！”

托奇马人恼怒地抱怨起来。

“亲爱的神父，你怎么说这样的话呢？”胆子最大的一个婆娘语气阴沉，“我们的菲奥多西娅是没有淫欲的真正的小傻瓜。圣愚啊！”

“圣愚啊！”教堂里滚过一片参差不齐的声音。

教堂里气氛紧张。

“怎么回事？”罗金神父举起一只手掌，“谁敢在圣殿里对抗？我有权宣布菲奥多西娅是假圣愚！难不成你们不知道她在自己令人生厌的摇篮里拖着什么？”

“是罪女们从肚子里打下来的婴儿尸体。”一个上年纪的妇人说。“她这是为了教谕所有的浪女！”

“这不是多神教又是什么？啊？！”

罗金神父又吓唬了教民一会儿，任由他们离开。

托奇马人不情愿地画了十字，相互交换着眼神走了出去。

到了外面人群停在路上，开始痛骂罗金神父：罗斯常常是这样的情形，官府的决定接受起来都带着气，这种气源于世世代代对上面下来的任何命令内心都有抵触。午饭时对于大多数托奇马人来说菲奥多西娅还是个脑子坏了的小傻瓜，忽然之间成了圣愚！圣洁的义人啊！有几个妇人去市集寻找傻子，其他人都各自回家了，边走边骂罗金神父。

“菲奥多西尤什卡，我们可爱的傻子啊！”婆娘们泪流满面地走近菲奥多西娅坐在上面的粪堆，她在摇篮里翻找着什么。“罗金神父说了损话了，说你貌似圣愚。威胁要惩罚你。”

“要是我作了孽，上帝会惩罚我。”菲奥多西娅心想，没有停止在摇篮里摸索。

“蝗虫飞！它吃！吃！”菲奥多西娅大叫，哈哈笑了起来，“这就吃掉你！”

妇人们哆嗦了一下，甚至退后了一步。

“如果是最真最真的傻子，怎么会貌似圣愚呢？”托奇马的女人们回过味儿来，信心十足地说。

“我不想离开城市，因为在城市与诱惑搏斗比在荒漠更难，但显然得离开了。”菲奥多西娅心想。

她大叫：

“蛆吃我！”

随后她从粪堆上站起身来，出了托奇马城。

婆娘们哭着目送她离去。之后，在瓜分菲奥多西娅留在粪堆上的一小片碎布头时，她们起了小小的争执。

第二十章　烟之篇

“通向肚子的洞！”菲奥多西娅轻声说，因为恐惧缩成一团。“主啊，不要把我交给魔鬼，在地狱里受他掌控，那里可没有我的阿盖尤什卡呀！要是他在天国等我，我怎么跟他见面呀？”

像小鬼尾巴一样细细的灰蓝色烟柱东一处西一处地从地下升上来，它们无疑是从地狱的篝火中冒出来的，烟雾苦涩的气味罩住了菲奥多西娅。

“我有罪，有罪啊，由于自己精神软弱听到了有关计时器的闲谈，有了世俗的念头，想到虚空的物件儿，想到小瓶子还有绣活。你惩罚我吧，主啊，用生不如死的苦难惩罚我，可是别向撒旦让步啊！我也会用祷告与他肉搏！”

向主许下的诺言给了菲奥多西娅决心，她不要命地扑向最近的、四周冒出缕缕烟雾的雪堆，开始用脚踢、用摇篮砸冒烟的地方。为了给肢体鼓劲，她大声地、热烈地祷告着，中间伴着因为呼吸而断断续续的喊叫。此时此刻，菲奥多西娅恐怕连一头熊瞎子都能打败！

是麋鹿踩出的路把菲奥多西娅引向烟雾的。托奇马周边的麋鹿海了去了，用盐卤过的麋鹿皮都是由数百驾雪橇组成的车队往莫斯科运送。夜里聚集在林中空地上的兔子不比井边的婆娘少。繁衍的狼、狐狸和熊如此之多，以至于托奇马人不认为裘皮大衣是奢侈品，而且为了更美才会在裘皮表面蒙上绣花面料。野猪如同匪帮一样剽悍，它们到处游荡，吓得婆娘们都不敢进林子。有个婆娘被一头公猪拖进林子，玩儿得那个尽兴……不过，此刻不是说这个的时候……一群麋鹿从林子里厚厚的积雪上走过，身后留下一道深沟。菲奥多西娅出了托奇马城，通过苏亨纳河的冰面到了对岸，然后就是顺着这条路跋涉的。她不紧不慢地走着，一直诵读祷告文的习惯如此深入她的意识，以至于菲奥多西娅不用计数就知道，第十次重复“我们在天上的父”时会是多少步。可无数次念叨这段祷告文以后，你会征服多少俄里？菲奥多西娅走的是一条通向林妖杉树林的路，那是个危险的地方，因为里面有大量妖魔，所以托奇马人不喜欢它。两个恶婆娘舌尖上的流言蜚语有多少，这个邪恶之地的林妖和小妖、正午女妖、过冬的田妖、水妖、僵尸就有多少。五个五个地加入当地妖魔行列的还有喝得五迷三道的家神、谷仓神和澡堂仙，他们撒手不干家里、托奇马人院落里的活儿，带着淫妇进了林子，来喝酒、跳舞、纵欲。林妖杉树林只有一个安静的小老头，名唤别伦。可就是这位也有个恶心的毛病：鼻涕长流。鼻涕拖在他身后的草上。姑娘们采摘浆果的时候，他会噌地一下从灌木丛里钻出来，声音悠悠地恳求：我说，漂亮姑娘啊，给小老头把鼻涕擦干净吧。姑娘们四散奔逃。他追着跑，鼻涕拖过田地和菜园。过后如果切开芥菜头，那么里面全都是灰蓝一片，流淌着鼻涕。跟多少姑娘说过啊，让她们给别伦擦擦鼻子，哪怕用衣摆擦也行啊，因为他会为此赏赐银钱，可她们，唉，傻瓜呀，对英俊小伙儿来者不拒，你让她们擦啥就擦啥，可小老头，她们却感到恶心。五六年前托奇马的确发生过这样一件事：伤心欲绝的年轻婆娘、寡妇芬卡失踪了一个礼拜，后来带着银子出现了，她说给别伦擦了整整一个礼拜的鼻子，他真的给了她好多银戒指和佩饰。

"鼻子？别伦的？"接生婆玛特廖娜双手叉腰，冷笑了一声。"是有个丫头用×腌咸了的那个鼻子吧。"

为了承受更多困难，菲奥多西娅想要苦修的地方正是林妖杉树林：大家都知道，在众多妖魔中间过义人的生活有多么不易。找到邪恶之地不难，因为夜里的时候，就是从苏亨纳河的对岸都能看到女巫用来装扮自己的点点鬼火。过往的人从远处的路上透过黝黑的杉树林能看见祖母绿的闪闪亮点，那是林妖的眼珠。路过这个魔鬼之地时马匹会嘶鸣，前蹄猛地腾空。乌鸦瘆人地呱呱叫，就同在遍布尸体的战场上空叫的一样。那片林子还会传出声响，一会儿像是伐木人的斧头声，一会儿像是异教徒的怪叫。滚你的！主啊，快把它们都带走吧！……林妖杉树林开始的地方是一片沼泽，里面交叉生长着黑漆漆、摇来荡去的杨树和幽暗的密密的云杉。那里有多少鹅膏毒菇哟！又有多少生满了蛆的树根哟！哦，鬼地方，吊死算了……因为这样，初冬时托奇马的男人才聚成一支像模像样的队伍，武装了法杖、圣像和大蒜，去苏亨纳河对岸，在那里竖起一个用河冰雕刻的高大十字架，让这个在阳光下熠熠闪光的十字架守护人鬼边界，不让妖魔出林子。还真的管用：那些脏东西在十字架下原地踏步，可走上河面却不敢。有时整个河岸都有这些东西踩踏过的痕迹：有小鬼儿的蹄子，有女巫的猫爪，有没过冬的老林妖的树皮鞋……托奇马人什么没发现哟！

菲奥多西娅祷告着从远处瞥了一眼冰雕十字架：冬日落霞如稀果羹一般淡红，苍白的光线穿透蓝冰，把它变成了深紫色。结块的雪如一顶顶黑帽子戴在十字架的两翼上，让它的轮廓显得凹凸不平。但十字架依然散发出强大的、令人安心的力量，让菲奥多西娅充满信心而显得安详。她走着，不知冷也不觉饿，似乎它们根本就不存在。菲奥多西娅有时会在摇篮里摸索，掏出一块面包干，不用牙碰，只在腮帮子后面吮，因为得念诵祷告文。当麋鹿群在雪中踩出的路向右急转时，菲奥多西娅闻到了烟味儿。

“这里有游方客不成？”她冲着幽深处招呼了一声，声音足够大。“是不是香客在宿营啊？”

一片寂静。只有一根树枝断了，如一只干巴巴的黑爪子掉到雪地上，传来一只看不见的大鸟扇动翅膀的啪啪声。

菲奥多西娅发现雪中有一条平滑的凹槽，似乎杉树之间曾经流过一条小溪。她离开麋鹿小径，左拐，顺着凹槽走向有烟味儿的地方。原来，是她没过多久就走入的林中空地到处冒出烟柱，直接从地里、从雪堆里出来的烟柱！

最初的一瞬她的脑海中呈现出维苏威火山的画面，觉得随时会从鼓包里喷出地下火来。可过了一瞬菲奥多西娅明白了，这烟是地狱篝火冒的烟。而这是个信号，表明魔鬼想控制菲奥多西娅，不让她升入天国，可是她有三个最宝贵、最珍爱的灵魂——上帝、阿盖伊卡、伊斯托马——在天国等着她呢。就是因为这个菲奥多西娅才疯狂地踢烟洞，拼尽全力抓碎、推倒雪堆，盖住烟洞。她用脚踢碎雪堆的硬壳，用手捧雪、用摇篮挖雪，把干燥的雪撒向缕缕烟柱。最后只在林中空地的边缘还有一根烟尾巴，旁边横躺着一棵巨大的百年老树，老树的年头也许更久。被霜染得如同石头的树根部分怎么都不会比木屋小——当然不是老爷的木屋，而是奴仆的木屋——是侧翻的木屋，“木屋”的地板下面支棱出来的似乎是庞大的、有弯曲脚爪的鸡腿，一只鸡腿上的爪子伸到雪堆里。倒伏的大树上长满毛蓬蓬的灰色苔藓和一堆堆的树杈。

“主啊，宽恕我这个崇拜偶像的傻瓜吧！可那不是翻倒的老妖亚嘎婆婆[①]的鸡脚木屋又是什么呢？而且从基督之前的年代起它就在这

① 亚嘎婆婆（音译“巴巴亚嘎”）是俄罗斯神话、民间童话中的老女妖，家喻户晓。她的住地是森林中的鸡脚木屋，该木屋处于阴阳两界的交界处，所以在多神教性质的传说故事中亚嘎婆婆主管生死。

里？”菲奥多西娅含糊不清地说。“从它下面钻出焦味、灰烬和地狱的烟雾不奇怪。帮助我，主啊，帮我战胜这焦煳味的烟柱！”

傻女子爬上积在树根边的雪堆，雪堆顶上有个黑洞，里面冒出缕缕烟雾，因为已经没力气用脚扒松、踩碎雪块了，她把整个身体的重量压在上面，摇篮被推到了前面。没过多久，她身下的雪堆先是慢慢地变软，随后向下塌了，带着她一路陷了下去。

“主啊，别让我落入地狱的洞穴！”菲奥多西娅只来得及叫了这么一句，随后就呛了一口烟，失去了知觉。

菲奥多西娅飞入魔鬼地下洞窟的时间是长还是短，她不知道。没有知觉地躺了多久，她也不清楚。“时间的流动和它的长短取决于上帝指定的事件。”罗金神父会用这样的学术语言表达。“幸福从来都是瞬间，而磨难却显得永恒。”她跌入地壳深处的时间是几个钟头还是一秒钟，目前对她来说还是奥秘。尽管她脑子里刚透出一点亮，但第一件想到的事却是：假如她测时间的话，哪怕用普通的方法测算，那就可以确定魔鬼的井有多深。你拿她有什么办法！哪怕在这般命运攸关的瞬间，她脑子里首先冒出来的依然是有关宇宙的念头。不是女子的脑袋遭到了重创又是什么！不过，这些想法仅仅是一闪而过，随后菲奥多西娅就听到了群鬼的说话声……

“主啊，群鬼说的是什么话呢？”她心里想。

显然，这是话语，而完全不是野兽的咆哮或声响。菲奥多西娅知道，不同的民族说的都是自己的语言。托奇马有些异教徒像狗一样吠叫；罗金神父自己说，他会讲拉丁语和希腊语；而英国商铺提供了异国话的样板。可现在的这种话菲奥多西娅以前从没听过。“做祷告礼的时候，不管是罗金神父还是尼封特神父，他们一次都没说过鬼怎么讲话。上帝嘛，明摆着的事，他跟任何人说话用的都是他的语言。看来，魔鬼也有他自己的话？那我怎么让他知道上帝的言语呢？”

鬼的说话声儿不大，显然是相互之间在说，而不是跟罪人说，那种腔调通常是人们在有重病病人的房间里谈话时才用的。

菲奥多西娅眼睛没睁开，试图搞清楚状况。就像一个受伤之后在敌营忽然苏醒、思谋逃跑的俘虏，为了侦察周围的情况而放缓呼吸，暗暗地谛听动静，嗅闻气味。当然，谋划逃出地狱有些奇怪，不过，菲奥多西娅到地狱来可是第一次啊，待在里面的永久性她还没意识到，而且此时此刻她想事与其说用的是头脑，不如说用的是心。"本能地，下意识地，或是凭直觉。"有学问的罗金神父会一边掰着手指——可别漏掉哪个术语啊——一边这样说。

透过眯缝菲奥多西娅看到了微弱的红点。显然，那是煮罪人的大锅下面篝火的反光。看样子，目前锅还空着，等着新到的死人，因为听不到受折磨的人的叫喊，所以尽管鬼在说话，可四周一片寂静。群鬼在万籁俱寂中交谈！这让菲奥多西娅觉得奇怪。可她紧跟着就想到了：也许，她所处的地方还不是有篝火和锅的地狱，而似乎是接待室。看来，先要在这里把罪人的衣裳脱掉、审问，然后才拖去炼狱。

"哦，主啊！"青春年少但却已经死去的她轻声说道，她被自己的想法吓坏了。

不过，这个想法只是让菲奥多西娅糊涂了。她一点儿都不记得，自己是怎么死的、为什么死了！眼前停留的、属于尘世生活的最后的东西，是冒烟的林中空地和显然是亚嘎婆婆居所的百年老树边的雪堆。

"要么是我自己一头撞上小木屋，闪电般死了，没受圣餐礼，没行涂圣油礼……"菲奥多西娅想。

这样推测的时候她悄悄挪了挪发麻的胳膊，碰了碰额角。不对啊，好好的，不疼。

"要么是主瞬间用死惩罚了我，惩罚我想到了亚嘎婆婆这个偶像……"

这个推测菲奥多西娅觉得十分可能。罗金神父可是开导过多少次了，说是在神的世界里没有林妖、水妖、澡堂仙或其他根本就属于多神教的鬼魂。他呵斥了、从教堂的院子里赶走了多少愚顽没文化的婆娘啊，这些婆娘谈论各种不可思议的事件，比如婴儿被拖进井里了，从科学的角度来看这些事都不可能！

“主啊，难道为了这一件事你就用死来惩罚我，惩罚我下地狱，让我见不到伊斯托马和阿盖尤什卡？难道这桩罪孽如此之大？”

从今往后永世见不到儿子和爱人的绝望在菲奥多西娅心里激起了些许违背上帝旨意的抱怨。不过，抱怨持续的时间十分短暂。接下来的瞬间菲奥多西娅就已经画着十字排除了气恼的念头，轻声感谢了主。应该承认，顺从是因为菲奥多西娅心存希望：让她下地狱不是彻底的，可能主还会让她升入天堂吧？当然了，罗金神父会愤怒地否定这种可能性，要是有哪个蠢女子问，主带走她的丈夫或孩子是否一时搞错了，他会气得脸色发白。最好的例子是去年春天，托奇马的行政长官搞错了，没按顺序，就把一个少年登记去当兵了，还有其他类似的事件，可这些事不仅没有让罗金神父信服，而且相反，让他大发雷霆。可罗金神父也可能有不知道的事吧？他在尘世间只不过才生活了二十来年。也许，有过这样美好的情形：先是认为一个女子是罪人，让她下了地狱，可后来搞清楚了一些新的情况，比如她受到了恶毒的中伤、诽谤、嫉妒，于是天使们让不幸的女子，更准确地说是幸福的女子，升入了阳光灿烂的天庭。这个想法让菲奥多西娅感到十分欣慰，她打起精神，又开始偷偷地嗅闻气味，谛听动静，希望猜透她周围的情况。

空气有霉味儿，甚至发臭，而且有明显的烟味儿。这不奇怪，这是理所当然的。可群鬼说话的声音非常像婆娘。不过，菲奥多西娅马上就找到了原因：看守她的是女鬼。随后她小心翼翼地触摸自己躺着的地方。原来是麦秸或是粗布包着的干草，下面有如同固定到地窖子墙壁边的土台阶里的棍子。有关干草的推测让菲奥多西娅的思考变得十分混乱。她有生以来就没听说过魔鬼会割草！魔鬼会弄乱马匹的鬃毛，让惊马狂奔，会酗酒，会在废弃的谷仓、粮仓、磨坊里嚎叫狂舞，会掏挖草垛，胡抛乱撒，会上荡妇的身，魔鬼还会做许多恶心透顶的事，可却不会在草场上割草，不会在耕地割麦。这可真是特别啊。

“你们到底是谁啊，是地下的野兽？！”菲奥多西娅受不了心管里的紧张，自己也没料到就绝望地大叫了一声，从躺着的地方一跃而起。她准备好要看到极为恐怖的魔鬼的脸，托奇马人从小就用这样的脸吓唬自己，互相吓唬。奶妈保姆、过往的女香客，以及为了歇歇脚和吃碗粥略作逗留的说书女人用什么样的故事款待过托奇马的孩子们啊！通常都是入夜时分讲述的那些故事中有黑爪子，有蓝嘴唇，还有绿头发，有脖颈上的毛发，有恶心的、瘦骨嶙峋的蹄子，有像猪一样卷向屁股的尾巴。不过，接生婆玛特廖娜坚持认为，鬼的尾巴根本不像猪尾巴那样往上打着卷儿，而是相反，像瘦牛的尾巴那样耷拉着，尾巴梢儿形成毛儿支棱的毛笔，他，也就是鬼，用这根毛笔在罪孽女子的胯间搔痒。但不管尾巴怎样，嘴脸却都是一样狡诈、污浊、令人生厌……因此，绝望的菲奥多西娅准备好了瞅见猪嘴和角。可等到红的、黄的圆圈和箭头不再在眼前闪烁时，她借着火光看到的却是两张圆圆的宽脸，就是在昏暗中也能明显看到脸上的雀斑。她们长着翘翘的鼻子，两边鼓胀的脸颊往中间挤着一对小小的眼睛。她们根本就是年轻的婆娘嘛。说实话，菲奥多西娅是在两个婆娘尖叫着跑开之前的短暂瞬间把这看清的。她们显然不是托奇马人，样貌有些不一样，衣着也不是那样，发式也奇异。但终归不是鬼！

“在地狱接待室里看守新亡人的或许是其他罪人？”菲奥多西娅推想，“在地下待上百年以后，妇人或许会变得不像托奇马人了？”

应当指出一点：菲奥多西娅确信（这可是她本人的发现），每个罪人掉进的都是在他死去地方下面的地狱，而相应地，义人刚好升到他生活的地方上面的天庭。不然的话，要是阿盖尤什卡在非洲上空的什么地方，那他怎么可能看着她菲奥多西娅？因为这个缘故，当两个婆娘在暗处消失以后，菲奥多西娅才在瞬息之间想到她面前出现过的是托奇马人。或许两百年前，要么就是五百年前，所有的托奇马女人都长着宽宽的、鼓鼓的、有雀斑的脸，眼睛窄窄的？想到这个，菲奥多西娅扫视了一眼地下洞窟。说实话，它一点儿都不像地下魔窟，更像是冰窖或地窖，只不过谁会想到在冰窖里拢起火塘呢？竟然有植物的根从低矮的地窨子天棚上挂下来！“树根得有多长才会垂到地狱啊？”菲奥多西娅想。刚刚发生的这些事让她忘了，她已成圣愚了，不该想虚空的蠢事。“难不成比盐井还长？”往另一个方向看了看，菲奥多西娅发现有一条在墙壁中挖出的、通向幽暗深处的过道。她扫视了一眼身后，发现只有一个土炕在地窨子墙边。再也没有任何东西了！要是往角落里挂上圣像，再劈个小窗出来，这儿就不会是地狱了，而是长入地下的光棍儿潘卡的小屋，大人常常用他吓唬托奇马的孩子，说他在田野后面的林中空地安了家。菲奥多西娅甚至开始怀疑自己没死……

突然有沉闷的脚步声、喧闹声传来，这些声音灌入地狱墙壁中的通道，终于涌入屋子。通道里聚集了五六个男女，他们相互推搡着，说着他们自己的话。菲奥多西娅不知道该采取什么措施，她找到的最可靠的解决办法是对着人群画十字，大声念诵祷告文，尽管恐惧让她的嗓子发紧。这些奇怪的人不吭声了，默默地看了菲奥多西娅一会儿。她开始第三遍喊叫“我们在天上的父”时，人群的前排站出来一个敦实的小个子男人，他向菲奥多西娅走了两步，仔细看了她一眼，然后退回去了，对一个娇小的婆娘说了句话。婆娘从看不见的架子上拿了个像是杯子的东西，在火塘边石头上的锅里舀了一下，走近菲奥多西娅，拽了拽她的袖子，随后把杯子递过去。

“我该把苦酒一饮而尽。”菲奥多西娅猜想。

她接过来，决然地喝了一口热乎乎的饮料。让她吃惊的是，里面的东西原来是山莓干果煮的水。菲奥多西娅三大口把它喝光，握紧杯子，大叫：

“用火烧我吧，用熔化的铁水浇我吧，我是不会放弃信主的！走开，魔鬼！”

端杯子过来的娇小婆娘哆嗦了一下，对族人说了句什么。从地窨子的通道里出来一个老头儿，口音怪里怪气地说：

“活的。楚德人救活的。”

菲奥多西娅一开始断定，老头指的是“勉强救活了”。

可他继续怪里怪气、简短地说了句话：

“楚德人，好人。”

菲奥多西尤什卡的双腿一下子软了。她的心先于理性明白了：她掉进的地方不是地狱，而是矿坑楚德人的地下村。

第二十一章　地下篇

托奇马及其周边地区的人说起矿坑楚德人、或曰地下楚德人时是又惊惧又兴奋，多提一次都害怕，又不喜欢又坚信他们的存在，就像说到其他任何林中的、河里的或沼泽地的脏东西时一样——可不能入夜时讲啊。完全不可能一摆手再随口一笑，说，这是玛特廖娜讲的趣闻，因为他们不断显露自己的存在，制造一些凶险的事端。斯帕索-苏莫拉修道院的神职人员不止一次地阐明，矿坑楚德人根本不是美人鱼和澡堂仙，亦即不存在的迷信形象，而是回忆的残余，这些回忆与曾经极为庞大的部落有关，罗斯由这些回忆残留下来这样一些词语，比如“楚德湖”和“楚多-尤多[①]-大鱼-鲸鱼”，但这些解释托奇马人根本就不信。对类似的解释感到惊奇的菲奥多西娅有一次甚至问过罗金神父，如果是这样，那么

① “楚多-尤多”是极为古老的斯拉夫神话中的形象，是海怪、海兽。

"惊奇""奇迹"和"奇妙"[1]这些词是不是也来自矿坑楚德人。罗金神父摆出一副显示不幸的表情，疲倦地回答说，问题愚不可及、愚昧，因为每个人都清楚，圣洁的词汇"奇妙"无论如何不可能产生于什么楚德人，原因就是那些人是偶像崇拜者。发音相同仅仅是巧合，语言中这样的巧合不少，蠢丫头的辫子和镰刀[2]——即割草工具——就是例子。

"什么回忆的残余啊，"托奇马人交头接耳，"就是这些楚德人去年秋天拖走了伊万·瓦西里耶夫套住的三头野猪！"

伊万不听懂行人的话，坚持去林妖杉树林狩猎，而好教徒对那个地方避之唯恐不及。刚一走到古老的猎人小径，伊万·瓦西里耶夫就恐惧地明白了，野猪恰恰成了楚德人的猎物，因为只有这些地下妖魔才会把麋鹿、野猪、梅花鹿或熊的心脏和头作为贡品留给森林主人。伊万跑到苏亨纳河岸边，头也不回地划着船，因为直到托奇马城边他都听到背后有斧头声，有几个楚德人的臭烘烘的呼吸。所以说嘛，是鬼带着他去了林妖杉树林这个十分邪恶的地方。如此凶险的地方直到非洲恐怕都找不出第二个！

由于奇怪的、科学解释不了的原因，林妖杉树林从未被阳光明亮地照耀过，似乎总是处于半明半暗之中，假如附近有山的话，这种半明半暗有可能是山峰造成的。可除了丘陵，托奇马周边地区自古以来就没有山。(就连罗金神父也只是在画片中见过山，不过，这并未妨碍他有一次在虚荣的梦想中见到自己曾几何时出现在西奈山上，拜谒圣山。)就是因为这样……托奇马人十分有把握地认为，林妖杉树林中央的高地上有一片悬崖。那些闯进去的客商中能保全身体活着爬出来的，过后很长时间都处于惊厥状态，脑子里一团乱麻，一直不停地画十字，大量地喝酒，一个礼拜，甚至两个礼拜之后才敢讲他们在悬崖边看到了什么。有血淋淋

---

① 这几个词与"楚德人"一词具有同样的词根。

② "辫子"和"镰刀"在俄语中由同样的四个字母组成，它们是同音异义词。

的兽皮，显然里面塞了东西，所以这些毛皮似乎是活的，血红的眼珠瞪着每个靠近的人……有顶着乱蓬蓬毛发的骷髅、骨头、木头的和石头的偶像……毋庸置疑，凭借上帝的旨意不幸的客商才没被嗜血的楚德人活生生地撕碎、吃掉！

菲奥多西娅落入的就是这些人血淋淋的魔爪！她双手举着十字架就站在这些人面前，只有它，十字架，能拯救她躲开被撕碎和吃掉的危险。让她对森林妖魔的认识有些混乱的唯一一点，是聚集在地窖子中的楚德人的脸不像水妖那样是绿的，不像林妖那样是长满苔藓的，或是具有深潭、树墩下、沼泽地居民的其他什么特征。菲奥多西娅的脑海中本来闪过了一个念头：这是流鼻涕的草场神家族，因为有个拽着母亲衣摆的小楚德人大声地吸了吸鼻子。可真正鼻涕仙的鼻涕是拖在地上和各种蔬菜上的，他们是从来不会用袖子擦鼻涕的。菲奥多西娅害怕起来。膝盖下的血管哆嗦起来，血涌入心脏和脑袋。胸腔迸发出一声被挤扁的哀嚎。楚德人浑身一颤，叽里呱啦地说着他们的话，声音小、短促，之后他们当中的一个扑向菲奥多西娅右边，直接冲向地窖子墙壁的黝黑拱顶，踩着看不见的台阶跳了两步，掀开一块重重垂挂的毛皮，猛地打开一扇朝向朗朗乾坤的小门！正是朗朗乾坤！虽说这乾坤有些灰蒙蒙的。

打开小门以后，楚德人简短地说了句话，一只手对菲奥多西娅指着外面，他是在说：走吧，别怕，我们决定不吃你。菲奥多西娅拼尽最后一点力气，冲了出去。跳出门槛，菲奥多西娅出现在一个不深的、侧壁拍平的雪坑里，坑的形状如同铲子。她吸了口凛冽刺骨的空气，顺着杉树中间踏出的小径奔跑，直到她认为躲到了距离够安全的地方为止。不过就在这一刻小径到头了，进入一块林中空地，边上有条大道。菲奥多西娅停住脚步，换了口气，到这时才回头看了一眼。森林幽暗，纹丝不动。让她打了个哆嗦、吓得准备再次奔逃的那啪的一声是一根干树枝发出来的，腾空而起的松鸡把那根树枝蹬断了。松鸡让菲奥多西娅的心放宽了一些：这鸟没有任何坏征兆，不是啥夜猫子或黑乌鸦，你可别期待后一类鸟会带来什么好消息。

菲奥多西娅踏上大道，立刻想起了听过的有关神奇大道的各种故事。大道不会让托奇马人觉得稀奇：有三条宽阔的大道出城，冬天这些大道压得很结实，因为正是在天寒地冻时才有成百上千的雪橇到莫斯科去，它们向首都供应冻麋鹿肉、鱼、盐渍过的毛皮和其他由于易腐败发臭而不可能在夏季运送的货物。不能说莫斯科周边没有肉或鱼，只不过幸运的是，托奇马人在首都有自己人，他生于如今已被烧毁的一座盐镇。这个恩人大号阿姆夫洛西·库兹明·斯特罗甘诺夫，或者像他更愿意按照首都的叫法自称的那样，阿姆夫洛西·库兹米奇·斯特罗甘诺夫。(应该指明的是，他不是咱们菲奥多西娅的亲戚，只是同姓而已。) 请听我表……这个阿姆夫洛西·库兹明曾经让托奇马的熟人和亲戚连同车马一起到他首都的家里歇脚。因为他的家在城边，因此院子十分宽大，一直延伸到河谷，纵深有三分之一俄里。老乡们的偿付方式是一麻袋盐、半扇子肉和其他说得过去的东西。后来敲他大门的就不只有顺道的熟人和远房亲戚，还有所有带话来问候和请求逗留的托奇马人。过了那么五六年，阿姆夫洛西·库兹明在莫斯科地界上开了一家真正的托奇马大车店，如今每个托奇马人，不管是认识的还是不认识的，都会按照指定的地址直接把大车拐向那里。

阿姆夫洛西·库兹米奇开始帮着销售运来的货物。有一次他顺利地把麋鹿肉贩卖给了粮食司，紧接着，粮食司把肉转卖给了武装射击兵的枪炮司。阿姆夫洛西·库兹米奇成功地说服了衙门的官吏，说麋鹿肉对军人来说是最有利、最有益的食物，因为它好几个礼拜不坏（他当然说瞎话了），连烘干都不必了，而且因为硬需要嚼很长时间，为此射击兵会觉得吃饭的时间长，吃得饱。主要的是，很咸的麋鹿肉像是牛肉，但价钱却便宜得多。总之，麋鹿肉的销路畅通无阻了。顺带着盐和鱼的销路也打通了。于是托奇马及其周边地区的大车源源不断地来了。车里拉着的不仅有货物。许多雪橇里挤着不安分的年轻人。像每朝每代一样，年轻人都不听父母的话，渴望离家，有的去首都追求绚丽的生活，有的去遥远之地猎奇，有的漂洋过海求财，有的到基辅和其他城市的神学院求取知识。所以托奇马的三条出城大道宽阔、车马络绎不绝并不奇怪。奇怪的是穿越林妖杉树林的大道虽然同样平坦，但是连最大胆的骑手都不敢拐到这条路上。罗金神父在一次布道时试图解释那儿的地质特点、凸出石棱的成因，当时为了摆样子他提到过阿皮亚大道和在那条路上来来往往的古罗马异教徒，还提到了气温剧降，由于这样的剧降，雪地中间完全有可能自然而然、即由自然和上帝之手形成平坦的大道，可对此说法男人们只是怀疑地哼了几声。不，在其他什么问题上罗金神父的看法也许有说服力，可他对林妖杉树林中的路的解释他们完全不能接受，它就是魔鬼铺的。菲奥多西娅拐上的就是这条神秘的大道。

她立马就明白了，这恰恰是她打小就听说过的魔鬼大道。她开始思量，走还是不走这条从精神意义上说有危险的路。她低下头，想看看脚，可却惊奇地发现她穿着的不是里面塞了干草的粪鞋，而是一双麋鹿皮的翻毛靴子。显然，不洁的势力故意把她的小脚套进柔软、舒适的翻毛靴子，让她拐离义人之路。第二个念头烫了她一下：摇篮没挂在肩头！主啊，在摇篮里甜甜睡过的阿盖尤什卡落入不洁势力的掌控之中了！菲奥多西娅猛地转过身子，往回狂奔，奔向地下居所。路上她想起自己把地窨子当成地狱了，让她高兴的是，这是个错误，也就是说，她还有望到天国去。

天几乎已经黑了。影子是紫色的，“雪帽”下的杉树黑漆漆的。当菲奥多西娅想到自己迷了路的时候，眼前猛地闪出了林中空地，那里有几缕烟雾和伸向大树下几个地方的、像是面粉铲一样的人工雪槽。菲奥多西娅估摸了一下自己是从哪条凹槽跳出来的，走了几步之后果然到了有她半个身子那么大的小门跟前。她果断地推开门，踩着用两个树墩做成的台阶下去，准备为争夺摇篮与不洁势力战斗。可地窨子里一个人都没有，只有火塘有点余烬。菲奥多西娅摸索着墙壁、地面，欢喜地发现，摇篮在她苏醒过来时躺着的炕和居所外墙之间的夹缝中。菲奥多西娅把摇篮甩到肩上，眨眼间蹿到外面。从另一个地下小屋中出来解手的个子不高、脸上满是雀斑的楚德人惊讶地望着她的背影。

藏到哪儿才能不让脏东西追上，紧走慢走的菲奥多西娅满脑子想的都是这些。她一边想着一边心生惊奇，让她惊奇的是，不洁势力不像托奇马人说的那么邪恶和残忍。至于林妖会端上山莓干糖水，她压根儿就没听说过。不过，这也许是骗局：勾引菲奥多西娅留在他们的巢穴，然后才撕碎？

"心眼儿多，狡猾，但不比靠神圣的十字架和祷告得救的真正信徒更有心眼儿。"菲奥多西娅说这句话的腔调是胜利者的腔调。随后她发现自己到了一棵大树旁边，树上有个巨大的树洞，略高过她的脸，只有幽蓝的月光照着这个临时的避难所。

菲奥多西尤什卡折断一些松软的杉树枝，塞入树洞，拖了几个树根堆在树干边，又往上垛了一根散落着雪的枯木，随后从这即兴搭起的梯子上去，爬上一根树杈，从那儿钻进了树膛，下去之前先把摇篮放到里面了。菲奥多西娅在这个安身之地里面了，背靠着横在空树干里的摇篮，杉树枝没过她的膝头。年少的女子就这样造好了自己异乎寻常、必定会让上帝喜欢的住所，祷告了一会儿，最后心静如水地瞥了一眼树洞的洞口。

主啊，她的眼睛发现的是怎样壮美、神性的无垠啊！寂静似乎笼罩了整个世界。无法想象世上有拥塞着木屋、店铺、澡堂、楼宇、要塞和酒肆的城市，这些建筑填满周边的整个空间，恶臭、烟雾和各种气味如一张棉被捂住城市……人们在那里又吃又喝，跳舞、聊天、唱歌、纵欲，不知道他们头上冰冷的教堂圆顶多么纯洁、多么晶莹，星星如何圣洁地闪烁，菲奥多西娅的呼吸如何让空气颤抖。她疲惫不堪，但宇宙呈现的画面却让她感到幸福。她面前通向异乎寻常的新生命的路是多么洁净、平直。将要面临的是怎样奇妙的事件啊：对主圣洁的爱、异乎寻常的功德、伟大的事业……

如同每个经历过难挨的考验和痛苦思考之后独自面对猛然间展现的宇宙的人一样，菲奥多西娅觉得，这样的事只发生在她一个人身上，朗朗世界存在以来第一次发生这样的事，没有一个人见过她此时此刻看见的情景。假如固执己见的罗金神父可以看到她会如何哟！她宝石蓝的眼睛在憔悴的脸上变得更大，里面闪烁的还是那些河里的珍珠，只不过颜色不是粉蓝，而是稍稍泛黄。是罗金神父的报复让菲奥多西娅在十七岁时走上了圣愚的荆棘之路，假如他不为此惭愧，我情愿就地被天打雷劈。可是啊，呜呼，在这个神圣、光明的时刻罗金神父正研究希腊原典呢，一边做这件事还一边吃着熬白菜。呜呼，为什么？因为看到变容的脸——静静的呼吸让眉毛和睫毛结了白霜——会让他避开接下来的同样苦涩的事件，而推动他去做这些事的不是魔鬼又能是谁！不过，所有这一切才刚要开始。而眼下菲奥多西娅从挂在腰间的小袋子里掰下几小块面包干，一边咀嚼一边想着地下楚德人的事。

菲奥多西娅是个有分析头脑的女子。她擅于根据零散的事实得出结论。擅于总结似乎不相关的事件。还擅于依据看到的和听到的东西获得全新的知识。

这一次，把最近一天的各种事件作了全盘考虑以后，她确定无疑的一点是：楚德人不是林妖，也不是水妖，而是人。托奇马人自然会笑话她，会画着十字把门闩插得更紧，可在这件事上正确的恰恰是菲奥多西娅。他们是人，而非不洁的势力。但他们是偶像崇拜者，从本质上说是多神教徒。不对吗？多神教徒完全有可能自远古以来就在森林中保存下来。北方就有这样的人，一个路过的阿尔汉格尔斯克的商人如此说过。那边有萨莫耶德部落与正教徒毗邻而居，前者向海象和木头熊祈祷。楚德人就好好地躲在林妖杉树林，因为没人到树林里去。接下来菲奥多西娅得出一个符合逻辑的结论：她，恰恰是她菲奥多西娅到了野蛮异教徒的巢穴，这并非平白无故，是上帝的旨意把她差遣到这里的，让她使不幸的人归顺真正的信仰，让他们不再向森林之主供奉野兽的毛皮和心脏，让她教会他们佩戴十字架，向三位一体的上帝——圣父、圣子和圣灵——祷告。

就这样，遵照上帝的旨意菲奥多西娅从圣愚变成一个“传教士”，有学问的罗金神父与尼封特神父进行学术谈话时会用这个词语来表达。她将要做的就是把真正信仰的金玉良言传送到地下洞窟。

菲奥多西娅站在她的木头“隐修室”里，对这件事又坚定地、满怀希望地思考了很久。她散发出如此透亮的灵气，没有一只森林野兽，不管是狼还是夜猫子，敢碰她一下。后来睡意向女子袭来，她睡得出乎意料地沉，干脆是在睡梦中把面包干嚼完的。她梦见了柱头僧西梅昂，他站在高高的柱子上，柱脚边长着棵棕榈树，如同倒置的杉树一般。“你也站着呢？”西梅昂问菲奥多西娅。

“站着呢。”

“好久了？”

“一夜。您呢？”

“四十年。”

“哇！哦！我没有，刚一夜。”

后来菲奥多西娅梦到了阿盖尤什卡，所以她才不想醒来。可起烟了，于是菲奥多西娅醒了。

她的脸冻得发木，背部也一阵阵发冷，但寒气却没侵入身体里面。女子想起了圣善夜里上天向她启示的一切，三口两口吃了块面包干，爬出树洞，在路上匆忙地走起来。可她去的方向不是有入口通向地下村庄的林中空地，而是苏亨纳河对岸，去找那块她曾把一包东西塞在下面的石头，而那个包里装着绣在蓝绸上的天体、里面滚动着干橘子的水晶小瓶和小小的折叠珐琅圣像。

如果是夏天，她就做不到不被人发现，可冬天托奇马人出门晚一些，因为不需要把牲口赶去牧场，去菜园也没必要。因此她才到了城边，没被人发现，并且很快在岔路口边找到大石头，从雪里掏出自己的宝贝，把它们装进摇篮，又顺着那条小径回了林妖杉树林。她做这些事总共用去不到两个钟头，所以当菲奥多西娅敲楚德人的小门时，天边，也就是地平线才刚刚染上粉红。

虽说天色这么早，小门还是很快就开了。一个穿着毛皮和荨麻布的矮小老奶奶自下往上从昏暗、散发着霉味儿的洞里望了望。像所有上了年纪的人一样，老太太早晨睡不着，在天还完全黑着的时候就起身了，拢起火塘里的火——火塘里的烟从地窨子顶盖的洞里冒了出去——煮饭或是温热前一天吃剩下的东西。

“我来是为了向你们启示真正的信仰！”菲奥多西娅语气坚定。

老太太认定无家可归的闺女是在请求放她进屋，便说了两句话，顺着树墩台阶下去，到了屋子里面，给菲奥多西娅让出路来。菲奥多西娅勇敢地走了进去，更准确地说，是走了下去，进了小屋，在屋子中间、朝南开的门和北墙边的火塘之间站住了，又大叫起来：

“你们不要继续生活在多神教中、继续膜拜木头疙瘩了（‘木头疙瘩’这个词她刚想起来，而且十分贴切）！你们要信仰三位一体的上帝！”

随后就感情充沛地念诵了两三段祷告文，住了口，这时她才发现角落里的炕上坐着个子小小的老公公——恐怕还没有菲奥多西娅的肩高——正惊讶地盯着她呢。

“她这是干什么呢？”老爷爷用他们的话问老奶奶。

“是想要歇歇脚吧。”老太太解释。

“咱有啥难的？”要是菲奥多西娅懂他们的话，她会听到楚德老人这样问。

“也没啥难的。”老奶奶想了想回答。

“嗯，那就让她住吧。”老爷爷做了决定，然后用磕磕绊绊的俄语问：“吃东西想吗？楚德人可以吃的东西少。”

是否可以从异教徒手里拿日常的饮食，这个问题让菲奥多西娅想了想，她认为这里没有任何忤逆之处，于是坐到火塘边的树墩上，接过木碗和桦树皮编的精巧的勺子。碗里是用某种粮食煮的粥，里面有捣碎的干蘑菇。食物没放盐。为保险起见菲奥多西娅念了三遍“我们在天上的父”，之后把东西全都吃光了。

“瞧她狼吞虎咽的，喂不饱哟。”老奶奶嘟囔了一句。

吃完饭菲奥多西娅站到墙角，一直不停地祷告着。老爷爷和老奶奶默默地坐在炕上，只是偶尔简短地相互说句话。等到门里的一条小缝因为明亮的冬日阳光变成金色时，主人站起身来，打着手势把菲奥多西娅领进地下的一条幽暗通道。

勇敢的女子把十字架举向前去，跟在楚德人身后走着，在老太太双手握着的松明的微弱光线中勉强能看到他们。让菲奥多西娅十分惊讶的是，她一直出现在一个又一个新的地下小屋里，凭着记忆数过来，它们不少于七个。到处都是带着孩子的楚德人或三三两两的老人家。该死的多神教徒总共有将近三十个。他们向领着菲奥多西娅的老奶奶和老爷爷问了什么话，至于菲奥多西娅，她不断地、充满感情地劝不信主的人归顺真正的正教。等到菲奥多西娅开始亲吻十字架、把它向地窨子拱顶举了几次以后，楚德人明白她想干什么了。忙乱了一会儿，他们相互之间达成了一致。老两口顺着原路把菲奥多西娅带回自己的地窨子，到了那里把摇篮挂到她肩上，往她手里塞了只装着炭火的石罐，领着她在一条狭窄的小径上飞快地走向另一片林中空地。小径被雪盖住了，早就成了只有野兔才走的路。那片林中空地里一棵连根翻倒的大树下露出一座荒废的地窨子。他们友好地把菲奥多西娅带到里面。老爷爷拿来一把枯木头，老奶奶用炭火生了火，往墙里挖出的凹槽中放了两只罐子——后来搞清楚了，一只装着干蘑菇，一只装着越橘——他们最后说了句什么话，然后就离开了。

菲奥多西娅明白了，是主恩赐给她一座房子，她尽己所能地把屋子收拾妥当。阿盖尤什卡玩过的水晶瓶摆进了墙壁中的凹槽里。珐琅圣像和木十字架立在“红角”，摇篮摆在下面。没过多久，坐在火塘上的容器里的融雪水烧开了,开水中丢入了松针和越橘。前所未闻的、让人极为愉悦的芬芳飘了出来……喝足了热乎乎的饮料,几个月来菲奥多西娅第一次在自己的住所里睡着了。

第二天清晨她站到几个地下小屋的门面对的林中空地上的一棵松树下,开始祷告。晌午过后一个年轻的楚德人走近菲奥多西娅,塞给她两条干鱼。

菲奥多西娅对此有正确的理解:这是感谢她把上帝的道带给多神教徒,于是她心满意足地回到了自己的小屋。

开春之前菲奥多西娅在林中空地的边缘竖起一座十字架,十字架是用韧树皮裹的尖桩做的。到了初夏她暗自认定,如今要是冷不丁死了,她必定会进入天堂,在那里遇见宝贵的阿盖尤什卡和伊斯托马。

你的信仰亮堂啊,菲奥多西娅!……

第二十二章　死之篇

“是谁啊?”菲奥多西娅惊讶地问。她不是马上问的，柳条窗被敲响让她太疑惑了。一开始，用八片树皮交叉绷住花楸木桩做成的小门被敲响的时候，菲奥多西娅只是从火塘边抬了抬头，她确信声响是风刮的或野兔弄出来的。可野兔不可能脚步不稳地转向小窗户，再次敲起来，这次敲得已经更重了，显然是用木棍或是拐杖敲的。住到林子里以来，有客人到菲奥多西娅的小屋是第一次。到底是谁可能来这儿呢?

菲奥多西娅走近门槛，脚步轻得像兔子，心虚地从门缝里看了一眼。

透过门缝她瞅见了如同法衣一般、原本是黑色的长裙和一张老太婆的脸，脸上有铅色的、像是虫蛀蘑菇一样疤疤癞癞的斑点，嘴黑糊糊的。要是没有这些斑点——似乎老太婆吃了黑莓，果汁涂了满脸——那女客的样子还是温顺的、齐整的。

“别怕，孩子，开门，这儿没歹人。”传过来的声音略略沙哑，不过却像唱摇篮曲一样温柔。

“您是什么人哪，好心的奶奶？”菲奥多西娅开始解充作门闩的树皮绳儿，隔着门问了一句。“是游方客不成？”

“你可别怕我呀。我不会害你的。我是死神啊。要去菲拉蓬特修道院的牧首尼康那儿，可冷不丁就病了，都快站不住了。”

菲奥多西娅没有马上明白这些话的意思，因此有那么一小会儿她还继续解皮绳，可是动作越来越慢，越来越慢，终于停下手了，两手哆嗦着握住绳团和这个即兴做出的门闩入夜时挂扣上去的树杈。

“死神！……”

菲奥多西娅的心跳到了嗓子眼儿，如同在石臼里捣东西一般上下扑腾，扼住了呼吸管。

“她就这样来了！可为什么这么快呢？……难道就这样了？难道这就是我的生活？那生到世上是为了什么呢？为了让伊斯托马皮肉燃烧的烟呛得惊恐万分？为了承受丧失阿盖尤什卡的苦难折磨？为了在粪堆上说胡话？然后就再也没什么了？！这就是我尘世生命的全部意义？生到世上就是为了这个？主啊！……”

就像伤心欲绝时那样，菲奥多西娅本想扑倒在地，可提到主突然她心里亮堂了。

“我这是在说什么呢？死神来找我了！主啊，这可就意味着我要见到阿盖尤什卡和伊斯托马了……阿盖尤什卡，我的甜心宝贝儿，妈妈这就去找你了，别哭，忍一忍，我的小太阳，忍一忍，我的小星星，我的金麦穗儿呀！……”

很快就要见到宝贝儿子的念头让菲奥多西娅灵魂激荡，这是欢喜的、超然的激荡。可面对即将到来的死亡，依旧还活着、感受着的肉体发出了喊叫声。“她可别折磨我才好，飞快取了我的命才好啊。要是她啃我、拷打我一个多月怎么办哪？”

菲奥多西娅在门口屏息静听，死神在门那边毫无怨言地等着。她们俩都无声无息地站着，静得能听到参天松树树梢的喧嚣。恐惧与幸福交替撞击着菲奥多西娅的灵魂。这些撞击，不管是恐惧的还是幸福的撞击，一开始完全一样，可在那些瞬间连菲奥多西娅自己都还不知道，她的灵魂变得多么强大。当恐惧的袭击猛然间弱了，忽然彻底消失了，她的整个身心便充满了欢悦，这时她才明白这一点：灵魂战胜了肉体。菲奥多西娅松开依然紧紧攥着韧树皮门闩的手，垂下。随后又抓住绳团，但为了打开死亡之门，动作已经坚定、信心十足了。她们俩都在渴望：死神想活，而菲奥多西娅想死。

“让死神娘娘进去歇歇脚吧，”女客再次请求，“不然我担心走不到地方就死在路上了。”

“哦，那样的话我怎么办呢？”菲奥多西娅忽然又惊恐地想，“等着主派来另一个死神，那就耽搁了，可我得尽快到那个世界去啊，阿盖尤什卡和伊斯托马等着我呢。”

“来了！来了！树皮绳缠在一起了……”菲奥多西娅匆忙嚷了一声，“您别走！好了，解开了……”

她赶紧打开门，清亮的目光瞥了一下死神褪色的蓝眼睛。

“欢迎光临！恭请大驾！请进，请进来！……”菲奥多西娅连连躬身行礼，“有福同享是真福！好久不见了！”

“俩死未曾有，一死逃不掉。”女客开了句玩笑。说完，她扶住门框，病恹恹地拖着艰难的步子进了屋子。

“您不用为随身物品操心，我自己会全都带上。”菲奥多西娅捉住死神的目光，声音洪亮地说道。

因为两个人在菲奥多西娅小屋的门槛上分手是不可能的，所以等死神进入屋子以后，菲奥多西娅跳到外面，一只手捂住胸口，兴奋地大叫：

“上帝听到了我的祷告！”

菲奥多西娅眼神欢喜地扫了一眼四周，立刻就发现了自己很快就会升天的幸福迹象。

这些征兆必定意味深长。

天际刚才还闪着亚麻色的云朵变成了灰红色，如同被射杀的鹧鸪。这是西边。东边的云朵原本就是羹状，如今依旧如此。只不过从燕麦羹变成了越橘羹。不过大家都知道，东方与死亡之事没有关系，因此那边怎么样，呈现的是什么景象，渴望升天的人可以连看都不看。还有……一群乌鸦如同一顶婚后女子戴的黑色软帽落到空地上。裹挟而来一股腐土的气息。如同香囊一般五彩斑斓的戴胜鸟从林子里飞出来，像个税吏扑向小屋的窗户，一下一下啄着窗板。蕨菜丛里钻出来一只鸡，咕咕地叫起来，似乎想要下蛋。然后这叫声越来越高，越来越高，终于咕咕声断了，过了不久母鸡咯咯哒、咯咯哒地唱了起来！颤音结束了，母鸡清了清喉咙，抖抖翅膀，消失在蕨菜丛中。刮过一阵小旋风，卷起草叶；林子里传来从水井提水的吱拗声；菲奥多西娅放在门槛外收集雨水的罐子突然炸了；一头狂躁的黑猪崽子精神头儿十足地跑过空地，猪嘴不时拱起晶莹的雪片；树木像要自杀一样绝望地破裂，噼里啪拉声音不断；还涌起水鬼的呻吟、喧闹和击水的啪啪声，砍杀士兵的战斧的铮响，杀人者的怒吼，濒死产妇的轻轻呻吟，失去贞操、杀死腹中胎儿的姑娘忏悔的哀嚎。“水……水……”林子里突然传出有气无力的低语，似乎是女人的声音。松树之间点点火光闪烁，空地里突然涌入一片蜡烛的火舌，围住菲奥多西娅，闪了一会儿之后熄灭了，静静的说话声也随之停息了……“那是天使熄灭了死人的蜡烛。”菲奥多西娅猜测。她又难受又欢喜：一切的一切都预示了死亡将近！

“谢谢你，主啊，你来召唤我，允许我跟我的宝贝儿子见面。”菲奥多西娅画了个十字，一躬到地，然后抓起女客的随身物品：放到树墩上的小黑包袱和靠在小屋布满苔藓的墙壁上的镰刀。

菲奥多西娅小心翼翼地拿起镰刀，因为她担心在刀把上看到死神在路上砍死的那些人的血。可刀把干干净净，磨成银灰色了。刀刃上也没发现任何黑红斑点：刀刃边的铁闪闪发光，铸造时留下的几个麻点和粘在上面的潮湿草叶显示的样子完全是宁静的。菲奥多西娅还瞅见了刀把上头发丝一样纤细的裂纹，似乎上面缠绕了湿乎乎的灰白胡须，她赶紧松了手，好像怕弄断镰刀，担心为此耽搁了自己的死期。

她走进小屋，掩上门。

死神坐在藤条捆扎的木凳上，疲惫不堪地垂下脑袋。

“您干吗不躺下？”菲奥多西娅冲到她身边。“您快躺到炕上，像在自己家一样，像在自家的墓地一样！我来帮您……”

她小心地抱住死神的肩头，感受到湿润泥土的气息，随后让女客从方凳上起来。

死神抗着不起来。

“哎呀，不行啊，我的孩子。”她坚持着，说话的声音像在安魂。“我哪儿有躺的工夫啊。牧首尼康在死亡的床榻上受折磨，在招呼我呢，可我，罪人啊，怎么能赖床呢？我坐会儿，喘口气儿，然后就接着赶路。我还有个狗钱村的产妇，生了一天一夜了，叫声灌满了耳朵；托奇马城里的两老头灯枯油尽，可就是灭不了，家人都辛苦坏了；有个强盗在林子里转悠一天了，找杨树上吊，可就是找不到。行啊，就让这个歹人在密林里再辛苦一夜，为他的罪判的反正都是自杀而死，可产妇有啥错啊，得让死神娘娘在她那儿做客凉快儿？”

“您要去哪儿呀？”菲奥多西娅一边劝着，一边悄悄地把女客带到“炕”边——蒙着粗布的一堆麦秸。“您浑身发烫，额头烧干了，可两手像冰。哎呀呀，嘴唇儿都在抖呢。您这个样子镰刀都举不起来，拿什么送我们这些罪人去那个世界啊？”

“就是闷我也能闷死他们。”死神耳语，“或是给点儿毒药啥的。或是抽出管子。可以用斧头……”

她是个善良、勤劳的老太太。

“抽出管子……”菲奥多西娅责怪她，“要是您的手都在抖，像偷了鸡似的，您怎么抽啊？别总想着人家的管子，偶尔自己也得歇歇。我这就煮点儿山莓干水。您躺下吧，死神娘娘，亲爱的！就是别死了才好啊！”

女客摇摇晃晃，含糊不清地嘟囔了句什么——菲奥多西娅觉得像是什么“见它的鬼去吧”——愧疚地贴着边儿躺下，她的全部神态都在表明，她，死神，不打算长时间在麦秸上让自己舒服。可身体刚一感受到沙沙作响的卧榻的柔软，死神的力气就没了，于是她享受地摊开了四肢。老太婆的眼皮合上了，嘴却正相反，不由自主地张开了，塌陷下去。这样躺了没一会儿，死神就开始叹气、喃喃自语。假如能听清楚她的故事，那菲奥多西娅就会了解，从年轻时起砍人脑袋的死神谁都比不上！通常她挥一下镰刀，一整座城市的人全会齐刷刷得瘟病死掉！再挥一下，三座村庄荡然无存，大人孩子一起踏上上帝的窄路。有时并非是主让她召唤奴仆去那个世界，是她主动，根据自己的意愿，一天的活儿干完之后又举着镰刀在生命的牧场上走一遭。因为死神知道，罗斯没有不梦想尽快摆脱尘世生活的困苦和操劳、获得天国生命的正教教徒。死神多少次听到逝者的亲朋面对逝者的尸体叹息：“感谢你，主啊，解脱苦难了！”莫斯科的瘟疫是死神特别的骄傲，她孜孜不倦的劳动让半城的莫斯科人三天内魂飞天外。

“忍一忍，宝贝儿，忍一忍，亲爱的……”菲奥多西娅听到这话，她猜是死神在劝说正承受产褥热折磨的产妇。

菲奥多西娅匆忙往火塘里塞了点枯树枝，把水倒入石罐，把罐子坐到火上。随后猛地抬起身子，手指敲了一下额头，从泥墙里挖出的凹槽中掏出装着去年的暗红色酸蔓果的罐子。她用手指捻碎浆果，将其放入死神张开的嘴里。

“吃点儿酸东西，马上就好过了。我这就再去煮点儿酸蔓果。”

菲奥多西娅往石罐中丢了一把干药草，搅了搅，等到药草沉底了，把味道浓郁的饮料倒入一只小罐子，一小口一小口地喂给死神喝。

“我的长生水多好喝啊。”菲奥多西娅温柔地嘟囔着。

饮料全都喂完以后，菲奥多西娅把用粗麻布包裹的干草盖到病人身上，尤其是暖她的脚。

没过一会儿死神的脸就蒙上了一层湿气。

“感谢你，主啊，发汗了！我救了死神娘娘，没让她升天！”菲奥多西娅欢天喜地。“等着瞧，到早晨就痊愈了。哦，可我却没准备好！……”

菲奥多西娅跳起来的速度那么快，连火塘里的火都晃动起来。

“没有棺材，在大地母亲的怀抱里没有坟墓，没有干净的衣衫，而且我自己也没有沐浴。”菲奥多西娅念叨着，在小屋里转来转去，不知道接下来该着手干什么。

最后她看到了门槛下面角落里没有把儿的石斧——菲奥多西娅是在林子里的一个地方顺手捡起来的，看样子，是矿坑楚德人掉的——一把抓起来，跑出了小屋。

外面还没黑透，但各种色彩已经尽失，所以松树、野草、蕨菜、鹅膏毒蘑菇以及周围的一切都变成灰蒙蒙一片。

菲奥多西娅跑向林子深处，她记得有棵花楸树枯朽倒伏的地方，那棵树全身包着鸽灰色的地衣，如同披着毛皮大衣一般。她很快找到了它，一段吊在树根部位、开始腐朽的木头，这段木头在树倒时就摔裂了。菲奥多西娅费了九牛二虎之力把木头劈成两半，用石斧疯狂地砍、挖树膛。刚劈砍几下林妖就从削下来的木块中滚了出来，骂骂咧咧地跳到了一边。菲奥多西娅觉得木头里扑棱棱飞出的是一只鸟。等到鸟折断树枝、满嘴脏话地跑了，菲奥多西娅才停下手中的活儿，往黑暗中凝神盯了一眼。可却什么都看不清。

“见你的林妖去！”菲奥多西娅气哼哼地说，重新开始疯狂地劈木头。

“什么什么？！”林妖懵里懵懂地问，斜眼扫了一下四周，“见谁？”

“这是死神提到过的那个强盗，”菲奥多西娅猜想，“找不到杨树的那个。”

“忍一忍，”菲奥多西娅气喘吁吁地冲暗夜嚷道，“你的死期快到了。只不过你不该有在杨树上吊死的想法，这是罪过。你有杀死自己身体里的上帝的权利不成？”

“什么什么？”林妖盯着菲奥多西娅又问了一遍。

“我刚跟你的死神说过话。她知道杨树正因为你发抖呢。”

“什么劳什子杨树？！”林妖嘟囔了一句，他这天夜里的计划完全不是这样的。他在等美人鱼，打算跟她们浪到天亮呢。他终于弄懂了菲奥多西娅所说话的全部意义。刹那间哑口无言，说不出话来了。

“怎么会这样？！”林妖终于细声细气地叫道，“因为什么呀？！”

“死神说了，因为罪孽。”菲奥多西娅同情地告诉他。

“什么罪孽呀？！”林妖可怜巴巴地拖长了声音。

“抢劫。”

“什么抢劫？！什么抢劫？！我只不过让一个采浆果的婆娘在林子里迷了路，让一个伐木的男人被松树砸死了。”

“我怎么买的就怎么卖。”菲奥多西娅回答，妨碍干活儿让她生气。随后她又劈起木头来。可先前的陶醉没有了。

林妖转着圈儿跑起来。

“嗨，丫头们，你们听到了吗？”他冲着暗夜气恼地说，嗓子带着哭音儿。“如今可别让谁在林子里迷路了，马上就给你记成罪孽了！连杨树都给你预备下了！可我也许还不打算死呢！我也许压根儿就想淹死呢。杨树我也不需要！”

林子里传出女子没羞没臊的笑声。

“丫头们醉了。”菲奥多西娅惊讶了，活儿没停。“她们从哪儿来的？”

“林妖宝贝儿，咱们的花楸××——×，”丫头们醉醺醺地哈哈笑着，“别伤心了！来找我们吧，最后过来干我们一次！……”

“干——干！”林妖学着她们的腔调，“也许，我的小命天亮时就没了。也许，我这就该想想永恒？”

“我们想的是什么？我们想的也是永恒。”

林妖忽然有了精神，甩了甩毛茸茸的浅绿色胡子：

“啊！干是死，不干也是死，那最好干完再死！嗨——嗨，丫头们！”

笑声随之变得更大，松树噼里啪拉响了起来。

菲奥多西娅抬起头。

淫浪的女子们坐在较低的结实的树枝上——菲奥多西娅从披散的头发和赤裸的大乳房上一下子就认出她们是浪女了——快乐地望着菲奥多西娅。浪女们中间端坐着一个脑袋疙疙瘩瘩的小男人。他挤了一下姑娘们松软的屁股，猛地一下搂住她们的腰，她们长满鳞片、肥厚如鲤鱼的尾巴甩了一下。

"就是说，你是林妖？"

"你以为呢，神父会在木头里睡觉？"林妖挑衅地问。

"哎呀，我的娘啊，我把你跟强盗搞混了。"菲奥多西娅拍了一下手。

"混了？"林妖狐疑地重复了一句，"就是说，我不会死了？"

"不会，你暂时不会死。"菲奥多西娅让他相信。"我说的是另一个强盗，不是你。"

"丫头们，"林妖大叫，滚到松树下的一片苔藓上狂舞，踩断了树枝，压扁了蘑菇，"咱活着！"

美人鱼笑得更放肆了。

"菲奥多西娅，那你在这儿劈砍什么呢？"

"给自己准备棺材。"

"不管怎样都打算去死？"大伙儿饶有兴趣地问。

"没错。"

"那好吧，好事儿呀。想到怎么死了吗？上吊还是……抹脖子？"林妖正儿八经地问。

"这得由死神决定。"

"你可真会找人，"林妖责备她，"她给你决定！咔嚓，她不上心。让我们来掐死你吧，在此之前咱们玩儿玩儿！热闹热闹！"

"或者我们把你淹死，"美人鱼提议，"不过要在狂舞、唱歌和放荡之后。死也得伴着琴声！"

“谢谢你们，林子与河流的住户，不过我死前只接受主为我规定的那些折磨。”菲奥多西娅礼貌但却坚定地说。

“你听我们的吧，他给你规定的是无聊的死法。”美人鱼争先恐后地嚷嚷起来，“你会死于疾病或是瘟疫，呸！要不然就是喝酒喝死！”

“要不就是干得四分五裂！”林妖大叫。“如果需要，娶上你我也同意。”

菲奥多西娅摇了摇头。

“好吧，随你的便！咱们走，丫头们，我那儿用鹅膏菇泡着酒呢。”

“别忘了笛子。”美人鱼嚷嚷起来。

这浪荡的一群扑入林子深处，去了湖的方向，去纵欲狂欢了。

“瞧这些浪荡女，瞧这个淫荡的家伙……”菲奥多西娅叹了口气。“丢脸！奶子有箩大，哪怕用树枝或是草遮遮也好啊。”

她挥起斧头，狠狠地劈进木头。

两手血糊糊的菲奥多西娅终于砍出了槽子一样的东西。她躺到里面比量了一下。菲奥多西娅躺在准棺材里看了看天，希望看到一闪一闪的小星星——她的阿盖尤什卡，可天庭被乌云遮得严严实实。也许，是松树合拢了倦怠的枝桠。只有菲奥多西娅的眼睛里因为用力而翻涌着如同鸽子翅膀一样油亮的蓝色闪光。鸽子让菲奥多西娅想到圣灵。她跳起身来，拖着木槽去了小屋，一路上气喘吁吁地祷告着。返回取了第二块木头——棺材盖，把它也拖了回去。不过，第二块木头是林妖帮着菲奥多西娅挪的：假如菲奥多西娅聆听周围的动静，她就会听到，林妖快乐地哼哼着、唠叨着抓住拖在地上的树根，用疙疙瘩瘩的肩膀把它扛到了隐修女的小屋前。到了住处门口的菲奥多西娅面对棺材站住，披头散发——这头发像是纺车上的乱麻——双手血淋淋，但她快乐、欢喜。藤编小门和窗板的缝隙中闪烁着火塘的光，“炕”上睡着死神，花楸木的居所也在等着菲奥多西娅。能有比这更大的幸福吗？！

“这棺材就是我的楼阁。”菲奥多西娅动情地说。“不管是狼、熊，还是夜猫子，都不能把我的身体从它的墙壁里掏出来。我这就装饰我居所的墙壁，一刻也不耽搁……”

为了不吵醒死神，菲奥多西娅小心翼翼地走进小屋，很快又出来了，把什么东西捂在胸口上。把这些物件儿在木槽里安了身，所以啊，夜猫子就是在黑暗中也看得清楚，棺材完全像是一栋房子。暗自欣赏了一会儿亲手制作的“楼阁”，菲奥多西娅又思绪万千了，这次想的是坟墓。

她握紧石斧，把它如欢腾的天雷一般刺入泥土、森林的柔柔软垫，开始给自己挖坑。猫头鹰在她头顶叫了一声。看不见的森林生灵叫喊起来，听声音像是森林主人。但菲奥多西娅的灵魂中没有恐惧，兴奋地给自己掘坟、渴望呈现在天父眼前的他的孩子难道可能恐惧吗？

第二十三章　不朽篇

“感谢你，主啊，活着！……”死神自言自语，规规矩矩地画了个十字。“我还以为自己长眠不醒了呢。唉，只要老鼠还没把脑袋啃吃了，咱就活着。我的十字架沉啊，可得背着。”

死神用鼻子嗅了嗅，又瞅见了角落里发黑的木头圣像。

“原来睡在圣像下面哪，可还是活着。”她说话的腔调像是主人，“活人利更大。”

她在干草铺上翻动起来，打算立马起床，把镰刀握到手里。不干活儿死神太无聊啦！死神的念珠——一串结实、乳白色的圆牙齿——唰啦啦响着滑到泥地上。

菲奥多西娅的眼皮颤抖起来，她醒了。一开始她没搞清楚身在何处：“难道在坟里？”一滴冰冷的水落到额头上。“真的在湿润大地母亲的怀抱！”菲奥多西娅确信了。可身旁有清晰的翻身的声音，甚至显然说了“感谢你，主啊，活着”这样的话。“邻居哪儿来的？难不成是墓地的？

可我是在小屋旁边挖的坟啊！到底是谁活着呢？”

菲奥多西娅一下子睁开眼睛，睫毛眨动起来，从火塘边的一抱干草上抬起头，火塘已经灭了，但还有隐约感受到的丝丝余温，柔柔的，如同酣睡孩子的呼吸。死神从“炕”上友好地看着她。睡意蒙眬导致的全部混乱立马烟消云散，过去的这一夜发生的事鸣叫起来，排成队蹲坐到房山头苔藓密布的木雕小马上。菲奥多西娅的脑袋里仿佛刺入一根楔子，这根如同倒置的冰糖塔盒一样的空气般透明的楔子里装的都是菲奥多西娅夜里劳作的画面。她想起了怎么劈砍花楸木，如何与林妖一起拖着它，如何挖掘柔软的地衣、松针、铁锈色的泥炭为自己预备坟墓。可是等死亡的“地宫”准备好了，菲奥多西娅两脚发抖、踉踉跄跄地进了小屋以后，借着火塘的火焰看清楚了，她比林中的沼泽仙还要脏！部分新长出的、部分折断的指甲里塞着泥土，指甲的断缝里夹着草，就像森林怪物一样，手指间戳出草叶。菲奥多西娅啊地叫了一声，冲了出去，在原地转圈儿，想着到哪儿弄到水洗洗自己。菲奥多西娅的双脚突然向一边走去，她边走边从地里揪出一根牛蒡子，随后跳进刚刚挖好的墓穴。她扑倒在沙土床上，一点劲儿都没有了。

“主啊，”她平静地低语，“活埋了我，让我死吧。”

可菲奥多西娅还没来得及把其他与尽快升天有关的愿望说出来，天庭就轰隆隆发出怪响，裂成两半，太阳和月亮背后的布满星星的天体开始显现出来，夜行的鸟和兽狂野地叫了起来，瓢泼大雨扑面而来。(得说上一说的是：接生婆玛特廖娜接生过一个出轨修女的孩子，孩子的阴门里竟然有男人的××！从那个夏天以来托奇马人就没见过这样的狂风暴雨。当时玛特廖娜稍稍掐了一下那个孩子的喉咙，把她沉到苏亨纳河上的列金嘎小岛后面的水里淹死了。“把孩子哄好了，没出声。”喝了些蜜酒以后，接生婆偷偷地对瓦西里萨说，说的时候画了无数个十字。“哄去了永生的世界。只在鲈鱼镇冒上来几个泡泡……”就在这样奇特地哄过孩子之后来了暴风雨，不止淹了半个托奇马，还掀翻了丘陵上至今都不知道是谁的坟，一堆树枝上的死者，更准确地说，是包裹在灰寿衣里的死者的尸骨，在大街小巷风驰电掣般而过，如纺锤一般在涡流里打转。哎呀，我主保佑啊！）

瓢泼的大雨啊，浇到菲奥多西娅身上！她好像掉进了库房，好像麻袋里的黑麦或盐巴如瀑布一样撒到库房里面。菲奥多西娅爬出眨眼之间水已经没过脚腕的墓穴，把湿漉漉的衣裳撕扯下来，每脱一件都把双掌举向压下来的天空。身上只剩下贴身内衣时，菲奥多西娅害臊了，可想了一想之后，她环顾了一下伸手不见五指的四周，把内衣也扯了下来。她站好，两手贴身垂下，把自己交给了冰冷的水流，水流凉得让皮肤如火烧一般。尽管是瓢泼大雨，菲奥多西娅却没想过她会因此生病。体内溢出如此动人的热度，让身体灼热，里里外外都在得到净化。菲奥多西娅的粗辫子刚一湿透、两股水流开始淌下来，大雨就戛然而止了。它渐渐变小的沙沙声如同一群天鹅掠过林中空地右边的白桦树梢时发出的声响，最终留下的只是树枝上落下的大水滴发出的啪啪闷响。

菲奥多西娅走近木槽。水里摇曳着打湿的地球和天庭——绸子绣活儿，渴望升天的人用它装饰了棺材，就像装饰节日前的房子。菲奥多西娅弯腰对着棺材：菲奥凡透过散发出松针和亚麻气息的晶莹的水望着她，握着石头的手抖动着。求死的女子小心翼翼地把手指放到水里，菲奥凡轻柔地摇起了头。这是托奇马人崇敬的圣愚菲奥凡的珐琅像，他用精神力量移开了滚石，这种力量源于肉体的痛苦。不管走到哪儿，菲奥凡都带着麋鹿岛脱落的巨石，他在上面饮食，夜里把疲惫的头靠在上面小憩。昏暗中菲奥多西娅的目光与菲奥凡的对上了，她念诵了相应的祷告文，捞出圣愚像，摆放到树墩儿上。绸子的苍穹也安置到了那里：天上地上流淌着小溪，海洋膨胀了，发暗了。菲奥多西娅只好轻轻拧了拧星星和教堂圆顶，挤干水分。这件事弄妥当之后，菲奥多西娅终于把双手完全伸到灌满冷水的棺材里。等到折断指甲的、出血的手指不再隐隐作痛了，菲奥多西娅摸索到东一件西一件丢在草地上的衣裳，放进无怨无悔同意发挥洗衣槽作用的棺材，开始洗涮。她拼命地用衣服在木槽里搓，把内壁都磨得光滑了，腐烂的树芯洗掉了，剩下的只有整齐的那一层。现在的死亡之屋让菲奥多西娅联想到卤水槽。不过回忆没有超过这个槽：托奇马的生活已经让准备离开这个世界的菲奥多西娅的心里波澜不惊了，对她的触动不比松涛的触动更大。

拧干洗好的衣裳，菲奥多西娅把它们穿到身上，为死做的准备全都如此顺利地完成了，这让她倍感幸福。她走进小屋，躺到火塘边的麦秸上，立刻就睡着了。火焰烘烤的衣裳开始冒出浓浓的水汽，菲奥多西娅在梦里到了澡堂恐怕就是因为这个吧。澡堂不是他们斯特罗甘诺夫家的，而是一个陌生的澡堂，宽敞，明亮，里面有散发着椴木和接骨木气息的长凳。长凳边站着伊斯托马和罗金神父——他们各自站在自己的长凳边，用笤帚蘸着盆里的水。

"菲奥多西尤什卡！"伊斯托马温柔地叫她，"感谢上帝，我们见面了！到我这儿来！"

旁观不了自己，但却知道自己身上只有一件薄薄的亚麻内衣的菲奥多西娅瞥了一眼罗金神父，怯生生地回答："不，伊斯托姆什卡，我不能到你那儿去，否则就会生出罪孽，我就进不了天国了。"

"你干吗这么早就打算到那儿去啊？"伊斯托马问。

"为了跟咱们的宝贝儿子阿盖尤什卡见面啊。你碰到他了吗？他怎么样啊？有没有哭啊？"

"没有，我没碰到。"游方艺人漠然地、忧郁地摇了摇头。

"那就是说，你没进入天堂？"

"就是说，是这样……"

"那么，也许，你活着？"

"不，没活着。难道你忘了是如何用地狱的火焰招待我的？你过来呀……"

"菲奥多西娅！"罗金神父厉声说道，同时意味深长地在盆里搅着笤帚:“罗马帝国!”

“我记得。”菲奥多西娅回答,转身面对游方艺人:“伊斯托姆什卡,罪孽就是由沐浴开始的。罗马帝国经由澡堂坍塌了。”

“嗯?”伊斯托马惊讶了,不过是漠然的惊讶,他似乎在想着自己的事。“根儿上烂了?”

“是啊。”菲奥多西娅这样说的时候向伊斯托马那边迈了一步。小腹漾起一阵颤栗。欲望充满××。××里开始发痒。

可罗金神父透过团团水汽严厉地望着,一只手往分头上打肥皂,另一只手画着十字:“你恳求进天堂,自己却往地狱里钻?”

就在这个时候菲奥多西娅醒了。“感谢你,主啊,死神掉落了牙齿珠串,救了我。”菲奥多西娅盯了一下她友好的蓝眼睛,想起了梦,画了个十字:显然,为了不让菲奥多西娅得见天国,魔鬼诱惑她纵欲!紧跟着菲奥多西娅想起了夜里打造的棺材,便从麦秸上跳了起来,喃喃自语:“您躺着,亲爱的死神娘娘,先别起来。”说完就冲了出去。她跑进灌木丛,蹲下小解。围在四周的蕨菜丛就到她的眼睛那么高。每一片叶子的小凹槽里都有一颗水滴,如同从里往外翻过来的珍珠,所以奶白的银光从珠心儿里照射出来。这些珍珠像菲奥多西娅的想法和她的内衣一样纯净。她肯定自己这就要借上帝援手安息了!

高兴得脸色红扑扑的菲奥多西娅回到小屋门口,心满意足地在棺材旁边站了一会儿:手掌抚摸了几下花楸木光滑、潮湿的内壁,把珐琅菲奥凡重新摆放妥当,天体和地球展开挂好。以防万一她向东方鞠了一躬,进了小屋,想帮着死神起身。不过,死神自己也不想安歇了,菲奥多西娅往屋里走的时候发现,她已经站在“炕”边了。

菲奥多西娅本想扑过去扶死神一把,可她想起来了,自己的欢快有可能让女客怀疑把她菲奥多西娅带到那个世界是否必要。“要是她这么欢快,那就让她再在此地生活一阵子、干干活儿。”死神可能会这么想。哦,得装成病人才对啊。

这个把戏全托奇马人都知道，不过有这样的想法是因为认为这个秘密死神不清楚，可以骗过她。托奇马人想什么呢！斯特罗甘诺夫家族中就有过这样的案例。小家伙佐杰尤什卡病了，人都快烧干了，脸色发灰，简直就剩一口气了！接生婆玛特廖娜就说，大家全都得跳起舞来，弹起琴来，大声唱歌！半夜三更把奴仆们都分散出去，令他们在房前屋后的院子里疯狂地跳、闹、哈哈大笑。接生婆玛特廖娜、嫂子玛丽亚、瓦西里萨和菲奥多西娅围着佐杰尤什卡的摇篮跳舞。死神靠近楼宇了！怎么回事？！又笑又闹，还伴着笛子和古斯里琴跳舞？！这里不可能有婴儿快死了！看来她是搞错人家了。死神越过一条街，顺便去了隔壁的人家，带走了那里的另一个男婴——奴仆绣娘的孩子。就在那一瞬佐杰尤什卡发汗了，气息均匀地吃起了奶娘的奶。玛特廖娜趾高气扬：斯特罗甘诺夫家的人第二天早晨听说了死神被巧妙地从自家门前引开，去了别人家，他们当众赏了接生婆钱财和黑貂皮。

想到这件事，菲奥多西娅猫着腰靠近死神，无力地哼哼着，她的种种迹象都在表明，她的死期到了。

“您再躺会儿，亲爱的死神娘娘，等我煮点草药茶，把软树皮小饼儿用开水泡好。不然的话，您肚里没食儿，手里的镰刀会抖，您就割不掉濒死人的头。”菲奥多西娅声音虚弱。

“那倒是真的。”死神同意她的话，重新在炕上坐下。“你自己怎么了，难不成生病了？声儿虚弱得很呢。”

“我要死了。”菲奥多西娅高兴地通报。

“你要死了？我怎么不记得单子里有你啊。”她若有所思地嘟囔着。

“什么单子？”菲奥多西娅急了，一撮接骨木果从她指缝间漏下去，贴着石罐直接掉到火里，小屋里随之弥漫开甜甜的香味儿。

“我的小包袱在哪儿？”死神伸长脖子问。

“在这儿呢。”菲奥多西娅彬彬有礼地把一个黑色的破包袱递过去。

死神解开包袱，摊在膝头，打开一卷纸，有桦树皮纸、羊皮纸、草纸和棉麻纸。这些纸上都密密麻麻地写着字。

“咱找找,上帝的奴仆菲奥多西娅,父名是什么?”

“伊兹瓦洛娃·斯特罗甘诺娃。”

“菲奥多西娅·伊兹瓦洛娃·斯特罗甘诺娃……”死神一边在纸卷里翻一边念叨了几次。“我怎么找不到啊……尼封特有,阿库丽娜、芙洛尔、阿莫斯、卡尔普、奥列吉娅、玛丽亚,又一个玛丽亚,可菲奥多西娅没有。”

“也许是掉了?”菲奥多西娅推测,她快要哭了。

死神抓了一下耳根。

“不能够。主定了谁死,可我却因为自己的过错没收他,有生以来就没有过这样的事儿。我会多送个人去那个世界,可却不会把定好的漏掉!”

菲奥多西娅惊恐地咬住了嘴唇:“林妖让我这么多嘴多舌!……我的意思是说,是不是林妖把单子偷了?林子的妖魔在这儿又闹又浪地折腾了一整夜。我亲眼看见的,碰上他们了。”

“你看见了?没碰上找杨树的强盗吗?”

“没有,没碰上。”

“他就在这儿的什么地方,不远。穿过你们这片林子的时候,我不止一次听到他说话。‘我要在苦杨树上吊死,吊在树尖儿上!把我卷到荒漠去吧!’”

“您只去人稠的地方?”

“是啊。没人的地方死神不去,因为那儿没我的活儿干。所以隐修的人有时会那么长寿。就是到那个世界他们也是指定要隐修的,可我就是没空儿去荒漠,去找他们的隐修地。”

菲奥多西娅把石罐里的草药茶倒入两只小罐子,将其中一只恭敬地递给死神,好奇地问(任何苦难都磨灭不了她的好奇心):

“为什么上帝指定他的某些奴仆亲手结束自己的生命?”

死神呷了口热茶，幸福地叹了口气，带着教诲的意味瞥了菲奥多西娅一眼：

“主故意赐予人自杀的可能性，为的就是让人可以战胜这种诱惑！别在死中，别在小绳结儿中寻求对困苦和磨难的解脱，要在祷告中，在对仁慈上帝的信仰中寻求！因为扼杀身体容易，可过后灵魂咋办呢？”

“主没赐给树这样的诱惑，”这个发现让菲奥多西娅兴高采烈，“树不能在杨树上吊死。兔子也不能。可这诱惑却赐予人了。因为人对他来说宝贵，他想锤炼人！……”

“对，我的孩子。”

“跟我说说您自己吧，说说您自己的生活。”菲奥多西娅求她。“什么时候还有机会碰上活着的死神呢？”

“我有什么好说的呢？”死神心满意足地说，“有口气儿就不想自己，想的全是别人。有时候连显贵的命都有机会去收呢。”

“难道连皇上都是您收的？……”菲奥多西娅压低嗓门儿问，她看了看死神的手，似乎不相信，不管是君主还是她——君主卑微的奴仆菲奥多西娅，都会由同一双手送去安息。

“我才不管他是皇上伊万，还是要饭的伊瓦什卡呢，死神面前人人平等。死神不是老婆，你是没法把她赶出门去的。死神取人性命喊哩咔嚓。你可收买不了她。皇上和黎民全都一样入土。而且在那个世界有时奴仆还更好呢：他的主公在锅里受煎熬，可他这个奴仆却添着柴呢。有的昏聩皇上还想着如何甜蜜度过今宵，可他不知道今儿个他就得跟死神颠鸾倒凤。”

“您，怎么……”菲奥多西娅尴尬地说，“……您也……像所有的女子一样……您也有子宫？”

“拜托！难不成我像爷们儿？宽恕我罪孽的灵魂，主啊，只不过有的狂蜂浪蝶一看到我就大叫：‘我知道大势已去，可是，请允许我最后再跟娘们儿干上一次吧！’行啊，我以罪孽的样子爬到他身上，摇啊摇，直到把他摇死。我可还生过孩子呢。”

“孩子？！”菲奥多西娅震惊不已，“他们在哪儿呢？”

“来到世上就全都死了。主对我仁慈，没让我的孩子们在这个世界辛苦，拖绳拉纤，腰弯背驼，立刻就收回到自己身边，进了天国。”

“亲爱的上帝也珍爱我的阿盖尤什卡，还没满周岁就收走他了。如今又轮到我了……”

“我怎么不记得有什么阿盖伊。”死神含糊不清地自言自语。“你啊，菲奥多西尤什卡，别为你的宝贝儿子伤心：寿命越短，作孽越少，越快进入天堂。”

“这个我懂。让我堵心的是另外的事：为了惩罚我、教谕其他妇人——我是因罪怀上孩子的——主赐给阿盖尤什卡的死法让人痛苦不堪，是狼把他叼走了。”菲奥多西娅深深地吸了一口气，忍住眼泪。“真想好好哭上一哭啊，可接生婆玛特廖娜说了：要是你哭，那么，那个世界所有的孩子都可以玩耍，而你的阿盖尤什卡就得拖着泪桶。所以我闭上嘴，一滴眼泪都没掉。”

菲奥多西娅擦了擦干巴巴的眼睛。

“有人说，死神盲目发威！有这样的事吗？如果我说得不对，请您原谅啊。”

“胡说八道！都是婆娘们吃饱了撑的！假如人不死，那全都往哪儿搁？陆地不大，在大洋里漂着。到最后人都得掉到水里头。总不能踩着人头走路吧？”

“对啊！”菲奥多西娅同意她的说法。

“我不会过早掏出灵魂。上帝把它放进去的，收走也是他收。我只是剖开身体，让灵魂钻出来更容易一些，让肉体和欲望别抓着它不放。”

“我怎么没拆掉棚顶呢？”菲奥多西娅想起来了，“得把对着炕顶的那片土扬散，好让我的灵魂从洞口飞出去。可到那时谁把我放进棺材呢？难不成我得活着躺进木槽、盖上盖子？哦，没人为我行圣餐礼？可也许死神把一切都考虑周全了？没什么要我操心的？”

“死神娘娘，亲爱的，主接纳没行忏悔礼、圣餐礼和涂圣油礼的人吗？”

“那是自然！打仗的时候谁给战士涂圣油？没人。可死在战场上是最美的死法！”

“那倒是真的。”菲奥多西娅高兴了。

“如果死亡来了，那就什么心都别操：往圣像下面一躺、眼睛一瞪，就全活儿了。没人会长眠地上，就连无家可归的人上帝也给他备好了泥土的棺材。”

“对啊！”

“人死之后他的生命才会显现出来。”死神说。“有的意志薄弱的人大喊大叫，骂骂咧咧，钻到石头下面躲避死亡。生，他不会，这样的人你也教不会他怎么死。要么就是另一种样子的傻蛋：他的生命细弱游丝了，可还想着敛财。要知道，你什么都带不去那个世界，去那儿的门窄，拖着钱箱你可钻不进去。有个傻透了的婆娘，一看到我，手里抓着面团就向我扑过来了！”

“死你能打跑吗？”菲奥多西娅笑了起来。

“就是！然后她就大叫：‘有比我老的！’我跟她说：‘如果死来找奶奶，你就别指着爷爷。’另一个为躲我玩命地跑，像只兔子一样在田野里狂奔。要么就是有人让奴仆代替显贵躺到圣像下面，而且是最臭不可闻、死了不可惜的奴仆。主啊——啊！……他们想跟死神打马虎眼！”

菲奥多西娅把头垂得更低，赶紧喝起茶来，她怕自己的神态和声音暴露出来，她们曾经围绕小弟弟佐杰尤什卡的摇篮、伴着笛声跳舞，成功地骗过了死神。“老太婆也有失手的时候。”她心里想。

“不过有这样美好的人，他躺下说，‘再见，朗朗乾坤和我的村庄’，然后就去世了。”死神接着说。

终于喝完了茶，吃完了松树皮饼，死神从“炕”上起身，稳稳地站住了。

“谢谢你，菲奥多西尤什卡，亲爱的，留我休息。我现在欠着债呢！我要去牧首尼康那儿了。”

“我怎么办呢？”菲奥多西娅激动地问，她尾随死神跑了出去，笨手笨脚地抓住她的袖子。“死神娘娘，亲爱的，我怎么办呢？”

“你怎么了？”死神一边抚平长裙，一边漫不经心地问。她的目光落到花楸木槽上。“你这是干什么？一个槽子盖住另一个槽子，什么东西？猜谜吗？”

“这是我的棺材。”菲奥多西娅回答。“我躺进去，就现在？活着进去？”

“为啥？”死神产生了兴趣。

“什么为啥……死啊……去草甸被子下面……去见阿盖尤什卡……”

“你怎么在死人中间寻找活人呢？”死神心不在焉地说完就走了。“再见，菲奥多西娅！”

菲奥多西娅惊恐万状地冲了过去，她绕到前面，痛哭着扑倒在死神脚下。

“死神娘娘，亲人啊，收了我吧！”

“不是我收，是上帝收。”死神不满地说，她的思绪已经到了菲拉蓬特修道院的牧首尼康床边。“他目前还没定你的死期呢。”

“我想去见阿盖尤什卡！见我的宝贝儿子！”

“这就意味着你还没赢得上帝的国，祷告得还不够，没创造出需要的功业。”死神口气有所缓和。“你听我说，我的孩子，剥夺你的生命我不能够：今天的单子里没有你。不过你留我休息，你的好心我不会忘。我答应你：一旦你的时辰到了，你会眨眼间死去，没有痛苦！你只要在死亡的时刻喊上一声：‘死神娘娘，来收隐修的菲奥多西娅吧！’我立马就会出现！可现在你去活人那里吧。坟墓不是给活人的！”

第二十四章　神圣鲜花篇

“你们为什么在死人中间寻找活人呢？”菲奥多西娅若有所思地说，因为她又想起了死神的话：单子里没有她，菲奥多西娅。

《福音书》里的这句话她记得不牢，或许复述得不准确。可此刻对于菲奥多西尤什卡来说这没那么重要。因为就算这句话复述得不准确，它也具有如此大的力量，猛然间推动年轻的女子对与死神相遇产生了明确的、清晰的理解。主不需要人们对他的话倒背如流并以此为傲。他需要的，是人们用普及天下的信仰和宏图伟业把他的只言片语培养成参天大树。有时候只要感觉到他的话就足够了，就足以让一朵香味儿隐约可闻的不起眼的小小野花长成芬芳四溢的草场和香气扑鼻的花园。菲奥多西娅正是如此，她不是用牢牢记住的教条，而是用对主的话语的感觉培育出一个神性盛开的十字架，如此芬芳、如此漂亮，只有主的造物才会这般美好。

“鲜花十字架是什么？”罗金神父会神经质地尖叫，“神学文献中没提过这样的十字架！”

要是得知菲奥多西娅的创意，罗金神父必定会恼火。不过，自从勇敢地尝试劝导地下楚德人走上真正的信仰之路以来，她整个冬天都没去过教堂，只在自己的泥窝棚里规规矩矩地祷告。她用一个朴实的想法证明这种暂时脱离的正义性：圣殿和上帝不总是存在于屋顶有十字架的房子里，但却总在人的灵魂之中。整个世界也在人的灵魂之中。如果这颗灵魂的门闩永远闩上了，世界也会消失。另外一个这样的世界已经永远不会有了。因为主造的每个灵魂都是独一份儿。没有两个一模一样的灵魂，就像没有一模一样的书、裹尸布或十字架一样，每一个都不可复制，都只有一个，或者像有学问的罗金神父表述的那样，是唯一的版本。这就如同一幅古代圣像被烧毁后的情形一样：不管圣像画师过后如何根据复制品或是凭着记忆复制，如何遵照那些上千次对着这幅古代圣像祷告过并且牢记它每一条纹路、衣服上每一道皱褶的人的指点和意见努力修复圣徒面容，那也不行，这圣像原件怎么也创造不了。它会是新制作的，光鲜漂亮，但它却发散不了深奥的智慧，不会有安详的气息，不会被纯洁的泪水净化。不过，这些想法飘离了那些事件，而那些事件眼瞅着就要发生在菲奥多西娅身上。因为与死神失败的见面表明，主暂时没有用幸福的死亡奖赏菲奥多西娅，看来她还没赢得天堂的生活。

“在那个世界幸福得很哪，而你先在这里辛苦辛苦，用真正的功业赢得与儿子阿盖尤什卡在一起的永恒幸福吧。”菲奥多西娅以主的名义对自己这样解释。

于是她想出创造一个像世界本身一样神圣宏伟、无比美好的十字架这样的主意，希望用它照亮矿坑楚德人的愚昧之地：奇迹会发生，地下的偶像崇拜者会把他们该死的木头疙瘩推倒，灵魂会变得透亮，最终他们会明白上帝才是唯一的真神！因为他们不蠢，菲奥多西娅在地下村里甚至见到过年历牌！每天最德高望重的老人都会庄严地拿过来一片圆圆的木板——大树锯的圆片。这个圆片分成十二圈，就是一年的十二个月。每个月有六十个以下的小洞，就是一个月的日和夜的数。小洞里插着一根木杆儿。早晨楚德老人把杆儿推向前面一个洞，晚上再推。因为在楚德人那里一昼夜的日和夜是生活的两个不同的部分。可如此聪明绝顶的人却处处都立着木头偶像！这里是崇拜太阳的偶像，那里是敬仰森林主人的，沼泽边有供奉沼泽精灵的。好像森林、沼泽、河流不是唯一的真神上帝创造的似的。为什么会有如此这般的野蛮？！显然，是由于魔鬼牢牢地把他们的地下村控制在魔掌中，因为黑暗中的一切、神性的光芒没有照耀到的一切都是魔鬼的领地。可楚德人虽说没有十字架，但却一点儿都不坏，不恶，二话不说就收留了菲奥多西娅……

"可主的力量能渗透到地层下多深的地方呢？从多深的地方开始是魔鬼的领地呢？"菲奥多西娅琢磨着，"地下一沙绳不成？要么墓穴下面就开始是魔鬼的领地了？可要是那样的话，装着收成的冰窖或地窖子算什么？它在地下，可上帝的力量却在里面保存着食物和饮料。那井呢？它的深度是上帝定还是魔鬼定？如果是上帝定，那为什么他允许井妖住在里面？盐井在谁的领地中呢？宝石矿井——据说乌拉尔有这样的矿井——属于谁的管辖范围？是主的还是撒旦的？也许，在翻耕过、播种过的牧场下面，主的力量渗透得深，而在沼泽或魑魅魍魉肆虐的荒地下面，他没那么强大？"

菲奥多西娅考虑这些不是一天两天了。她得出的结论是：首先，上帝掌控着表层被人关顾的地界——牧场、菜园、花园、房屋、广场——渗透得深。因此，应该让楚德人地下村的表层变得美好。其次，最可靠的装饰就是十字架。最后，上帝的力量渗透到漆黑地心的深度与她将要在地表打造的十字架的高度一致。

一开始菲奥多西娅打算竖起一个尽可能高的十字架。她梦想中的十字架的高度无论如何都不会比巴比伦塔矮。她抬头望着天，想象着十字架够到如奶娘乳房一般沉甸甸的团团白云，想到这里她气都喘不上来了。菲奥多西娅用小树枝在沙土上勾画图纸，让她难过的是，喜欢的绘图工具留在丈夫家了。考虑结构的时候，菲奥多西娅凭着她的聪明劲想象到了，为了达到前所未有的高度，十字架必须有一个厚重有力的底座。

“白桦细溜溜的，而且会歪；橡树的根部粗壮，而且岿然不动。”她思量着。

结论是：为了让达到云端的十字架立得住，它得像一座巨大的房子一样。

菲奥多西娅甚至画出了这样异乎寻常的大房子，算了算里面会有多少边框。但她灵魂中有某种东西在抵触木工活计。也许是因为她是女人，像所有女子一样，她不看重斧头或锤子的蛮力，而是欣赏工作的美和巧夺天工的细致。

有一天她得到了启示。菲奥多西娅面向东方，在朝霞映照下跪着祷告。祷告完以后，她跪坐下来，与一簇野草平齐了。草棵儿里面隐藏着一朵小小的、小得如豌豆般的花儿。上面趴着一头上帝的“小母牛”和“牛犊”。当然，这样的理解方式——趴在红花儿上的实际是一只甲虫和它的孩子——太甜腻了。可一个历经磨难的十七岁女子，失去了自己第一个、也是唯一的心肝宝贝儿——她和伊斯托马的孩子，她可能有别的思考方式吗？菲奥多西娅一边仔细观察上帝的“小母牛”和在它身侧缓缓移动的“牛犊”，一边把脸靠近小花儿，让她震撼的是，上帝造它造得多么精致啊。花瓣儿虽纤细如气息，小巧如阿盖尤什卡的指甲，但却依然有道道优雅的纹路，装点着小小的锯齿儿，蜷曲着。花蕊纤细，比阿盖尤什卡的睫毛还要细，却如箭杆一般挺拔。花蕊的尖儿上有黄色的花粉。花柱虽然小，但却看得到上面的柱头。花心里有一滴露珠，映照出七个天体中的一个，太阳是固定在上面的那一个。菲奥多西娅很清楚天体构造，她没白保留绣着天庭的绸子。一个念头击中了菲奥多西娅：在楚德人地下村上面创造一个巨大的野花十字架。

也许，是流淌在菲奥多西娅意识深处的几条思想之河汇聚起来，让她心里冒出了这个波澜壮阔的决定。一条河像她的祖国罗斯一样无边无际。罗斯的一切都宽阔无边，北方的大洋、东方的泰加原始森林和南方的草原都是如此。罗斯人的想法也许就是因此才不着边际：一开始梦想，那梦想就会伸展到千万里之外！菲奥多西娅也是一样，假如她生活在启蒙的欧洲——那里望远镜都发明出来了，已经清楚是地球在围绕太阳转，而太阳根本就不是用小金钉儿固定在水晶体里面的，不过，那里的地界拥挤，遍布城市和桥梁，田地被分割成一小块一小块的——她就不会有如此宏大的构想。菲奥多西娅可能会决定制作一个小小的十字架，比如用固定在绸布上的小珍珠，或是用花边，用上不止一年的时间、足不出户地钩出花边。可菲奥多西娅有着俄罗斯人宽阔无边的灵魂，所以她决定竖起的十字架的规模不可思议。

只有被森林、河流和原野如贴身衬衫一样裹住的正教徒女子——这事关她思想的第二条河流——才可能冒出用鲜花制作十字架的想法。更实际的婆娘会订制石头十字架。西方修道院里有学问的男子会想到有技术含量、千古流芳的敬神建筑。鲜花算什么？会枯萎的。一年过后就已经没人会想起你来，哪有什么千古流芳。幸运的是，菲奥多西娅没有虚荣的念头，没想过让人记住或是扬名立万。不，她的任务朴实无华：到天堂去见阿盖尤什卡和伊斯托马。而她思想的第三条河是夜里、在她观察夜空的时候涨满的。

有学问的人早就发现了，静观星辰会萌发诗意，也会萌发关于宇宙和现存的整个世界的无比宏伟的念头，以及自己在这无边无际的空间中所处位置的念头。每夜铺展开的无边宇宙就让菲奥多西娅目瞪口呆。做姑娘的时候她很少凝视夜空，每到夜里斯特罗甘诺夫家的房子和院落像所有托奇马的人家一样会上锁。成了圣愚后菲奥多西娅多在城里流浪，在那里看到的星星没那么清晰，因为城市的光——窗户里的、烟囱的、守夜人火把的——让最小的星星变得黯淡。只有到了林妖杉树林菲奥多西娅才第一次看到了全部的天体，看到了它们无比的宏伟。主啊，天上有多少闪亮的光啊！一些浓密，汇成银白色的雾霭。一些闪烁……

另一些在几夜之间变换颜色。还有一些在天上移动！这些移动的星星特别困扰菲奥多西娅。是死人的灵魂在飞？还是它们从水晶体上脱落了，因此在坠落？坠落到什么地方呢？要么就是天使把它们抓住并钉回到原来的位置？如果这是灵魂，那是否可以飞向它们呢？鸟不是会飞吗？为什么人做不到？我会不会因为祷告和奇迹发生而飞到天体上，从而把阿盖尤什卡拽回到托奇马？是否可能造出飞行设备这样的念头占据托奇马这个小天文学家的身心很久了。如果说像她的丈夫尤达这样的工程师能制造深入地心采集卤水的设备，那怎么就不能升入高天呢？菲奥多西娅开始时想到的是制作一个高耸的木质十字架，暗暗地希冀自己能顺着它爬到天上，这种想法部分源于她对天体与地面距离的思索。但后来她还是作出了理性的判断：到达天体的距离太远，就是从最高的钟楼或建筑往上爬也做不到。可静观大自然最神秘、最具震撼力的形态（银河、彗星、小行星）和静观救主最微小的造物（青草和昆虫），所得的印象把年轻的女"工程师"推向用主另一个无上美好的孩子——鲜花——来竖起十字架的念头。天堂里盛开着伊甸园的鲜花可不是平白无故的啊！装扮那里的是鲜花，不是盐井。就这样，冲刷她灵魂的三条河汇成了那个十字架。有谁知道，对于菲奥多西娅来说它会多沉重……沉重的不是创造它时工作的艰难，而是这次耕作后接踵而来的经历。

一开始菲奥多西娅就选好了地方：山冈上。山冈的一面延伸到河边，所以，假如没有柳树丛和东倒西歪、黑漆漆的一片小杨树林，从托奇马城里就能看到这面缓坡。实际上，正是这道黝黑、树木丛生的山冈遮住了楚德人的村落和他们膜拜偶像的地方。菲奥多西娅选定的场地长有小小的树苗，是两年前发生山火后钻出来的，这片场地合适还在于奇妙的十字架能以它毋庸置疑的神性力量圣化撒旦的地下领地，与此同时阻隔暗流，这些暗流在地下流向河道和城市。

上下左右观察清楚场地之后，女子用尖木棍儿在桦树皮上画出六端十字架的图纸，对应场地的大小进行了计算。然后用石斧做出木楔子。

随后用三根楔子——两根长度一样、一根短一些——组成一个大圆规似的东西。与真正的圆规不同的是，两根长楔子之间的夹角是不变的九十度，像房角或水井相邻的边框。直角菲奥多西娅以前就知道，如今凭着她的聪明在实践中运用这些知识了。用这个“量角器”她量不出长度多少，因为她没有长度标准——尺子。重要的是，量角器的楔子每倒挪一次都能量出一样的距离。菲奥多西娅就这样标出了十字架的顶，为此还钉下一些楔子。在此之后她编了绳子，为了让十字架的边平直漂亮，需要沿着它的边缘拉上绳子。绳子是这样编的：菲奥多西娅往树杈里插入棍子，棍子上缠一束长长的草，草用韧树皮固定在另一根棍子上。菲奥多西娅一边转动一根棍子，一边把一小束一小束的青草往原草股里面加，这些草扭动起来，相当结实地缠在一起。扭出足够的长度以后，女子把绳子盘起来，浸入水槽，这样绳子可以不干，不会断。为此需要很多草，幸运的是，这种东西有的是。等到攒够一根长绳子，菲奥多西娅就借助它铺出十字架的一条边，然后是另一条。她用量角器使边平行（尽管她并不知道这个词）。边缘都钉上了楔子。十字架标好以后，菲奥多西娅拿着斧子沿着它的边缘走了几天，贴着边缘挖掉一条草皮，这样未来的构造物可以有更清晰的轮廓了。她用石斧剁开草皮，借助粗大的尖桩掀开一层布满草根的土，丢到一边。她从日出干到夜深，好在北方的白夜开始了。一个礼拜之后山冈上勾画出了一个十字架。

“勾出边儿了！”天黑了，开始看得清银河的时候，菲奥多西娅长吁了一口气。

（菲奥多西娅曾经向罗金神父打听过银河是什么，神父解释说，这是地面升起的水汽。像云，像汽团，不过凝结的规模巨大。银河闪亮是因为汽团里面有很多水——雨丝，它们飘洒的时候总是银光闪闪。）

现在菲奥多西娅着手把十字架的框架里面那火灾之后钻出来的小树苗挖掉。她把冬天的时候矿坑楚德人穿在她脚上的鹿皮软靴套到手上，用垫了原木的尖桩别到刚及膝盖高的小杉树根部，像撬杠杆一样把它们从土里挑挖出来。挖出一簇杉树苗，菲奥多西娅就拿到谷地，用土培上，希望它们能成活。夜里回到窝棚小憩之前，菲奥多西娅用小罐子为培上的树苗淋点儿水。每株树苗也就勉强能摊上一滴，菲奥多西娅的理性告诉她，它们是活还是死取决于上帝的旨意。幸运的是，一天夜里下了大雨，挖掘完成之前菲奥多西娅再也不用去谷地用泉水浇小树了。大约又过了一个礼拜，十字架变成了土棕色，里面只有零星的绿色，因为菲奥多西娅把小杉树都清理干净了，整个表面翻了一遍，只留下了花儿，它们足够多——挺立着丛丛柳叶兰，一簇簇的毛茛泛着黄光，生长着雏菊。现在菲奥多西娅开始有章有法、自下而上——从十字架的底部到顶端——栽种鲜花。女子把整个区域中的林中空地里的花儿都挖出来了：黄色的睡莲，那个时代在托奇马随处可见的红色的罂粟、蓝色的勿忘我、白色的荠荠菜、天蓝的铃兰、细碎的红石竹、野生的三色蝴蝶兰、粉红色的一串红、柠檬色的杓兰、一蓬蓬芬芳的紫色麝香草、一把一把的羽扇豆。所有这些东西女子都是用荨麻编的粗布（大家都知道，这样的布很结实）兜着运到十字架上，有时拖，有时用肩扛。天气干燥时菲奥多西娅栽下花儿会浇点水，湿润的时候就这样栽下，只用祷告浇灌它们。仲夏时节的那一天来临了：她突然在守护十字架最顶端的杈杖上绊了一跤，背弯下来，她惊讶地看到了并凝视着自己亲手创作的作品——鲜花十字架。攫住菲奥多西娅身心的是如此的狂喜，她狂喜得气都喘不上来了。呼吸管张不开了！她的脑子里甚至冒出了幸福的念头：她终于被恩赐憋闷而死，这是奖赏她以主的名义做出了功德。可呼吸瞬间之后就平顺了，所以菲奥多西娅那天没进天堂。折磨人的狂喜只是让她望着壮美、庞大的十字架失声大哭，十字架在夏日正午的寂静、炎热和钟声中散发出甜丝丝的芳香。

接下来的日子菲奥多西娅砍伐把十字架与河岸隔开的杨树林。幸运的是，她有了铁斧，可以达到这样的目的。铁斧是一个楚德孩子突然送到菲奥多西娅的小屋前面的。女子把这看成是偶像崇拜者开始转向唯一真神怀抱的好兆头。

砍断一棵杨树或柳树以后，菲奥多西娅先让它靠着相邻灌木或树木的树枝挂着，等到整片树林都砍完了，一夜之间就把它们拖到两边的森林里了。觉得自己再也拉不动、拖不动树木时，她想起了蚂蚁："要是它能拖动有它五六倍那么大的松针，那我也能。"当然了，她热心地祷告了。

早晨托奇马人看到了奇迹般出现的、发出宝石光彩的鲜花十字架！哇！哦！托奇马人多么感动，多么震撼！

第一个发现奇迹的是牧童，小傻瓜卡尔普什卡，他是经验丰富的牧羊人瓦西里的帮手，任何畜群，多大的畜群瓦西里都能驾轻就熟。他擅长赶着羊群避开托奇马的公牛、母牛和狼，还有熊和歹人。牧童的职责就是早晨叫醒力大无穷也懒散得很的瓦西里。跑向瓦西里家的卡尔普什卡瞥了一眼河对岸，一开始他认定山冈的粉色是天边露出的第一缕阳光染上的。为朝霞的如许美丽陶醉的卡尔普什卡抹了一下鼻子，在路中间站住了，凝视着山冈。蓦地，他发现了十字架！五彩斑斓的十字架！不，托奇马人相信小傻瓜是圣愚并非平白无故。卡尔普什卡拍了一下巴掌，脑袋往路两边左右扭动，希望看到路人，与他一起分享看到的景象。可没有路人，只有小鸟儿和跑过路面的刺猬一家。卡尔普什卡一把薅下帽子，又重新戴上，赶紧回头张望：十字架没消失吧？随后就向城里奔去，树皮鞋卷起尘土。路上碰到一个在铁匠后街慢腾腾走过的婆娘，卡尔普什卡兴奋地尖叫起来，说河对岸一夜之间竖起一个十字架，这把她吓坏了。这天夜里做了亏心事的婆娘加快脚步，跑进院子，也尖叫起来。

"十字架！显灵！奇迹！"大街小巷一片惊叹。

奴仆们从院子里跑出来，老爷们慢条斯理地走出来，睡眼惺忪的姑娘们和深受失眠之苦的老太太们探头张望。

某个地方敲响了大钟。人流很快堵塞了出城的路。大家全都振奋、喜悦地一遍遍转述与鲜花十字架相关的各种事件，开场白都是"我的亲家亲眼所见"之类的话或其他一些确定无疑的见证。岸边簇拥着惶恐不安，与此同时欢腾雀跃的人群。如何冒出十字架的说法五花八门。有人把它奇迹般的出现与不久前斯帕索-苏莫拉修道院一个重要人物的死联系起来，有人联系的是预示来年有大旱，而有人联想到敌军会入侵。有人想到将发生火灾、生下异乎寻常的婴孩儿、在这个地方将建造钟楼，等等等等。胆儿大的铁匠普隆卡[1]带着两个鲁莽的同伴划着小船去了趟对岸，回来以后言之凿凿地肯定：是十字架！上面盛开着甜蜜的鲜花。罗金神父终于飞奔而来。他迟到有两个原因：他住的沃尔恰诺夫街在托奇马的另一头；他跟妻子睡得沉。身为牧师，在这样躁动的时刻来晚了实属不该。夫人正怀着第一个孩子，罗金神父允许她睡到自然醒。他自己整夜都在辛勤"耕耘"一套公文，打算通过一些能证明他杰出才能的推荐信让沃洛格达教区相信，他该转去莫斯科从事教职，去翻译和撰写神学书籍。推荐信有人答应给他了。因此说，正是操心前途妨碍了神父第一个看到难以言喻的奇迹。

不过，飞奔而来并惊讶地望了望十字架以后，神父很快在空间和时间上定了位，虽说一路走来时他也无法弄明白，这个十字架是出于什么原因出现的，但一到这儿他还是立刻就发表了一通热烈的讲话。

神父即兴布道的内容集中于一点：此乃主对托奇马人深陷其中的那些罪孽发出的雷霆万钧的警告，因此顺理成章地，主是在警告将为此实施惩罚。人们不喜欢这通讲话。让他们愉悦的是这样的想法：如此芬芳的（这是铁匠普隆尼亚的见证）十字架意味着未来的生活会有奇迹发生——盐和麋鹿皮的收购价格将提高，托奇马人秋天要捕猎的肥硕候鸟将铺天盖地，将祛除病灾，盖起新屋，爱人会来临并出阁为妇。总之，主能赐予人的好东西还会少吗！由于这些念头与罗金神父的演讲南辕北辙，部分托奇马人开始抱怨起来。

"神父啊，你凭啥往坏处想？"人群中终于有人嚷了一句。

---

① "普隆卡"是后面出现的"普隆尼亚"的昵称。

“罗金神父说的对着呢，”一个老婆婆尖声尖气地插了句嘴，“大家全都有罪过！”

可人们一起打断了她。

“这个十字架是吉兆！”托奇马人嚷声一片，“主吉！”

“而我要说的是，不是吉兆！”罗金神父提高了嗓门，为了表示自己坚定不移，他把胸前佩戴的十字架向前举着，“而是惩罚懒惰、放荡和愚昧的征兆！”

“我们哪儿愚昧了？”牧羊人瓦西里的声音中带着威胁，他不会写自己的名字，因此认为这是在暗示他本人。

“你们处于多神教的黑暗深渊！”罗金神父张嘴就来。

哦，他可真雄辩啊，不管对于什么都能随机应变，知道怎么回答！

“你们信澡堂仙，信林妖，信美人鱼和其他野蛮的东西，请宽恕，主啊，宽恕我在你的十字架面前提到这些妖魔。沼泽妖和美人鱼的军团就在你们身边游荡。”

“难道这是我们的错吗？”一个年轻小媳妇儿开了口，“我们也乐意摆脱井仙，可不成啊。是谁把阿尕菲娅的孩子拖到井里去了？难不成是老鼠？是井仙啊！”

“住口，罪人！”罗金神父喝道，“你自己用锅底灰画了眉毛，竟然胆敢发声！作为教会和吾皇阿列克谢·米哈伊洛维奇、上帝在罗斯国之代理人的仆人，我确定：这个十字架是上帝将要惩罚罪恶的警告。所以我的建议是改过自新！”

提到皇上的名讳让人们老实了：要是卑鄙的神父编出他们以下犯上的造反罪名、发配他们去兔子不拉屎的地方，那可不是闹着玩的……因此托奇马人沮丧地相互耳语了几句后就各忙各的去了。罗金神父叫来敲钟人，弄了条船，到对岸探查去了。

第二十五章　侦查篇

飞快划桨让敲钟人季洪汗流浃背，他们的小舟底部刚一碰到河沙、速度慢下来，罗金神父就对他下了命令："在这儿等着。"

季洪也很想亲眼看到奇迹般的鲜花十字架，这样的话，站到它面前时就可以为暗藏的愿望占个卜了。自从老婆去世、撇下他跟老丈母娘一起寡淡度日以来，敲钟人就有了这个愿望。丈母娘表面安静，可却是个心思恶毒的魔女。敲钟人梦想与一个年轻寡妇再婚，那寡妇有一幢像她本人一样井然有序、结实的房子，位于托奇马城外汇入苏亨纳河的王河的岸边，在小村子里。那条王河本身又是由两条别的河——塔夫塔河和沃日巴拉河——汇集而成的。那地方妙不可言，鱼多，吃的东西多，又有名气。伊万雷帝从沃洛格达到托奇马时曾经在这条河边的大道上走过，被它的美丽所俘虏，他以皇上的谕旨和君主的意愿宣布这些地界为皇族特辖区。敲钟人爱上的寡妇就住在这样一个奇妙的保护区内。可是，对于他有一次在托奇马市集上所作的浪漫表白寡妇没有回应。所以季洪如今希望在异乎寻常的十字架旁边的祷告会创造奇迹：婆娘会对敲钟人另眼相看，重视他的所有长处，同意在王河沿岸共同生活、共同持家。因此罗金神父让他留在岸边的命令搅乱了他的心思，让他心生不快。

“你怎么能一个人去呢，神父？这些地方危险啊。好树林是不会叫作林妖树林的。”

暗示有林妖和夜精灵存在的最后一句话让罗金神父大为光火。

“因为你迷信多神教的妖魔我指定你持斋两个礼拜。”神父疾言厉色，说完就跳出小船，跑过金灿灿的浅水，搅起如细碎羊毛卷一样卧在水下的河沙，惊扰了一群群透明的小鱼。敲钟人觉得此时此刻的他就是在水面行走如履平地的救主。

打一开始，还在苏亨纳河对岸的时候，罗金神父就决定亲自检视十字架、展开侦查，无需帮手，无需旁人指点。他最不想看到的，就是尼封特神父拖着老身也到对岸去检查。或是比那还糟，沃洛格达的长官疾驰而来，所有的荣誉就都归他们了。罗金神父想成为第一个发现者，成为从神学角度和征兆、奇迹、启示及现象理论的角度研究十字架的唯一一个神职人员，他丝毫不打算与主教府分享报告，报告要送就送去莫斯科，呈交君主本人阿列克谢·米哈伊洛维奇，与莫斯科的任何人分享都行。

跑过浅水区，到了岸上，罗金神父有点像婆娘似的抖了抖衣摆和靴子上的水，头发掖到耳后，将头上的帽子摁得更紧一些，开始精神抖擞地往缓坡上爬，先是砂土坡，上面有一簇簇倒伏的草墩儿和树木拳曲的根系，后是长着细细柳条的山坡。鸟儿惊恐地四散飞去，一条小蛇爬了过去，罗金神父闪到一边，嘴里含糊不清地念了段祷告文。正是蛇分了他的心，使他没注意到菲奥多西娅把杨树清除掉的那片山坡，一心想着恶心爬虫的神父亢奋地飞快越过岸边的那片区域，亢奋没让他发现小树和灌木是刚刚被砍伐的，而且明显出自人之手，而非上帝之手。

越过一片飘过的云朵投下淡淡阴影的草地，神父到了十字架脚下。应当说，景象震撼了他！十字架巨大，顺坡而上铺成一面五彩斑斓的地毯。地毯散发出浓郁的芳香，甚至比香炉飘出的香气更加浓郁。就在这一刻风吹动的天上的一片云彩飞快地飘到一边，如同窗帘被拉起一般露出太阳，十字架眨眼间自下而上染上一层灿烂的阳光。

罗金神父扑通一声跪下，身心洋溢着狂喜。

“哦，主啊，你的造物何其壮美！”神父喃喃自语，努力忍住嚎啕大哭，但他控制不了情感，跪坐下来，还是放声痛哭了。然后再次跪直身子，一边断断续续地叹息、抽泣，一边仔细看了一眼壮美的图画。十字架芬芳的波浪轻轻晃动着，上面飞舞着成群的蜜蜂、蝴蝶和其他各种无忧无虑的昆虫，嗡嗡声响成一片，鸟儿洒下各有千秋的啼鸣，空气也翻卷着透明的气流，铮铮作响，而与此同时四周却笼罩着如此庄严的寂静，这样的寂静通常在宽大的教堂里唱诗班的合唱从上面飘下来之前才会有。似乎天使们这就要唱起来了！罗金神父甚至蓦地被一种预感攫住了：十字架顶端将出现三角形的炫目金光，他会在里面看到主！神父站起身来，祷告着向前、向上望去。主没在，没有主温柔地望着他美好的儿子罗金神父，但这并没有减少神父的欢欣。

“毋庸置疑，这个十字架是主的手创造的，具有神性本质。”罗金神父说，似乎在书写上呈给教区的报告。

这些话让他变得严肃起来，但神父依然幸福，欢欣，快乐，他边欣赏着不可理喻的现象——这现象使他的心灵充满愉悦的圣油气息和异乎寻常的希望——边贴着十字架继续前行。

“毋庸置疑，这个十字架并非人造，因为如此伟大的造物不可能在这么短的时间内、在一夜之间完成，之前任何人都没发现其蛛丝马迹。”神父推理。“喔，并非人造！我愿意以脑袋担保这一事实。”

啊，神父！你太年轻，太书呆子气，你的学究气让你丧失了朴素的人生智慧和对生活朴素的认识：恰恰是罗斯人会这么干，因为他们总是准备单枪匹马完成伟大的功绩，而且总是赶着尽量快、不磨蹭也不拖延地完成伟大的事业，要知道罗斯的夏天太短暂了，形势瞬息万变，永远都不知道，敌人、酷寒、瘟疫、饥饿或狼群明天是不是会侵入你亲爱的村庄。

“毋庸置疑，十字架恰恰出现在托奇马周边地区乃一个信号，表明救主满意当地牧师为耕耘托奇马的土地所做的工作。”罗金神父接着推理。“不排除正是我，他谦卑的奴仆，促进当地教民在精神上有了显著提高。否则在尼封特神父教化的时代十字架为什么没出现？”

这些想法——当然，为了不表现出傲慢之罪，罗金神父尽量使这些想法具有谦卑的形式——简直让他的灵魂翱翔起来了！

如果说在对岸、在托奇马人群中的时候神父认为，这个十字架是征兆，是将要对罪孽实施惩罚的警告，那么在河的这一边，在近距离地观察过十字架之后，罗金神父倾向的想法是：正相反，它是褒扬的信号，褒扬虔敬的行为，召唤传播托奇马人的世俗功德。

这样推理的同时，罗金神父走到了最上面的横木位置，绕过它，接近顶端，走到顶端的横线时，他猛地如钉住一般立住了：十字架的各个角落插着楔子，楔子用一根长草绳相互连接着。

神父不相信自己的眼睛，用手摇了摇楔子，拔出来，拽了拽绳子，震惊地环视远方，似乎在寻找答案。答案实际上显而易见。十字架是普通的卑微人类制作的。救主可不会通过钉楔子来标出自己创造的奇迹的界线！

“哦，主啊！”罗金神父绝望地说。

他的眼睛里再次涌出泪水，这次已经是羞耻的泪水了。没有他可能成为见证人、参与人和描绘者的炫目奇迹。没有光辉灿烂的事件，有的是龌龊：某个托奇马人没征得他罗金神父的祝福——这可能是个奴仆或是坏到骨子里的罪人，要么就是强盗，或者更恐怖，是旧礼仪派信徒——动了鬼念头，弄出个像是十字架一样的东西，不知出于什么居心！

“主啊！”罗金神父又恐惧地叫了一声，因为紧接着他就清楚了居心何在。这个该死的人，宽恕我这个罪人吧，想出用鲜花创造十字架的主意，目的就是等到秋后它们枯萎了，好让人看到，多么脆弱，如过眼烟云一般……

是什么脆弱、如过眼烟云一般，罗金神父哪怕自言自语都不敢说出口，因此究竟是什么成了一个谜。

“可你是谁？！”罗金神父扫视森林，撕心裂肺一声断喝，连小船上的敲钟人都立起身子仔细聆听。

“难不成你是撒旦？！”想到这里，罗金神父不安起来，可过了一会儿他得出结论：十字架也不可能是魔鬼所为，因为他也无需借助界桩来做自己卑劣的营生。

“这还是人做出来的，目的就是蔑视真正的信仰。”神父喃喃自语，游弋的目光扫过森林，希望发现并逮住强盗。

可没有强盗，只有一对野兔和从一棵杉树飞向另一棵杉树的啄木鸟。

罗金神父拔出一根楔子作为物证，大胆地顺着隐约可见的小径走进林子，小径通向幽暗的高大杉树朝两边分开、暗示某个通道的地方。神父走了一刻钟左右，仔细地左顾右看，不过，除了随处可见的魔鬼的鹅膏毒菇以外，四周没有任何可挑剔的。罗金神父已经想要往回走的时候，蓦地发现杉树的浓荫之间透出的一线光亮，他穿过灌木丛，到了一片阴暗的林中空地，空地上耸立着不高的、如同利石一样的悬崖，上面长满了贴着石壁的植物。一开始他没搞明白自己内心为何如此灰暗，可等他看清楚悬崖之后，人呆住了。石头前面立着一些披挂着兽皮和蓬乱兽毛的木头偶像，还有木桩，上面插着有角的马的骷髅（因为激动不安，神父没搞清楚那是麋鹿的头）。这里还有火堆，地上有骨头……

“神庙！”罗金神父恐惧地低语，几乎要转身逃跑了。可他踉跄了一下，控制住自己，把胸口佩戴的十字架向前举着，往多神教徒的祭坛走去，根据到非洲和北方游历的修士们的书籍中大量的绘画，他一下子就认出了这个地方。

一开始神父推测，到处是偶像的神庙历史悠久，是远古时代留下来的。可火堆里的木炭是新鲜的，窝在厚厚的草木灰中，假如这个地方是从远古“走来”，那毋庸置疑，草木灰该被降雨冲走才是。

在距离一个正教城市和人口稠密的村庄两步之遥的地方，差不多就在他的教区，竟然有该死的异教徒，甚至是撒旦信仰的崇拜者，在完成他们自己的仪式，想到这一点，神父大为震惊。

“要是他们饮婴儿的血，在祭坛前供奉山羊，截然相反地阅读神圣的《福音书》，有他们自己的安息日，那该怎么办？”罗金神父猜测着，“而且亵渎真正的信仰，用草制作十字架，那该怎么办？”

更靠近一些，神父发现紧贴悬崖有一根不高的石柱，近距离仔细观察看出是阴茎。对此没有丝毫可怀疑的，因为阴茎雕刻得虽然粗陋，但却十分写真。它秃秃的顶端光溜溜的，显然，是蹭它的病痛婆娘们磨光的。

“呸！下流！”罗金神父往柱子那边啐了一口。

让神父引以为荣的是，看到阴茎、骷髅和兽皮，他不迷信，没感到恐惧，因为信仰石头、木头偶像是错误的，这方面的种种证明他都清楚。他甚至勇敢地决心掀翻石雕阳具。他弯下腰，两手抱住阴茎，但却恶心地发现，磨光的顶端紧挨着他的脸颊，他心里想着：“这个秃头鬼。”随后又试着拔出偶像。可那东西就像钉住了似的。这倒是实情：推倒柱子是不可能的，因为历经千年，它实实在在长到地里了。

罗金神父放弃了以胜利者的姿态推翻偶像的想法，他用木桩挑起一个骷髅，飞快地走出了林中空地，回头看了两次。跑到十字架那边，他把木桩和骷髅扔到地上，继续侦查。不，不把一切都弄个水落石出，他是不会离开这片黑森林的！神父这次跑过的是十字架另一侧的森林边缘，也发现了一条小径。

他顺着这条小径穿过一片十分古老的森林。树木粗得抱不过来，被暴风雨击倒的杉树上密密麻麻长满祖母绿色的苔藓，它们如一堵堵墙壁，人可以隐藏在后面，就像隐藏在要塞墙壁后面一样。倾斜的、快要倒下来的树木倚靠树枝吊着，它们的树枝与临近树木的树枝纠缠在一起，这些树形成了森林窝棚，在它们翻出来的树根下面人站直身子没问题。这里无疑有过熊窝，因为时不时有白骨闪现，罗金神父希望，那是被熊吃掉的小动物的骨头。这座林子里的夜猫子可是海了去了！时不时传出令人毛骨悚然的哀嚎。

“这是鸟在叫。”神父低语。

他停下脚步，猛地转过身去，心怦怦乱跳，因为他不时听到石头的劈啪声和喧嚣，喧嚣一会儿在头顶，一会儿从脚下传来，隐约觉得有叹息声。当你踏上苔藓的时候，通常会有这样的声音，没有风，野草却没来头地翻卷起来，蓦地吹来湿乎乎的穿堂风或是发霉的潮湿气味。可当罗金神父转回头，准备遭遇极为恐怖的怪物时，什么声音都没了，叹息声和劈啪声停了，野草也直起了身子。种种迹象让神父觉得，他距离魔窟很近。因此，当小径通到一片林中空地时，罗金神父往路边跨了一步，悄悄站到一棵旁边有一丛灌木的松树下面。

空地上一点动静都没有，可不知是什么让它透着神秘色彩。一个个鼓包像是被时间磨损和风化了、但却被青草染绿的古代的烽火台。木桩和木头疙瘩有着明显被人碰触过的痕迹，木棍和杆子不是风吹断以后自然形成的。小径似乎是人踩出来的。搭在松树枝杈上的麻席……突然，罗金神父看到一个鼓包里升起一缕灰蓝色的烟。一个小巧玲珑的老太婆冷不丁地从地底下出现了，就像是从地下长出来的一样。要是换了别的胆子小点儿的男子，会把她看成巫婆，可罗金神父没有丧失冷静，他立马就明白了，这不是巫婆。因为她的鼻子不像钩子，而是像土豆，牙齿没有呈扇形龇着，没有小胡子，毛发不是绿莹莹的，脸不是蓝的，没有发霉的颜色。不过老太婆却有四条雪白的辫子，穿着裁剪奇特、砖红色麋鹿熟皮做的套头长袍和荨麻秆编的裙子。老太婆眯起眼睛，神父觉得她是在凝视自己，可是当他低语了一声“我真是见鬼了！”的时候，她却转过身去，又回到地底下了。

“难道是地下楚德人？！”神父突然呆住了，“难道人们闲谈的话是真的？”

当牧师的三年里罗金神父都在用心地、锲而不舍地从人们的脑子里挖除有关居住在地下某个地方的矿坑楚德人的故事。每年他都不止一次地听到又一个可怕故事，说什么渔夫（盐工、牧羊人）去了祖师岛（林妖杉树林，臭界），突然从悬崖里冒出一个白得像雾一样的老头，骑着马或是步行，一言不发地停一会儿之后就无影无踪了。这些骗人的故事有很多版本。罗金神父总是不厌其烦地打断他们，用长篇大论的布道推翻这些闲话。可结果却是楚德人真的毗邻而居，在地下，他们拜偶像，给神庙上贡，甚至蔑视十字架！

记起有对付楚德人的诅咒，神父一边回忆着那些词语一边嘟嘟囔囔，到底还是想起来了，他悄声说了起来，虽然不准确，有些地方是即兴发挥：

“以圣父圣子圣灵的名义，没受洗礼的楚德人，你要葬入石头，你要灰飞烟灭，做到这一点的不是有罪的我，是基督十字架的力量。施洗的不是我，是主施洗礼，驱赶你的不是我，是主在驱赶。阿门！”

罗金神父记得，这段诅咒应当面朝北方连说十二遍，可由于激动，神父辨不清东南西北，因此说了两遍就停了。

神父小心翼翼地从黑松和云杉下面钻过去，不时躲在灌木后面，转了个弧形弯绕过林中空地，撒丫子跑开了。虽然有点迷糊，但他没有迷路，而是到了另一片林中空地，比前面的更大，它当时就让他起了疑心，怀疑这是楚德人的安身之所。松树下有同样的一些鼓包，一个鼓包旁边摆着一段挖空的木头，像槽子一样，里面灌满了水。

万籁俱寂。阳光灿烂。太阳的温暖和光亮给了神父勇气。他下决心靠近其中的一个小鼓包。瞅见一条短短的小径通向下面，“烽火台”的墙壁上开着一扇用编织窗板挡住的小窗户，小门儿是相互之间绑在一起的木桩做的，他的惊讶简直无以言表。罗金神父祷告着，小心翼翼地走下去，拨开用来插门的楔子，推开了门。通向下面的是两三级用高矮不一的树墩儿做成的台阶。等眼睛适应昏暗后，他发现地窖子对面墙的旁边有个火塘，火塘上方有个眼儿，左边是一个铺着干草、蒙着粗布的土炕。脑袋顶着被树的根系穿透的天棚，罗金神父又迈了一步。墙壁中抠出的凹槽里放着小罐子和几小把草。蓦地，罗金神父看到了熟悉的雕花木摇篮。"菲奥多西娅？！"这个念头让他如雷轰顶。

"不，这怎么可能！"罗金神父口齿含糊不清地说，弯腰对着摇篮。他掀起布片，看到底部有个东西，那是楚德人铁定不可能有的东西。他把物件儿抓到手里。是干橘子在里面滚来滚去、丁当敲出声儿来的小瓶子。罗金神父记得这个奇异的东方玩具，菲奥多西娅死去的儿子玩过。他叫什么来着？阿盖伊？还是阿尕皮？好像是阿盖伊。这是个托奇马人稀罕的玩意儿，在孩子的小手里看到时，罗金神父还暗自寻思过，既然给儿子、外孙买了个如此奇妙的洋玩具，那斯特罗甘诺夫家族必定很有钱。

"就是说，是菲奥多西娅背叛了基督，堕落到拜偶像了？她跟楚德人胡混、过着罪孽的生活？为了嘲弄十字架才在上面栽种了鬼魅的鲜花——猫扑草、毛茛草什么的？"

羞耻如同湿冷的套索勒得罗金神父喘不过气来。不久前被兴奋笼罩住的他可是面对十字架哭过的呀，他跪在它面前，无法承受住幸福，这个奇迹让他欢呼雀跃过，因为他赢得了成为见证人的资格，他的灵魂升腾、飞向光辉灿烂的天庭，希望并且相信奇妙的未来！可这却不是主的奇迹，而是应受诅咒的伪圣愚该死的手玩弄的龌龊把戏！最让神父羞耻的是面对十字架流下的泪水。这耻辱激起了他对菲奥多西娅的仇恨。她作法！她蛊惑！用摇篮拖着从托奇马的罪孽婆娘肚子里打掉的胎儿的尸体，她这是在帮着撒旦建造鬼草十字架呀！这时候罗金神父想起来了，十字架的鲜花中间也长着烟草呢……

抓起摇篮作为又一件物证，罗金神父冲到外面，随后顺着小径狂奔。他转向，闪躲，看太阳调整方向，飞快地在林子里走着，直到第三片林中空地出现。

是啊，处在这种混乱中的一切都发生三次。如果有什么还没达到这个法力无边的数，那就意味着这些事还没结束，它们还会继续下去。这不是我们定的，所以我们不能违背。

就这样，罗金神父蹿上第三片林中空地。空地的另一侧立着一头毛茸茸的瘦母熊，也许是小熊，正在抓扯树枝上的山莓果。最开始的一瞬间神父觉得是这样。可觑眼一看，他明白了，靠在一丛山莓灌木边的是菲奥多西娅，她是坐着的。砖红色的衣裳的确可能让人把她看成母熊。菲奥多西娅扭过头，蓝眼睛似乎看了看罗金神父。

他一步蹿到树前，一侧身子死死地顶着树干。温暖的松脂飘香，神父的一只眼睛旁边爬着一只蚂蚁。神父的目光移到菲奥多西娅身上，明白她没看到他，因为她的眼睛迎着阳光，而他站在阴影里。罗金神父往后退了退，隐藏到密林里，从一条小径拐向另一条，又开始奔跑。他已经觉得钻不出去的时候，苏亨纳河以及高耸在河岸上的十字架忽然出现在眼前。因为长时间不见神父回来而惊慌起来的敲钟人也不顾命令，爬出了小船，一边采摘红莓浆果一边贴着十字架乱走。

“感谢你啊，主！活着！”当罗金神父腋下夹着摇篮钻出密林时，他松了一口气，大叫了一声。

“谁让你离开独木舟的？”罗金神父恶狠狠地叫嚷，没等回话就冲向此前放下物证——骷髅和木桩——的地方。连同摇篮一共有三件物证。“我们回去！”

“主啊，神父啊，你在哪儿找见麋鹿骷髅的，为啥拖着根木棒和木槽子？”敲钟人问，他亦步亦趋跟在神父身后。

“你别说话！”罗金神父厉声打断他，又搅起了浅水中的河沙。季洪把脱下的靴子贴到肚子上，光着脚在温暖的水里紧走慢赶。神父的粗暴态度让他感到委屈，所以他没告诉他自己对着十字架祷告了，让亲爱的寡妇对他有好感，爱他。他做对了，不然的话，等神父说出这个十字架是魔鬼的造物，因而结婚的梦想是空想，他会失望的。

第二十六章　羁押篇

吃了点山莓，菲奥多西娅回到地下小屋，忙了半天家务：扇起火塘里的炭火，塞点枯木进去，洗净白蘑菇，装到罐子里，将罐子坐到火塘上，在木槽里——她没用上的寿材——浣洗内衣，完了挂到松树靠下面的粗枝杈上，夕阳西下的时候翻了个面儿，好让它干得快些，可不能让夜露打湿了。到了晚上菲奥多西娅才吃了点浓稠的蘑菇汤，坐到炕沿上，突然感到脚下有什么东西来回滚动，发出柔和的碰撞声。菲奥多西娅弯腰靠近泥土地面，摸到了水晶小瓶儿。由于小瓶儿是她三件无价之宝中的一件，另外的就是绣在绸子上的宇宙图和摇篮，所以发现玩具遭到如此的轻视让她的心缩成一团，她有了不祥的预感。有人到她的地窖子里来过。也许，是楚德小孩子偷偷地来瞧新鲜的？可为什么不放回原地、放回摇篮里呢？菲奥多西娅对着土炕和一堆枯枝之间的过道弯下身子，惊恐地发现：摇篮没了！

她简直难以置信，几乎要哭了，摸遍了地窖子：没有。实际上，在菲奥多西娅的安身之所藏起摇篮根本就不可能，因为它比萨莫耶德部落的帐篷大不了多少。有一次路过的北海人的车队给菲奥多西娅的父亲看过这样的帐篷，北海人是应某个修士学者的请求将帐篷运去莫斯科的。菲奥多西娅在昏暗中冲到外面，跑遍林中空地，希望不知来路的贼把摇篮扔到附近了。

“主啊，助我！”她尖叫了一声，随后喃喃低语，“鬼啊鬼，玩一玩你就交出来吧！”

女子绝望地跑到邻近那边空地的地下村，走到曾经收留过她的老夫妇身边，两手比画了半天，试图表现在摇晃孩子。懂点儿俄语的楚德老爷子穿过地下通道去了趟邻居们的小屋，以为摇篮可能是他们的哪个孩子出于好奇拿走了，可孩子们全都莫名其妙，统统否认。

回到家以后，菲奥多西娅猛然间如醍醐灌顶：马上就会有某些意义重大的事件发生在她身上。她温了水：往木槽里扔了一些取自火塘的滚烫石头。站在槽子和屋子之间，她用温水净了身，把木舀子里的水直接浇到衬衫上，并用衫子搓擦身体。然后套上洗过并在傍晚时晾干的内衣、刚毛衣，把丝绣、水晶瓶和珐琅圣像扎进小袋子，祷告之后在一团漆黑中躺到炕上。各种杂乱无章的忧心念头折腾了她一个来钟头，然后她睡着了。天亮的时候她听到林中空地有人在走，边走边交谈着。她坐起来。门被猛地一把推开了，传来罗金神父的断喝：

“菲奥多西娅·拉里昂诺娃，出来！你因被指控犯了叛教、拜偶像、施法和嘲弄之罪将被收押在案。”

菲奥多西娅从炕上下来，用告别的目光环顾了一眼自己的地下安身之所，迎着朗朗日光走了出去。朝霞把天空染成了温柔的粉金色。一只小鸟在林子中的某个地方发出哨音。啄木鸟笃笃敲着树干。地窖子四周的空地上站着几个表情阴沉、受托奇马行政长官奥列法·瓦西里耶维奇支配的士兵。

罗金神父昨天晚上就带着事件报告和向忠诚的公职人员提供帮助

的呈请去了行政长官的宅邸，目的就是要把跟偶像膜拜者一起在灌木与密林里安下家、转向他们该死信仰的伪圣愚抓住，带回；要问话、审判。还需要胆子大的人把神庙平了，挖除用蓟草、烟草、仙鹤草以及其他鬼草培植的草十字架。

“就是说，十字架是菲奥多西娅·斯特罗甘诺娃造的？”行政长官难以压住惊讶，通常对于交给他管理的城市发生的事件，相关的任何消息他接受起来都十分冷静。“就是说，那不是主的手笔？”

“呜呼！”罗金神父摊开手掌。“草十字架乃渎神的伪圣愚为表示蔑视我们的信仰所立。”

奥列法·瓦西里耶维奇神情严厉地蹙起眉头，因为发生的事意味着他骑在壮实的白马上、望着苏亨纳河对岸的十字架祷告着祈求的愿望实现不了了。行政长官的愿望是得到让他占有三口新盐井的馈赠文书（呈请书连同贡品已经发送到莫斯科了），造一艘整条苏亨纳河上最壮观的大船，通过阿尔汉格尔斯克城把盐销往海外诸国。可盘算落空了不是！行政长官气哼哼的，当即把进攻多神教徒和妖魔阵营列入日程，帮手是忠心耿耿的人和胆儿大的人，这样的人要多少有多少，他们对亲娘老子都不会手下留情……

“神父，你说什么？”站到花里胡哨的队伍面前，菲奥多西娅问罗金神父，“难道我会嘲弄十字架？借助上帝援手……”

“你怎么胆敢用该死的嘴说他的名！”神职人员当头棒喝，打断了她，随后斩钉截铁地补了一句：“我建议你在审讯之前保持沉默。”罗金神父下达让她沉默的命令，为的是防止士兵们按照自己愚蠢的理解编排关于菲奥多西娅的胡话，避免没到时候就满托奇马城散布闲话。

罗金神父对年长的一个卫兵点了一下头，目光指了指菲奥多西娅的手。士兵用备好的韧树皮绳把它们绑住。

“走。”他检查了绳结的牢固程度，下命令时的口吻足够平和。菲奥多西娅在卫兵们的包围下顺从地挪动了脚步。

走过鲜花盛开的十字架时，罗金神父愤恨地揪断一朵在边缘摇摆、沾满露珠的柳叶兰的花茎，扔到地上，踝了一脚。看到这种行为，菲奥多西娅忧伤地默不作声，只是感觉到心里涌入忧愁，如此的悲伤像巨石一般压在她肩头，她腿都不听使唤了。

浅水区停泊着两艘渔民的大船，还有一队武装着木棒、矛枪、战斧，甚至火绳枪的士兵站在那里。守卫和俘虏刚在一艘船里安顿好、随船离岸，乘坐另一艘船过来的士兵就开始果敢地顺着河岸的斜坡往上、往山冈上爬；镶嵌在浓密森林中间的十字架装点着这山冈。

“愿主、无上纯洁的圣母和所有圣徒在你们与该死的楚德人的战斗中保佑你们！”罗金神父在船里一跃而起，有点像演戏似的冲着他们的背影叫道。

“神父，不该杀他们！”菲奥多西娅身体扭向岸边，哀求道。“他们不是恶人，他们已准备好转向正教信仰了！那里有小孩子和老人啊！”

“你胆敢保护信奉伪神魔力的偶像膜拜者？”神父挥舞了一下十字架，尖声叫道。“你为该死的人请命，他们敬拜……”

神父卡壳了，不知道怎样命名石雕阴茎才更体面，他觉得，用他想起来的词语“生殖器”命名多神教的柱子是美死它了。

“……敬拜石头棍子！”他终于找到说法了，“给它供奉血淋淋的贡品！”

话到此为止，他不想事先就把所有细节都披露给士兵，他想让发现并摧毁偶像庙堂的消息在日课时出其不意地震撼托奇马人，神父想在市中心的教堂、市集旁边的那座教堂做这次日课。

卫兵们把菲奥多西娅弄到岸上，带着她去了要塞。路上遇到的人惊讶地瞅着押解队。

“难不成是菲奥多西娅偷了啥东西？有日子没见到她了。”

罗金神父对教民询问的目光保持沉默，只是简短地吩咐他们到主显大教堂参加午祷。

这天早晨罗金神父就派信使带着三封文书去沃洛格达了，第一封是对发生事件的叙述报告，第二封是询问如何处置身份已清楚的女巫和叛教者（以上的报告神父写了个通宵），第三封是早就准备好的呈请，内容是关于主教允诺过的把他调去莫斯科的事。不知疲倦的神父甚至有工夫更新了偶像膜拜的知识，为此他翻阅了基辅修士涅斯托尔的编年史。罗金神父用来武装自己的是其中的一些十分吸引眼球的描写：多神教徒牲口一样的生活、他们的多妻制、在神庙中的癫狂舞蹈以及其他的野蛮罪孽。

……在信使或是委员会带着指令来到托奇马之前，菲奥多西娅被不管不问地留在要塞，没有审讯，没有任何解释。

插着铸铁门闩的沉重原木门刚在菲奥多西娅身后砰的一声关上，她坐牢的讯息就传到了斯特罗甘诺夫家。

一家人刚坐下吃早饭——吃的是昨天的馅饼和克瓦斯——大门就被敲响了，看门狗吠叫着蹿出去，斜眼帕拉什卡飞跑进来，嚎叫着通报了菲奥多西尤什卡被捕的消息。

斯特罗甘诺夫一家人一下子如五雷轰顶，只有你看我、我看你的份儿。

"你说胡话呢？！"终于玛丽亚尖声呵斥。本来小姑子从城里消失了，被寒冷或是饥饿逼得没影了，再也不会用她肮脏的傻样儿让她玛丽亚、一个高尚的妇人蒙羞了，她多高兴啊，可如今，该死的圣愚又冒出来的消息让她呆若木鸡。

紧跟着醒过神来的是接生婆玛特廖娜，这些日子她以玛丽亚又怀上孩子为借口哪儿都不去了，一直住在斯特罗甘诺夫家里。玛特廖娜轰隆一声从桌边跳起来，许诺立刻跑去把一切都探查个水落石出。

菲奥多西娅的母亲瓦西里萨紧跟着跳起来，眼神中带着哀求看了看丈夫，说道：

"我跟玛特廖娜一起去！我等不及了！心都要跳出来了！"

丈夫及一家之主伊兹瓦拉·瓦西里耶维奇保持着冷静的神情，尽管暂时还不知道该如何对待让他吃惊的消息。没从桌边起身，他一字一顿地说出自己的决断：

“你去，普季拉，去盐镇找尤达什卡，通报他妻子的事。”

午祷前只有一座教堂——主显大教堂——的钟敲响了，招呼大家全都过去，罗金神父已经打好了重要讲话的腹稿。

遗憾的是，派去与多神教徒作战的士兵们的突然出现大大地败坏了午祷。罗金神父刚清了清喉咙，院子里就传来喧闹声：教堂的院门大敞着，因为聚集的人太多，不仅里面挤着人，门口的台阶上有人，人甚至一直排到院门口，因此各种声音听得很清楚。

“怎么回事？”神父不满地问。

尼封特神父耸了耸肩，过去了解喧闹的原因。

到了院子以后他发现，集中起来与楚德人作战的一队军人拥进来了，整队人全在，脸上都留着惊恐的神情，衣衫有些不整，有人没戴帽子，显然是丢了。

士兵们一边画着十字，一边争先恐后地讲述着邪性的事件。在他们讲述的整个过程中托奇马人也吓得半死，眼睛都圆睁着。军人们突然间变得能说会道，说是根据罗金神父列出的标记寻找通向神庙的小径，找了很久。讲述中有：听到了连续不断的狼嚎、女人的嘶吼、夜猫子的喊叫，这些声音让血都凝住了，感觉到脸上冷风飕飕，身上冒冷汗，以及等等此类故事惯有的开场形容。他们终于到了林中空地，一团漆黑冷不丁地遮住了光亮，一切都陷入黑暗。他们发现在林中空地的另一头有更黑的悬崖，悬崖上有巨大的骷髅开始闪亮、龇牙咧嘴、丁丁当当地响……

就在这个高潮时刻失去耐心的罗金神父到了院子里。

“我们用矛枪在头顶画了符，亲了神圣的十字架，准备要冲过去捣碎邪性的脏东西，突然，直接就从地底下长出来一个大块头的白老头儿！……”

人群一激灵，妇人把孩子们搂得更紧。

“‘你是谁？’我吼了一声。”一个士兵说。

“这话不是你喊的，是瓦西里喊的。”他的同伴纠正他的话。

“我们一块儿喊的，他和我同时喊：‘你是谁？鬼吗？’他站着不吭声。只有大胡子和头发随风飘扬，那阵风吹到我们这边，那个熏人啊，那个臭啊……突然那个老人张开嘴巴，呜噜呜噜说着什么，不是俄国话，像是狗叫……”

“究竟怎么样，你们掀翻偶像、消灭多神教徒楚德人了吗？”罗金神父不耐烦地打断军士们的话。

“没有，神父。”士兵们摇了摇头。“对付不洁势力挥舞橡木大棒没用，火绳枪吓唬不了他们！……干这件事需要力量强大的咒语……”

“糊涂蛋，宽恕我，主啊！”罗金神父埋怨，“要是你们随身带着神圣的十字架，嘴上祷告不停，那么还有必要提及咒语吗？！”

“结果怎么样了，我的儿子？”尼封特神父息事宁人，他暗暗认可，有的魔鬼仅仅靠祷告可能是应付不来的。

“我们扭头玩命地跑，因为要是在那个地方再待上一分钟，就全都活不下来！十字架哪够用啊！如果我编瞎话，让我走不出那个地方！”

故事有些部分是实情。楚德小老头儿确实到林中空地上的禁地悬崖那儿了，人老觉少啊。其他的一切——昏黑、臭气、冷风、老人的大块头身体——都是夸大的产物，是试图为自己怯懦的逃跑辩护。不过，士兵们自己真的相信他们所说的一切。

“我们头也不回地跑啊跑，一直跑到苏亨纳河边，然后就划船，好不容易逃出来了……感谢你，主啊，让我们全须全尾儿活下来！”

“怎么着，鬼草十字架你们没挖掉？”罗金神父逼近一个逃命的人，低声问道。

“是啊，神父，夜猫子撵在我们身后，鬼哭狼嚎……”

“呸！宽恕我，主啊！”

实际上，到了岸边士兵们才想起行政长官关于挖掉十字架的指令，虽说他们天不怕地不怕，可因为害怕上帝疏而不漏的惩罚，依旧没一个敢践踏神圣符号。

“不管它了，”军士们爬上船时，作出了决定，“该谁挖谁挖，没我们什么事儿。”

故事接近尾声的时候，教民全都嚷嚷起来，罗金神父费力地、有时甚至轻捅教民几下，招呼他们安静。

“在承蒙君主阿列克谢·米哈伊洛维奇、行政长官奥列法·瓦西里耶维奇以及各级官府和教会权力机构关心的我们的地界……”罗金神父辞藻华丽地开口了，“发生了一件令人遗憾的、恐怖的、就其内核而言乃邪恶堕落之事件。众所周知的、依靠我和尼封特神父的努力从我们敬神之城驱逐出去的伪圣愚菲奥多西娅·拉里昂诺娃承受种种罪孽之啃噬：报复、淫荡、傲慢、私欲、欺骗、漫不经心……”

罗金神父一一罗列他词典里所有的、一切可能和不可能的罪孽，停顿片刻之后喝道：

“……摒弃了神圣的正教信仰，转入野蛮、禽兽的多神教迷信，亦即撒旦之迷信！此菲奥多西娅膜拜石刻……”他决定不选用具有美感的、音调优雅的名称了，“……阳具，夜夜与之苟合！”

托奇马人如五雷轰顶般呆立。只有一位母亲怀里睡着的婴儿被神父的嚎叫吵醒，哭了起来。

神父掂量出他讲话的效果，精神振奋，以一个真正演说家的口才——也许比西塞罗还要雄辩呢——在人们眼前、耳畔铺展开一幅菲奥多西娅所作所为的画面。他提到了念咒迷惑、装神弄鬼、亵渎神灵、鬼草行医、蛊惑人心、施巫术、做法事、施邪毒以及其他形态各异的巫蛊法术，提到了她通过死鸟、被打掉的胎儿的血和被弄死的婴儿的血施行的各种巫术。在菲奥多西娅的履历中有了使用鬼草毒酒、鄙视神圣十字架、与邪教徒楚德人狂欢乱舞、对抗各级权力机构、在多神教的神庙内完成撒旦法事、向山羊祈祷的罪行，还有罄竹难书、够一百个罪人分担的其他骇人听闻的罪孽。罗金神父一直说到他的推测，是推测不假，他推测菲奥多西娅赤身裸体满林子乱跑，参加美人鱼与水鬼的婚礼，可紧跟着他就醒过神来：美人鱼和水妖乃无根无据的迷信，在教堂提及可是不合适的。

“不过，对于这一事实我没有证人或物证。关于美人鱼，最大的可能是菲奥多西娅说了谎话，因为据考证，美人鱼在自然界是不存在的。”

“那现在会如何处置她呢？”罗金神父住口以后，人群中有个人高叫。

“符合罪行数量的惩罚之决定在宗教领域由主教区权力机构作出，在刑事领域由我们尊敬的行政长官作出……”神父的句子有些拗口。他最后说道：“细致的侦查已经在进行之中，借助上帝援手它最近即会最终完成。无可辩驳的物证搜集在手，它们将配以其他……”

这时罗金神父卡壳了，他觉得最合适的结束语是高呼一声：“阿门！”

托奇马沸腾了，目瞪口呆的人们白天夜里都在议论凶险的事件。小孩子们害怕睡着，担心楚德人会把他们拖到地下去；没有小伙子和爷们儿陪伴，姑娘婆娘们拒绝去菜园或耕地。就连全家人一起都不敢去林子里采浆果或蘑菇。

斯特罗甘诺夫家的人羞于出门。瓦西里萨卧床不起，因为她的腿不听使唤了。而玛丽亚一开始大门不出二门不迈，后来就豁出去了，主动去了市集，对每一个碰上的婆娘说（当然，是就高等的社会地位而言与她平等的婆娘），菲奥多西娅对于他们斯特罗甘诺夫家的人来说是切除的一块东西，他们早就不认她了。接生婆玛特廖娜散布了另一个说法：蹲监牢的不是菲奥多西娅，而是外表像她、穿上菲奥多西娅刚毛衣的地下楚德女人，她在冻死的圣愚女子身上发现了刚毛衣和摇篮。说是菲奥多西娅的尸体埋在远方的伊万诺夫卡村，坟墓上竖立的十字架表明了这一点。这个说法瓦西里萨非常喜欢，她甚至站起来了，最后去了街上，还添加了一些细节，连一家之主伊兹瓦拉·瓦西里耶维奇也言简意赅地把这些细节广而告之了。这些细节是：他们真正的女儿菲奥多西娅为了控制住她的丈夫尤达·拉里昂诺夫而中了邪咒。那个咒语让菲奥多西娅脑子坏了，变成了傻子，后来她就死了，在野地里冻死了，这是伊万诺夫卡村的人通知他们斯特罗甘诺夫家的。

被捕的女人不是菲奥多西娅的传言让人们有些许安慰，他们开始同情斯特罗甘诺夫家，觉睡得沉了一些，开始出门去干活儿，去周边的林子里伐木了，不过很长时间以来还一直用矿坑楚德人吓唬恶作剧的半大孩子。对菲奥多西娅双重人的说法感到恼怒的唯一一个人是罗金神父。

“臆想！”他撮起手指敲着额头，暗指散布传言的人愚蠢透顶。“此乃菲奥多西娅！我保证！”

“我的儿子，”尼封特神父试着劝说同事，“有双重人就有呗！把死去的受洗奴仆菲奥多西娅的物品据为己有的这个楚德女人的罪孽不会为此削减，相反，会有增无减。好，咱把楚德人烧死！由此大家都会更好。斯特罗甘诺夫家是受人尊敬的家族，不是等闲之辈，尤达·拉里昂诺维奇也是一样。你干吗乐意处决的非得是菲奥多西娅呢？”

罗金神父自己都无法用言语说清楚，他对菲奥多西娅为什么如此敌视。难道能对人说菲奥多西娅几乎诱惑他犯下意念上背叛妻子之罪；说蜜糖般甜蜜的耳根和珠贝一样的笑声俘虏了他；说他扑倒在芬芳的鲜花十字架里，因成为圣迹的见证人而体会到灵魂在飞翔，体会到狂喜，并痛哭失声；说他因为巨大的失望而哭泣；说他……可这一切能用语言说出来吗？！再说这样的感受可能与别人分享吗？罗金神父对自己都还没承认，他无法克制对尤达·拉里昂诺夫的报复之心，因为对方有昂贵的软皮靴、镶着海狸皮领口和袖口的长衫，因为那人有权占有菲奥多西娅。

“是她！”罗金神父固执己见，“我确信！”

“除了存在圣父圣子和圣灵是确信无疑的以外，难道还有什么是可以确信无疑的！再也没有什么是确信无疑的了，甚至包括自己的妻子和自身，更何况在我们这个道德沦丧的时代，年轻人的信仰与我们父辈和祖辈的信仰不同了。”尼封特神父的话突然多起来，但马上发现这样做于事无补，就这个话题他也就不再争论了。

呜呼，罗金神父对教民许下的很快审判的承诺拖下来了。没有带着呈请和上调莫斯科的推荐信的快马过来，也没有带着指令的特使从沃洛格达过来。罗金神父深受等待和行政长官责备之苦——长官为浪费粮食责备他，说自己得第二个月喂养监牢里的女罪犯了——只好收拾行装去了沃洛格达。他是带着敲钟人和教堂里的少年助手去的。感谢上帝，无惊无险地到了，在那里的托奇马货栈落下脚。弄清楚谁都没把自己发往沃洛格达的文件转到指定地点，神父简直气疯了。文件被他们弄丢了！

他一边骂鬼东西、说快马是傻蛋，一边重新开始撰写，傍晚时分才写完。只好等到第二天早晨再送了。到了那里又耽搁下来：要么是主教们在开会，要么在用餐，可他又想亲自交到人手里，而不是让没头没脑、满心想着如何能够尽快赶回家去睡上一觉或钓钓鱼的什么录事转交。时间就这样过去了一个半礼拜！文件终于亲自交到沃洛格达的大乌斯久克主教菲拉蓬特手里了。转交时小谈了一会儿，谈话给双方都留下了愉快的印象和忧愁，忧愁是因为发生在托奇马的令人不快的事件。不过，罗金神父擅长让事儿为自己所用：他说，正是凭借他谦卑但却富有禁欲精神的努力，多神教的巢穴才得以被揭开秘密，才得以被摧毁（不得不编谎话），让女巫、女法师原形毕露。

罗金神父松了一口气，内心欢喜雀跃，出门到了主教府的门廊，他精神抖擞，当天就返回托奇马了。

不过，亲自拜访也并未加快决议出台。神父见了行政长官一面就拐进了胡同，因为那家伙已经不是在用玩笑的口吻警告他了，说是要把为女巫提供的饮食以及看守她的全部支出都记到他罗金神父名下。

"光是白菜就吃了两桶，面包和盐都算不过来了。"城市的首脑埋怨神父。

神父看到秋寒使野草闪着银光、他自己也已经陷入绝望的时候，拉着衙门录事的马车在三个骑马人的伴随下到了这里，录事带来了他盼望已久的文件。罗金神父简直轻松和幸福得没法说：判决用火刑架烧死菲奥多西娅，所有教民必须全部到齐，而神父需收拾家当，在11月1日用公款或自费跟随任何一支时间最近的车队出发去莫斯科。神父不想等到11月1日，因此处决定在后天（得留出时间搭建火刑架），动身定在处决后的第二天。

君主草场又响起了斧头的砍斫声：木匠们给菲奥多西娅劈砍出一处巨大、明亮的——没有屋顶——死屋。晚祷时宣布，也在市集宣布了：所有人必须去处决女巫的现场。实际上，这件事本可以不通知，因为没有几个托奇马人会拒绝观看如此难忘场面的快乐。

第二十七章　诀别篇

死前的日子菲奥多西娅是在痛苦的等待中度过的，罗金神父也是一样。没有一个官方的人或其他的什么人到菲奥多西娅的监牢来，没人拷打（她害怕这个）审问她，也没人告诉她监牢外面的情形。就连看守也无论如何都不肯跟菲奥多西娅交流。因为菲奥多西娅不知道所谓她用打掉的胎儿的尸体作过法、喝过刚毙命的新生儿的血以及其他种种恐怖之事，而这些事看守是从罗金神父的讲话中了解到的，所以他疏远她的原因她并不知晓。到了最后，她默默地接过饭碗，不再问守卫什么问题。实际上，看守并没有把饭递到菲奥多西娅手里，而是飞快地打开门，嗖地一下把食物撂到地上，一步蹿开，锁门的时候用一边肩膀抵着门。菲奥多西娅能做的只是思考，偶尔瞥一眼原木夹角那么宽、对着栅栏的窄小窗户。就是透过这扇小窗子她曾看过伊斯托马，不过是从另一面看的。这是多久以前的事了！而且这事有过吗？假如没有藏在腰间的水晶小瓶子，菲奥多西娅自己都不会相信，与她缱绻过的人是伊斯托马，是她生了儿子阿盖尤什卡。那是个年轻的幸福丫头，而现在躺在臭烘烘的监牢的麦秸上的是受尽折磨、度过了非凡生活、对一切都已无动于衷的女子。之后有几天她的思绪集中在伊斯托马身上。他触及过的是同样的这些墙壁，躺在同样的地面上，也许，吃饭用的是同样的那只破裂的碗！回忆爱人对菲奥多西娅产生了好作用。由于无所事事、死气沉沉，她又回到十分忙碌的生活：为了像模像样地接受死亡，她开始洗漱、疯狂祷告、为死做准备，她甚至开始写书，讲述星辰、花、楚德人和自己生活的故事。

“孤零零一个人在监牢，但我不忧伤，因为我在创造书。”菲奥多西娅惊奇不已。

就像她之前成千上万的人以及之后会有的成千上万的人一样，她发现了创造带来的享受，任何墙壁都阻碍不了创造，一块粗面包、一碗白菜足矣，创造让时间不知不觉地飞逝，放射出璀璨的发现的光辉；她对越来越新的创造的渴望汹涌澎湃，于是想象飞入最难以企及的地方，每找到一个美好词语、音符或一笔涂色都让心儿悸动。无疑，这种灵感降临到菲奥多西娅身上的事是她在尘世苦难终结前对她的安慰。

在她脑子里编的书中有遭遇死神的章节。

从罗金神父在地下窝棚边甩下的责难中菲奥多西娅就已经明白，这一次死是不可避免了：惩罚这样的罪远不是使其吃斋和叩拜可以算了的。

刚一重新产生思考的愿望，她就把与未来的离开有关的种种情形都仔细地想了一遍，离开要么去天堂，要么去地狱，这对她来说头等重要，因为她的宝贝儿子阿盖尤什卡恰恰在天堂里等着她呢。

“如果罗金神父宣布的罪是渎神和叛教的话，我会进入天庭的花园吗？”

回忆着各种各样圣徒的行传，菲奥多西娅得出结论：生前的责难对于主而言没有任何意义。有多少受难圣徒受死是因为凭空而来的诽谤啊！而主什么都搞得清，你用花言巧语可骗不了他，他审判靠的是事实，而不是罗金神父的嚎叫。你瞧，基督本人就被钉在小偷和强盗之间，人们往他身上扔石头，嘲笑他，可主从上面看得见一切的本来面目。“从上面”或“在天庭”这样的词语总是会让菲奥多西娅的头脑立刻被一种念头占据：要是能飞达天体，观察一下星星和月亮的构造该有多么不同寻常啊。她想过用兽皮做的翅膀，或是羽毛，或是可以骑在上面升向高空的大鸟……

“从这么高的地方看大地恐怕很吓人吧！风得多大呀，可得抓牢啊！”

菲奥多西娅甚至得出结论：在某些像非洲一样的地界肯定有这样的大鸟。人们在白海就时不时会发现巨大无比的鱼，那叫作鲸鱼。哥哥普季拉见过一次，他讲过，这些鲸鱼有行政长官的私邸那么大！嘴里能站上半打大老爷们儿！为了爬上这鲸鱼的背，要把绳子甩过去，要粘上脚镫。某个地方怎么就不能有大鸟呢？

夜里会很糟。黑暗中恐惧会袭向菲奥多西娅，她害怕自己不能像受难圣徒那样承受住处决的折磨，主会为她的软弱生气，把她送去炼狱。不过，菲奥多西娅怀着一线希望：死神娘娘会回应她的哀告，她可是答应过的，离开这个世界的时辰到来时只要一声招呼，她就会出现。

等到菲奥多西娅已经不再数日日夜夜，只是根据栅栏上方的一小片天空以及渗过小窗户的凛冽空气感受到秋天到了，这个时候，门才开了，不像往常那样半开、只开一瞬间，而是长时间大大地敞开了。

监舍里进来了两个士兵、一个手里握着纸卷的衙门录事和一个不认识的神父，显然是从最近的修道院里专门请来的神父。(的确如此：罗金神父提议外请一个牧师与女犯做最后的谈话——“为了更客观”。行政长官同意了，他搞不懂宗教事务，对他来说重要的是尽快减少饮食开支。)

神父难掩好奇，上下打量了一眼菲奥多西娅，因为这是他第一次看到喝过几乎是活婴的鲜血、跟异教徒楚德人狂欢乱舞过的女巫，可在她外表上没找到任何与众不同之处以后，他就赶紧问了一句：对于自己的叛教之罪她是否后悔？菲奥多西娅温顺地回答说，她没有这样的罪。神父的目光中带着理解，似乎他也没指望有别的回答，对于自己职权范围内能够免的其他所有罪过他都很快地免除了。他没与叛教者进行拯救灵魂的谈话（与不会放过利用这种机会的罗金神父不同），因为他的理性判断是：死到临头大势去，处决当前无奈何，坟墓才能扳直驼子的背啊。菲奥多西娅随后被带进院子。在那儿有人往她头上套了一顶怪异的高帽子（书里的高帽子是什么样子，罗金神父概念模糊，而尼封特神父压根儿就不知道，烤圣饼的阿芙多季娅凭她的直觉弄出了这样一顶帽子），高帽子一下子就从额头滑到菲奥多西娅眼睛上了，所以不仅她除了脚下什么都看不清楚，别人看清她也不可能。之后女巫的刚毛衣被扒了下来，因此她身上只剩下一件灰扑扑的贴身衣衫了。不知道过了多久，拴着两条锁链的菲奥多西娅被带到了君主草场，人群已经聚在那里了。

"菲奥多西娅被带来了！"一个眼尖的婆婆叫道。

"你闭嘴，老妖婆子。"玛丽亚喝住了她。"菲奥多西娅已入土为安了，你上哪儿看见她去？这是偷了菲奥多西娅衣裳、长得像她的小偷！"

"不是，不是她，不是菲奥多西尤什卡。"瘦骨嶙峋的菲奥多西娅被带上火刑架的时候，瓦西里萨满怀希望地说，随后就抹起了眼泪。

"当然了，不是她！"玛丽亚大声附和，"她从来没缝过这样的高帽子！"

蓦地，人群相对安静下来，因为传令官——衙门的录事——登上了台子，展开了判令；为了重新体会罗金神父夏天讲话时笼罩自己的甜蜜惊恐，托奇马人很想再听一次对女巫血腥行为的描述。

突然，出现了非同寻常的异象！灰蒙蒙低垂的乌云中间迅速张开了一个像车轮一样圆溜溜的洞，一柱光透过这个洞投在菲奥多西娅身上！

"天眼！"有人惊叫。

大家全都呆住了，不知道是该四散而逃，该五体投地，还是该祷告！

主用来从天上观察教民的天眼所有正教徒都知道，就像知道大天使和伊甸园一样。可有机会看到它的人却寥寥无几。

"天眼！"人群中卷起一片嘈杂声浪。

罗金神父招呼大家安静，尊敬衙门录事，祷告，他甚至尖叫了一声什么大气现象的话，这都无济于事，嘈杂声没有平息下来。老太太们跪了下来，疯狂地祷告。孩子们好奇地看着上面，小手指点着天空中的洞。罗金神父在为了燃烧得更快更容易而铺了麦秸的火刑架前走来走去。菲奥多西娅什么都不明白，她默默地站着，从高帽子下面望着同乡。为加快处决、避免骚动，罗金神父请录事宣读判令，不等安静下来，请卫兵们从死刑犯手上把锁链解下来。

两手解放了，菲奥多西娅用因为激动而撕裂的声音喊道："别了，好人！别了，朗朗乾坤！"随后背部被推了一把，她顺着通向火刑架内部的木板跑了下去。罗金神父紧跟着菲奥多西娅把摇篮、木桩和骷髅——施法的道具——扔了进去，对士兵们高叫：

"点火！"

就在同一瞬间有人没命地喊叫起来：

"托奇马城着火了！"

大家全都把头转向城里。托奇马上方的天空燃烧起了红彤彤的火焰！火罩住了城墙和最高点——主显大教堂的钟楼。如同从巨型铁匠炉中流出的铁水一般，沸腾的流火以令人难以置信的速度扑向君主草场。看哪，火墙已经顺着路移动，笼罩了苏亨纳河上的船舶，把河水染成一片血红。托奇马人吓得四散狂奔。发生的事虽然让一个士兵瞠目结舌，但他却恪尽职守，把火把丢入火刑架，然后从台子上冲了下来。一切，甚至连天都突然间变成暗红一片。树木、火刑架、大地和火刑架周边的空气都被染成紫红的颜色，黄昏中正在变成灰色的所有东西猛然间仿佛都被染成了红色。

火刑架燃烧起来了。

菲奥多西娅扯掉高帽子，麦秸冒出的团团烟雾让她窒息，她喊叫起来：

"死神娘娘，亲爱的，好心人，快到隐修女菲奥多西娅这儿来吧，让她立刻死掉！"

随后，遵照天定，她平生第三次，也是最后一次昏倒了。

菲奥多西娅的哀嚎刚一冲口而出，握着镰刀的黑衣死神就出现了。她在火刑架边站定，问吓得呆若木鸡，但却继续履行看守之责的士兵：

“你监护的女子干吗叫嚷？”

士兵呆头呆脑，一声不吭。

“你聋了不成？你转告她离我远远儿的，单子上没她。”

士兵缓慢地点了两次头。

火刑架劈啪作响，侧边滚动着火舌。

“婆婆，你说的是什么单子？”士兵终于说出话来，他本来认定，老太婆所指的是把判令弄混了。

“是我以此为根据收割亡人的单子。”

“那你，你是死神不成？”士兵打量了一眼黑衣，结结巴巴地说。

“不，是美丽春神！不然你认不出我来！”死神气哼哼地说，用镰刀捣了一下地面。

“要是单子上没有女巫，那你是收谁来的？难不成收我？”可怜的人喃喃地说，声音哆嗦。

“没你就够忙的了！一个端方妇人在雅罗斯拉夫尔等我，还有诺夫哥罗德的一个圣洁长老。再说她不是什么女巫！”

随后老太婆就消失了。

大火笼罩了整座火刑架，火几乎扑到忠于职守的士兵身上。感谢上帝，他及时跳开了……

等到托奇马人从红光笼罩的路上奔到城里，有人想抢救财产，有人想救孩子，这时他们却惊奇地发现，那里一点火灾的痕迹都没有！留在城里的老弱病人否认有着火这回事。

“也许，这是北方闪光？”人们推测。

像往常一样，只有接生婆一个人掌握着四街八巷流传的各种确切信息。玛特廖娜解释说，这种现象叫作“红黑”或是“红雾”，与埃及黑暗[①]十分相似，但通常极为罕见，无疑是凶险事件的预兆。

托奇马人这个冬天没碰上另外的凶险，因为他们祷告过，吃过晚饭，天一擦黑就躺下睡了，免得白点灯油白费蜡。

只有敲钟人季洪和他恋上的王河边的寡妇既不知道天眼，也没看到虚无缥缈的火灾。当时他们生起澡堂的火，相互脱了衣裳，季洪甜蜜地亲吻着寡妇的嘴和脸蛋儿，温存于她的白脖颈，抚慰她的乳房，抚摸她的身体，吸入她头发的芳香，想着他在鲜花十字架前的恳求终于变成现实了。

而这难道不是主要的见证吗：见证菲奥多西娅的十字架上帝喜欢，他还会奖赏她见到宝贝儿子阿盖尤什卡！

---

① 参见《旧约·出埃及记》10∶21—22描述的情景：耶和华对摩西说："你要向天举手，使黑暗临到埃及地……"摩西向天伸手，黑暗就临到埃及全地三天之久。

尾声

第二天早晨罗金神父的马车跟着其他的马车加入北方来的车队，踏上漫漫长途——去莫斯科。一想到首都就会有兴奋的轻颤掠过神父全身：到那里会如何呢？年轻的神父脑海中想象过知识圈中的科学讨论、他在托奇马如此匮乏的好书、有工作室的楼宇、参与最高层的会议和立法工作，甚至出国公干，去正教思想的根据地——希腊和君士坦丁堡。

把夫人奥列吉娅在马车上安顿坐好以后，神父周到地在她身子周边围上一条厚毡子——神父夫人可得保护好哦。首先因为她要生第一胎孩子了，其次因为丧偶的神父会变成无僧职的神父，这有可能妨碍他的前程。把数量不多的家当安置妥当，他也坐上车，两手握住缰绳，吆喝了一声“与主同行！”，之后就顺着被早寒冻硬的路面，贴着被晨霜染白的托奇马城墙启程了。

车队绵延一俄里，行走十分缓慢。妻子们和父亲母亲们在城门和城墙下送正在离开的亲人，因为跟着每支车队前往莫斯科的人当中都有相当数量不安于现状的年轻人，可是，当罗金神父的小马车经过最后一座铁匠铺和苏亨纳河岸上的仓库以后，到处都变得鸦雀无声了，打破沉寂的只有车轮的咯吱声、轧轧声以及马儿的喷鼻声。

罗金神父回头望了一眼他正在离开、在劳碌中度过了三年的城市。对托奇马、沃尔恰诺夫街、小小的举荣圣架教堂怀有的温情，因为把托奇马民众和尼封特神父抛下，让他们过琐碎的外省生活而产生的略微愧疚，这些感受本来攫住了神父的心，甚至让他鼻子发痒，可想起由于三年的空忙，由于这些林林总总的林妖、红雾、狼，以及井妖，他完全荒废了神学研究，他就把这些情感驱散了，要知道，他可是思谋过要研究出一种把人引入正教信仰的方法，好让罗斯的居民成为最坚定的信徒的呀！那会大大巩固国家权力，因为哪里怀疑信仰，哪里就会怀疑上帝在俄罗斯国的代理人——皇上。骚动，甚而暴乱就是由此产生的。

看到烧成灰烬的火刑架，看到女巫和伪圣愚菲奥多西娅的处决地，罗金神父打断了这些念头。

他想起了她蓝色的大眼睛，自言自语了一句：

“惩罚她的不是我，是上帝。”

不过，所有人却全都一起把头扭向苏亨纳河对岸变得暗淡的鲜花十字架，琢磨着、祈祷着各自的愿望。我们不必一一罗列这些愿望，因为这些恳求都是些老生常谈，乏味、单调，无外乎健康、钱财、旅途顺利，以及诸如此类的内容。

罗金神父高兴地发现，十字架黯然无色了。

“会在雪底下腐烂，一年过后谁都不会想起它的。”

可他高兴得太早了，因为所有花的种子都已经撒入大地，第二年夏天又拱出一片五彩缤纷、芳香四溢的地毯，数年过后它的边缘才有些凹陷、模糊。但很长时间以后那片草场还被人们叫作菲奥多西娅草场。

车队终于驶出托奇马地界了。可过了几俄里之后，在一个叫作弗拉西哈的小村子旁边出了虽小但却恼人的事儿。前面的一辆从北方考拉河过来的大车裂了一个车轮。大家全都停了下来。罗金神父跳下马车，走过一丛灌木，想去看看建造时一根钉子都没用的古老的弗拉西哈教堂，哪怕从远处看看也好啊。跳过水沟，钻过又一丛满是红色冻浆果的灌木，神父到了一片不高的斜坡，教堂就矗立在那片斜坡上。坡底有三四个茨冈孩子在奔跑、玩耍。他们中间有个茨冈人装束的白脸小男孩儿摇摇晃晃地踏着步，笑声响亮。孩子跑向罗金神父，神父太阳穴上的血筋突突直跳：望着神父的是一双菲奥多西娅的蓝色大眼睛。

"叔叔，丝色！"小男孩口齿不清地说。

"上帝会施舍！"神父惊恐地回答，转身冲回了车队。

大车刚启动的当口，神父脑海里冒出一个念头：这是菲奥多西娅的孩子。假如他不知道阿盖伊被狼叼走了，他会相信漂亮的孩子是被茨冈人偷走的。为了自我安慰、摆脱良心谴责，罗金神父作出了理性判断：

"罗斯的蓝眼睛孩子可不少！如果上帝给机会，就是在大篷车队孩子也会长大，如果不给机会，就是七个保姆也守不住，也会喂了狼。"

我们不必因为神父在普通事务中多余的、过分的冷酷，因为他的学究气、固执和雄心而苛责他。要知道，1673年10月9日他也才只有二十四岁[①]，他太年轻了，不能更宽宏、更柔和、更怀理解地去对待人的软弱，不能更珍惜他人的生命。

因此罗金神父双肩放松，扫了一眼伸向前方的路，他应该沿着这条路驶入美好的新生活。

关于火阳柱和金阴门的托奇马胡话到此结束。即将开篇的是有关莫斯科修士学者菲奥多谢伊·拉里昂诺夫的故事。

2007—2010年

① 这里作者"记忆"有误：本书开头作者说1674年时罗金神父是二十一岁，而在这里，又说1673年他只有二十四岁；另外，罗金神父到托奇马时是1674年，过了三年他离开，应该是1677年才对，但这里作者似乎说他离开时是1673年。

文学新读馆

追踪世界文学前沿，沉淀时代作家经典

已出版：

鲜花十字架
俄语布克奖

陌生人的孩子
布克奖入围
书写英国情爱观念百年变迁

望远镜里的视野：
伊迪丝·珀尔曼短篇故事集
欧·亨利短篇小说奖三度得主
美国的艾丽丝·门罗

城市寻人电台
诡计与谎言的城，怎样找到你的爱人？

沉默女王
法兰西学院最佳小说奖，
美第奇文学奖

世界上第二强壮的人
七个漂泊异乡的成长故事
英联邦作家奖

面包匠的狂欢节
人类欲望的终极演绎
吉姆·汉密尔顿奖

在迦南的那一边
布克奖入围
沃尔特·司各特奖

法兰西兵法
龚古尔奖，
波澜壮阔的法兰西《现代启示录》

十个离奇而真实的故事
苏格兰当代最伟大的作家，
多艺术形式表现的文学工艺品

蓝狐
冰岛现当代文学首次译介
北欧文学奖获奖作品

女性时代
俄语布克奖

修补匠
普利策小说奖

看不见的山
意大利瑞吉昂·朱利新人小说奖，
乌拉圭心灵地图

男孩杰的动物园
继《少年Pi的奇幻漂流》后，
文学界最精彩诡谲的海上传奇

老虎的妻子
奥兰治奖

圣徒与罪人

弗兰克·奥康纳国际短篇小说奖

最佳欧洲小说系列

精选欧洲各国年度最优小说
一本书，一幅欧洲当代文学地图

航空信

诺贝尔文学奖得主特朗斯特罗默
通信集